Avec 57 best-sellers publiés en France, plus de 530 millions d'exemplaires vendus dans 40 pays et traduits en 38 langues, Danielle Steel est l'auteur contemporain le plus lu et le plus populaire au monde. Depuis 1981, ses romans figurent systématiquement en tête des meilleures ventes du *New York Times*. Elle est restée sur les listes des best-sellers pendant 390 semaines consécutives, ce qui lui vaut d'être citée dans le *Livre Guinness des Records*. Mais Danielle Steel ne se contente pas d'être écrivain. Très active sur le plan social, elle a créé deux fondations s'occupant de victimes de maladies mentales, d'enfants abusés, et de sans-abri. Danielle Steel a longtemps vécu en Europe et a séjourné en France durant plusieurs années (elle parle parfaitement le français) avant de retourner à New York achever ses études. Elle a débuté dans la publicité et les relations publiques, puis s'est mise à écrire et a immédiatement conquis un immense public de tous âges et de tous milieux, très fidèle et en constante augmentation. Lorsqu'elle écrit (sur sa vieille Olympia mécanique de 1946), Danielle Steel peut travailler vingt heures par jour. Son exceptionnelle puissance de travail lui permet de mener trois romans de front, construisant la trame du premier, rédigeant le deuxième, en peaufinant le troisième, et de s'occuper des adaptations télévisées de ses romans. Toutes ces activités ne l'empêchent pas de donner la priorité absolue à sa vie personnelle. Avec ses huit enfants, elle forme une famille heureuse et unie, sa plus belle réussite et sa plus grande fierté. En 2002, Danielle Steel a été faite Chevalier de l'Ordre des Arts et Lettres. En France, elle est le seul auteur à avoir un fan-club.

RENDEZ-VOUS

DANIELLE STEEL

RENDEZ-VOUS

Traduction de l'anglais (États-Unis)
par Marie-Pierre Malfait

Presses de la Cité

Titre original :
DATING GAME

© Danielle Steel, 2003
© Presses de la Cité, 2004, pour la traduction française
ISBN 2-266-15436-2

On ne voit bien qu'avec le cœur.
L'essentiel est invisible pour les yeux.

Le Petit Prince
Antoine DE SAINT-EXUPÉRY

A ceux qui sont en quête de l'âme sœur, ceux qui l'ont été, ceux qui l'ont trouvée – heureux veinards ! Et surtout, avec toute ma tendresse et mon respect, à ceux qui auront survécu à ce parcours tortueux en préservant leur âme et leur cœur, et qui auront en plus réussi à trouver l'aiguille dans la botte de foin !

L'ascension de l'Everest me semble moins périlleuse... moins désespérée.

J'aimerais aussi dédier ce livre à tous les amis qui ont essayé – tantôt habilement, tantôt bêtement – de me trouver un prince charmant... en d'autres termes, un homme aussi farfelu que moi.

A ceux d'entre vous qui m'ont arrangé des rendez-vous avec de parfaits inconnus, m'inondant ainsi de souvenirs cocasses pour mes vieux jours... Je vous pardonne – presque !

Et surtout, surtout, à mes merveilleux enfants qui m'ont regardée, partagée, aimée et soutenue avec humour, compréhension et patience. Pour leur amour et leur soutien indéfectible, je leur suis profondément reconnaissante.

Avec tout mon amour,
d. s

Qu'est-ce qu'un rendez-vous galant ? Imaginez deux personnes se connaissant à peine, en train de dîner ensemble, triturant nerveusement leurs couverts, tout en s'efforçant de poser un maximum de questions en un minimum de temps. Comme par exemple : Aimez-vous skier ? Jouez-vous au tennis ? Aimez-vous les chiens ? A votre avis, pourquoi votre mariage n'a-t-il pas tenu le coup ? Pourquoi votre ex-femme vous accusait-elle de vouloir tout contrôler ? Aimez-vous le chocolat ? Le cheese-cake ? Avez-vous fait de la prison ? Quelle est votre opinion sur la toxicomanie ? Y a-t-il des alcooliques dans votre famille ? Suivez-vous un traitement particulier ? Lequel ? Avez-vous déjà subi des opérations de chirurgie esthétique ? C'est votre vrai nez ? Votre vrai menton ? Et votre bouche ? Vos seins ? Vos fesses ? Avez-vous déjà été hospitalisé ? Aimez-vous les enfants ? Etes-vous déjà sorti avec quelqu'un de plus jeune que vous ? Quelles langues parlez-vous ? Quelle est votre conception du voyage de noces idéal ? Deux semaines dans l'Himalaya ? Vraiment ? Avez-vous déjà fait un safari ? Connaissez-vous Paris ? Des Moines ? Croyez-vous en Dieu ? Quand avez-vous vu votre mère pour la dernière fois ? Depuis combien de temps voyez-vous votre psy ? Pourquoi ne consultez-vous pas ? Vous a-t-on déjà arrêté pour conduite en état d'ivresse ? Votre femme sait-elle où vous êtes, ce soir ? Depuis combien de temps êtes-vous marié ? Divorcé ? Veuf ? Sorti de prison ? En liberté conditionnelle ? Au chômage ? Quels sont vos projets professionnels ? Le cirque offre sans aucun doute de fabuleuses occasions de voyager, mais... la corde raide ne vous effraie pas ? Vous avez toujours souffert de boulimie ? A combien de groupes de parole appartenez-vous ? Ça veut dire quoi, pour vous, « plus tard » ? Quand pensez-vous m'appeler ?

Quant au rendez-vous arrangé, le principe est simple : des amis bien intentionnés choisissent dans leur entourage deux personnes diamétralement opposées et les abreuvent l'une sur l'autre de louanges mensongères. La vérité éclate dès qu'elles franchissent le seuil de la porte. Le rendez-vous se déroule alors comme un rendez-vous ordinaire, en abrégé si possible, et à la fin de la soirée, vous croisez les doigts pour que l'autre se trompe en notant votre numéro de téléphone. Après ça, vous rentrez chez vous et vous fondez en larmes avant d'éclater de rire, puis vous décidez de ne plus jamais adresser la parole aux amis qui vous ont joué ce sale tour. Et puis le temps passe, vous oubliez cette soirée déprimante et vous laissez les mêmes amis, ou d'autres, vous entraîner de nouveau dans le même guêpier.

Avec tout mon amour et ma sollicitude,
d. s

1

C'était une belle soirée de mai, douce et parfumée, quelques jours après l'arrivée spectaculaire du printemps sur la côte Est. Il faisait un temps magnifique, l'hiver s'était volatilisé du jour au lendemain, les oiseaux gazouillaient joyeusement, le soleil baignait le Connecticut d'une agréable chaleur et le jardin des Armstrong regorgeait de bourgeons et de boutons de fleurs. Cette météo clémente régnait depuis le début de la semaine, poussant les gens à lever le pied, même à New York. Les couples flânaient dans les parcs, les pauses-déjeuner se prolongeaient, les visages étaient souriants. Et à Greenwich ce soir-là, Paris Armstrong décida de dresser la table dans le patio qu'ils avaient réaménagé depuis peu, près de la piscine. Ce vendredi, avec l'accord de Peter, elle avait invité des amis à dîner. D'ordinaire, ils recevaient plutôt le samedi, ce qui évitait à Peter de devoir se dépêcher de rentrer du bureau. Mais, accaparé par les mariages qui se succédaient tous les samedis jusqu'au mois de juillet, leur traiteur n'avait pu se libérer que ce vendredi-là. Peter avait acquiescé avec indulgence quand Paris lui avait soumis son idée. Il accédait à la plupart de ses demandes, c'était une des mille et une choses qu'elle aimait chez lui. Ils avaient fêté leurs vingt-quatre ans de mariage au mois de mars. Comme le temps passait vite ! Ils avaient fait tellement de choses ensemble… Megan, leur fille de vingt-trois ans, était sortie diplômée de Vassar l'année précédente. Passionnée par l'univers du cinéma, elle avait décroché un poste d'assistante de production dans un studio de Hollywood. Elle n'était qu'une petite assistante, avouait-elle sans honte, mais elle était heureuse d'avoir un pied dans le monde du cinéma et caressait le doux rêve de devenir un jour productrice. Tout juste âgé de dix-huit ans, leur fils William quitterait le lycée en juin pour entrer à l'université de Berkeley, en Californie, à l'automne prochain. Paris avait du mal à croire que ses deux enfants étaient déjà adultes. Elle se revoyait, comme si c'était hier, en train de les changer ou de les conduire l'une à son cours de danse, l'autre à son entraînement de hockey. Dans trois mois, William ne serait plus là. Il partirait à Berkeley avant le Labor Day, le jour du Travail célébré le premier lundi de septembre.

Paris vérifia que la table était dressée dans les règles de l'art, bien que l'équipe du traiteur fût parfaitement compétente. Habitués à venir chez elle, ils connaissaient bien sa cuisine et l'agencement de la maison. Peter et elle aimaient beaucoup sortir et recevoir ; au fil des ans, ils s'étaient entourés d'un petit groupe éclectique d'amis passionnants. Elle disposa sur la table les compositions florales qu'elle avait elle-même réalisées. Les pivoines aux couleurs vives tranchaient joliment avec la nappe d'une blancheur éclatante. Le cristal et l'argenterie brillaient de mille feux. Peter, fatigué par sa journée de travail, ne prêterait sans doute pas attention au raffinement des détails, mais il appréciait l'atmosphère chaleureuse et élégante de la maison. Tout le monde se sentait bien, chez eux.

Peter avait toujours subvenu généreusement aux besoins de la famille. Associé dans un prestigieux cabinet juridique spécialisé dans la gestion des entreprises, il s'était beaucoup investi dans son travail et, à cinquante et un ans, il occupait un poste clé au sein de la direction. Dix ans plus tôt, il avait acheté une belle et grande maison en pierre de taille dans un quartier huppé de Greenwich. Paris s'était chargée de la décoration avec un enthousiasme débordant et Peter avait été enchanté du résultat. Leur jardin comptait parmi les plus beaux de Greenwich. Emerveillé par les talents cachés de son épouse, Peter lui avait suggéré en plaisantant de devenir décoratrice d'intérieur. Séduits par l'atmosphère intime et raffinée de la maison, leurs amis l'y avaient également encouragée, mais Paris ne les avait jamais pris au sérieux. Bien qu'ayant la fibre artistique, elle avait toujours partagé les mêmes intérêts que Peter.

Le monde des affaires la fascinait. Elle s'était mariée tout de suite après le lycée et s'était inscrite dans une école de commerce, où elle avait décroché un MBA, un mastère de gestion. Elle avait eu l'intention de créer une petite entreprise, mais son projet n'avait pas abouti, et pour cause : Paris était tombée enceinte pendant ses études. Par la suite, elle avait pris la décision de rester à la maison pour élever ses enfants. Et elle ne l'avait jamais regretté. Peter l'avait soutenue dans son choix – à quoi bon travailler, alors qu'ils n'avaient aucun souci matériel ? Aussi avait-elle consacré avec grand plaisir les vingt-quatre années passées à son mari et à ses enfants. Elle avait préparé des gâteaux, organisé des kermesses, supervisé chaque année la traditionnelle vente de charité, cousu les costumes d'Halloween, jonglé avec les rendez-vous chez les médecins et les dentistes – bref, elle avait joué le rôle de millions d'autres femmes : mère au foyer à plein temps. Son diplôme ne lui avait été d'aucune utilité dans sa vie quotidienne. En revanche, sa connaissance et sa compréhension du monde des affaires l'avaient encore rapprochée de Peter, qui aimait discuter avec elle des dossiers dont il s'occupait. Paris était l'épouse idéale et la mère dont il avait toujours rêvé pour ses enfants.

Ils partageaient encore des fous rires d'adolescents le dimanche, quand ils faisaient la grasse matinée sous la couette, les matins gris et pluvieux. En semaine, Paris continuait à se lever à l'aube, en même temps que son mari. Elle le conduisait à la gare puis revenait chercher les enfants pour les emmener à l'école, jusqu'à ce qu'ils soient en âge de conduire – ce qui était arrivé bien trop vite à son goût. Une question la taraudait sournoisement depuis quelque temps : à quoi allait-elle occuper son temps quand William – Wim, comme elle se plaisait à l'appeler – ne serait plus là ? Elle avait du mal à imaginer la maison sans la bande d'adolescents en train de barboter dans la piscine l'été, ou de traverser bruyamment la maison pour descendre au sous-sol, le week- end. Depuis vingt-trois ans, sa vie s'organisait pleinement et entièrement autour de ses enfants. L'idée que cette époque serait bientôt révolue l'attristait profondément.

Car rien ne serait plus pareil après le départ de Wim. Il viendrait les voir de temps en temps, pour un week- end ou une fête, comme Meg quand elle était étudiante à Vassar – peut-être même moins souvent qu'elle, car il serait plus loin, de l'autre côté du pays, sur la côte Ouest. Une fois son diplôme en poche, Meg s'était littéralement volatilisée. Elle était partie s'installer à New York, où elle avait passé six mois dans un appartement qu'elle louait avec trois amies. Elle avait déménagé, dès qu'elle avait trouvé du travail à Los Angeles. Désormais, ils devaient se contenter de la voir pour Thanksgiving et Noël, dans le meilleur des cas. Et que se passerait-il quand elle se marierait ? La vie suivait son cours, c'était ainsi. Et celle de Paris serait à jamais bouleversée quand Wim quitterait la maison, au mois d'août.

Femme au foyer depuis vingt-quatre ans, elle s'imaginait mal allant chercher du travail à New

York. Mais elle pourrait peut-être proposer ses services bénévolement au centre social de Stamford ; elle s'occuperait des enfants maltraités ou rejoindrait le programme d'alphabétisation qu'une de ses amies avait mis sur pied à l'intention des lycéens défavorisés, tous ces jeunes qui étaient passés d'une classe à l'autre en sachant à peine lire, aussi incroyable que cela puisse paraître. A part ces deux pistes, elle n'avait aucune idée de ce qu'elle pourrait bien faire. Un jour, Peter avait déclaré qu'une fois les enfants partis, ils pourraient voyager et découvrir ensemble tout ce qu'ils n'avaient pas eu l'occasion de faire jusqu'alors. Depuis un an, hélas, son travail l'accaparait de plus en plus, et Paris voyait mal comment il réussirait à se libérer pour passer davantage de temps avec elle. Il avait déjà du mal à rentrer à l'heure pour le dîner... Pour Paris, les choses étaient claires : ses enfants et son mari menaient tous des vies bien remplies et elle devrait au plus vite trouver une solution pour occuper tout le temps libre dont elle disposerait bientôt. Angoissée à l'idée de se retrouver désœuvrée, elle avait confié ses tourments à Peter ; ce dernier s'était efforcé de la rassurer, arguant qu'elle trouverait forcément une occupation, tôt ou tard. Il avait raison, bien sûr. A quarante-six ans, elle était encore assez jeune pour prétendre à un emploi – à condition de savoir réellement ce dont elle avait envie. A la vérité, elle aurait mille fois préféré continuer à prendre soin de ses enfants et de son mari. Contrairement à certaines de ses amies qui voyaient leur mariage se dégrader au fil des ans, Paris était encore follement amoureuse de son époux. Elle le trouvait plus doux, plus attentionné, plus raffiné, plus sage aussi, et même plus séduisant que lorsqu'ils s'étaient mariés. Et il pensait la même chose d'elle.

Paris était une belle femme mince et élancée. Quand les enfants avaient grandi et qu'elle avait eu davantage de temps libre, elle s'était remise au tennis et y jouait presque tous les jours. Elle avait de grands yeux verts et de longs cheveux blonds qu'elle portait souvent tressés. C'était une beauté classique, à la fois discrète et raffinée, qui n'était pas sans rappeler celle de Grace Kelly. Elle aimait rire et possédait un sens de l'humour qui enchantait tous ses amis. Ses enfants appréciaient aussi ses boutades et ses remarques acérées. Peter, lui, était d'une nature plus réservée. Quand il rentrait le soir après une journée harassante, il se contentait souvent de l'écouter, émaillant son récit de quelques commentaires. Il s'animait davantage le week-end, sans toutefois se départir de sa retenue. L'année passée avait été synonyme d'un surcroît de travail pour lui. C'était d'ailleurs le premier dîner qu'ils donnaient depuis trois mois. Il travaillait tard le vendredi soir et était parfois obligé de retourner au bureau le samedi, pour boucler un dossier ou recevoir des clients. Pleine d'admiration pour son professionnalisme, Paris ne lui avait jamais fait de reproches à ce sujet. Son investissement personnel et sa perspicacité en affaires lui avaient valu une solide réputation dans le monde juridique. Malgré tout, elle rêvait parfois de passer davantage de temps en sa compagnie.

Non, Paris avait beau tourner et retourner le problème dans sa tête, elle ne voyait qu'une seule solution : il lui fallait absolument trouver une activité à partir de septembre. Elle avait songé un moment à créer une entreprise de restauration à domicile ou à investir dans une serre, poussée par sa passion du jardinage. Mais l'idée du traiteur n'était pas compatible avec son désir de passer du temps avec Peter lorsque ce dernier parvenait à se libérer de ses obligations, ce qui devenait de plus en plus rare.

Après avoir vérifié la table et réglé les derniers détails en cuisine avec l'équipe du traiteur, Paris alla se préparer. Elle commença par prendre une douche. Ce soir-là, ils recevaient à dîner cinq couples d'amis qu'elle appréciait tout particulièrement. Elle espérait que Peter pourrait se libérer avant l'arrivée de leurs invités. Elle était en train de s'habiller quand Wim passa la tête dans l'entrebâillement de la porte.

— Je vais chez les Johnson avec Matt, déclarat-il d'un ton enjoué.

Paris remonta la fermeture Eclair de la jupe en dentelle blanche qu'elle portait avec un bustier de la même couleur et des sandales à talons en cuir argenté. Bien que Wim ait dix-huit ans, elle continuait à appliquer une des règles fondamentales de la maisonnée, selon laquelle ses enfants devaient l'informer de tous leurs déplacements ainsi que de leurs horaires. Jusqu'à ce qu'il quitte la maison pour entrer à l'université, Wim continuerait à respecter cette contrainte. Mère responsable et épouse dévouée, Paris veillait dans les moindres détails au bon fonctionnement de son foyer.

— Passes-tu la soirée là-bas ou as-tu prévu de sortir après ? demanda-t-elle en gratifiant son fils d'un sourire.

Wim était un beau jeune homme brun aux yeux bleu vif comme ceux de son père ; leur ressemblance était frappante. A l'âge de quinze ans, il mesurait déjà un mètre quatre-vingt-dix et avait encore grandi de deux bons centimètres depuis. Il regarda sa mère qui était en train d'attacher ses longs cheveux en chignon. Un sourire éclaira son visage. Wim la trouvait belle et élégante ; il était aussi fier d'elle qu'elle de lui. Non content d'être un étudiant brillant, Wim était aussi un athlète émérite.

— Y a-t-il une fête, ce soir ? reprit Paris.

Depuis plus d'un mois, les élèves de terminale préparaient la remise des diplômes en multipliant les soirées et Wim était toujours de la partie. Toutes les filles étaient folles de lui, mais depuis Noël il avait une petite amie. Paris appréciait beaucoup cette jeune fille issue d'une bonne famille de Greenwich. Sa mère était enseignante et son père médecin.

— Mmoui, on sortira peut-être plus tard.

Paris ne put s'empêcher de sourire devant sa mine déconfite. Il avait songé un instant à taire ses projets, mais elle le connaissait si bien ! Sa sœur et lui lui reprochaient parfois de poser trop de questions mais, d'un autre côté, l'intérêt qu'elle leur portait les rassurait.

— Qui organise la soirée ? demanda-t-elle en plantant une dernière épingle dans son chignon.

Un soupçon de blush, une touche de rouge à lèvres, et voilà : elle était prête !

— Les Stein, répondit Wim avec un petit sourire.

Sa mère était intraitable pour les sorties ; elle désirait toujours tout savoir. Toujours. Et avant même qu'elle ouvre la bouche, il savait quelle serait sa prochaine question.

— Les parents seront-ils présents ?

Paris lui interdisait de se rendre à des soirées qui n'étaient pas encadrées par des adultes. C'était, à son avis, aller au-devant des problèmes ; quand Meg et Wim étaient plus jeunes, elle s'assurait toujours qu'ils avaient dit la vérité. Depuis un an cependant, elle avait pris la décision de faire confiance à son fils et, malgré quelques mensonges par omission qu'elle avait aussitôt percés à jour, il se montrait en général franc et honnête.

— Oui, les parents seront là, répondit Wim en levant les yeux au ciel.

— Je l'espère pour toi, insista-t-elle en le dévisageant avec attention.

Puis elle partit d'un petit rire.

— Je n'hésiterai pas à crever tes pneus et à jeter tes clés de voiture dans le broyeur si tu me mens, William !

— Je sais, je sais, maman. Ils seront là, je t'assure.

— Parfait. A quelle heure comptes-tu rentrer ?

Peter approuvait entièrement les limites qu'elle avait fixées à leurs enfants. Sur ce sujet comme sur tant d'autres, ils étaient parfaitement solidaires. Ils partageaient la même conception de l'éducation, la même conception de la vie en général. Si l'on exceptait les petites disputes futiles (« tu as encore oublié de fermer la porte du garage », « tu n'as pas fait le plein d'essence », « tu n'as pas porté ma chemise au pressing, que vais-je mettre ce soir ? »), Peter et Paris vivaient une entente parfaite. Et puis, elle était tellement organisée qu'elle commettait rarement ce genre d'impair ! Peter pouvait sans crainte se reposer sur elle.

— Trois heures ? risqua Wim.

Comme il s'y attendait, sa mère secoua la tête en signe de dénégation.

— Pas question. Il ne s'agit pas de ta soirée de remise des diplômes, Wim, c'est juste un vendredi soir ordinaire, fit observer Paris qui n'aimait pas le savoir sur la route en pleine nuit. Deux heures, dernière limite. Et c'est une fleur que je te fais, alors n'en demande pas plus ! conclut-elle d'un ton faussement sévère.

Wim hocha la tête, visiblement satisfait. Il s'apprêtait à quitter la pièce quand Paris se dirigea vers lui d'un pas décidé.

Wim était un jeune homme responsable mais, malgré tout, elle ne pouvait s'empêcher de s'inquiéter. Les rares fois où il avait bu de l'alcool dans les soirées, il avait laissé sa voiture sur place, préférant rentrer avec des amis. Il savait aussi qu'il pouvait appeler ses parents à toute heure s'il était dans l'incapacité de prendre le volant après avoir bu quelques verres. C'était un accord qu'ils avaient passé des années plus tôt. S'il observait cette règle, il serait alors « gracié » de sa faute.

Quelques minutes plus tard, la porte d'entrée se referma sur Wim. Paris descendait l'escalier quand Peter fit son apparition, son attaché-case à la main. Une extrême lassitude se lisait sur son visage. Sa ressemblance avec Wim était frappante. Paris eut soudain l'impression de voir le même homme avec trente-trois ans de plus et cette pensée amena sur ses lèvres un sourire attendri.

— Bonsoir, mon cœur, murmura-t-elle en allant l'embrasser.

Il réagit à peine tant il était fatigué. Paris ne fit aucun commentaire sur ses traits tirés, craignant de l'accabler davantage. Il travaillait sur un dossier de fusion depuis plus d'un mois, et les heures supplémentaires s'accumulaient. Pour le moment, les négociations ne tournaient pas à l'avantage de ses clients et Peter faisait tout son possible pour

t-elle en tendance.
Tout à cou
tations. Jamais e ssée ta journée ? demanda-
case.

si elle avait pu prévoir la charge de travail de son mari. Malheureusement, elle avait dû réserver le traiteur deux mois plus tôt, en raison de son planning très chargé.

— Elle fut longue et fatigante, répondit-il dans un sourire. Comme le reste de la semaine. Je suis épuisé. A quelle heure nos invités arrivent-ils ?

Paris consulta sa montre. Il était presque 19 heures.

— Dans une petite heure. Pourquoi n'irais-tu pas te reposer un peu ? Tu as le temps, tu sais.

— Ça va aller, merci. Si je m'endors, j'ai peur de ne pas pouvoir me réveiller.

Paris alla lui servir un verre de vin blanc. Un sourire reconnaissant éclaira le visage de Peter. Il buvait rarement, mais un petit verre l'aiderait à chasser le stress de cette journée difficile.

— Merci, murmura-t-il en buvant une gorgée de vin.

Son verre à la main, il alla au salon et se laissa tomber sur le canapé. Tout était propre et parfaitement rangé. La pièce regorgeait d'antiquités anglaises qu'ils avaient glanées ensemble au fil des ans, à Londres et à New York. Tous deux avaient perdu leurs parents alors qu'ils étaient encore jeunes, et Paris avait utilisé une partie de son modeste héritage à meubler et décorer la maison. Ils possédaient de très belles pièces qui faisaient l'envie et l'admiration de leurs amis. Spacieuse et confortable, leur maison se prêtait merveilleusement aux dîners et aux réceptions. La vaste salle à manger jouxtait un salon de belle taille ; le rez-de-chaussée abritait aussi un petit boudoir et une bibliothèque

que Peter utilisait comme bureau. A l'étage se trouvaient quatre grandes chambres à coucher ; la quatrième servait de chambre d'amis, bien qu'ils aient longtemps rêvé de l'aménager pour un troisième enfant. Hélas, après ses deux premières grossesses, Paris n'était jamais retombée enceinte. Ils en avaient longuement discuté entre eux, refusant d'un commun accord de subir des traitements aussi compliqués qu'éprouvants. Finalement, ils avaient deux enfants et c'était bien ainsi. Le destin leur avait taillé une famille sur mesure.

Paris alla se blottir contre son époux, mais ce dernier resta impassible. D'habitude, il glissait un bras sur ses épaules et la serrait tendrement contre lui. Jetant un coup d'œil à Peter, elle lut de nouveau les signes d'une extrême fatigue sur son visage. Dès qu'il aurait bouclé son dossier de fusion, elle lui conseillerait de prendre rendez-vous chez le médecin pour effectuer un bilan de santé. Au cours des années passées, plusieurs de leurs amis étaient décédés de crises cardiaques foudroyantes. Agé de cinquante et un ans, Peter était en pleine forme mais, hélas, tout était possible. Paris se préoccupait beaucoup de sa santé ; elle avait la ferme intention de le garder auprès d'elle encore quarante ou cinquante ans ! Les vingt-quatre années qu'ils avaient passées ensemble avaient été si merveilleuses...

— C'est toujours cette fusion qui te donne du fil à retordre ? demanda-t-elle d'un ton empreint de sollicitude.

Assise tout contre lui, elle percevait la tension que dégageait son grand corps. Il hocha la tête en portant son verre à ses lèvres. Cette fois pourtant, il n'entra pas dans les détails et Paris n'insista pas, de peur de le stresser davantage. Quand il se retrouverait en compagnie de ses amis, il finirait sans doute par oublier ses soucis ; il en était toujours ainsi. Bien qu'il ne prît jamais l'initiative de lancer des invitations, il appréciait les soirées qu'elle organisait et les gens qu'elle choisissait de recevoir. Paris le connaissait si bien qu'elle ne se donnait plus la peine de le consulter : elle savait quels étaient ses meilleurs amis dans leur cercle de connaissances et agissait en fonction de ses affinités. L'essentiel était qu'il passe un bon moment... en cela, elle réussissait toujours et Peter l'appelait en riant la « relations publiques » officielle de la famille.

Côte à côte, ils restèrent silencieux un moment. Paris savoura ce moment de tranquillité, heureuse de le sentir contre elle. Elle ignorait encore s'il allait devoir travailler ce week-end ou retourner en ville pour voir des clients comme il en avait pris l'habitude depuis quelques mois. S'il devait s'absenter, elle trouverait bien une occupation pour tuer le temps. Lorsqu'il se leva quelques minutes plus tard, il avait l'air plus en forme. Après lui avoir souri, il se dirigea sans se presser vers l'escalier. Paris lui emboîta le pas.

— Tu te sens bien, chéri ? demanda-t-elle alors qu'il s'allongeait sur le lit.

Il avait posé son verre sur la table de chevet et ferma les yeux.

— Ça va aller, ne t'inquiète pas.

Paris quitta la pièce et regagna la cuisine où tout se déroulait comme prévu. Un sourire aux lèvres, elle sortit sur le patio. Un profond sentiment de joie l'habitait. Elle aimait son mari, ses enfants, sa maison, leurs amis. Pour rien au monde elle n'aurait souhaité changer quoi que ce soit à la vie qu'elle menait. Une vie de rêve, à ses yeux.

Quand elle retourna à l'étage une demi-heure plus tard, Peter était sous la douche. Prenant place dans un fauteuil, elle attendit patiemment. Les premiers invités arriveraient dans une vingtaine de minutes. Le carillon de l'entrée retentit alors que Peter était en train de se raser.

— Prends ton temps, je descends, annonça-t-elle en passant la tête par la porte de la salle de bains.

Il croisa son regard dans le miroir et hocha la tête, le visage mangé par la mousse à raser.

— Je n'en ai pas pour longtemps, promit-il.

— Ne te presse surtout pas, insista Paris. Je m'occupe de tout.

Quand Peter descendit, deux couples étaient arrivés et un troisième se dirigeait vers le patio. C'était une belle soirée de printemps ; le soleil venait de se coucher et il faisait aussi doux qu'au Mexique ou à Hawaï. L'atmosphère était joviale et détendue, les invités semblaient tous d'excellente humeur. Les deux meilleures amies de Paris étaient présentes, accompagnées de leurs époux dont l'un travaillait comme avocat dans le cabinet de Peter ; c'était ainsi qu'ils s'étaient rencontrés, quinze ans plus tôt. Ils avaient un fils du même âge que Wim ; il fréquentait le même lycée et recevrait son diplôme en même temps que lui, à la fin du mois de juin. Son autre amie avait une fille de l'âge de Meg et des jumeaux plus âgés d'un an. Les trois amies s'étaient vues pendant des années à l'école ou lors de manifestations sportives. Nathalie et Paris s'étaient relayées dix ans durant pour conduire leurs filles aux cours de danse classique. La fille de Nathalie en avait d'ailleurs fait sa profession : elle était danseuse à Cleveland. Toutes trois voyaient approcher avec une certaine appréhension la fin d'une époque, celle où elles consacraient tout leur temps à élever leurs enfants. Elles étaient en train de se confier leurs angoisses quand Peter fit son apparition. A voix basse, Nathalie fit observer qu'il avait l'air très fatigué.

— Il travaille sur un délicat dossier de fusion qui le préoccupe beaucoup, expliqua Paris.

Virginia approuva d'un hochement de tête. Son mari s'occupait du même dossier et si ce dernier n'avait pas l'air aussi affecté que Peter, c'était probablement parce qu'il n'était pas directeur général du cabinet, une responsabilité qui pesait lourd sur ses épaules. Malgré tout, jamais encore elle n'avait vu Peter aussi marqué.

Les derniers convives arrivèrent quelques minutes plus tard et ils passèrent à table en bavardant joyeusement. Eclairée par plusieurs bougies, la table était magnifique et la lumière tamisée adoucissait les traits tirés de Peter. Du coin de l'œil, Paris le regarda s'installer en bout de table sans cesser de parler aux deux invitées qu'elle avait placées à côté de lui. C'étaient des amies de longue date, dont il appréciait la compagnie. Au fil du dîner, il sembla retrouver un peu d'entrain.

Quand leurs amis prirent congé à minuit, il ôta son blazer et desserra son nœud de cravate avec un soulagement visible.

— As-tu passé une bonne soirée, chéri ? demanda Paris d'un ton inquiet.

La table avait été tout juste assez grande pour accueillir les douze convives, et Paris, assise entre deux amis avec qui elle avait pris plaisir à parler affaires, n'avait pas vraiment prêté attention à ce qui se passait du côté de Peter. Dans l'entourage de Paris, tout le monde appréciait sa curiosité et sa sagacité ; avide d'apprendre et de partager, elle aimait parler d'autres sujets que ses enfants et l'école, contrairement à la plupart de ses amies – si brillantes fussent-elles. Nathalie par exemple, artiste de formation, s'était orientée depuis plusieurs années vers la sculpture. Quant à Virginia, elle avait occupé un poste d'avocate-conseil avant de renoncer à sa carrière pour élever ses enfants. Comme Paris, elle se demandait avec angoisse ce qu'elle allait devenir lorsque son fils unique partirait à l'université. Admis à Princeton, il s'éloignerait toutefois moins que Wim, géographiquement parlant. Mais elles avaient beau tourner le problème dans tous les sens, elles arrivaient à un tournant crucial de leur existence et cette certitude les plongeait dans un abîme d'angoisse.

— Tu n'as pas beaucoup parlé, ce soir, fit observer Paris en le suivant dans l'escalier.

Les employés du traiteur avaient déjà tout rangé et nettoyé, laissant derrière eux un patio et une cuisine impeccables. Au cours du repas, Paris avait lancé quelques œillades furtives en direction de son mari et il lui avait souvent donné l'impression d'écouter ses voisines de table avec intérêt, certes, mais sans réelle envie de participer à la conversation. Ce mutisme ne lui ressemblait guère.

— Je suis fatigué, c'est tout, répondit-il d'un ton évasif.

Ils passèrent devant la chambre de Wim qui ne rentrerait pas une minute avant l'heure fixée par sa mère.

— Tu es sûr que tu te sens bien ? insista Paris, en proie à une sourde angoisse.

Malgré ses longues années d'expérience, c'était la première fois qu'un dossier l'affectait autant. La situation s'était-elle encore dégradée ?

— Je vais…

Sur le point de dire « bien », il croisa son regard et secoua la tête. Non, il ne semblait pas aller bien du tout lorsqu'ils entrèrent tous deux dans leur chambre.

Peter n'avait pas prévu de lui parler ce soir. Il avait plutôt l'intention d'en discuter tranquillement le lendemain matin. Il n'avait pas envie de gâcher la soirée de Paris et détestait aborder des sujets graves avant d'aller se coucher. D'un autre côté, il ne pouvait plus continuer à lui mentir.

Cette mascarade n'avait que trop duré, c'était malhonnête envers elle. Il l'aimait encore, malgré tout. De toute façon, ce ne serait pas facile de lui annoncer la nouvelle ; jamais il n'y aurait de moment plus propice qu'un autre. Tout à coup, l'idée de se coucher auprès d'elle avec ce lourd fardeau sur les épaules lui parut insupportable.

— Qu'est-ce qui ne va pas ? demanda Paris, perplexe.

Au fond d'elle, elle espérait qu'il ne s'agissait que de cette histoire de fusion au bureau et surtout pas d'un problème de santé. L'année précédente, c'était arrivé à un couple de leurs amis. Atteint d'une tumeur au cerveau, le mari était mort quatre mois après le terrible diagnostic. Ç'avait été un choc affreux pour leur entourage. Hélas, ils commençaient à atteindre un âge où ce genre de drame se produisait de plus en plus fréquemment. Tenaillée par la peur, Paris pria avec ferveur. Le visage grave, Peter prit place dans un des fauteuils confortables où ils aimaient lire de temps en temps. Sans mot dire, il l'invita à s'asseoir en face de lui.

— Tu vas bien, n'est-ce pas ? insista Paris en s'asseyant.

Elle voulut chercher sa main, mais il s'adossa au fauteuil et ferma les yeux. Quand il les rouvrit, une grande souffrance assombrissait son regard.

— Je ne sais pas comment t'annoncer ça, murmura-t-il d'un ton hésitant… Par où dois-je commencer… ?

Comment s'y prend-on pour jeter une bombe aux pieds de celle avec qui l'on vit depuis vingt-cinq ans ? Car le coup qu'il s'apprêtait à porter bouleverserait à jamais leurs deux vies.

— Je... Paris... j'ai fait une folie l'an dernier... enfin, ce n'est pas vraiment une folie... ça m'est tombé dessus comme ça, alors que je ne m'y attendais pas. Ce n'était pas dans mes intentions, vraiment pas. Simplement, l'occasion s'est présentée et je l'ai saisie... je n'aurais pas dû, je sais, mais je l'ai fait...

Il s'exprimait d'un ton saccadé, en évitant délibérément son regard. En face de lui, Paris l'écoutait sans mot dire, la gorge serrée par un terrible pressentiment. Une sirène d'alarme hurlait dans sa tête tandis que son cœur battait à coups redoublés dans sa poitrine oppressée. Il ne s'agissait pas de cette fameuse fusion, songea-t-elle tout à coup. Il s'agissait d'eux. De leur couple.

— C'est arrivé pendant mon séjour à Boston, quand j'y suis resté trois semaines pour régler une affaire.

Paris hocha lentement la tête ; elle se souvenait bien de ce dossier. Peter posa sur elle un regard tourmenté, refrénant son envie de la serrer dans ses bras. Quoi qu'il fasse, il ne pourrait atténuer la souffrance qu'il s'apprêtait à lui causer, il en était conscient.

— Inutile d'entrer dans les détails... Voilà, je suis tombé amoureux d'une autre femme. Je n'aurais jamais cru que cela m'arriverait... Je n'attendais absolument rien de ce genre... J'étais un peu las à l'époque, et elle… elle était jeune, intelligente et cultivée… Je… j'ai eu l'impression de renaître à la vie avec elle, c'était comme un bain de jouvence. Simplement, on s'est pris au jeu et, à notre retour, je me suis rendu compte que je n'avais aucune envie d'arrêter de la voir. J'y ai longuement réfléchi, crois-moi, je ne comprenais pas ce qui m'arrivait… j'ai même essayé de rompre plusieurs fois. Mais je… je ne peux pas, c'est plus fort que moi. J'ai envie de vivre avec elle. Je sais que ça peut paraître absurde mais je t'aime toujours, tu sais, je n'ai jamais cessé de t'aimer. D'un autre côté, je ne peux plus continuer à me partager comme ça, ça me rend dingue. Oh, Paris… je suis désolé… c'est vrai, je suis sincèrement désolé… conclut-il d'une voix étranglée.

Sous le choc, Paris porta une main à sa bouche. C'était comme si une voiture avec tous ses passagers fonçait droit dans un mur. Elle allait mourir, la fin était imminente…

— Paris, je ne sais pas comment te dire ça, reprit Peter, le visage baigné de larmes. Pour notre bien à tous les deux… pour notre bonheur… je veux divorcer.

Il avait promis à Rachel de parler à sa femme ce week-end ; de toute façon, il ne supportait plus cette double vie ; l'heure était venue d'écouter son cœur. Malgré tout, annoncer la nouvelle à Paris, la voir se décomposer sous ses yeux, tout cela était plus éprouvant que ce qu'il avait imaginé. Il était pourtant déterminé à aller jusqu'au bout, il n'y avait pas d'autre issue. Il l'avait aimée sincèrement pendant toutes ces années, mais ses sentiments avaient évolué et, aujourd'hui, il était amoureux d'une autre. Vivre auprès de Paris lui donnait l'impression d'être enterré vivant alors qu'avec Rachel il goûtait de nouveau à toutes les saveurs de la vie, un peu comme si Dieu lui avait donné une seconde chance. Dieu ou pas, c'était en tout cas ce qu'il souhaitait vivre, la voie qu'il avait choisie. Bien que Paris comptât toujours pour lui – il se sentait à la fois désolé et coupable de lui causer tant de chagrin –, il savait que son cœur, son âme, son avenir appartenaient désormais à Rachel.

Paris le contempla un long moment en silence, trop bouleversée pour réagir. Etait-ce une mauvaise plaisanterie ? Non, hélas. Elle lisait dans les yeux de Peter qu'il était très sérieux.

— Je ne comprends pas, articula-t-elle tandis que les larmes jaillissaient de ses yeux.

Ça ne pouvait pas lui arriver, pas à elle… Ce genre de chose arrivait aux autres, à tous ces couples qui passaient leur temps à se quereller, à ceux qui ne s'étaient jamais aimés comme Peter et elle s'étaient aimés. Pas une seule fois, au cours de leurs vingt-quatre ans de mariage, pas une seule fois elle n'avait imaginé qu'il la quitterait un jour. Seule l'idée de sa mort la glaçait d'effroi. En cet instant précis, c'était elle qui avait l'impression d'être morte.

— Que s'est-il passé… ? Comment peux-tu nous faire ça ? Pourquoi… Pourquoi ne romps-tu pas avec elle ?

Aveuglée par le désespoir, elle ne songea même pas à lui demander qui était « l'autre ». Cela n'avait aucune importance ; tout ce qui comptait pour le moment, c'était l'horrible menace de divorce qui planait sur leur couple.

— J'ai essayé, Paris, murmura Peter, désemparé.

L'infinie tristesse qu'il lisait dans ses yeux lui déchirait le cœur, mais il ne pouvait rien y faire. Aussi cruel que cela puisse paraître, il se sentait soulagé d'avoir révélé le secret qui pesait lourdement sur sa conscience.

— Je ne peux pas la quitter. Je ne peux pas. Je sais que c'est terriblement ingrat de ma part, mais c'est plus fort que moi ; j'ai pris ma décision. Tu es une femme formidable, Paris, une épouse irréprochable. Tu es merveilleuse avec les enfants, comment pourrais-je le nier ? Seulement… j'aspire à autre chose aujourd'hui. Je me sens… vivant quand je suis avec elle. La vie me semble tout à coup passionnante et l'avenir ne m'angoisse plus, au contraire. J'avais l'impression d'avoir cent ans avant de la connaître. Tu ne le comprends peut-être pas encore, Paris, mais crois-moi, ce coup du sort est une bénédiction pour toi comme pour moi. Nous étions tous les deux coincés dans une impasse.

Ses paroles lui lacérèrent le cœur.

— Une bénédiction ? Tu appelles ça une bénédiction ? fit-elle d'une voix suraiguë, au bord de l'hystérie. C'est une tragédie, oui ! Comment oses-tu prétendre que c'est une bénédiction de tromper sa femme, d'abandonner sa famille et de demander le divorce ? Tu as perdu la tête ou quoi ? A quoi penses-tu, à la fin ? Et d'abord, qui est cette fille ? Quel genre de sort t'a-t-elle jeté pour que tu plaques tout sans arrière-pensée ?

C'était une question de pure forme qui s'était échappée de ses lèvres. Pour Paris, « l'autre » était une rivale sans visage qui avait remporté la bataille sans lui laisser le temps de livrer combat. Elle avait tout perdu sans même s'en rendre compte. Le ciel venait de lui tomber sur la tête, songea-t-elle en fixant son mari d'un air abasourdi.

Peter passa une main fébrile dans ses cheveux. Il aurait préféré ne pas parler de Rachel tout de suite, craignant d'attiser la rancœur et la jalousie de Paris. D'un autre côté, elle serait au courant tôt ou tard, peut-être même par l'intermédiaire de leurs enfants, quand il leur présenterait sa nouvelle femme. Car il avait l'intention d'épouser Rachel... Bien sûr, il ne l'annoncerait pas tout de suite à Paris, ce serait trop d'un coup.

— Elle est avocate au cabinet. Tu l'as rencontrée à la réception de Noël, mais elle a préféré t'éviter par respect. Elle s'appelle Rachel Norman ; elle a travaillé avec moi sur le dossier de Boston. C'est quelqu'un de bien ; elle est divorcée et mère de deux petits garçons.

Paris l'écoutait en pleurant. Les larmes glissaient le long de ses joues, sur son menton et tombaient sur sa jupe. Elle avait l'air complètement abattue ; il faudrait beaucoup de temps avant qu'elle lui pardonne, Peter ne l'ignorait pas. Mais il croyait sincèrement que c'était mieux ainsi, pour tout le monde. Cela faisait un an que Rachel patientait, l'heure était venue de prendre les choses en main, il le lui avait promis. Il ne voulait surtout pas risquer de la perdre.

— Quel âge a-t-elle ? demanda Paris d'une voix désincarnée.

— Trente et un ans.

— Mon Dieu, Peter… Elle a vingt ans de moins que toi. As-tu l'intention de l'épouser ?

Une vague de panique la submergea lorsqu'elle posa cette question. Tant que Peter ne serait pas remarié, elle garderait un peu d'espoir.

— Je ne sais pas. Ce n'est pas la question pour le moment. Surmontons d'abord cette épreuve, on verra après.

Cette conversation l'accablait profondément. Pourtant, il lui suffisait de penser à Rachel pour se sentir heureux et léger. Elle lui avait apporté la jeunesse et l'espoir, toutes ces choses qui lui faisaient cruellement défaut, même s'il n'en avait pas eu pleinement conscience avant de la rencontrer. Tout devenait passionnant avec elle : un simple dîner au restaurant le rendait euphorique… Et il perdait la tête quand ils se retrouvaient au lit. Jamais encore il n'avait éprouvé un tel désir pour une femme, pas même pour Paris. Leurs rapports sexuels avaient été réguliers et épanouissants tout au long de leur vie commune, mais avec Rachel, c'était différent : attiré par elle comme par un aimant, il n'aurait jamais cru qu'une passion aussi dévorante puisse exister. Lui avait-elle jeté un sort ?

— Elle a quinze ans de moins que moi, articula Paris, secouée de sanglots incontrôlables.

Elle leva les yeux, submergée par le besoin de connaître tous les détails de leur relation, si douloureux fussent-ils.

— Quel âge ont ses fils ?

— Cinq et sept ans. Elle s'est mariée alors qu'elle était encore étudiante en droit et elle s'est démenée pour pouvoir terminer son cursus en même temps qu'elle élevait ses enfants, une fois que son mari l'a quittée. Sa vie n'a pas été drôle tous les jours, conclut-il dans un murmure.

Une bouffée d'amour et de compassion mêlés l'envahit et il baissa les yeux par pudeur. Il aurait tout fait pour Rachel, tout. Il désirait l'aider, la soutenir, l'entourer de mille et une attentions. Il avait même pris l'habitude d'emmener les garçons au parc le samedi après-midi, alors que Paris le croyait en rendez-vous d'affaires. Il aimait Rachel de toute son âme et elle éprouvait pour lui des sentiments aussi forts, aussi intenses. Pourtant, les débuts de leur liaison avaient été délicats ; rongée par la culpabilité, Rachel avait remis en cause leur relation à plusieurs reprises. La force de leur amour avait finalement triomphé et une autre question avait alors commencé à la tarauder : Peter allait-il ou non quitter sa femme ? Rachel en doutait, consciente de l'attachement qu'il portait à ses enfants et à son épouse qu'il respectait profondément. Quand Rachel décida à nouveau de rompre,

Peter prit sa décision sur-le-champ : il la demanda en mariage. Restait alors à annoncer la nouvelle à Paris et à demander le divorce. Tel était le prix à payer pour tourner la page et entamer une nouvelle vie. C'était tout ce qu'il souhaitait. S'il lui fallait sacrifier Paris pour vivre auprès de Rachel, il le ferait.

— Accepterais-tu d'aller voir un conseiller conjugal avec moi ? demanda Paris d'une voix tremblante.

Peter hésita. Il ne voulait surtout pas la bercer d'illusions concernant l'avenir de leur couple.

— Bien sûr, répondit-il finalement, si cela peut t'aider à accepter la situation. Mais il faut que tu comprennes que je ne changerai pas d'avis. J'ai mis beaucoup de temps à mûrir ma décision et rien ni personne ne pourra m'influencer.

— Pourquoi ne m'en as-tu pas parlé ? Pourquoi ne m'as-tu laissé aucune chance ? Comment ai-je pu passer à côté… ?

Sa voix se brisa. Elle se sentait tellement bête ! Trahie, brisée et abandonnée, alors même qu'il n'était pas encore parti.

— Paris, cela fait neuf mois que je fuis la maison. Je rentre tard tous les soirs, je retourne en ville tous les week-ends. J'étais persuadé que tu te doutais de quelque chose. En fait, je suis très surpris que tu n'aies rien senti venir.

— Je te faisais confiance ! répliqua Paris, indignée. Je te croyais débordé de travail. Jamais je n'aurais pu imaginer que tu ferais une chose pareille.

Ses épaules s'affaissèrent et elle fondit de nouveau en larmes. Tenaillé par l'envie de la réconforter, Peter se leva et alla se poster devant la fenêtre. Il contempla le jardin d'un air absent, en songeant à Paris qui sanglotait derrière lui. Qu'allait-elle devenir ? Elle était encore jeune et séduisante, elle referait probablement sa vie. Il s'inquiétait beaucoup pour elle, mais pas au point de renoncer au divorce. Pour la première fois de sa vie d'homme marié, il ne pensait ni à sa femme ni à ses enfants, mais à lui.

— Qu'allons-nous dire aux enfants ? demanda soudain Paris en se redressant.

Le départ de Peter ressemblait véritablement à un décès : elle devrait non seulement tenter de survivre au chagrin qui la terrassait, mais aussi annoncer la terrible nouvelle à ses proches. Le sort était vraiment cruel, parfois : sa mission de mère toucherait à sa fin en même temps que celle de parfaite épouse… Qu'allait-elle faire de sa vie, maintenant qu'elle se retrouvait seule ?

— Nous leur dirons la vérité, répondit doucement Peter. Je les aime toujours, le divorce ne changera rien pour eux. Après tout, ce ne sont plus des gamins ; Meg vole de ses propres ailes et Wim ne tardera pas à en faire autant.

Paris secoua la tête, choquée par la naïveté de ses propos. Meg et Wim se sentiraient trahis, eux aussi, cela ne faisait aucun doute.

— Je crois que tu t'avances un peu, objecta-t-elle. Si tu veux mon avis, ils seront bouleversés. Quoi de plus normal, après tout ? Leur famille vole en éclats et tu t'attends à ce qu'ils le prennent bien ? Non, c'est impossible.

— Tout dépendra de la manière dont nous leur expliquerons les choses. C'est ta façon de gérer la situation qui sera déterminante.

Une nouvelle bouffée de colère assaillit Paris. Ainsi, il comptait sur elle pour aplanir les choses… Mais il n'en était pas question ! En un quart de seconde, elle avait été démise de ses fonctions d'épouse et, à ce titre, elle ne lui devait plus rien. A présent, elle devrait s'efforcer de penser à son propre bien-être… mais comment s'y prendre, après vingt-quatre années consacrées au bonheur de ses proches ?

— Tu garderas la maison, annonça-t-il soudain.

Il avait pris sa décision, après avoir demandé Rachel en mariage. Tous deux projetaient d'acheter un appartement à New York. Ils en avaient déjà visité plusieurs.

— Où habiteras-tu ? demanda Paris, la gorge nouée.

— Je ne sais pas encore, éluda Peter en évitant son regard. Nous avons encore le temps d'y réfléchir. En attendant, je prendrai une chambre à l'hôtel dès demain, ajouta-t-il sur le même ton monocorde.

Ses paroles la firent tressaillir. Il ne parlait pas d'une chose lointaine, voire improbable. Non, sa décision était aussi concrète qu'immédiate : il quitterait la maison le lendemain matin.

— Je passerai la nuit dans la chambre d'amis, annonça-t-il en se dirigeant vers la salle de bains.

Mue par une impulsion, Paris le retint par le bras.

— Non ! Je ne veux pas éveiller les soupçons de Wim, s'il te trouve à côté, expliqua-t-elle maladroitement.

En réalité, elle désirait passer une dernière nuit auprès de son mari. Comment aurait-elle pu imaginer quelques heures plus tôt, alors qu'elle était en train de se préparer pour le dîner, que ce serait la dernière soirée qu'ils passeraient en tant que couple marié ? Avait-il déjà tout prévu, en rentrant à la maison ? Dire qu'elle s'était inquiétée de le voir si abattu… Ce n'était pas le travail qui le préoccupait, mais plutôt la perspective d'une confrontation inéluctable.

— Tu ne vois pas d'inconvénient à ce que je dorme ici ? demanda-t-il d'un ton empreint de gravité.

Au fond de lui, Peter redoutait qu'elle commette un acte irraisonné – et si elle tentait de mettre fin à ses jours ou de s'en prendre à lui ? Mais il ne lut rien de tel dans ses yeux. Elle était bouleversée, accablée par le chagrin, mais elle n'était pas folle.

— Je peux retourner à New York, si tu préfères.

Rejoindre Rachel et sa nouvelle vie. La quitter à jamais. Paris chercha son regard et secoua la tête.

— Je veux que tu restes.

Pour toujours. Pour le meilleur et pour le pire, jusquà ce que la mort nous sépare, comme tu l'as promis il y a vingt-quatre ans.

Le cœur de Paris se serra douloureusement. Comment pouvait-il jeter aux orties tout ce qu'ils avaient vécu ensemble ? Comment pouvait-il oublier les vœux qu'ils avaient échangés avec ferveur le jour de leur mariage ? Apparemment, cela ne lui posait aucun problème. Tout ça pour une jeune femme de trente et un ans et ses deux petits garçons.

Pétrifiée sur sa chaise, le regard perdu dans le vide, Paris resta immobile, pendant qu'il disparaissait dans la salle de bains. Il reparut quelques minutes plus tard, vêtu de son pyjama, et alla directement se coucher. Il éteignit sa lampe de chevet. Au bout d'un moment, il prit la parole d'une voix à peine audible, sans oser la regarder.

— Je suis désolé, Paris... Je n'avais rien prévu de tout ça, crois-moi... Mais je suis prêt à tout pour t'aider à surmonter ta peine. Je n'ai pas le choix, tu comprends...

— Tu peux toujours rompre, objecta Paris. Pourquoi ne prends-tu pas le temps d'y réfléchir ?

Elle l'aimait tellement qu'elle n'avait pas honte de l'implorer. Se débarrasser de Rachel demeurait son seul espoir. Un long silence suivit ses paroles.

— Non, je ne romprai pas, répondit-il finalement. C'est trop tard. Je ne reviendrai pas sur ma décision.

— Est-elle... enceinte ? demanda Paris dans un murmure horrifié.

L'idée venait de la traverser, accablante. Pourtant, elle se sentait prête à supporter l'existence d'un enfant illégitime plutôt que de le perdre complètement. D'autres couples avant eux avaient résisté à une telle épreuve. Si Peter le souhaitait, ils s'en sortiraient eux aussi.

— Non, elle n'est pas enceinte. J'ai simplement l'impression de prendre la bonne décision en ce qui me concerne... et peut-être pour toi aussi. Je t'aime, mais plus comme avant. Tu mérites mieux que ça, Paris. Il te faut quelqu'un qui t'aime comme je t'ai aimée autrefois.

— C'est terrible, ce que tu me dis là. Que suis-je censée faire ? Passer une petite annonce dans le journal ? Tu me jettes comme un vieux jouet dont tu ne voudrais plus, en me disant de trouver quelqu'un d'autre. Tu as le beau rôle, hein ? J'ai passé plus de la moitié de ma vie près de toi. Je t'aime. Dans mon esprit, il était évident que nous resterions ensemble jusqu'à la fin de nos jours. Mais non, tu en as décidé autrement... Que vais-je devenir, dans tout ça ?

En prononçant ces mots, elle se sentit submergée par une vague d'effroi et de désespoir mêlés. Jamais encore elle n'avait éprouvé une telle peur. L'avenir lui semblait tout à coup pétri de tristesse et d'incertitude. Elle ne voulait pas d'un autre homme dans sa vie, non ! C'était Peter qu'elle voulait, son mari aux yeux de tous. Pour elle, le lien qui les unissait était sacré. Pas pour lui, hélas...

— Tu es une femme merveilleuse, Paris. Tu es belle, intelligente, pleine de vie. Celui qui saura conquérir ton cœur sera le plus heureux des hommes... Je ne suis plus celui-là. Les choses ont changé, je n'arrive pas encore à expliquer ce qui s'est passé au juste, mais c'est ainsi. Ma place est ailleurs, désormais.

Paris le considéra un long moment sans mot dire puis, avec des gestes d'automate, elle se leva et alla se poster près du lit, du côté de Peter. Secouée de sanglots, elle tomba à genoux et posa la tête sur les draps. Couché sur le dos, les yeux rivés au plafond, Peter demeura immobile. Des larmes glissaient lentement sur ses tempes et venaient s'écraser sur l'oreiller. Avec une douceur infinie, il lui caressa les cheveux. Ce fut un moment plein de tendresse et de mélancolie qu'ils partagèrent en silence, sans oser se regarder. L'ultime moment de ce genre.

2

Le soleil brillait avec insolence dans un ciel d'azur le lendemain matin. Paris se retourna dans son lit, frappée par les souvenirs de la veille. Elle aurait aimé qu'il pleuve et qu'il fasse gris... Comme elle se tournait vers Peter, un sanglot s'échappa de ses lèvres. Mais il était déjà dans la salle de bains, en train de se raser. Le cœur lourd, elle se leva, enfila son peignoir et descendit à la cuisine pour préparer du café. Elle se sentait comme piégée dans une fiction mélodramatique ; tout redeviendrait peut-être comme avant, s'ils prenaient le temps d'en discuter calmement par cette belle journée de printemps. Mais d'abord, une tasse de café bien serré. Elle était toute courbatue, comme si on l'avait rouée de coups. Elle n'avait pas pris le temps de se coiffer ni de se brosser les dents ; son maquillage de la veille coulait piteusement, ravagé par les larmes. Quand elle entra dans la cuisine, Wim la regarda d'un air surpris. Attablé devant son petit déjeuner, il fronça les sourcils. C'était la première fois qu'il lui voyait une mine aussi affreuse. Sa mère aurait-elle fait des excès, la veille ? Ou bien était-elle malade ?

— Tu ne te sens pas bien, maman ?

— Si, si, ça va… Je suis juste un peu fatiguée, mentit-elle en préparant le jus d'orange de Peter – probablement pour la dernière fois.

Le même sentiment d'irréalité l'envahit, comme si tout cela n'était qu'un mauvais rêve. Ou même une épreuve qu'ils finiraient par surmonter ensemble. C'était forcément ça. Peter ne songeait pas sérieusement au divorce… Non, c'était impossible. Elle se souvint tout à coup d'une de ses amies qui avait perdu son mari l'an dernier, terrassé par une crise cardiaque alors qu'il jouait au tennis. Elle lui avait raconté qu'au cours des six premiers mois qui avaient suivi son décès, elle s'attendait tous les jours à le voir franchir le seuil de la porte en riant – ne lui avait-il pas joué un sacré tour ? ! De son côté, Paris espérait que Peter nierait tout ce qu'il lui avait dit la veille. Rachel et ses fils s'effaceraient alors gentiment et ils reprendraient le cours de leur vie, comme s'il ne s'était rien passé. C'était une folie passagère, rien de plus. Hélas, son optimisme fut de courte durée ; quand Peter fit son apparition un moment plus tard, elle sut aussitôt que ce n'était pas une blague.

— Tu vas au bureau, papa ? demanda Wim, surpris par le sérieux de son père un samedi matin.

Paris tendit à Peter son verre de jus d'orange et il la remercia d'un signe de tête. Une tension presque tangible envahit la pièce. Conscient que quelque chose ne tournait pas rond – ses parents s'étaient peut-être querellés, même si cela arrivait rarement –, Wim prit son assiette et s'éclipsa.

Peter but son jus d'orange et prit quelques gorgées du café qu'elle lui avait servi. Après le départ de son fils, il se leva et se dirigea vers l'escalier pour aller chercher ses affaires. Il avait préparé un petit sac de voyage pour le week-end, projetant de repasser dans la semaine pour prendre le reste de ses affaires. Paris semblait sur le point d'exploser et il avait hâte de partir, redoutant un nouvel affrontement, plus douloureux que celui de la veille.

— Pouvons-nous parler ? demanda Paris en le suivant dans la chambre.

Peter souleva son sac et la gratifia d'un regard morne.

— Tout a été dit, Paris. Je dois partir, maintenant.

— Je te demande juste de m'écouter, tu me dois bien ça, après tout, insista-t-elle. Pourquoi ne t'accorderais-tu pas le temps de la réflexion ? Peut-être es-tu sur le point de commettre une terrible erreur ? C'est en tout cas mon avis et je suis sûre que Wim et Meg penseront comme moi. Prenons rendez-vous avec un conseiller, essayons de sortir de cette impasse… Enfin, Peter, tu ne peux tout de même pas faire une croix sur vingt-quatre années de vie commune, à cause d'une autre femme !

— Je n'ai pas envie de voir un conseiller, Paris, répondit-il sans ambages. Je veux divorcer. Même si je cessais de voir Rachel, je ne resterais pas avec toi. La vie que nous menons, toi et moi, ne me satisfait plus. Regarde les choses en face, Paris : nous nous sommes éloignés, au fil des années, sans même nous en apercevoir. Notre couple ressemble désormais à un vieil arbre mort qu'il faut abattre, avant qu'il tombe et tue quelqu'un. Moi, par exemple. Je ne peux pas continuer comme ça plus longtemps, Paris.

Il parlait d'une voix dénuée d'émotion ; en même temps, une détermination inébranlable se lisait sur son visage. Son bonheur était en jeu et il ne laisserait pas Paris l'empêcher d'être heureux. Elle l'aimait, certes, et il l'aimait aussi, d'une certaine manière. Mais son cœur appartenait désormais à Rachel ; c'était avec elle qu'il voulait vivre jusqu'à la fin de ses jours. Rien de ce que Paris dirait ne pourrait le faire changer d'avis. Leur mariage était terminé, elle serait bien obligée de l'accepter, tôt ou tard.

— Cette fille doit être merveilleuse au lit pour te tourner la tête comme ça.

Elle regretta aussitôt ses paroles, tellement mesquines, mais ç'avait été plus fort qu'elle. Sans mot dire, Peter s'empara de son sac et quitta la chambre. Paris le regarda s'éloigner, l'estomac chaviré. Arrivé en bas des marches, il leva les yeux vers elle.

— Je t'appellerai pour te tenir au courant de la procédure. Tu n'auras qu'à prendre un avocat de mon cabinet, j'en trouverai un ailleurs. Pourras-tu annoncer la nouvelle aux enfants ?

Son détachement lui glaça le cœur. On aurait dit qu'il parlait d'un contrat ou d'un voyage d'affaires avec un collègue. La tendresse et la compassion qu'il lui avait témoignées la veille s'étaient volatilisées pour faire place à une incroyable froideur. Le beau rêve était terminé. Elle le fixa longuement, consciente que ce moment resterait à jamais gravé dans sa mémoire : Peter debout au pied de l'escalier, vêtu de son pantalon en toile beige et d'une élégante chemise bleue, son beau visage éclairé d'un rayon de soleil. Elle eut soudain l'impression de le voir mort, au funérarium. Au prix d'un effort, elle résista à l'envie de dévaler les marches pour se jeter dans ses bras, se contentant de hocher brièvement la tête. Il pivota sur ses talons et sortit de la maison, sans un regard en arrière. La porte se referma sur lui, Paris vacilla légèrement. Quelques instants plus tard, la voiture s'éloigna en ronronnant.

Elle n'avait toujours pas bougé quand Wim émergea de sa chambre, vêtu d'un short et d'un tee shirt, une casquette de base-ball sur la tête. Il posa sur elle un regard intrigué.

— Ça va, maman ?

Incapable d'articuler le moindre mot, Paris hocha la tête. Elle n'avait aucune envie de s'effondrer devant son fils et ne se sentait pas encore prête à lui annoncer la terrible nouvelle. Le serait-elle un jour ? Il faudrait pourtant bien qu'elle trouve le courage de parler à ses enfants.

— Papa est parti au bureau ? reprit Wim, perplexe.

Paris hocha de nouveau la tête et tapota doucement le bras de son fils, avant de battre en retraite dans sa chambre.

Une fois seule, elle s'allongea sur le lit conjugal. L'oreiller de Peter sentait encore son eau de toilette et elle inspira profondément. L'amie qui avait perdu son mari lui avait confié qu'elle avait attendu des semaines avant de se résoudre à changer les draps. Réagirait-elle de la même manière ? La vie sans Peter lui semblait inconcevable. Bizarrement, elle n'éprouvait aucune colère, aucun ressentiment, plutôt une peur indicible, incontrôlable. Comme s'il s'était produit quelque chose de terrible dont elle ne gardait aucun souvenir. Au plus profond de son être toutefois, elle savait. Elle venait de perdre l'homme de sa vie, le seul qu'elle ait jamais aimé. Au rez-de-chaussée, Wim sortit et la porte se referma sur lui dans un claquement sourd.

Submergée par une vague de désespoir, Paris enfouit son visage dans l'oreiller de Peter et éclata en sanglots. L'univers qu'elle connaissait et chérissait depuis vingt-quatre ans venait de voler en éclats. Et elle n'avait qu'une envie : disparaître avec lui.

3

Au cours du week-end, le téléphone sonna plusieurs fois mais elle ne décrocha pas. Sur le répondeur, elle trouva plus tard des messages de Virginia, Nathalie et Meg. Au fond d'elle, elle continua à espérer un appel de Peter ; il lui dirait qu'il avait perdu la tête, qu'il rentrait à la maison. Mais Peter n'appela pas. Elle passa le week-end au lit, prétextant une grippe, et Wim vint la voir à plusieurs reprises pour la tenir au courant de ses déplacements.

Le dimanche soir, elle se leva pour lui préparer à manger. Il avait passé tout l'après-midi enfermé dans sa chambre, absorbé par ses devoirs. Lorsqu'il entendit du bruit dans la cuisine, il descendit. Debout au milieu de la pièce, Paris le regarda d'un air hébété. Wim fronça les sourcils.

— Tu ne te sens pas mieux, maman ? Tu es toute pâle. Ne t'inquiète pas pour moi, je me ferai à manger tout seul, ajouta-t-il gentiment. Au fait, où est papa ?

La voiture de son père n'était pas au garage, quand il était rentré à 1 heure du matin.

— Il travaille trop depuis quelque temps, fit-il observer en secouant la tête.

Paris se laissa tomber sur une chaise. Elle était encore en pyjama et ne s'était ni douchée ni coiffée depuis le vendredi soir. Ce laisser-aller ne lui ressemblait pas : réputée pour son élégance et sa coquetterie, elle se donnait toujours la peine de s'apprêter un peu, même quand elle ne se sentait pas bien. L'inquiétude se peignit sur le visage de Wim.

— Maman… Quelque chose ne va pas ?

Elle hocha la tête et se força à rencontrer son regard. Comment lui annoncer la nouvelle ?

— Ton père et moi, nous avons eu une discussion très sérieuse, vendredi soir, commença-t-elle tandis qu'il s'asseyait en face d'elle.

Comme pour se donner du courage, elle lui prit les mains et les serra entre les siennes. Un flot de larmes embua son regard et elle les refoula tant bien que mal. Elle devait avant tout penser au bien-être de son fils. Car ce dernier se souviendrait toute sa vie des instants qui allaient suivre.

— Je ne m'en étais pas rendu compte, reprit-elle d'un ton faussement posé, mais ton père n'était pas heureux depuis quelque temps. La vie que nous menons lui semble trop fade, peut-être trop routinière. Peut-être aurais-je dû chercher du travail, quand Meg est entrée au lycée. Ça doit être ennuyeux, à la longue, d'entendre sans cesse les mêmes histoires de covoiturage et de jardinage… Quoi qu'il en soit, ton père a décidé…

Elle s'interrompit un instant pour prendre sa respiration ; puis, enveloppant son fils d'un regard plein de tendresse, elle se jeta à l'eau :

— Il a décidé de divorcer. C'est un choc terrible, je sais ; j'ai eu l'impression que le ciel me tombait sur la tête, moi aussi. Mais nous garderons la maison… Enfin, je garderai la maison et Meg et toi, vous viendrez quand vous voudrez, la porte vous est grande ouverte. Papa ne sera plus là, c'est la seule chose qui changera.

La stupeur s'inscrivit sur le visage de Wim.

— C'est pas vrai ? Il nous quitte ? Mais… mais qu'est-ce qui s'est passé ? Vous vous êtes disputés à propos de quelque chose, c'est ça ? demanda-t-il, incrédule.

Ses parents ne se querellaient jamais ; tout au plus se taquinaient-ils de temps en temps, allant parfois jusqu'à échanger quelques reproches, mais le ton ne montait jamais bien haut.

— Ce n'est pas vous qu'il abandonne, rectifia Paris. C'est moi. Il a le sentiment de suivre sa destinée.

Sa lèvre inférieure trembla et elle fondit en larmes, incapable de se contrôler plus longtemps. Wim se leva d'un bond. Il contourna la table et la prit dans ses bras. Quand elle leva les yeux sur lui, elle vit qu'il pleurait aussi.

— Oh, maman, je suis désolé… Est-ce que quelque chose l'a contrarié ? Crois-tu qu'il reviendra sur sa décision ?

Paris hésita un long moment. Finalement, elle choisit de dire la vérité.

— J'aimerais pouvoir te répondre oui, mais en réalité je ne le pense pas. Il a pris une décision et semble déterminé à aller jusqu'au bout de son choix.

— Alors, vous allez divorcer, c'est vrai ? balbutia Wim.

Le visage baigné de larmes, il ressemblait à un petit garçon injustement puni. Ils se blottirent l'un contre l'autre, unis dans le désespoir.

— C'est ce que souhaite ton père, répondit-elle entre deux hoquets.

Wim se redressa.

— C'est nul… murmura-t-il en essuyant ses larmes. Pourquoi ferait-il une chose pareille ?

L'idée que son père puisse avoir une maîtresse ne lui effleura pas l'esprit et Paris se garda d'aborder la question. Si, comme elle le craignait, Rachel restait avec Peter, Wim le découvrirait bien assez tôt. Et ce serait à Peter d'affronter la réaction probablement virulente de ses enfants.

— Il arrive que certaines personnes évoluent au fil des années. Certains couples s'éloignent sans même s'en apercevoir. J'aurais dû prendre conscience qu'il était en train de m'échapper, mais je n'ai rien vu.

— Quand t'a-t-il annoncé sa décision ?

— Vendredi soir, après le dîner.

— Je comprends mieux pourquoi vous aviez tous les deux des têtes d'enterrement, hier matin.

Moi qui croyais que vous aviez abusé de la bois-
son... ajouta-t-il dans un pâle sourire.

Paris feignit l'indignation.

— Parce que tu nous as déjà vus avec une
gueule de bois ?

— Non, mais il faut un début à tout, n'est-ce
pas ? Tu avais une mine terrible, maman. Quand
je suis monté te voir un peu plus tard, tu m'as dit
que tu avais la grippe...

Tout à coup, une pensée le traversa :

— Meg est au courant ?

Paris secoua la tête. Elle répugnait à lui annoncer la nouvelle au téléphone.

— Je vais l'appeler, déclara-t-elle néanmoins.
Tout à l'heure.

— Veux-tu que je m'en charge ? proposa gentiment Wim.

Il en voulait terriblement à son père de ne pas
leur avoir annoncé sa décision en personne.
C'était une attitude extrêmement lâche, même si
sa mère avait l'habitude d'endosser la plupart des
responsabilités concernant la famille.

— Ce n'est pas à toi de le faire, objecta Paris
en gratifiant son fils d'un regard reconnaissant.
C'est mon devoir.

— Comme tu voudras. Dans ce cas, laisse-moi
au moins préparer le dîner.

Ainsi, quand il quitterait la maison pour entrer
à l'université, sa mère se retrouverait seule à
Greenwich. Comment son père pouvait-il lui faire
ça ? Celui que Wim avait toujours pris pour
modèle depuis sa plus tendre enfance venait de

dégringoler très bas dans son estime. Il sortit du réfrigérateur une salade, quelques tomates et un reste de poulet froid.

— Si tu veux, je peux choisir une université dans la région, suggéra-t-il à brûle-pourpoint.

Plusieurs établissements de la côte Est avaient accepté son dossier ; ayant confirmé son inscription à Berkeley, il n'avait pas encore eu le temps de décliner les autres propositions.

— Ne change surtout rien à tes projets, Wim. Si ton père tient vraiment à divorcer, il faudra bien que je m'y fasse. Tu ne vas tout de même pas rester toute ta vie avec moi.

Bien qu'elle se gardât de lui confier ses angoisses, c'était précisément ce sentiment de solitude qui la terrorisait. Elle y avait songé tout le weekend. Elle était seule. Pour toujours. Bientôt, Wim ne serait plus là pour s'enquérir de sa santé, discuter de la pluie et du beau temps, partager ses repas. Tout au long du week-end, elle avait senti sa présence aimante et réconfortante. Qui prendrait soin d'elle quand il serait parti ? Qui la soignerait si elle tombait malade ? Qui l'emmènerait au cinéma ? Et si personne ne l'embrassait jamais plus, si personne ne lui faisait l'amour ? Serait-elle condamnée à vivre seule jusqu'à la fin de ses jours ? Cette perspective l'emplissait de terreur. Wim semblait percevoir son angoisse. Mais Peter n'y avait pas été sensible, lui.

Elle s'efforça d'aborder des sujets plus légers, pendant que Wim préparait le dîner. Quand ils furent tous deux attablés devant leurs assiettes, ils furent incapables d'avaler quoi que ce soit.

— Je suis désolée, mon chéri, murmura Paris. Je n'ai pas très faim.

— C'est pas grave, maman, moi non plus. Si tu appelais Meg tout de suite ?

Il avait hâte de pouvoir parler de tout ça avec sa sœur. Meg et lui avaient toujours été proches et il avait besoin de connaître son avis. Peut-être serait-elle en mesure de lui dire si son père allait ou non revenir sur son incroyable décision. C'était la première fois qu'il voyait sa mère aussi mal en point et son état l'inquiétait profondément. On eût presque dit qu'elle souffrait d'une maladie incurable.

— Tu as raison, murmura Paris.

Elle gagna sa chambre d'un pas traînant et composa le numéro de sa fille, pendant que Wim débarrassait la table. Sans qu'elle puisse s'expliquer pourquoi, elle avait besoin de parler à Meg seule à seule.

Celle-ci décrocha à la deuxième sonnerie ; sa voix enjouée résonna à l'autre bout du fil. Elle rentrait tout juste de Santa Barbara, où elle avait passé un week-end formidable avec son nouveau petit ami, expliqua-t-elle à Paris. Un jeune acteur.

— Tu es seule, chérie, ou veux-tu que je te rappelle un peu plus tard ? demanda Paris en s'efforçant de mettre un peu d'entrain dans sa voix.

— Non, maman, je suis seule. Pourquoi, tu as quelque chose d'important à me dire ? fit Meg d'un ton léger, à mille lieues de se douter de ce qui allait suivre.

La mort dans l'âme, Paris lui annonça la nouvelle. Meg poussa un cri horrifié.

— C'est une blague, n'est-ce pas ? Il a perdu la tête ou quoi ? Ce n'est pas possible... Tu crois vraiment qu'il ira jusqu'au bout ?

Elle se sentait plus furieuse que triste ou inquiète, probablement parce qu'elle ne voyait pas le visage décomposé de sa mère, les cernes sous ses yeux vides, ses beaux cheveux en désordre.

— Oui, je le pense, répondit Paris.

— Pourquoi ?

Il y eut un long silence.

— A-t-il rencontré quelqu'un d'autre ?

Plus âgée que Wim, Meg était aussi plus mûre et perspicace. Depuis qu'elle vivait à Hollywood, elle avait été abordée à plusieurs reprises par des hommes mariés. Malgré cela, elle n'arrivait pas à croire que son propre père puisse être infidèle. Quant au divorce... Non, c'était tout bonnement inconcevable.

Paris éluda habilement la question.

— Ton père doit avoir ses raisons. Il m'a dit qu'il s'ennuyait avec moi. Il aspire à une vie plus trépidante et il semblerait que je ne puisse plus lui apporter le piment dont il a besoin. Evidemment, ça n'a rien de très excitant de rentrer tous les soirs à Greenwich, pour m'entendre parler des fleurs que je viens de planter au jardin... conclut Paris, partagée entre l'humiliation et l'abattement.

Peut-être aurait-ce été différent, si elle avait repris une activité professionnelle il y a quelques années. Ils auraient eu alors des choses plus passionnantes à partager. N'était-ce pas ainsi que Rachel l'avait conquis ? Elle était sans nul doute plus intéressante... et tellement plus jeune ! A cette pensée, Paris se sentit tout à coup très vieille, fade et sans attrait.

— Ne raconte pas n'importe quoi, maman. Tu as toujours été beaucoup plus drôle et vive que papa. Je ne comprends vraiment pas ce qui a bien pu lui passer par la tête. Il t'en avait un peu parlé avant ?

La jeune fille tentait désespérément de comprendre, mais il lui manquait pour cela un élément essentiel : Rachel, le nouvel amour de son père. Paris réprima un soupir.

— Il ne m'avait absolument rien dit avant vendredi soir.

A cet instant précis, le soutien inconditionnel de ses deux enfants lui réchauffa le cœur. Elle avait eu peur qu'ils lui adressent des reproches, qu'ils la tiennent pour responsable de la décision de leur père mais, pour Meg, les choses étaient claires : son père était en faute et elle était furieuse contre lui.

— Si tu veux mon avis, il ne sait pas ce qu'il fait, affirma cette dernière. Est-il d'accord pour rencontrer un conseiller avec toi ?

— Peut-être. Mais il a été très clair là-dessus aussi : s'il accepte d'en voir un, c'est uniquement pour me permettre de gérer au mieux notre divorce. En aucun cas il ne reviendra sur sa décision.

— Il est dingue, décréta Meg, regrettant de ne pas se trouver avec sa mère et son frère. Où est-il, en ce moment ?

— Il m'a dit qu'il allait à l'hôtel à New York ; il doit me rappeler demain, pour me donner des détails concernant le divorce. Il m'a conseillé de prendre un de ses avocats.

Encouragée par l'indignation de Meg, elle poursuivit :

— Il a dû descendre au Regency. C'est toujours là qu'il va quand il est coincé en ville, parce que c'est à côté du cabinet.

— Je vais l'appeler. Avait-il l'intention de m'annoncer la nouvelle ou comptait-il sur toi pour le faire ?

Meg était à la fois folle de rage et profondément attristée mais, pour le moment, c'était la colère qui prenait le pas sur le chagrin. Plus immature et en contact direct avec leur mère, Wim s'était au contraire laissé gagner par la peur.

— Il savait que je te mettrais au courant. C'était plus facile pour lui, conclut tristement Paris.

— Et Wim, comment a-t-il réagi ? s'enquit Meg d'un ton inquiet.

— Le pauvre chéri… J'ai passé le week-end au lit ; c'est lui qui a préparé le dîner, ce soir.

— Maman, commença Meg d'une voix ferme, sois forte, je t'en prie. C'est un choc terrible, je sais, et tellement inattendu. Mais il se produit tant de choses bizarres autour de nous. Dis-toi qu'il aurait aussi bien pu mourir. Dieu merci, ce n'est pas le cas. Il arrive que des gens commettent des actes totalement insensés, et je crois que c'est ce qui se passe pour papa. Ça ne lui ressemble vraiment pas ! J'ai toujours cru que vous resteriez ensemble jusqu'à la fin de vos jours.

— Je le croyais aussi, murmura Paris, le regard embué. Je ne sais pas quoi faire. Que vais-je devenir sans lui ?

Sa voix se brisa et elle fondit en larmes. Meg passa la demi-heure suivante à tenter de la consoler, puis elle demanda à parler à son frère. Lorsque Wim décrocha dans la cuisine, Paris reposa le combiné. Le frère et la sœur parlèrent pendant près d'une heure. Selon eux, leur père avait perdu la tête, mais il ne s'agissait que d'un moment d'égarement ; avec un peu de chance, il finirait par revenir à la raison. Wim gardait bon espoir, alors que Meg, elle, se montrait plus prudente. Sa mère ne lui avait pas répondu clairement quand elle avait abordé la question de l'existence d'une autre femme dans la vie de son père.

Meg appela le Regency dès que son frère eut raccroché, mais son père ne s'y trouvait pas. Elle essaya alors d'autres hôtels, sans succès. Aussi se leva-t-elle à 6 heures le lendemain matin, pour être sûre de le trouver à son bureau ; il était 9 heures à New York.

— Peux-tu me dire ce qui se passe, papa ? demanda-t-elle sans préambule. J'ignorais que vous traversiez une période difficile, maman et toi, ajouta-t-elle en s'efforçant de garder un ton neutre.

A sa grande surprise, son père se confia volontiers.

— Ce n'était pas le cas, répondit-il avec sincérité. Je suis le seul à la traverser. Comment va-t-elle ? Tu l'as eue au téléphone ?

— Elle est effondrée, tu dois t'en douter. Qu'est-ce qui se passe, au juste, papa ?

Il poussa un soupir avant de répondre.

— J'ai longuement réfléchi avant de prendre cette décision, Meg. J'ai sans doute eu tort de ne rien lui dire plus tôt. Je pensais peut-être changer d'avis avec le temps, mais ça n'a pas été le cas. J'ai l'impression d'être un zombie, coincé à Greenwich avec elle.

— Vous n'avez qu'à déménager tous les deux ; prenez un appartement à New York. Tu n'es pas obligé de divorcer, après tout, fit observer Meg, gagnée par un feu d'espoir.

— Je ne peux pas rester avec ta mère, Meg. Je ne suis plus amoureux d'elle. C'est terrible à dire, mais c'est la vérité.

L'optimisme de Meg retomba brusquement.

— Tu le lui as dit ?

La jeune fille retint son souffle, prenant soudain conscience de la violence du coup porté à sa mère.

— Le plus délicatement possible, oui. Il fallait que je sois franc avec elle. Je n'ai pas l'intention de recoller les morceaux et je voulais qu'elle le sache.

— Oh... Et maintenant ? Que comptez-vous faire chacun de votre côté, tous les deux ? demanda bravement la jeune fille.

Une boule lui serrait la gorge. C'était tellement injuste pour sa mère ; ne méritait-elle pas autre chose, après vingt-quatre ans de mariage ?

— Je ne sais pas, Meg. Elle finira bien par retrouver quelqu'un. Ta mère est une femme formidable ; elle ne restera pas seule bien longtemps, fais-moi confiance.

Une bouffée d'indignation envahit la jeune femme. Comment pouvait-il se montrer aussi désinvolte ?

— C'est toi qu'elle aime, papa.

— Je sais, ma chérie. J'aimerais pouvoir lui rendre son amour, mais c'est fini.

— Tu vois quelqu'un d'autre, papa ?

Le bref silence qui suivit sa question ne fit qu'attiser ses soupçons.

— Je ne sais pas, répondit-il finalement. Peut-être, oui. Mais je dois d'abord régler la question avec ta mère.

Sa réponse évasive fut plus éloquente qu'une explication détaillée.

— C'est dégoûtant de faire ça à maman ; elle ne le mérite vraiment pas, lâcha Meg d'un ton lourd de reproches.

— Je sais, Meg. Ta mère compte beaucoup pour moi, elle restera toujours dans mon cœur. Je ferai tout pour lui rendre les choses plus faciles.

La culpabilité l'avait tenaillé tout le week-end, mais sa passion pour Rachel demeurait plus forte que tout. Pour elle, il irait jusqu'au bout.

— Imagines-tu seulement le choc qu'elle est en train de subir ? Du jour au lendemain, son mari la quitte sans crier gare, et c'est tout son univers qui s'écroule ! Bientôt, Wim quittera la maison et maman se retrouvera seule. Que va-t-elle devenir, papa ? demanda Meg d'une voix tremblante.

— Je ne sais pas. Elle trouvera la force de rebondir, chérie. Le destin nous réserve des surprises tous les jours, tu sais. Les sentiments évoluent, on ne s'aime plus, on divorce et puis la vie continue, c'est comme ça. Ça aurait très bien pu lui arriver à elle, tu sais.

— Honnêtement, je ne crois pas. Elle ne t'aurait jamais quitté… jamais, insista Meg.

Elle aimait toujours son père, mais elle ne le comprenait plus. C'était à un parfait inconnu qu'elle s'adressait. Un enfant gâté qui ne pensait qu'à lui.

— Tu as sans doute raison, concéda Peter. Ta mère est profondément loyale et droite. Je ne mérite pas tout ça.

— Peut-être pas, en effet, murmura Meg, déçue par l'attitude de son père. Quand comptes-tu officialiser votre séparation ?

— Le plus rapidement possible. Inutile de perdre du temps à argumenter et négocier. Ma décision est irrévocable et je crois qu'un divorce rapide et bien ficelé sera le mieux pour tout le monde.

Il se garda de dévoiler à sa fille qu'il avait déjà pris contact avec un avocat pour lancer la procédure, désireux d'obtenir le jugement de divorce avant Noël. Rachel et lui espéraient se marier à la fin de l'année. Et Rachel désirait un autre enfant.

— Tout cela m'affecte beaucoup, papa. Je suis triste pour vous deux et pour Wim aussi. C'est affreux... conclut Meg avant de fondre en larmes, incapable de contenir la tristesse qui lui serrait le cœur.

Ils raccrochèrent quelques minutes plus tard. En l'espace d'une soirée, elle avait non seulement perdu sa famille, mais aussi tous ses beaux rêves d'enfant. Son père révélait une personnalité qu'elle n'avait jamais soupçonnée et elle redoutait que sa mère sombre dans une dépression. Ses enfants n'étaient plus à la maison, son mari l'avait abandonnée et elle n'avait pas de travail pour lui changer les idées... Il ne lui restait plus qu'une maison vide et quelques amis à Greenwich. Serait-ce suffisant pour la pousser à aller de l'avant ? Pour chasser le désespoir qui la terrassait ? Ces questions hantèrent Meg toute la journée, et elle appela Wim le soir même, pour lui rapporter la conversation qu'elle avait eue avec leur père.

— Il ne reviendra pas, annonça-t-elle d'un ton lugubre. Je ne sais pas ce qui lui a pris, mais il n'a aucune intention de rentrer à la maison.

Elle hésita un instant avant d'ajouter :

— Je crois qu'il a une maîtresse.

— Il te l'a dit ? fit Wim, anéanti.

L'idée ne lui avait même pas effleuré l'esprit. Droit et sérieux, leur père semblait profondément attaché aux valeurs morales traditionnelles... Pourtant, il divorçait. Du jour au lendemain, il était devenu un parfait étranger aux yeux de sa propre famille.

— Pas clairement, non, mais c'est l'impression que j'ai eue. On verra bien ce qui va se passer.

— Tu crois que maman est au courant? demanda Wim dans un élan de compassion.

Paris était allée se coucher à 20 heures pile, bien avant le coup de téléphone de Meg.

— Je ne sais pas. Je ne voudrais surtout pas la blesser en abordant le sujet, c'est suffisamment douloureux pour elle. On va devoir la soutenir, Wim. Je devrais peut-être venir ce week-end, ajouta-t-elle en songeant à ses projets qu'elle répugnait à annuler. Attendons de voir comment elle réagit, d'accord? De toute façon, je serai là pour la remise des diplômes. Quel est ton programme pour cet été?

— Je pars en Europe avec quatre copains de classe, répondit Wim sans enthousiasme.

— D'ici là, elle ira peut-être déjà mieux, le rassura sa sœur. Ne change rien à tes projets. Je l'inviterai à venir passer quelques jours chez moi, en Californie. Pour le moment, elle ne semble pas avoir très envie de bouger.

Meg avait appelé sa mère dans la matinée. Alertée par l'abattement qui perçait dans sa voix, elle lui avait suggéré d'aller voir un médecin, mais Paris n'avait rien voulu entendre. Le choc serait difficile à assumer, c'était évident. Seul leur père s'en sortait bien, c'était tellement injuste !

— Appelle-moi s'il y a du nouveau, conclut Meg d'un ton qu'elle voulut réconfortant.

— Je me demande si elle s'est levée aujourd'hui, lui confia son frère.

— Je l'appellerai demain, ne t'inquiète pas, promit Meg au moment où retentissait la sonnette de son appartement.

C'était son petit ami qui venait la chercher.

— Je t'appellerai aussi, ajouta-t-elle avant de raccrocher, le cœur lourd.

Wim avait son numéro de portable en cas d'urgence. Le ciel leur était déjà tombé sur la tête… Que pouvait-il advenir de plus terrible ?

4

Le jeudi suivant, Virginia et Nathalie réussirent enfin à joindre Paris. Elles avaient essayé de l'appeler toute la semaine, sans succès. Comme elles déjeunaient ensemble ce jour-là, elles décidèrent d'appeler leur amie du restaurant où elles se trouvaient. Pour la première fois depuis que Peter était parti, Paris répondit au téléphone. La sonnerie l'avait tirée d'un sommeil agité et elle parla d'une voix légèrement enrouée.

Jim, le mari de Virginia, lui avait annoncé l'incroyable nouvelle en rentrant du bureau, le lundi soir. Peter lui avait confié que Paris et lui s'étaient séparés et qu'il avait l'intention de divorcer. Il mettait rapidement au courant son entourage, afin de pouvoir vivre avec Rachel aux yeux de tous. Virginia s'était empressée de tout raconter à Nathalie. En l'espace de quelques jours, Paris était devenue ce qu'elle craignait le plus : un sujet d'inquiétude et de commisération. Ses deux amies étaient tombées des nues en apprenant la nouvelle. Tout à coup, elles prenaient conscience que personne n'était à l'abri d'un désastre ; la vie réservait bien des surprises et l'avenir restait à jamais incertain, même quand on se croyait installé dans une existence bien réglée.

— Salut, ma chérie, fit Virginia avec douceur. Comment te sens-tu ?

Au ton de sa voix, Paris sut tout de suite qu'elle était au courant. Elle n'avait pas eu le courage d'appeler son amie pour lui raconter ce qui s'était passé. La douleur qui lui vrillait le cœur était encore trop vive. Au lieu d'affronter le monde extérieur, elle avait cherché refuge dans le sommeil. Elle ne se réveillait que lorsque Wim rentrait de l'école. Son fils lui préparait à manger. Depuis que Peter avait quitté la maison le samedi matin, elle était plongée dans une profonde apathie, au grand dam de Wim qui s'inquiétait beaucoup pour elle.

— Jim t'a raconté ? demanda Paris en roulant sur le dos, les yeux rivés au plafond.

— Oui, répondit prudemment Virginia.

Paris était-elle au courant de l'existence d'une autre femme dans la vie de Peter ? Dans le doute, Virginia ne fit aucun commentaire à ce sujet. La situation était déjà suffisamment douloureuse.

— On peut passer te voir ? Nat et moi, on s'inquiète beaucoup pour toi, tu sais.

— Je ne veux voir personne pour le moment, objecta Paris. J'ai une mine épouvantable.

— On se moque bien de ta tête, ce qui nous préoccupe, c'est ton moral. Comment te sens-tu, Paris ?

— J'ai l'impression que la terre s'est arrêtée de tourner vendredi soir. J'aurais préféré qu'il me tue ; ç'aurait été mille fois plus simple.

— Ne dis pas de bêtises, chérie. As-tu parlé à Meg ?

— Oui. Mes enfants sont formidables. Le pauvre Wim doit avoir l'impression de vivre avec une folle. Tous les jours, je lui promets de me lever, mais je ne m'en sens toujours pas la force.

— On arrive, décréta Virginia en lançant à Nathalie un regard alarmé.

— Non ! J'ai besoin d'un peu de temps pour me remettre, tu comprends, expliqua Paris.

Elle se sentait humiliée, anéantie. Personne ne pourrait l'aider à surmonter cette terrible épreuve, pas même ses meilleures amies. Le mardi, elle avait trouvé sur son répondeur un message de l'avocat que Peter avait choisi pour elle. La brève conversation qu'elle avait eue avec lui par la suite lui avait donné la nausée. Il lui avait expliqué que Peter avait déjà entamé la procédure de divorce et qu'il tenait à ce que tout soit réglé au plus vite. En l'écoutant, elle avait été submergée par une vague de panique incontrôlable, un peu comme si elle sautait d'un avion sans parachute.

— Je t'appellerai dès que je me sentirai mieux.

Virginia et Nathalie n'insistèrent pas. Elles déposèrent simplement un bouquet de fleurs accompagné d'une petite carte et quelques magazines

sur le perron. Mais le moral de leur amie les préoccupait. A leurs yeux, Peter et Paris avaient toujours formé un couple soudé et amoureux ;
comment était-il possible que leur mariage
s'effondre ainsi, du jour au lendemain ? C'était
tout simplement inconcevable. Un peu comme la
mort qui frappe brutalement, sans crier gare. Tous
leurs amis condamnèrent vigoureusement l'attitude de Peter ; aucun d'eux ne souhaitait rencontrer Rachel. D'après Jim, Peter ne semblait pas
souffrir de cette mise à l'écart. Il entamait une
nouvelle vie aux côtés d'une jeune femme ravissante. Toujours à son avis, Peter ne reviendrait
pas sur sa décision ; il était amoureux de Rachel,
rien ne le retiendrait auprès de Paris.

Il s'écoula un mois avant que Paris mette un
terme à sa réclusion. Virginia manqua fondre en
larmes en l'apercevant à la cérémonie de remise
des diplômes de leurs fils. Amaigrie et livide, elle
arborait néanmoins une élégante robe en lin blanc
agrémentée d'une veste assortie. Ses cheveux
étaient retenus en chignon, des perles ornaient ses
oreilles et son cou, et des lunettes noires mas-
quaient les cernes qui soulignaient ses yeux
depuis un mois. La perspective de se retrouver
face à Peter l'emplissait d'angoisse ; elle ne
l'avait pas revu depuis qu'il avait quitté la maison. Trois semaines auparavant, elle avait reçu de
sa part les premiers papiers du divorce ; elle avait
ouvert l'enveloppe d'une main tremblante, secouée de sanglots désespérés.

Mais ce jour-là, on ne décelait aucune trace de désespoir sur son visage. Elle s'approcha de lui la tête haute, le salua d'un ton neutre et partit rejoindre son petit groupe d'amis. Peter félicita chaleureusement son fils ; il semblait d'excellente humeur, au grand étonnement de tous ceux qui avaient eu vent de l'histoire. Seule Paris n'était pas surprise de le voir en pleine forme. Au cours du mois qui venait de s'écouler, elle avait eu le temps d'analyser les faits. Son seul souci, désormais, était de préserver le peu d'amour-propre qu'il lui restait. Au prix d'un effort, elle assista au dîner qu'avait organisé Wim pour fêter son diplôme. Il avait invité plusieurs dizaines d'amis et Meg avait fait le déplacement depuis Los Angeles. Ayant eu la décence de décliner l'invitation, Peter avait proposé à sa fille de dîner avec lui à New York. Paris était épuisée quand elle rentra chez elle ce soir-là. Elle alla directement se coucher ; quelques instants plus tard, Meg fit son apparition sur le seuil de sa chambre. Wim était allé fêter son diplôme avec une bande d'amis, soulagé de pouvoir passer le relais à Meg. Surprise par la pâleur et la silhouette amaigrie de sa mère, la jeune fille s'était gentiment moquée des repas concoctés par son frère. Nathalie, quant à elle, l'avait trouvée bien trop mince.

— Comment te sens-tu, maman ? s'enquit la jeune femme en venant s'asseoir près d'elle.

— Ça va, chérie, je suis juste un peu fatiguée.

Cette première sortie avait été un véritable calvaire et elle avait dû rassembler tout son courage pour y participer jusqu'au bout. Lointain et inaccessible, Peter l'avait saluée du bout des lèvres. Ils avaient à peine échangé quelques mots pendant la cérémonie. A l'évidence, ils ne resteraient pas bons amis. Paris se faisait l'impression d'un fantôme revenu hanter les siens après une mort brutale. Des transformations profondes s'étaient opérées en elle, au point qu'elle ne se sentait plus la même. En perdant son identité de femme mariée, elle avait sombré dans le néant. Mme Peter Armstrong était morte, laissant la place à une femme blessée, trahie, rejetée, humiliée. Son pire cauchemar.

— Comment papa s'est-il comporté avec toi ? voulut savoir Meg, qui avait vu ses parents se parler brièvement.

— Il s'est montré distant et courtois. Nous avons simplement échangé quelques banalités, puis je suis allée rejoindre Nathalie et Virginia. C'était plus simple comme ça. De toute façon, il n'avait pas l'air de vouloir me parler. C'est une situation très embarrassante, tu sais.

Peter continuait à lui adresser des papiers à signer, des propositions officielles concernant la maison, comme il l'avait promis. La simple vue de ces enveloppes brunes la déprimait… au point qu'elle ne se donnait pas toujours la peine de les lire.

— Je suis désolée, maman, murmura tristement Meg.

— Ça va aller, chérie, ne t'inquiète pas, la rassura Paris. Tu ne veux pas profiter de ta soirée pour aller voir tes amis ? Je ne vais pas tarder à dormir, de toute façon.

— Ça ne te dérange pas, tu es sûre ?

Meg répugnait à la laisser seule. Dès dimanche pourtant, la maison serait vide. Elle serait repartie à Los Angeles et Wim serait en Angleterre. Il sillonnerait l'Europe jusqu'au mois d'août, puis passerait quelques semaines à Greenwich avant d'entrer à l'université. Ils étaient en train de vivre leurs derniers jours ensemble, sous le même toit. Bientôt, une nouvelle page serait tournée.

En conduisant Wim à l'aéroport le samedi suivant, Paris eut la sensation de couper définitivement le cordon ombilical. Wim lui avait promis d'acheter un téléphone portable dès qu'il serait en Europe, mais tout au fond d'elle, Paris savait qu'elle devait le laisser partir et lui faire confiance. En regagnant Greenwich, elle éprouva une terrifiante sensation de vide. Tant de choses avaient changé dans sa vie, en si peu de temps ! Cette sensation s'accentua encore le lendemain matin, lorsque Meg dut rentrer à Los Angeles. Après son départ, elle erra dans la maison comme une âme en peine. Elle sursauta violemment quand le carillon de l'entrée résonna. Virginia se tenait sur le perron. Son fils était parti en Europe avec Wim et elle venait prendre des nouvelles.

— Désolée de passer à l'improviste, mais j'ai pensé que tu t'inquiétais autant que moi à leur sujet, expliqua-t-elle en esquissant une moue penaude. Wim t'a appelée ?

Paris secoua la tête en souriant.

— Non.

Elle s'était habillée, coiffée et maquillée avec soin avant le départ de Meg. Malgré ses efforts, son visage creusé portait encore les marques du traumatisme qu'elle venait de subir.

— A mon avis, ils n'appelleront pas avant plusieurs jours. J'ai demandé à Wim de s'acheter un portable.

— Moi aussi, avoua Virginia en riant.

Paris se dirigea vers la cuisine pour préparer du café.

— Meg n'est pas là ?

— Elle est partie il y a une demi-heure. Elle avait hâte de retrouver son petit copain... il est acteur, d'après ce qu'elle m'a dit. Il a joué dans deux films d'horreur et une dizaine de spots publicitaires.

— Au moins, il a du travail, commenta Virginia avec une pointe d'amusement dans la voix.

L'indicible tristesse qui voilait le regard de son amie la touchait profondément. C'était comme si elle ne croyait plus en rien ni en personne ; comme si elle avait perdu la foi et l'espoir. Un choc terrible.

Elles bavardèrent un moment devant une tasse de café. Finalement, Virginia fouilla dans son sac et en sortit un bout de papier, qu'elle poussa en direction de Paris. Un nom et un numéro de téléphone y figuraient, accompagnés d'une adresse à Greenwich.

— Qui est-ce ? s'enquit Paris en relisant le nom d'un air perplexe.

Anne Smythe. Ce nom ne lui disait rien du tout.

— Ce sont les coordonnées de ma psy. Je ne m'en serais jamais sortie sans elle.

Jim et Virginia avaient, eux aussi, traversé des moments difficiles. Tourmenté de nature, Jim avait sombré dans une dépression chronique quelques années plus tôt, et avait été obligé de suivre un traitement de fond pour s'en sortir. Ces années sombres les avaient considérablement ébranlés l'un et l'autre. Paris savait que son amie allait voir un psy, mais elle n'y avait jamais vraiment prêté attention.

— Tu crois que je suis folle ? demanda-t-elle tristement en repliant le bout de papier pour le glisser dans sa poche. C'est parfois l'impression que je me fais, avoua-t-elle, presque soulagée de pouvoir enfin se confier.

— Mais non, ce n'est pas du tout ce que je veux dire, répondit Virginia. Sinon, j'aurais apporté une camisole de force, ajouta-t-elle avec un pâle sourire. En revanche, tu risques de le devenir, si tu ne te décides pas à sortir de cette maison et à parler à quelqu'un de ce qui s'est passé. Tu as subi un choc terrible, Paris. Ce que Peter t'a fait est tout simplement atroce ; c'est presque plus traumatisant que de perdre son mari d'une crise cardiaque. Tu es mariée depuis vingt-quatre ans à un homme que tu aimes et que tu crois connaître par cœur, tu nages en plein bonheur, tout est pour le mieux dans le meilleur des mondes, et l'instant d'après, il t'annonce qu'il veut divorcer et te quitte, sans que tu aies le temps de comprendre ce qui se passe. Pour couronner le tout, il habite toujours dans la région et vit avec une femme de vingt ans de moins que toi. Si après ça ton amour-propre est intact, c'est qu'il y a un vrai problème. Mince, Paris, toutes les femmes seraient en train de se lamenter sur leur triste sort, à ta place... Certaines passeraient même leurs journées à geindre, enfermées dans le noir !

— Figure-toi que j'y ai songé, répliqua Paris avec une grimace, mais ça fait tellement désordre !

— Personnellement, je serais bonne à enfermer à ta place, confia Virginia avec sincérité.

Elle éprouvait une grande admiration pour son amie. Même Jim lui avait avoué qu'il n'aurait pas survécu à un tel choc, avec ou sans traitement médical. Si le sujet n'était pas clairement abordé, les amis de Paris craignaient toutefois que, dans un accès de désespoir, elle ne mette fin à ses jours. A l'exception de ses enfants qui ne vivaient plus auprès d'elle, rien ne la retenait vraiment à la vie. Il fallait absolument qu'elle exprime ce qu'elle avait sur le cœur et, aux yeux de Virginia, Anne Smythe était la personne idéale pour la sortir de l'impasse. Chaleureuse, attentive et perspicace, elle savait aiguiller ses patients en douceur sur de nouvelles voies. C'était elle qui l'avait sortie de son désarroi après la dépression de Jim. Quand ce dernier avait retrouvé le moral, elle s'était sentie soudain inutile, laissée pour compte. Elle s'était tellement occupée de Jim quand il avait eu besoin d'elle que sa guérison l'avait totalement désemparée.

— Cette femme m'a sauvé la vie, je t'assure, expliqua-t-elle à Paris. Et elle a donné un sérieux coup de pouce à toutes les amies que je lui ai envoyées. Elle est formidable.

— Je ne suis pas sûre d'avoir envie qu'on m'aide, murmura Paris.

Virginia secoua la tête.

— C'est une réaction typique, affirma-t-elle. Tu te sens coupable parce qu'il t'a quittée, tu te remets en cause, au lieu d'admettre que c'est lui qui a un problème, pas toi. C'est lui qui devrait se sentir mal pour ce qu'il t'a fait, Paris ; toi, tu n'y peux rien, conclut-elle avec insistance.

Elle aurait tant voulu que son amie se rebelle, que la colère prenne le pas sur le désespoir ! Pour le moment, hélas, Paris aimait encore Peter, c'était évident. Le divorce briserait officiellement leur union, mais il n'effacerait pas l'amour qu'elle continuait à lui porter.

— Tu l'appelleras ? reprit Virginia d'un ton plein d'espoir.

— Peut-être. Je ne suis pas sûre d'avoir envie d'en parler, et encore moins à une inconnue. Et puis, je n'ai pas envie de sortir, parce que je sais ce qui m'attend, entre les paroles compatissantes et les regards pleins de pitié… Mon Dieu, Virginia, tout cela est tellement… pathétique !

— Tu te complais dans cette situation, alors que tu ne sais même pas ce que la vie te réserve comme surprises. Qui te dit que tu ne vas pas rencontrer quelqu'un de mille fois mieux que Peter ?

— Je n'ai jamais désiré un autre homme que lui. Il a toujours représenté l'homme idéal à mes yeux, et j'ai toujours cru que j'avais de la chance de vivre à ses côtés.

— Eh bien, tu vois, tu te seras trompée, au bout du compte. C'est dégueulasse, ce qu'il t'a fait, on devrait le pendre pour ça. Mais bon, qu'il aille au diable ! Tout ce qui m'importe à présent, c'est ton bonheur, ajouta Virginia avec une sincérité touchante.

Une expression angoissée apparut sur le visage de Paris.

— Et si justement je ne retrouvais plus le bonheur ? Si j'étais condamnée à l'aimer toute ma vie ?

— Dans ce cas, je me verrais dans l'obligation de te supprimer, répliqua Virginia d'un ton taquin. Mais prends d'abord rendez-vous avec Anne. Si ça ne marche pas, je te dégoterai un exorciste. Il faut absolument que tu le chasses de ton esprit et que tu tournes la page, tu comprends. Sinon, tu signeras ton arrêt de mort. Tu ne veux tout de même pas passer le restant de ta vie à te morfondre ?

— Non, admit Paris d'un ton laconique. Mais pour le moment, je ne vois pas bien comment je pourrais m'en sortir. Ce que je raconterai à cette femme ne changera rien à la situation : Peter ne reviendra pas, le divorce sera bientôt prononcé, les enfants prendront leur envol et il continuera à aimer une femme de quinze ans ma cadette. Avoue que le tableau n'est pas très réjouissant…

— Peut-être, mais dis-toi bien que d'autres ont traversé la même épreuve avant toi. Je ne plaisante pas, tu sais, tu rencontreras peut-être quelqu'un de bien mieux que lui. Des millions de femmes perdent leur mari, qu'il meure ou qu'il les quitte… Mais la vie continue, elles rencontrent d'autres hommes, la plupart se remarient et coulent des jours heureux auprès de leur nouveau conjoint. Tu n'as que quarante-six ans, Paris, tu ne peux pas perdre espoir, ce serait complètement idiot. Pense à tes enfants et à tous les gens qui t'aiment. Peter s'est construit une nouvelle vie, qu'à cela ne tienne : tu mérites toi aussi d'en faire autant !

— Je n'en ai pas envie.

— Appelle Anne Smythe. Si tu ne veux pas, je te ligoterai et je te déposerai devant sa porte. Accepte au moins de la rencontrer… une seule petite fois, d'accord ? Si elle te déplaît, tu n'y retournes pas. Allez, Paris, fais-moi plaisir.

— D'accord… J'irai la voir. Une fois. Mais je reste persuadée que cela ne changera rien, ajouta-t-elle en secouant la tête.

— Ta confiance me fait chaud au cœur, répliqua Virginia, pince-sans-rire.

Elle se servit encore du café et la conversation reprit sur des sujets plus anodins. Il était presque 16 heures quand elle prit congé. Malgré ses traits tirés, Paris avait meilleure mine. Sur le pas de la porte, elle promit à son amie d'appeler Anne Smythe le lendemain matin.

Cela ne changerait rien, mais au moins Virginia lui ficherait la paix…

5

La salle d'attente ressemblait à une bibliothèque, avec ses rayonnages garnis de livres, ses gros fauteuils en cuir et une petite cheminée qui devait réchauffer l'atmosphère en hiver. Mais par cette belle journée du mois de juin, les fenêtres ouvertes donnaient sur un joli jardin soigneusement entretenu. La psychiatre recommandée par Virginia habitait une charmante maisonnette en bois blanche et jaune, avec de drôles de volets bleus. Une atmosphère intime et chaleureuse régnait à l'intérieur. Confortablement installée dans un gros fauteuil, Paris était en train de feuilleter un magazine quand la porte du cabinet s'ouvrit. Elle qui s'était attendue à une Anna Freud froide et austère découvrit avec surprise une femme séduisante d'une cinquantaine d'années, vêtue d'un élégant tailleur-pantalon kaki. Avec son maquillage soigné et sa coupe de cheveux impeccable, elle ressemblait davantage à l'épouse d'un magnat des affaires qu'à un docteur en psychiatrie.

— Quelque chose ne va pas ? demanda-t-elle en souriant, comme elles pénétraient ensemble dans son cabinet – une pièce spacieuse et lumineuse, décorée dans un camaïeu de blanc et de beige, ornée de magnifiques tableaux d'art contemporain. Vous paraissez surprise.

— C'est-à-dire que… je ne m'attendais pas à ça.

La psychiatre la dévisagea d'un air intrigué. Un sourire avenant flottait toujours sur ses lèvres.

— A quoi vous attendiez-vous ?

— A un endroit plus… austère, répondit-elle avec franchise. Votre cabinet est charmant.

Anne Smythe laissa échapper un rire cristallin.

— Merci. J'ai travaillé pour un décorateur d'intérieur pendant mes études de médecine. Je me suis toujours dit que je pourrais me lancer dans cette voie, si le reste ne marchait pas. J'adorais ça.

Presque malgré elle, Paris appréciait déjà cette femme. Son attitude franche et directe, la simplicité qui émanait d'elle, tout lui plaisait. Elle aurait très bien pu s'en faire une amie si elle l'avait rencontrée dans d'autres circonstances.

— Alors, Paris, que puis-je faire pour vous ?

— Mon fils vient de partir en Europe, expliqua-t-elle, étonnée de commencer par là.

— Il compte s'y installer ? Quel âge a-t-il ?

Depuis son arrivée, Anne Smythe l'avait examinée discrètement ; elle lui donnait une quarantaine d'années. Le chagrin qui l'accablait depuis un mois attristait son visage néanmoins diaphane et lisse. C'était une belle femme, visiblement plongée dans un état de torpeur qu'Anne Smythe identifia aussitôt comme un symptôme dépressif.

— Il a dix-huit ans. Non, il ne va pas s'installer en Europe ; c'est juste pour deux mois, pour les vacances, en somme. Mais il me manque horriblement.

Subitement ses yeux s'embuèrent. Heureusement, une boîte de mouchoirs en papier était posée en bonne place sur le bureau. De toute évidence, il n'était pas rare que les gens s'épanchent ici.

— Est-ce votre seul enfant ?

— Non, j'ai également une fille. Elle a vingt-trois ans et vit en Californie, à Los Angeles. Elle est assistante de production dans un studio cinématographique.

— Votre fils est encore au lycée, Paris ? demanda la psychiatre, s'efforçant d'assembler les pièces du puzzle que Paris lui présentait avec une réticence manifeste.

— Non. Wim entrera à l'université de Berkeley à la fin du mois d'août.

— Vous allez donc vous retrouver… toute seule chez vous, c'est ça ? Vous êtes mariée ?

— Je… non… enfin, oui… disons que je l'étais encore… il y a cinq semaines… mon mari m'a quittée pour une autre femme.

Voilà, c'était dit. Sous le regard compatissant d'Anne Smythe, Paris fondit en larmes. D'un geste calme, la psychiatre lui tendit la boîte de mouchoirs.

— Je suis désolée. Etiez-vous au courant de l'existence de cette femme ?

— Non… absolument pas.

— Quel choc terrible. Votre couple était-il en crise ?

— Non. Nous vivions en parfaite harmonie. Du moins le croyais-je. Il m'a avoué qu'il s'ennuyait à mourir avec moi. Il m'a annoncé ça un vendredi soir, après un dîner entre amis que nous avions organisé à la maison. Et il est parti le lendemain matin. Pour moi, tout allait parfaitement bien entre nous.

Elle s'interrompit pour se moucher puis, à sa grande surprise, elle s'entendit répéter, mot pour mot, tout ce que Peter lui avait dit ce soir-là. Elle parla aussi de Wim qui quitterait bientôt la région, du diplôme dont elle ne s'était jamais servie, des bouffées d'angoisse qui l'assaillaient régulièrement. Qui s'occuperait d'elle, désormais ? Qu'allait-elle devenir ? Elle parla aussi de Rachel, confia à la psychiatre le peu qu'elle savait à son sujet. Une heure s'écoula, puis une deuxième, comme l'avait prévu Anne Smythe. Les premières séances d'une thérapie étaient toujours plus longues, car elle cherchait à sonder ses patients afin de les orienter au mieux, dans la bonne direction. Quand elle demanda à Paris si elle désirait un autre rendez-vous, cette dernière consulta sa montre, abasourdie de voir que le temps avait filé si vite.

— Je ne sais pas. Croyez-vous que cela soit utile ? Pour être franche, je ne vois pas ce que cela changera. Nous ne pourrons pas revenir sur ce qui s'est passé.

Elle avait beaucoup pleuré pendant la séance mais, bizarrement, elle ne se sentait ni fatiguée ni abattue. En fait, elle était soulagée d'avoir pu se confier à cette femme. Elles n'avaient rien résolu, mais l'abcès avait été percé et le mal s'écoulait lentement.

— Vous avez raison, Paris, nous n'effacerons pas ce qui s'est passé. En revanche, j'espère qu'avec le temps, nos séances vous aideront à appréhender les choses différemment. C'est une étape très importante pour vous. Il vous faudra prendre de grandes décisions concernant votre avenir. Nous pourrions peut-être essayer d'en discuter, toutes les deux.

C'était un concept tout à fait nouveau pour Paris. Jusqu'à présent, c'était Peter qui prenait toutes les décisions dans leur couple.

— D'accord... je veux bien revenir une fois. Quand pourrez-vous me recevoir ?

— Mardi, ça vous va ?

C'était dans quatre jours seulement, mais Paris accepta. Peut-être pourraient-elles prendre ensemble les grandes décisions dont lui avait parlé Anne Smythe. Plus vite elle serait débarrassée de tout ça, mieux cela vaudrait. La psychiatre nota sur une carte de visite le jour et l'heure du prochain rendez-vous. Elle ajouta son numéro de téléphone portable.

— Si vous ne vous sentez pas bien ce week-end, n'hésitez pas à m'appeler, dit-elle en tendant la carte à Paris.

— Je ne voudrais surtout pas vous déranger.

— A ma connaissance, je ne suis pas encore décoratrice d'intérieur… C'est mon travail d'être à l'écoute de ceux qui viennent me voir, expliqua-t-elle en souriant.

Paris lui sourit à son tour avec reconnaissance.

— Merci.

Sans qu'elle puisse s'expliquer pourquoi, Paris se sentait déjà mieux en rentrant chez elle. Anne Smythe n'avait pourtant résolu aucun de ses problèmes. Malgré tout, elle éprouvait une sensation de légèreté qu'elle n'avait pas ressentie depuis que Peter l'avait quittée. De retour chez elle, elle appela son amie Virginia pour la remercier.

— Je suis ravie qu'Anne te plaise, déclara Virginia, avec une pointe de soulagement dans la voix. As-tu l'intention de retourner la voir ?

— Oui, répondit Paris, surprise de sa décision. Au moins une fois. Nous avons rendez-vous mardi prochain.

A l'autre bout du fil, Virginia esquissa un sourire. Anne avait procédé de la même manière avec elle. Pris au compte-gouttes, les rendez-vous s'étaient succédé, jusqu'à ce qu'une année se soit écoulée. Depuis, elle y était retournée pour faire des « mises au point », à chaque fois qu'un problème surgissait dans son couple. Anne lui était d'un précieux secours ; par-dessus tout, Virginia appréciait de pouvoir se confier à quelqu'un d'objectif qui l'aidait à traverser au mieux une crise passagère.

Au cours de la séance suivante, la psychiatre posa une question qui troubla profondément Paris.

— Avez-vous songé à partir vous installer en Californie ? demanda-t-elle à brûle-pourpoint, comme si c'était la chose la plus naturelle qui soit.

— Non. Pourquoi irais-je là-bas ?

Une telle pensée ne l'avait pas effleurée une seule fois. Elle vivait à Greenwich depuis la naissance de Meg, et se sentait profondément attachée à cet endroit. Même après ce qui s'était passé, l'idée de vendre la maison lui paraissait inconcevable. Elle s'estimait déjà heureuse que Peter la lui laisse.

— Parce que vos enfants y habitent. Vous aimeriez peut-être vous rapprocher d'eux, pour les voir plus souvent. Je voulais juste savoir si vous aviez envisagé cette éventualité.

Paris secoua la tête, décontenancée. Quelle serait la réaction de Meg et Wim si elle décidait de les rejoindre sur la côte Ouest ? Piquée dans sa curiosité, elle évoqua la question avec Meg le soir même, au téléphone. L'idée enchanta la jeune fille.

— Tu aimerais venir habiter à Los Angeles, maman ?

— A vrai dire, je n'en sais rien. Je n'ai jamais songé à quitter Greenwich… C'est le médecin que j'ai vu aujourd'hui qui a évoqué cette possibilité.

— Un médecin ? répéta Meg d'un ton inquiet. Que se passe-t-il, maman, tu es malade ?

— C'est une psy, confia Paris dans un soupir gêné.

Elle n'avait jamais eu de secret pour sa fille ; la relation privilégiée qu'elles entretenaient toutes les deux la comblait de bonheur et il n'y avait aucune raison pour que cela change. Elle se sentait beaucoup plus à l'aise avec Meg qu'avec Wim, probablement parce que c'était une fille et qu'elle était plus âgée.

— C'est Virginia qui m'a donné son adresse, s'empressa-t-elle d'ajouter. Je ne l'ai vue que deux fois, mais j'y retourne dans quelques jours.

— C'est une excellente initiative, approuva Meg.

Comme elle aurait aimé que son père fasse la même chose ! Après tout, il avait ruiné leurs vies et ne semblait guère s'en soucier.

— Tu sais, ça ne changera pas grand-chose, fit observer Paris, brusquement assaillie par le doute.

Le divorce était en cours et Peter aimait une autre femme. Anne Smythe ne lui ramènerait pas son mari.

— Tu es la seule capable d'influencer le cours de ton existence, maman, répliqua posément Meg. Papa t'a blessée, c'est cruel, mais c'est à toi de rebondir, maintenant. Personnellement, je trouverais ça super, si tu venais t'installer dans la région. Ça te ferait un bien fou, j'en suis sûre.

— Qu'en penserait Wim, à ton avis ? Je ne voudrais surtout pas qu'il s'imagine que je le suis à la trace…

— Si tu veux mon avis, il adorerait te savoir près de lui ; il pourrait passer le week-end chez toi, de temps en temps, et même amener des amis. Souviens-toi, j'aimais bien revenir à la maison, quand j'étais à la fac.

Elle rit en se remémorant les gros sacs pleins de linge sale qu'elle apportait à chacune de ses visites.

— Si, en plus, tu lui fais sa lessive... il sera ravi ! Pose-lui la question, la prochaine fois que tu l'auras au téléphone.

— Pour être franche, je ne me vois pas ailleurs qu'à Greenwich. Je ne connais personne en Californie.

— Tu te ferais des connaissances. Tu devrais chercher dans les environs de San Francisco, comme ça Wim pourrait passer te voir dès qu'il en aurait envie. Moi, je pourrais toujours monter le week-end. Je pense sincèrement que ça te ferait du bien de t'éloigner de Greenwich, même si ce n'est que pour un an ou deux. Et puis, je suis sûre que tu te plairais ici. Le temps est plus clément, l'hiver est doux, on se verrait souvent, tous les trois. Promets-moi d'y réfléchir, d'accord, maman ?

— Je ne sais pas... Ça me ferait tout drôle de me séparer de la maison, répondit Paris.

Elle évoqua de nouveau la question avec Anne Smythe quand elle retourna la voir, et lui rapporta la conversation qu'elle avait eue avec Meg à ce sujet.

— C'est incroyable, ma fille est enthousiasmée par cette idée. Mais qu'irais-je faire là-bas ? Tous mes amis sont ici, je ne connais personne en Californie.

— Vos enfants sont là-bas, fit observer Anne Smythe d'un ton posé.

Elle avait semé l'idée dans l'esprit de Paris et attendait à présent qu'elle germe. Avec un peu de chance, ses enfants se chargeraient de la pousser dans ce sens. Si ce projet agissait positivement sur son état d'esprit, elle reviendrait à la charge elle aussi. Dans le cas contraire, il existait bien d'autres choses qui l'aideraient à sortir du trou où elle était tombée depuis que Peter l'avait quittée. Anne avait la ferme intention de l'aider à découvrir et à explorer toutes les pistes qui lui redonneraient goût à la vie.

Au cours des séances suivantes, elles abordèrent un grand nombre de sujets. Paris parla de son enfance, puis de ses premières années de mariage, de cette époque qu'elle chérissait tant, quand ses enfants étaient petits ; elle parla aussi de ses amis et du diplôme qu'elle avait obtenu brillamment, mais qui ne lui avait servi à rien, au bout du compte. A la fin du mois de juillet, Paris évoqua pour la première fois son envie de retravailler. Elle se sentait désormais à l'aise avec Anne Smythe, et elle appréciait les moments passés en sa compagnie. Quand elle sortait de son cabinet, elle avait la tête pleine d'idées et de projets auxquels elle aimait réfléchir, de retour dans sa grande maison vide. Paris continuait à éviter ses amis ; elle ne se sentait pas encore prête à les voir.

Ce fut un été solitaire pour elle. Wim poursuivait son périple en Europe, tandis que Meg se consacrait à son travail à l'autre bout du pays. Peter et Paris avaient conclu un accord : comme il le lui avait promis, elle conservait la maison et recevait une pension plus que généreuse – elle y avait d'ailleurs vu une manière pour lui de soulager sa conscience.

Avec la somme qu'elle touchait tous les mois, elle n'avait pas réellement besoin de travailler. Mais l'idée de rester oisive jusqu'à la fin de ses jours l'emplissait d'une angoisse indicible, surtout si elle devait rester seule. Anne Smythe lui suggérait de temps en temps de sortir un peu, la poussait à faire des rencontres, mais Paris s'y refusait obstinément. C'était bien la dernière chose qu'elle souhaitait au monde, accepter un rendez-vous avec un homme ! Si Anne n'insistait pas, elle continuait néanmoins à lui soumettre régulièrement cette idée.

Cet été-là, Paris ne vit que ses deux meilleures amies : Virginia et Nathalie. Elle déjeuna plusieurs fois avec elles, mais déclina toutes les autres invitations. A la fin du mois d'août, elle avait meilleure mine. Elle dormait mieux la nuit et moins le jour, préférant lire et jardiner. Avec son teint hâlé et ses traits reposés, elle était en pleine forme, bien qu'encore un peu maigre. Mais elle avait repris des forces quand Wim rentra d'Europe, et ce dernier fut soulagé de voir son regard pétiller de nouveau. Elle le serra tendrement dans ses bras. Il avait veillé à l'appeler régulièrement tout au long de son périple en France, en Italie, en Angleterre et en Espagne, où il avait passé de merveilleux moments. Il n'avait qu'une seule envie : y retourner l'été suivant.

— Je viendrai avec toi, cette fois, déclara Paris d'un air espiègle qui ravit le jeune homme. Tu es parti beaucoup trop longtemps à mon goût. Que vais-je devenir, quand tu seras à l'université ?

Curieuse de connaître sa réaction, elle évoqua l'idée d'Anne Smythe concernant un éventuel déménagement.

— Tu quitterais Greenwich, c'est vrai ? demanda-t-il d'un ton incrédule.

Il semblait beaucoup moins enthousiaste que sa sœur. En fait, Wim avait hâte de prendre son envol, de jouir d'une certaine autonomie, comme tous ses camarades. Aussi, quand sa mère parla de déménager à son tour, une image s'imposa à lui, embarrassante : il la vit traversant le campus à grandes enjambées, tenant à la main la petite boîte métallique à l'effigie de Batman dans laquelle elle mettait son goûter quand il était à l'école primaire.

— Tu vendrais la maison ? reprit-il, consterné de devoir se séparer de la demeure où il avait grandi.

— Non. Si je décidais de bouger, je la mettrais en location. Mais c'est loin d'être fait, assura-t-elle en haussant les épaules.

Wim la dévisagea d'un air intrigué.

— Comment t'est venue cette drôle d'idée ?

— C'est ma psy qui me l'a soufflée.

Les yeux du jeune homme s'arrondirent de stupeur.

— Ta psy ? Tu es sûre que tout va bien, maman ?

— Je me sens bien mieux que lorsque tu es parti, affirma Paris en souriant. Ça m'aide beaucoup, je pense.

— Alors tant mieux, répliqua-t-il au prix d'un effort.

Le soir même pourtant, Wim confia ses impressions à sa sœur.

— Tu savais que maman voyait une psy ?

— Oui. Ça lui fait un bien fou, tu sais, déclara Meg.

Sa mère paraissait beaucoup moins déprimée depuis qu'elle voyait Anne Smythe ; en deux mois, elle semblait avoir retrouvé un peu d'entrain et d'optimisme.

— Tu crois que maman est en train de perdre les pédales ? insista Wim d'un ton inquiet.

Au bout du fil, sa sœur éclata de rire.

— Non ! Maman a toute sa tête, ne t'en fais pas pour elle. Cela dit, elle aurait très bien pu disjoncter, après ce que papa lui a fait, ajouta-t-elle avec amertume. Peu de gens résistent à ce genre de coup dur, tu sais. As-tu appelé papa, pendant que tu étais en Europe ?

Wim répondit par l'affirmative. Mais son père n'avait jamais grand-chose à lui dire. Il avait appelé sa mère de nombreuses fois, en revanche. Et sa sœur, bien sûr.

— Tu crois qu'elle va vraiment déménager en Californie ?

La première surprise passée, Wim se réjouissait à cette idée, à condition qu'elle le laisse vivre sa vie librement.

— Elle n'est pas encore tout à fait décidée ; elle a besoin de temps pour y réfléchir. Que penses-tu de tout ça, toi ? demanda Meg, curieuse de connaître la réaction de son frère.

— Ce serait pas mal, répondit-il prudemment.

— En tout cas, ce serait drôlement mieux que de se morfondre toute seule dans une grande maison vide. Cette vision me donne la chair de poule.

— Ouais… à moi aussi. Elle devrait peut-être essayer de trouver du travail, de rencontrer des gens, ajouta-t-il, songeur.

— Elle aimerait bien, mais elle ne sait pas vraiment dans quelle branche chercher. Elle n'a jamais vraiment travaillé, tu sais. Mais bon, elle finira bien par trouver sa voie… Sa psy l'aide beaucoup dans ce sens.

— J'imagine, fit Wim sans conviction.

Il n'aurait jamais cru que sa mère aurait besoin de quelqu'un pour l'aider à résoudre ses problèmes. D'un autre côté, les trois derniers mois avaient été très éprouvants pour elle, il était bien forcé de l'admettre. Même lui avait eu du mal à s'adapter à sa nouvelle vie. L'absence de son père le perturbait encore. Deux jours après son retour à Greenwich, le jeune homme se rendit à New York pour déjeuner avec Peter. Ce dernier lui présenta quelques avocats attachés au cabinet, ainsi qu'une jeune femme à peine plus âgée que Meg, qui se montra extrêmement enjouée et sympathique avec lui. En rentrant chez lui, Wim parla de cette rencontre à sa mère ; à sa grande surprise, elle se rembrunit instantanément. Wim en conclut qu'il était encore trop tôt pour évoquer son père et tout ce qui le concernait, de près ou de loin.

Peter lui avait promis de l'aider à s'installer à San Francisco. La nouvelle ne plut guère à Paris, qui s'abstint cependant de tout commentaire pour ne pas froisser son fils. Elle aussi avait projeté de l'aider à emménager. La présence de Peter ne faciliterait pas les choses, mais elle serait bien obligée de l'accepter… Désemparée, elle confia ses tourments à Anne au cours de la séance suivante.

— Vous sentez-vous capable de supporter sa présence ? s'enquit la psychothérapeute en la considérant avec attention.

C'était un bel après-midi, et les deux femmes discutaient tranquillement dans le bureau. Paris hésita longuement avant de répondre. Quand elle prit la parole, ce fut d'une voix teintée d'appréhension.

— Pour être franche, je n'en suis pas sûre. Ça va me faire tout drôle de me retrouver là-bas avec lui. Je devrais peut-être renoncer à y aller… Qu'en pensez-vous ?

— Comment réagirait votre fils ?

— Il serait déçu et moi aussi, à vrai dire.

— Et si vous demandiez à Peter de ne pas venir ?

Paris secoua la tête.

— Wim compte sur son père.

— Ecoutez, vous avez mon numéro de portable. N'hésitez pas à m'appeler si c'est trop dur. Vous pourriez peut-être vous relayer auprès de Wim pour l'aider à s'installer, Peter et vous. Ce serait plus facile.

Paris hocha la tête d'un air songeur. C'était une solution envisageable, en effet.

— Pensez-vous que cela puisse s'avérer insupportable ? demanda-t-elle au bout d'un moment.

— Tout dépend de vous, répondit Anne posément. Vous avez parfaitement le droit de quitter le campus, si vous le désirez. Et même de ne pas y aller. Je suis sûre que Wim comprendrait, si vous lui expliquiez, que vous ne vous sentez pas la force d'affronter son père. Il ne veut que votre bonheur, après tout.

Il y eut un court moment de silence. Puis Paris reprit la parole, rêveuse.

— Je devrais peut-être profiter de mon séjour là-bas pour visiter quelques maisons…

— Ça pourrait être amusant, en effet, l'encouragea Anne.

Paris n'avait pas encore pris de décision à ce sujet ; elles évoquaient l'éventualité de temps en temps, d'une manière anodine, mais Paris n'était pas prête à quitter Greenwich. Elle se sentait en sécurité dans cet environnement familier. L'idée demeurait toutefois dans un coin de son esprit. Elle n'avait pas non plus résolu la question du travail. Faute de mieux, elle s'était portée volontaire pour travailler dans un centre d'accueil pour enfants, au mois de septembre. C'était une première étape qui marquait le début d'un processus, d'une espèce de voyage, dont la destination n'était pas encore clairement définie. Trois mois plus tôt, Peter l'avait poussée d'un avion sans parachute et, compte tenu des bouleversements qui avaient secoué sa vie, Anne estimait qu'elle s'en sortait plutôt bien. Elle se levait le matin et se préparait avec soin ; elle déjeunait régulièrement avec ses deux meilleures amies et se préparait au départ imminent de Wim.

C'était tout ce dont elle se sentait capable pour le moment.

Wim partait dans trois jours et Paris avait décidé de l'accompagner. Elle fit part de ses résolutions à Anne, juste avant le grand départ. Elle se sentait prête à affronter Peter, du moins se le répétait-elle à longueur de journée. Dès que Wim serait installé sur le campus, elle descendrait voir Meg à Los Angeles. Tels étaient les projets qu'elle avait courageusement échafaudés. Au moment de quitter le cabinet d'Anne, Paris se tourna vers elle d'un air inquiet.

— Vais-je tenir le coup ? demanda-t-elle comme une petite fille apeurée.

La psy esquissa un sourire.

— Vous êtes forte, Paris. Appelez-moi, si vous avez besoin de parler, lui rappela-t-elle.

Sur un léger hochement de tête, Paris dévala les marches du perron. Les paroles d'Anne Smythe résonnaient dans sa tête, comme une litanie : « Vous êtes forte... Vous êtes forte... Vous êtes forte, Paris. » Il ne lui restait plus qu'à avancer, clopin-clopant, dans l'espoir de retomber un jour sur ses pieds. Un jour, peut-être, si le destin lui souriait, son parachute s'ouvrirait enfin. Pour le moment, elle ignorait encore si elle en possédait un... Alors elle priait, priait pour freiner sa chute... et le vent sifflait à ses oreilles, assourdissant.

6

Paris et Wim prirent l'avion pour San Francisco, chargés de nombreux bagages contenant les
affaires du jeune homme, ses menus trésors et son
ordinateur. Peter devait quitter New York le même
jour, dans la soirée. Pendant tout le vol, alors que
Wim regardait le film puis dormait un peu, Paris
imagina son face à face avec Peter. Ils avaient vécu
vingt-quatre ans ensemble et pourtant, elle se le
représentait presque comme un étranger. Malgré la
nervosité qui la tenaillait, elle était impatiente de le
voir ; c'était un peu comme une drogue nécessaire
à sa survie. Trois mois s'étaient écoulés depuis
qu'il était parti ; malgré tout le mal qu'il lui avait
fait, elle l'aimait encore de tout son cœur et gardait
au fond d'elle l'infime espoir qu'il reviendrait
auprès d'elle. Elle l'avait avoué à Anne Smythe, et
celle-ci lui avait affirmé qu'il s'agissait là d'une
réaction normale ; un jour viendrait où elle ferait le
deuil de son mariage et tournerait enfin la page. A
l'évidence, ce jour-là n'était pas encore arrivé.

Le vol dura un peu plus de cinq heures. A l'aéroport, ils prirent un taxi qui les conduisit au Ritz-Carlton, où Paris avait réservé deux chambres. Ce soir-là, elle invita Wim à dîner dans un petit restaurant de Chinatown. Ils passèrent un agréable moment tous les deux. De retour à l'hôtel, ils décidèrent d'appeler Meg. Paris avait prévu de se rendre à Los Angeles le surlendemain, lorsque Wim serait installé. Elle n'était pas pressée de rentrer à Greenwich ; en fait, l'idée de retrouver sa grande maison la terrifiait.

Ils quittèrent l'hôtel à 10 heures le lendemain matin. Paris avait loué une fourgonnette pour transporter les affaires de Wim sur le campus, de l'autre côté du pont. Arrivés à destination, ils suivirent les indications qu'on leur avait données pour l'inscription. Wim prit aussitôt les choses en main. Après avoir remis à Paris les papiers concernant son logement, il lui donna rendez-vous devant l'appartement deux heures plus tard, et partit s'inscrire. Paris mit plus d'une demi-heure à localiser le bâtiment, tant le campus de Berkeley était immense. Elle se promena un peu dans les allées, puis s'assit sur une pierre devant la résidence qui abritait le logement de Wim. Le cœur soudain léger, elle offrit son visage à la caresse du soleil. Il faisait encore plus chaud ici qu'à San Francisco. Tout à coup, une silhouette familière se dessina au loin ; elle avançait d'un pas lent et nonchalant qu'elle aurait reconnu entre mille, même les yeux fermés, grâce aux battements accélérés de son

cœur. Peter venait vers elle, impassible. Il s'immobilisa à quelques pas.

— Bonjour, Paris, lança-t-il d'un ton froid,
comme s'ils se connaissaient à peine. Wim n'est
pas avec toi ?

— Il est parti s'inscrire aux cours ; il doit aussi
récupérer la clé de son appartement. Il ne sera pas
là avant une bonne heure.

Peter hocha lentement la tête. Devait-il patienter avec elle ou revenir plus tard ? Mais il n'avait
rien d'autre à faire et la taille du campus le dis-
suada de s'éloigner. Aussi décida-t-il d'attendre
avec Paris, même si cette situation le mettait horriblement mal à l'aise. La perspective de cette
rencontre ne l'enchantait guère, bien qu'il s'y soit
préparé pour faire plaisir à son fils.

Ils restèrent silencieux un moment, plongés
dans leurs pensées. Peter s'efforçait de songer à
Rachel tandis que, de son côté, Paris se remémo-
rait ses longues discussions avec Anne Smythe au
sujet de cette entrevue tant redoutée. Finalement,
Peter fut le premier à sortir de son mutisme.

— Tu sembles en pleine forme, dit-il d'un ton
empreint de gravité.

Paris n'avait rien perdu de sa beauté, même si
elle était très amaigrie.

— Merci. Toi aussi.

Au prix d'un effort, elle résista à l'envie de lui
demander des nouvelles de Rachel. Se plaisait-il à
New York, avec sa jeune compagne ? Depuis des
mois, Paris le soupçonnait de garder une chambre
d'hôtel pour préserver les enfants et respecter la

procédure de divorce. Se réjouissait-il d'être bientôt divorcé ? Une fois de plus, Paris ravala sa question. Le jugement serait prononcé entre Thanksgiving et Noël, ce qui teinterait d'une note mélancolique les fêtes de fin d'année.

— C'est gentil de ta part d'être venu, reprit poliment Paris, feignant d'ignorer la douleur qui lui tordait le cœur. C'était important pour Wim que tu sois là aussi.

— C'est précisément pour cette raison que je me suis libéré. J'espère que ma présence ne te dérange pas.

Paris leva les yeux sur lui. Il était plus séduisant que jamais et son cœur se serra encore. Etait-il possible que cet homme l'ait abandonnée aussi soudainement, irrémédiablement ? C'était le plus gros choc de sa vie et, en cet instant précis, elle n'imaginait pas pouvoir s'en remettre un jour. Quant à tomber sous le charme d'un autre… c'était tout simplement inconcevable. Non, elle continuerait à l'aimer – et donc à souffrir – jusqu'à la fin de ses jours. C'était une quasi-certitude.

— J'imagine que nous allons devoir nous habituer à nous voir de temps en temps pour des occasions du même genre, dit-elle avec un détachement qu'elle était loin d'éprouver. Le bien-être des enfants passe avant tout, n'est-ce pas ?

Il approuva d'un signe de tête. Tout à coup, l'avenir apparut à Paris dans toute sa tristesse et toute sa solitude. Alors que Peter, lui, coulerait des jours heureux auprès de Rachel.

Un silence gêné s'abattit entre eux. Et Wim ? Que fabriquait-il, à la fin ? Au bout d'un moment, Peter posa les yeux sur Paris. Il semblait de plus en plus mal à l'aise.

— Tu vas bien ? demanda-t-il finalement.

Paupières closes, Paris savourait la chaleur du soleil sur son visage, tentant d'ignorer la présence troublante de son mari – en vain. Elle ouvrit les yeux et fut prise d'une brusque envie de se jeter dans ses bras, ou même à ses pieds. Comment pouvait-on passer plus de la moitié de sa vie auprès d'une femme et la repousser un beau matin ? Le mystère demeurait entier pour elle.

— Oui, répondit-elle prudemment.

— Je m'inquiète pour toi, tu sais, poursuivit Peter en baissant les yeux sur ses chaussures.

C'était trop douloureux de la regarder en face. Tout le mal qu'il lui avait fait se lisait dans ses yeux, semblables à deux émeraudes brisées.

— C'est une situation difficile pour nous deux, conclut-il à mi-voix.

— C'est toi qui l'as voulu ainsi, n'est-ce pas ? murmura Paris en priant pour qu'il réponde par la négative – c'était sa dernière chance, elle le ressentait au plus profond de son être.

— Oui, répondit-il d'un ton bref. C'est exact. Mais ça ne veut pas dire que les choses sont faciles pour moi. Alors j'imagine ce que tu éprouves, ajouta-t-il d'un air sincèrement désolé.

— Non, tu n'imagines pas, objecta Paris. Personne ne peut imaginer tant qu'on ne se trouve pas dans cette situation. C'est un peu comme la mort… en pire. Il m'arrive parfois de penser que tu es mort, c'est plus facile à supporter. Je n'ai pas à me demander où tu es, avec qui, ni pourquoi tu m'as quittée, expliqua-t-elle avec une franchise déconcertante.

— Le temps apaisera ton chagrin, murmura Peter.

A cet instant, Wim fit son apparition au bout de l'allée, au grand soulagement de ses parents. Ce fut comme une brise d'été. Il les rejoignit en courant, les pommettes rosies, hors d'haleine. Paris se leva d'un bond. Elle en avait assez entendu. Peter ne reviendrait pas sur sa décision et elle n'avait que faire de sa pitié. Seul son amour l'intéressait. Hélas, elle l'avait définitivement perdu.

Ils se concentrèrent tous les deux sur Wim, heureux de pouvoir s'affairer. Ils firent plusieurs allers-retours pour transporter ses affaires jusqu'au logement qu'on lui avait attribué, au troisième étage de l'immeuble. Lorsqu'elle n'eut plus rien à porter, Paris entreprit de ranger la chambre de son fils, tandis que Peter et Wim continuaient à monter des cartons et des sacs, une malle, une minichaîne hi-fi, l'ordinateur et le vélo. Ils avaient loué sur place un petit réfrigérateur et un four à micro-ondes. A quatre heures de l'après-midi, tout était installé. Deux de ses colocataires les avaient rejoints et le troisième fit son apparition au moment où ils s'en allaient. C'étaient tous des garçons d'allure saine et sportive. Deux d'entre eux étaient originaires de Californie tandis que le dernier venait de Hong Kong. Le mélange des cultures s'annonçait intéressant. Wim avait promis à son père de dîner avec lui ce soir-là. Peter passerait le prendre à 18 heures. Paris et lui descendirent lentement les marches du petit immeuble. Ils étaient tous deux épuisés, tant physiquement que psychologiquement. En un seul jour, Paris avait installé son fils dans un nid douillet, faisant son lit avec amour et pliant soigneusement ses vêtements dans la commode, en même temps qu'elle avait rendu sa liberté à Peter – du moins s'y efforçait-elle. En un seul jour, elle perdait deux êtres chers. Trois, si elle ajoutait Meg. Toutes les personnes qu'elle aimait, sur qui elle se reposait, avaient disparu de son quotidien. Peter plus totalement encore que ses enfants.

Ce dernier se tourna vers elle lorsqu'ils pénétrèrent dans le hall d'entrée. Un vaste panneau d'affichage ornait tout un mur, disparaissant presque entièrement sous des petites annonces et des prospectus, des affiches de concerts et de manifestations sportives. La quintessence de la vie universitaire.

— Veux-tu dîner avec nous ce soir ? proposa-t-il gentiment.

Paris secoua la tête, trop épuisée pour parler. Lorsqu'elle repoussa une mèche de cheveux blonds derrière son oreille, Peter dut se retenir pour ne pas le faire à sa place. Avec son jean, son tee-shirt et ses sandales, elle ressemblait à une adolescente. A ses yeux, elle paraissait à peine plus âgée que les filles qui déambulaient dans le bâtiment voisin. Presque malgré lui, un flot de souvenirs le submergea.

— C'est gentil, mais je suis vidée. Je vais directement rentrer à l'hôtel, où je demanderai un bon massage.

En réalité, elle n'avait qu'une envie : aller se coucher. L'idée d'endurer toute une soirée en compagnie de Peter – l'homme de sa vie, l'homme qui l'avait abandonnée – lui déchirait le cœur. Le dîner tournerait forcément au désastre et ce n'était pas ce qu'elle souhaitait.

— Je passerai voir Wim demain. Seras-tu encore là ?

Peter secoua la tête.

— Je prends le premier avion pour Chicago, demain matin. Wim est bien installé, n'est-ce pas ? Je parie que demain, à la même heure, il n'aura plus qu'une envie : se retrouver seul avec ses nouveaux copains. Il est autonome, tu sais, conclut-il avec un sourire empreint de fierté.

— Oui, tu as raison, renchérit Paris, luttant contre la vague de tristesse qu'elle sentait monter en elle. Merci d'être venu nous aider, ajouta-t-elle comme il la raccompagnait vers la fourgonnette. Je ne m'étais pas rendu compte qu'il y avait tant de choses lourdes et volumineuses, en faisant les bagages.

— C'est toujours comme ça, fit observer Peter sans se départir de son sourire. Tu te souviens de l'installation de Meg à Vassar ? On aurait dit que les malles s'étaient multipliées pendant le trajet !

Meg avait tenu à apporter le papier peint qu'elle avait choisi, ainsi que des rideaux assortis et un immense tapis de laine. Devant l'insistance de sa fille, Peter avait posé le papier avec une agrafeuse murale qu'elle avait glissée dans ses bagages. La jeune fille avait hérité des talents de décoratrice de sa mère, et sa colocataire avait été enchantée du résultat. Mais le pauvre Peter, lui, avait travaillé d'arrache-pied pour satisfaire les exigences de sa fille. La pose des rideaux, entre autres, s'était avérée un vrai casse-tête. Paris ne put s'empêcher de rire à ce souvenir.

— Qu'est devenu tout ce fatras ? demanda Peter. Je ne me souviens pas qu'elle l'ait rapporté à la maison... à moins qu'elle l'ait emmené à New York ?

C'étaient les petites choses du quotidien qui tissent une vie. Une vie qu'ils avaient partagée pendant de nombreuses années avant qu'elle s'éteigne, du jour au lendemain.

— Une fois son diplôme en poche, elle a tout vendu à une étudiante de première année, répondit Paris.

Peter hocha la tête. Ils se regardèrent longuement, sans mot dire. Tous ces souvenirs importaient peu désormais ; ils ressemblaient à de vieilles frusques qu'on entrepose dans un grenier jusqu'à ce qu'elles tombent en poussière. En détruisant le lien sacré qui les unissait, Peter avait du même coup balayé tout ce qu'ils avaient chéri, aimé et protégé. Comme ces souvenirs, Paris se sentait rejetée, oubliée, humiliée.

— Prends bien soin de toi, déclara Peter, l'air grave.

Il hésita avant d'ajouter :

— Je suis sérieux, Paris, veille à ta santé. Tu as beaucoup maigri.

En proie à une violente émotion, Paris hocha la tête avant de détourner vivement ses yeux pleins de larmes.

— Merci d'avoir toléré ma présence, ajouta-t-il encore.

— J'étais heureuse que tu puisses te libérer. Wim aurait été déçu que tu ne viennes pas.

Elle monta dans la fourgonnette, en évitant de croiser son regard. L'instant d'après, le véhicule s'éloignait et Peter le suivit des yeux jusqu'à ce qu'il disparaisse au bout de l'allée. Il avait pris la bonne décision, il en était persuadé. Auprès de Rachel, il vivait des moments de bonheur intense, des instants de plénitude qu'il n'avait encore jamais goûtés. Malgré tout, il lui arrivait parfois de se languir de Paris. C'était une femme merveilleuse, extraordinaire. De tout cœur, il espérait qu'elle surmonterait bientôt la peine qu'il lui avait causée. Il admirait son courage et sa dignité. Plus que quiconque, il était conscient de la valeur de cette femme qui avait été la sienne… mais qu'il ne méritait probablement pas.

7

Le lendemain, quand Paris arriva sur le campus, Wim s'apprêtait à sortir avec ses nouveaux amis. Il avait mille et une choses à faire, des inscriptions à officialiser, des gens à rencontrer, des salles à visiter... Paris se rendit compte aussitôt qu'elle le gênerait si elle décidait de rester. Sa mission était accomplie ; il était temps pour elle de partir.

— Veux-tu que nous dînions ensemble ce soir ? demanda-t-elle d'un ton plein d'espoir.

Wim secoua la tête en esquissant une petite moue confuse.

— Je ne suis pas libre... je suis désolé, maman. Il y a une réunion de la section sportive ce soir.

Wim lui avait confié qu'il souhaitait intégrer l'équipe de natation de l'université. Il avait fait partie de la première équipe du lycée tout au long de sa scolarité.

— Ça ne fait rien, mon chéri. Dans ce cas, je vais descendre à Los Angeles sans tarder. Meg m'attend. Tout ira bien, n'est-ce pas ?

Inconsciemment, elle souhaitait presque qu'il se jette dans ses bras en la suppliant de rester encore un peu, comme il l'avait fait la première fois qu'il était parti en colonie de vacances. Mais c'était un grand garçon maintenant ; un jeune homme qui ne demandait qu'à quitter le nid. Elle l'étreignit longuement, les larmes aux yeux, et, quand il s'écarta, il lui sourit tendrement.

— Je t'aime, maman, chuchota-t-il tandis que ses camarades l'attendaient un peu plus loin. Prends bien soin de toi. Et merci pour tout.

Wim aurait voulu la remercier d'avoir permis à son père de se joindre à eux, mais il ne trouva pas les mots justes. A la grande surprise du jeune homme, lors du dîner, Peter n'avait pas cessé de chanter les louanges de son ex-femme. Pourquoi l'avait-il quittée, alors ? C'était encore un mystère pour Wim, qui n'éprouvait pas vraiment l'envie de l'élucider. Ce qu'il souhaitait à présent, c'est que ses deux parents soient heureux. Sa mère, surtout. Elle paraissait si fragile, parfois.

— Je t'appellerai, promit-il.

— Je t'aime aussi, mon grand… Amuse-toi bien…

Ils sortirent de l'appartement et Wim dévala l'escalier pour rejoindre ses amis. Sur un dernier signe de la main, il disparut. Paris remonta lentement l'allée, gagnée par une bouffée de nostalgie. Comme elle aurait aimé retrouver sa jeunesse, repartir de zéro ! Mais qu'aurait-elle changé à sa vie, au juste ? Rétrospectivement, elle aurait tout de même épousé Peter. Meg et Wim seraient venus au monde, pour son plus grand bonheur. Si l'on exceptait le chaos des trois derniers mois, elle ne regrettait aucun de ses choix.

Elle regagna San Francisco au volant de la fourgonnette. Un soleil radieux baignait la ville. De retour à l'hôtel, elle rassembla ses affaires. Pressée de retrouver sa fille, elle renonça à l'idée de faire le tour des agences immobilières. Après avoir réservé une place sur le vol de 15 heures, elle appela un taxi et laissa les clés de la fourgonnette à la réception de l'hôtel. Elle arriverait à Los Angeles peu après 16 heures et irait chercher Meg sur son lieu de travail, comme convenu. Cette dernière lui avait proposé de passer la nuit chez elle, et Paris avait accepté avec joie, ravie d'échapper à la solitude des grands hôtels.

Dans l'avion, elle songea de nouveau à Peter. Elle revit son visage, se remémora ses paroles. Finalement, elle avait réussi cette épreuve avec brio et avait hâte de raconter leur entrevue à Anne Smythe. Ses paupières se fermèrent doucement et elle s'assoupit jusqu'à l'atterrissage.

Dès l'instant où elle sortit de l'avion, elle sut qu'elle se trouvait dans une mégapole bouillonnante d'activité. Los Angeles n'avait rien à voir avec la petite ville de province qu'était San Francisco, et encore moins avec Berkeley, la banlieue intellectuelle. A Los Angeles, l'ambiance rappelait davantage celle de New York, si ce n'est que les gens arboraient des tenues plus légères à cause du temps clément. Paris se laissa gagner par une vague d'euphorie. Dès qu'elle pénétra dans l'enceinte des studios de cinéma, elle sut pourquoi Meg adorait son métier. Mille choses s'accomplissaient en même temps dans une ambiance survoltée. Des acteurs parfaitement coiffés et maquillés se bousculaient sur le plateau, formulant des demandes insensées. Des techniciens s'activaient aux quatre coins du studio, croulant sous les rouleaux de câbles électriques et les rampes d'éclairage. Les cameramen s'interpellaient entre eux avec des voix de stentors. Un des réalisateurs décréta soudain que la journée était terminée et Meg put enfin quitter son poste.

— Dis donc ! C'est comme ça tous les jours ? s'enquit Paris, fascinée par cet incroyable tourbillon d'activités.

Meg pouffa. Elle semblait tout à fait dans son élément, ici.

— Non. C'est beaucoup plus mouvementé d'habitude. La moitié des acteurs était de repos aujourd'hui.

— Je suis très impressionnée ! avoua Paris, ravie de voir sa fille à ce point épanouie.

Elles se ressemblaient tant, toutes les deux ! Les mêmes traits délicats, les mêmes cheveux longs et dorés. Ces derniers temps, Paris était encore plus mince que sa fille, ce qui lui conférait une allure très juvénile.

— On dirait deux sœurs ! plaisanta un éclairagiste en passant derrière elles, alors que Meg venait d'appeler Paris « maman ».

Paris ne put s'empêcher de rire. L'univers de Meg était à la fois étrange et captivant. Son appartement lui plut sur-le-champ. C'était un joli petit deux-pièces avec vue sur la plage de Malibu. Elle avait quitté récemment le studio qu'elle louait à Venice Beach pour s'installer ici, grâce à une augmentation de salaire et à la petite somme que lui versaient ses parents tous les mois, désireux de la savoir dans un endroit sûr. Ce qui était tout à fait le cas ici, à Malibu. En fait, Paris elle-même se serait beaucoup plu dans cet appartement. L'idée de venir s'installer dans la région pour être proche de ses enfants refit soudain surface.

— Tu as repéré des maisons intéressantes à San Francisco ? demanda Meg en leur servant à chacune un verre de thé glacé.

Comme elle, Meg gardait un broc de thé au réfrigérateur et ce constat tout simple lui réchauffa le cœur. Elles s'installèrent sur la petite terrasse en bois baignée des derniers rayons du soleil.

— Je n'ai pas vraiment eu le temps de m'en occuper, répondit Paris d'un ton évasif.

En réalité, elle n'avait pas eu le cœur de se lancer dans de telles recherches, après avoir laissé Wim et revu Peter. Mais déjà la compagnie de Meg lui remontait le moral.

— Comment ça s'est passé avec papa ? demanda la jeune femme, sourcils froncés.

D'un geste gracieux, elle ôta l'élastique qui retenait sa queue de cheval. Ses cheveux cascadèrent souplement sur ses épaules. Plus longs que ceux de Paris, ils lui donnaient un air de petite fille sage. D'une beauté à couper le souffle, Meg n'avait rien à envier aux actrices qu'elle côtoyait tous les jours.

Ce jour-là, elle portait un tee-shirt dos nu, un jean délavé et des sandales, sa tenue de travail.

— Il s'est montré correct envers toi ? reprit-elle d'un ton inquiet.

Wim l'avait appelée pour lui dire que tout s'était bien passé, mais, à dix-huit ans, son frère manquait encore de perspicacité.

— Ça a été, dans l'ensemble, répondit Paris en prenant une gorgée de thé glacé. Il a été très gentil. Wim était content de le voir.

— Et toi ?

Elle poussa un long soupir. Elle n'avait jamais rien caché à Meg. Elles étaient mère et fille, mais aussi amies et confidentes. L'adolescence de Meg s'était passée sans accroc. Contrairement à bon nombre de ses amies, elle avait toujours accepté de parler de ses problèmes, si menus soient-ils. C'était une jeune fille équilibrée et responsable, Paris était consciente de sa chance. Depuis le départ de Peter, Meg l'avait beaucoup soutenue, s'inquiétant pour elle presque comme une mère. Meg avait grandi ; c'était une adulte désormais, et Paris respectait ses choix et ses opinions.

— Pour être franche, ça n'a pas été facile pour moi, avoua-t-elle finalement. Ton père n'a pas changé ; je le regardais et je voyais mon mari, c'était plus fort que moi. J'ai encore du mal à croire qu'il ne fait plus partie de ma vie. Je pense que c'est dur pour lui aussi, mais c'est son choix. Il m'a fait comprendre qu'il ne reviendrait pas sur sa décision. Je ne comprends toujours pas ce qui s'est passé… Si seulement j'avais senti que quelque chose n'allait pas, que j'étais trop ceci ou pas assez cela… j'aurais réagi sur-le-champ. C'est incroyable, tout de même, de décider un beau jour de tout plaquer, de tourner la page sur vingt-quatre ans de mariage… comme ça ! J'ai bien peur de ne jamais comprendre. Ni même de pouvoir surmonter mon chagrin, conclut-elle tristement, tandis que le soleil accrochait des reflets dorés dans ses cheveux.

— Tu as été chouette de le laisser venir à Berkeley, fit Meg d'un ton vibrant d'admiration.

Paris secoua la tête.

— C'était normal qu'il soit là aussi. Wim était vraiment très heureux de le voir.

Elle se lança ensuite dans une description détaillée du campus et de l'appartement que Wim partageait avec trois autres étudiants.

— Il a été adorable avec moi, conclut-elle en esquissant un sourire attendri. J'ai eu un mal fou à quitter le campus… et ça risque d'être pire quand je vais devoir rentrer à Greenwich. J'ai accepté un poste de bénévole au mois de septembre.

— Je continue à partager l'avis de ta psy, intervint Meg. Tu devrais sérieusement songer à venir t'installer dans le coin.

— Peut-être, murmura Paris d'un ton qui manquait de conviction. Et toi, quelles sont les nouvelles ? A quoi ressemble le nouvel élu de ton cœur ? Il est mignon ?

Meg pouffa.

— Il l'est à mes yeux. Il ne le sera peut-être pas pour toi. C'est une espèce de… marginal, tu vois. Il est né dans une communauté à San Francisco et a passé toute son enfance à Hawaï. On s'entend plutôt bien. Je l'ai invité à venir tout à l'heure, après le dîner. J'avais envie de rester un peu avec toi d'abord.

— Comment s'appelle-t-il ? Tu ne me l'as pas dit, je crois.

Tant de choses s'étaient enchaînées ces derniers temps... Elles n'avaient guère eu le loisir de parler du petit ami de Meg. Un sourire étira les lèvres de la jeune femme.

— Il s'appelle Peace.

— Peace ? répéta Paris, interloquée.

Meg partit d'un éclat de rire.

— Tu as bien entendu, maman. Peace... Paix. Ça lui va comme un gant. Peace Jones. C'est un nom sublime pour un acteur, le genre de nom qu'on n'oublie pas. Il rêve de tourner dans des films d'arts martiaux, mais pour le moment, il doit se contenter de films d'horreur. Il a beaucoup d'allure. Sa mère est eurasienne et son père était noir. C'est un métissage magnifique, tu verras. Il ressemble un peu à un Mexicain, avec de grands yeux en amande.

— Il doit être intéressant, commenta Paris en s'efforçant de faire preuve de tolérance.

Tolérante, elle croyait l'être et pourtant rien ne l'avait préparée à l'apparition du fameux Peace Jones. Il était exactement comme Meg l'avait décrit, en plus extravagant encore. Il possédait une indéniable beauté exotique et un corps parfaitement découplé, mis en valeur par un débardeur et un jean moulants. Il chevauchait une grosse cylindrée qu'on entendait à des kilomètres à la ronde et portait de

119

grosses bottes Harley Davidson qui marquèrent la moquette ivoire de grandes traces noires. Meg s'en souciait comme d'une guigne. En fait, elle semblait totalement sous le charme de son compagnon. Au bout d'une demi-heure de conversation, la surprise céda la place à la panique. Pour Peace, il n'existait pas de sujet tabou : il évoqua librement les drogues qu'il avait testées au cours de son adolescence, à Hawaï. Paris n'en connaissait pas la moitié et il continua à décrire leurs effets, indifférent aux tentatives de Meg d'orienter la conversation vers d'autres sujets. Heureusement, la pratique intensive des arts martiaux l'avait sauvé de la drogue. Ceinture noire de karaté, il s'entraînait entre quatre et cinq heures par jour. Quand Paris lui demanda quelle université il avait fréquentée, il la dévisagea d'un air perplexe, avant d'enchaîner sur les sujets qui lui tenaient à cœur. Il prenait tous les jours des compléments alimentaires, afin de drainer son organisme et suivait en plus un régime macrobiotique. Obsédé par son corps et sa santé, il parla longuement des différentes cures naturelles qu'il avait entreprises pour renforcer son système immunitaire. Paris fut toutefois soulagée de l'entendre chanter les louanges de Meg. Il était fou d'elle, affirma-t-il en la couvant d'un regard brûlant. L'attirance physique qui les poussait l'un vers l'autre était presque tangible. Avant de prendre congé, il embrassa la jeune femme avec une telle passion que Paris en eut le souffle coupé. Quelques instants plus tard, Meg rejoignit sa mère en riant. Son silence était plus éloquent qu'un discours.

— Pas de panique, maman, je t'en prie.

Paris posa sur elle un regard dubitatif.

— Donne-moi une seule raison de ne pas paniquer.

— Primo, je n'ai pas l'intention de l'épouser. Nous prenons du bon temps ensemble, c'est tout.

— De quoi parlez-vous, tous les deux ? Je veux dire, en dehors de ses lavements et de son programme d'entraînement ?

Meg éclata de rire devant la mine effondrée de sa mère.

— Ce sont des sujets passionnants, je n'en doute pas un instant, poursuivit Paris, sarcastique, mais pour l'amour du ciel, Meg… d'où sort-il ?

— C'est un gentil garçon que j'ai connu par hasard. Il est adorable avec moi. On parle beaucoup cinéma, tous les deux. Il est sain, sportif, il ne se drogue pas et ne boit pas d'alcool, contrairement à la plupart des types que j'ai rencontrés en arrivant ici. Tu ne sais pas ce que c'est que de sortir avec des garçons que tu ne connais pas, maman. Il y a des tas de types bizarres par ici… et pas mal de paumés, aussi.

— A tes yeux, Peace n'a donc rien de « bizarre » ? Ce n'est pas très rassurant, si tu veux mon avis. A sa décharge, c'est un garçon poli et attentionné. Meg, est-ce que tu imagines un peu la tête de ton père, s'il le rencontrait ?

— Je préfère ne pas y penser, répliqua Meg d'un ton espiègle. Ça ne fait pas si longtemps que ça que nous sortons ensemble, maman, et si tu veux mon avis, ça ne durera pas. Personnellement, j'ai besoin de sortir, de voir du monde, mais avec Peace c'est impossible ; son hygiène de vie est trop contraignante. Il déteste les bars et les boîtes de nuit. Il va se coucher à 20 h 30, imagine !

— Ce n'est pas très excitant, en effet, admit Paris.

Malgré tout, elle s'inquiétait pour Meg. Peace Jones ne buvait pas, il ne se droguait pas non plus, mais était-ce suffisant pour faire le bonheur de sa fille ?

— Peace est très croyant, reprit Meg comme pour le défendre. Il est bouddhiste.

— Comme sa mère ?

— Non, elle est juive. Elle s'est convertie pour pouvoir épouser l'homme dont elle est tombée amoureuse à New York. Non, c'est le karaté qui a poussé Peace vers le bouddhisme.

— Je ne crois pas être mûre pour tout ça, Meg. Si c'est ça, la Californie, alors je préfère rester à Greenwich.

— San Francisco est une ville beaucoup plus traditionnelle. En plus, tout le monde est homo, là-bas, plaisanta la jeune femme.

Meg aimait taquiner sa mère, même s'il existait réellement une vaste communauté homosexuelle à San Francisco, particularité qui avait contribué à la renommée de la ville. Les amies que Meg comptait là-bas se plaignaient constamment de ne rencontrer que des homosexuels, tous sexy en diable, de surcroît.

— C'est très rassurant, ce que tu me dis là. Au moins, je serai sûre de trouver un bon coiffeur…

si je me décide un jour à m'occuper de mes cheveux.

Meg brandit un index réprobateur.

— Honte à toi, maman : mon coiffeur est tout ce qu'il y a de plus hétéro ! Quoi qu'il en soit, les homos sont partout et ce n'est pas important. Sérieusement, je suis sûre que tu te plairais à San Francisco. Tu pourrais t'installer du côté de Marin County ; ça ressemble un peu à Greenwich, avec le beau temps en prime.

Paris secoua la tête.

— Je ne sais pas, chérie. Tous mes amis habitent à Greenwich. Je n'ai jamais bougé de là-bas, tu comprends.

L'idée de quitter son environnement familier pour s'installer à l'autre bout du pays parce que Peter l'avait lâchement abandonnée l'emplissait d'angoisse – même si c'était aussi pour se rapprocher de ses enfants. La Californie lui apparaissait comme une autre planète, imprégnée d'une culture propre, et elle se sentait trop vieille pour s'adapter à ce nouveau mode de vie.

— Tu les vois souvent, tes amis, ces derniers temps ? demanda Meg.

— Pas très, non, reconnut Paris. Bon, d'accord... Je ne les vois pas du tout. Pour le moment. Mais quand les choses se seront tassées, je recommencerai à sortir. Pour l'instant, je n'en éprouve aucune envie.

— Y a-t-il des célibataires parmi eux ? insista Meg.

Paris réfléchit un instant.

— Pas que je sache, non. Tous les célibataires, qu'ils soient veufs ou divorcés, préfèrent s'installer à New York. Non, je ne fréquente que des couples mariés, conclut-elle d'un air songeur.

— Et voilà. Comment espères-tu refaire ta vie, dans ces conditions ? Qui rencontreras-tu, si tu ne sors pas de ton cercle d'amis ?

— Je n'ai aucune envie de faire des rencontres. En outre, je te rappelle que je suis encore mariée.

— Pour trois petits mois, c'est tout. Que se passera-t-il ensuite ? Tu ne peux pas envisager de rester seule toute ta vie, maman !

Paris évita le regard perçant de sa fille.

— Pourquoi pas ? Si c'est pour tomber sur des versions plus âgées de Peace Jones, je préfère rester seule, merci bien ! Je n'ai eu aucun rendez-vous galant depuis l'âge de vingt ans, ce n'est tout de même pas maintenant que ça va changer, enfin ! Ce n'est plus de mon âge, Meg. Ça me déprimerait, au contraire.

— Tu ne peux pas rester cloîtrée chez toi, maman... Tu n'as que quarante-six ans ! C'est complètement absurde.

Absurde... L'adjectif résumait bien la situation ; n'était-il pas absurde, en effet, de se retrouver célibataire au bout de vingt-quatre ans de mariage ?

— Et je t'en prie, cesse de prendre Peace en exemple, reprit Meg avec plus de fermeté. C'est un cas à part, tu le sais pertinemment. Il y a tout un tas de veufs ou de divorcés très respectables qui meurent d'envie de rencontrer quelqu'un de sérieux. Ces hommes souffrent autant que toi de la solitude, crois-moi.

Mais Paris n'était pas uniquement seule : elle avait le cœur brisé. Parviendrait-elle un jour à oublier Peter pour repartir de zéro ?

— Accorde-toi au moins le temps de la réflexion. Et puis, creuse un peu l'idée de venir t'installer ici, en Californie. Ce serait génial, conclut Meg avec entrain.

— Tu as peut-être raison, admit Paris, touchée par la sollicitude et l'enthousiasme de sa fille. Cela dit, je peux aussi m'arranger pour venir vous voir plus souvent. Ça me ferait le plus grand bien.

Meg projetait de rentrer à Greenwich pour Thanksgiving, mais, d'ici là, ses enfants allaient lui manquer cruellement.

— Je pourrais peut-être venir un week-end par mois, reprit Paris.

Si elle n'avait rien d'autre à faire de son temps, il en allait différemment pour Meg, qui était rarement libre le week-end. La jeune femme faisait sa vie et, à terme, Paris devrait bien se résoudre à suivre son exemple.

Elles préparèrent le dîner ensemble, dans la petite cuisine joliment aménagée. Puis elles allèrent se coucher dans la même chambre. Le lendemain, Paris se balada à Beverly Hills et flâna longuement devant les vitrines de Rodeo Drive. En fin d'après-midi, elle rentra chez Meg et l'attendit sur la terrasse baignée des derniers rayons du soleil. Confortablement installée, elle songea aux conseils de sa fille. Pour le moment, elle n'arrivait pas à imaginer de quoi serait fait l'avenir ; pis encore, c'était le cadet de ses soucis. Elle n'avait aucune envie de rencontrer d'autres hommes. Si Peter ne revenait pas, elle préférait rester seule, entourée de ses enfants et de ses amis. D'un point de vue pratique, elle redoutait les risques liés à de nouvelles rencontres. Elle avait confié ses angoisses à Anne Smythe, avant de conclure d'un ton déterminé qu'il lui paraissait beaucoup plus simple de vivre seule.

Retenue sur le plateau de tournage par un problème de dernière minute, Meg ne rentra qu'à 22 heures. Paris avait préparé le dîner et elles ne tardèrent pas à aller se coucher. S'allonger auprès de quelqu'un, sentir sa chaleur et sa présence, tout cela lui réchauffa le cœur. Cela faisait des mois qu'elle n'avait pas dormi aussi paisiblement. Le lendemain matin, elles prirent le petit déjeuner sur la terrasse. Meg était attendue au studio à 9 heures ; quant à Paris, elle rentrait à New York par l'avion de midi.

— Tu vas me manquer, maman, murmura tristement Meg quand il fallut se dire au revoir.

La jeune femme avait beaucoup apprécié les moments passés en compagnie de sa mère. Peace avait trouvé Paris formidable. « Un vrai canon », avait-il ajouté, ce qui provoqua l'hilarité de Paris, quand Meg lui rapporta ses paroles. Tout bien réfléchi, Peace était inoffensif, bien que complètement farfelu. Au fond d'elle, Paris espérait malgré tout que leur histoire s'essoufflerait rapidement.

— Reviens vite me voir, ajouta Meg, même si tu ne vas pas voir Wim.

La mère et la fille comprenaient et respectaient le besoin d'indépendance et de liberté du jeune homme. A peine Meg partie, Paris se sentit submergée par une infinie tristesse. Bien qu'affectueuse et accueillante, sa fille n'était plus une enfant, mais une jeune femme émancipée, absorbée par son métier et un rythme de vie trépidant. Paris devrait se contenter de brèves visites, de temps en temps. Elle avait sa propre vie à construire, à présent, mais pour cela, il lui fallait d'abord accepter sa nouvelle situation, cette solitude qui la glaçait.

Avant de partir, elle écrivit un petit mot de remerciement à Meg. Des larmes lui brouillaient encore la vue quand le taxi vint la chercher pour la conduire à l'aéroport. Ce sentiment de tristesse la tenailla tout le long du voyage jusqu'à New York. Quand enfin elle poussa la porte de la grande maison de Greenwich, le silence l'enveloppa comme un voile. Personne ne l'attendait. Il n'y avait ni Wim ni Meg. Ni Peter. La réalité lui éclata au visage dans toute sa cruauté : elle était seule, complètement seule.

Le cœur lourd, elle alla se coucher et laissa ses pensées se tourner vers Peter. Comme elle l'avait trouvé beau à Berkeley ! Mais à quoi bon pleurer un amour perdu ? Allongée dans le lit qu'ils avaient naguère partagé, elle se laissa engloutir par une vague de désespoir. Survivrait-elle à cette épreuve ? Pour le moment, elle était seule au monde. Tous ceux qu'elle avait aimés et chéris l'avaient quittée…

8

Après son retour de Californie, les séances avec Anne Smythe devinrent plus difficiles. La psychothérapeute semblait décidée à la pousser dans ses retranchements, l'obligeant à entreprendre une introspection détaillée, en même temps qu'elle abordait de nombreux sujets sensibles. Désormais, Paris pleurait à chaque séance. Pour couronner le tout, son travail de bénévole au centre d'accueil des enfants maltraités s'avérait extrêmement éprouvant. En dehors de ses heures de travail, elle ne sortait pas, refusant avec obstination toutes les invitations. A part Nathalie et Virginia, avec qui elle déjeunait à l'occasion, elle ne voyait personne. Et même avec elles, un fossé était en train de se creuser, inexorablement. Bien qu'elles aient toutes les trois des enfants du même âge, Nathalie et Virginia avaient chacune un mari et des emplois du temps surchargés. Paris, elle, avait bien du mal à remplir ses journées. Ses relations avec Wim et Meg se résumaient à quelques coups de fil, en raison de la distance qui les séparait. Elle continuait cependant à affirmer qu'elle n'avait pas l'intention de quitter Greenwich pour s'installer en Californie.

— Pourquoi ne chercheriez-vous pas un emploi ? s'enquit Anne, un matin.

Paris la dévisagea d'un air stupéfait.

— Dans quel secteur ? L'art floral ? L'organisation de dîners entre amis ? Le covoiturage ? C'est tout ce que je sais faire.

— Vous êtes pourtant titulaire d'un MBA, lui rappela Anne d'un ton posé.

Elle revenait régulièrement à la charge et, dans l'ensemble, Paris appréciait ses coups de semonce... sauf les jours où elle arrivait de mauvaise humeur. Le lien d'amitié et de respect qui s'était tissé entre elles se renforçait au fil des semaines.

— Je serais bien incapable de gérer une entreprise, même si ma vie en dépendait, répliqua Paris, pince-sans-rire. Je n'ai jamais mis en pratique les connaissances que j'ai acquises pendant mes études. Mon diplôme en poche, j'ai opté pour le rôle de parfaite épouse puis de mère de famille.

— Un choix tout à fait noble, commenta Anne. Mais à présent, il est temps de changer de voie.

— Je n'en ai aucune envie, martela Paris en s'adossant à son fauteuil, bras croisés sur sa poitrine comme une enfant boudeuse.

Anne la dévisagea d'un air impassible.

— Appréciez-vous la vie que vous menez, Paris ?

— Non, je la déteste. Chaque minute est un calvaire.

— Très bien... Pour notre prochain rendez-vous, je vous demanderai de réfléchir à ce que vous *aimeriez* réellement faire. Peu importe le domaine... Pensez à tout ce qui vous plaît, même s'il s'agit de quelque chose que vous n'avez jamais fait ou que vous n'avez pas pratiqué depuis des années. Le tricot, la broderie, le hockey sur glace, des cours de cuisine, de photographie, du théâtre, de la peinture. Tout ce qui vous passe par la tête et que vous jugez attirant. Oubliez la notion de travail pour le moment ; contentez-vous de trouver des choses que vous aimeriez faire.

— Je n'en ai aucune idée, persista Paris. J'ai passé les vingt-quatre dernières années de ma vie à m'occuper des autres, sans prendre le temps de songer à moi.

— C'est précisément ce que j'essaie de vous faire comprendre. Il est temps à présent de vous écouter. De vous faire plaisir. Songez au moins à une chose qui vous fasse vraiment envie. Même si ça vous paraît ridicule sur le coup.

Ce jour-là, Paris quitta le cabinet en pleine confusion. Et son trouble grandit encore lorsqu'elle voulut dresser une liste de ce qui lui ferait envie. Rien ne lui venait à l'esprit ; elle avait beau chercher, c'était le vide complet dans son esprit. Pourtant, Anne avait évoqué au cours de la séance quelque chose qui l'avait interpellée... Hélas, elle ne se souvenait plus de quoi il s'agissait. Ce ne fut que tard dans la soirée, alors qu'elle songeait encore à tout ça dans son lit, que la lumière se fit. Le hockey sur glace… C'était le sport qu'Anne avait mentionné. Paris adorait faire du patin à glace quand elle était enfant, et elle prenait encore du plaisir à regarder le patinage artistique à la télévision.

Trois jours plus tard, elle pénétra dans le cabinet d'Anne Smythe, un sourire triomphant aux lèvres.

— J'ai trouvé quelque chose, annonça-t-elle tout de go. Le patinage. J'adorais ça, quand j'étais petite. Et j'emmenais Wim et Meg à la patinoire, quand ils étaient enfants.

— Parfait. Il ne vous reste plus qu'à vous trouver une patinoire dès que possible. Quand nous nous reverrons, je veux que vous me racontiez tout le plaisir que vous avez pris à patiner.

Surmontant sa peur du ridicule, Paris se rendit à la patinoire Dorothy Hamill de Greenwich dès le dimanche matin, et se retrouva en train de glisser sur la glace au milieu des autres patineurs. Il était encore tôt et il n'y avait que quelques garçons équipés pour le hockey et deux vieilles dames gracieuses qui patinaient depuis des années. Au bout d'une demi-heure, Paris s'amusait comme une folle.

Elle y retourna le jeudi suivant et se surprit à louer les services d'un professeur pour apprendre à faire des pirouettes. En quelques jours, le patinage devint son passe-temps préféré et, quand les enfants revinrent pour Thanksgiving, elle avait considérablement progressé. A part cette nouvelle activité, elle continuait à se terrer chez elle, refusant systématiquement les invitations qui continuaient à lui arriver. Au cours d'une séance, elle confia à Anne qu'elle redoutait d'affronter tous ces gens qui étaient au courant de ses malheurs. Quant à aller au cinéma toute seule, elle trouvait cela particulièrement déprimant. La seule chose qui l'amusait pour le moment, c'était le patinage.

Au matin de Thanksgiving, elle entraîna Meg et Wim à la patinoire, excitée comme une petite fille le jour de Noël. Ses enfants furent très impressionnés par ses talents de patineuse.

— Tu ressembles à Peggy Fleming, maman, commenta Meg, admirative.

— Tu exagères, chérie... mais merci quand même ! répliqua Paris en riant.

Ils patinèrent tous les trois jusqu'à midi, puis ils rentrèrent déguster la traditionnelle dinde que Paris avait mise au four avant de sortir. Malgré la belle matinée qu'ils avaient partagée et la joie de se retrouver ensemble, l'après-midi s'avéra éprouvant – comme si cette fête de famille était là pour leur rappeler tous les bouleversements qui avaient eu lieu en l'espace de quelques mois.

Wim et Meg devaient dîner en ville avec leur père, le lendemain soir. Les deux jeunes gens étaient très beaux, quand ils prirent le train de 17 heures, le vendredi après-midi. Il neigeait, et aucun d'eux n'avait voulu prendre le volant. Peter les avait invités au Cirque, un restaurant huppé qu'ils avaient hâte de découvrir. Pour l'occasion, Meg avait emprunté à sa mère une petite robe noire, et Wim avait revêtu un costume qui le vieillissait de plusieurs années. Il avait beaucoup mûri depuis son entrée à l'université, trois mois plus tôt. Le cœur gonflé de fierté, Paris les regarda s'éloigner sur le quai.

Peter les attendait à l'entrée du restaurant, plus séduisant que jamais, dans un élégant costume à fines rayures. Meg le complimenta sur sa tenue et il la remercia chaleureusement, ravi de passer un peu de temps avec ses enfants. Il leur avait réservé à chacun une chambre dans le même hôtel que lui. Wim et Meg regagneraient Greenwich le lendemain matin. Ayant prévu de retourner en Californie dimanche, ils avaient gardé leur soirée du samedi pour voir leurs amis respectifs. C'était un emploi du temps serré, mais tous deux étaient heureux de venir à New York. Les sapins de Noël scintillaient déjà dans les rues, la neige tombait à gros flocons et il flottait une ambiance festive qui égayait les cœurs.

Au début du repas, Peter leur parut un peu tendu. De nature peu loquace, il s'était toujours reposé sur Paris pour entretenir la conversation. Mais, après un verre de vin, l'ambiance se détendit et la discussion roula sur des sujets neutres. Peter ne les avait pas vus souvent depuis son départ, mais il veillait à les appeler régulièrement. Lorsqu'il commanda une bouteille de champagne à la fin du dîner, Meg fut à la fois touchée et surprise.

— Avons-nous quelque chose à fêter ? plaisanta-t-elle en poussant sa flûte en direction de Wim, afin qu'il y trempe les lèvres.

Si elle était en âge de boire de l'alcool, son frère devrait attendre encore un peu.

— Eh bien… en fait, oui, répondit Peter en dévisageant ses enfants à tour de rôle. J'ai quelque chose à vous annoncer, ajouta-t-il, visiblement mal à l'aise.

Meg arqua un sourcil perplexe. Avait-il acheté une maison ou un appartement… ou, mieux encore, avait-il décidé de retourner auprès de leur mère ? Dans ce cas, pourquoi ne l'avait-il pas invitée à se joindre à eux… ? Suspendus à ses lèvres, ils le regardèrent poser sa flûte sur la table. Le silence s'étira… Qu'attendait-il, à la fin ? Un roulement de tambour ?

Peter s'éclaircit la gorge.

— Je vais me marier, annonça-t-il finalement.

Comme frappés par la foudre, ses enfants le considérèrent sans mot dire. Désireux de leur laisser le temps de s'habituer au divorce, il n'avait jamais mentionné l'existence de Rachel. Visiblement, il avait eu tort. Tous deux semblaient en état de choc. Pâle comme un linge, Meg fut la première à recouvrer ses esprits.

— C'est une blague, j'espère ? Je ne te crois pas.

Wim secoua la tête, abasourdi.

— Maman est au courant ? demanda-t-il d'une voix à peine audible.

Un vent de panique souffla sur Peter.

— Non, pas encore. Vous êtes les premiers à l'apprendre. J'ai pensé que ce serait mieux ainsi.

Meg baissa les yeux sur son assiette. Qui était cette femme qu'il allait épouser ? Il ne s'était même pas donné la peine de la leur présenter ! Sans doute était-ce à cause d'elle qu'il avait quitté leur mère…

Le divorce n'était pas encore prononcé ! Comment pouvait-il se montrer aussi cruel ? Meg songea à sa mère, trop affectée pour mener une vie sociale normale... Une sensation de vertige l'assaillit.

— Quand l'as-tu rencontrée ? demanda-t-elle, réprimant à grand-peine l'envie de le gifler et de s'enfuir à toutes jambes.

Elle n'était plus une enfant ; elle devait au moins laisser à son père une chance de s'expliquer.

— Elle travaille au cabinet depuis deux ans. C'est une jeune femme brillante, très chaleureuse. Elle a fait ses études à Stanford et à la Harvard Law School, ajouta- t-il avec un soupçon de fierté dans la voix. Elle a deux petits garçons, Jason et Thomas ; ils ont cinq et sept ans. Je suis sûr que vous vous entendrez bien avec eux.

« Oh, mon Dieu », songea Meg, atterrée. Ils allaient en plus devoir supporter des demi-frères ! Le regard de son père était grave. Heureusement, il avait eu la délicatesse de ne pas inviter cette femme à dîner cc soir...

— Quel âge a-t-elle ? s'enquit Meg, l'estomac chaviré.

Elle était en train de vivre l'un des moments les plus éprouvants de sa vie, elle le savait déjà ; il venait en seconde position, juste après le jour où sa mère l'avait appelée pour lui annoncer qu'ils divorçaient.

— Elle fêtera ses trente-deux ans au mois de décembre.

— Pour l'amour du ciel, papa, cette femme a vingt ans dc moins que toi !

— Et huit ans de plus que Meg, renchérit Wim d'un ton lugubre.

— Es-tu vraiment obligé de te marier si vite ? Vous n'êtes même pas encore divorcés, maman et toi, fit observer Meg, au bord des larmes.

Peter posa sur elle un regard plein d'une froide détermination.

— Je me marie le 31 décembre prochain et j'aimerais que vous soyez là tous les deux.

Un silence pesant s'abattit sur la table. Au même instant, le serveur apporta l'addition. Wim et Meg dévisagèrent leur père d'un air hébété, trop choqués pour prononcer le moindre mot. Le mariage aurait lieu dans cinq semaines ; apparemment, tout était déjà planifié. Leur père les mettait au pied du mur, purement et simplement.

— J'avais prévu de sortir avec des amis, bredouilla Wim dans l'espoir d'échapper à ce cauchemar.

Son père ne cilla pas.

— Tu devras faire une croix sur tes projets cette année, Wim. C'est un jour important pour moi. J'aimerais que tu sois mon témoin.

Les yeux de Wim s'embuèrent, tandis qu'il secouait la tête avec véhémence.

— Je ne peux pas faire ça à maman… Elle ne s'en remettrait pas. Tu peux m'obliger à assister à ton mariage, mais je refuse d'être ton témoin.

Peter resta silencieux un long moment. Finalement, il hocha la tête et se tourna vers Meg.

— J'espère que tu viendras aussi… ?

Elle acquiesça d'un signe de tête, effondrée.

— Allons-nous la rencontrer avant le mariage, papa ? demanda-t-elle d'une voix étranglée.

— Rachel viendra prendre le petit déjeuner avec nous, demain matin. Elle amènera Jason et Tommy, afin que vous puissiez faire connaissance. Ce sont des petits garçons adorables, vous verrez.

Meg retint son souffle. En un temps record, son père s'était entouré d'une nouvelle famille. Nul doute que sa future épouse voudrait d'autres enfants... A cette idée, son estomac se contracta douloureusement.

— Où se tiendra la réception ?

— Au Metropolitan Club. Il n'y aura qu'une centaine d'invités ; Rachel et moi ne voulons pas d'un grand mariage. Elle est juive, vous comprenez, aussi n'y aura-t-il pas de cérémonie religieuse. C'est un de ses amis, un juge, qui scellera notre union.

Les deux jeunes gens l'écoutaient, bouleversés. Comment réagirait leur mère en apprenant la terrible nouvelle ? Pourvu qu'elle ne songe pas au pire...

— Quand comptes-tu le dire à maman ? demanda Meg à mi-voix.

Plongé dans un mutisme réprobateur, Wim jouait nerveusement avec sa serviette.

— Je ne sais pas encore. Je tenais à ce que vous soyez les premiers informés.

Tout à coup, la lumière se fit dans l'esprit de Meg. Sans oser le formuler clairement, leur père voulait que ce soit eux qui l'annoncent à leur mère. La tâche ingrate leur incombait.

Peter régla l'addition et ils se rendirent à l'hôtel dans un silence tendu. Après leur avoir souhaité une bonne nuit, il s'éclipsa, les laissant seuls dans les chambres attenantes qu'il leur avait réservées. Dès qu'il fut parti, Meg se jeta dans les bras de son frère et ils éclatèrent en sanglots, tels deux enfants perdus dans la nuit. Au bout d'un long moment, ils s'écartèrent et s'assirent au bord du lit, les yeux rougis.

— Comment va-t-on annoncer ça à maman ? articula Wim.

— Je ne sais pas. Le plus simplement possible, j'imagine.

— Elle va encore arrêter de manger, fit-il observer d'un ton lugubre.

— Pas sûr ; elle peut compter sur sa psy maintenant. Papa est devenu fou. Tu te rends compte, cette fille a presque mon âge et elle a deux gamins ! Je suis sûre que c'est pour elle qu'il a quitté maman.

La stupéfaction se peignit sur le visage de son frère, comme s'il n'avait pas encore établi le lien entre les deux événements.

— Tu crois ?

— Il n'aurait pas décidé de se marier aussi rapidement, sinon. Le divorce ne sera prononcé que dans une ou deux semaines ! On peut dire qu'il n'a pas perdu son temps… Elle est peut-être enceinte, qui sait ? ajouta-t-elle d'un ton horrifié.

Wim s'allongea sur le lit et ferma les yeux, en proie à un profond abattement. Un moment plus tard, ils appelèrent leur mère pour la rassurer, mais aucun d'eux ne souffla mot de la terrible nouvelle.

Cette nuit-là, pour la première fois depuis des années, ils dormirent dans le même lit, s'étreignant tendrement comme lorsqu'ils étaient enfants. Ils avaient fait la même chose quand leur chien était mort, bien des années plus tôt. Depuis, Meg ne s'était jamais sentie aussi malheureuse.

Le lendemain matin, Peter les appela pour s'assurer qu'ils étaient bien réveillés. Le rendez-vous avec Rachel et ses fils était fixé à 10 heures, dans le restaurant de l'hôtel.

— J'ai hâte d'y être, murmura Meg d'un ton lugubre.

Le visage blême et les traits tirés, Wim ne semblait pas dans son assiette.

— Sommes-nous vraiment obligés d'y aller ? demanda-t-il en pénétrant dans l'ascenseur.

Meg portait un pantalon en daim taupe et un pull chipé à sa mère. Quant à Wim, il avait délibérément opté pour une tenue décontractée, jean délavé et sweat-shirt portant le sigle de l'université de Berkeley. Au fond de lui, il espérait presque qu'on lui interdirait l'accès du restaurant. Malheureusement, ce ne fut pas le cas. Leur père les attendait déjà, assis à une grande table ronde en compagnie d'une séduisante jeune femme et de deux petits garçons blonds qui se tortillaient sur leurs chaises. La ressemblance entre Rachel et leur mère était frappante, nota Meg. La première était un peu plus élancée, plus jeune et plus sexy. C'était comme si leur père avait essayé de remonter le temps, en s'amourachant d'une version rajeunie de sa future ex-femme. C'était une sorte d'hommage, cruellement ironique.

Pourquoi n'avait-il pu se résoudre à vieillir auprès de leur mère ? En posant les yeux sur elle, Wim se rendit compte que son père lui avait déjà présenté Rachel à son bureau, quelques mois plus tôt. Une question surgit dans l'esprit du jeune homme : étaient-ils déjà amants, à l'époque ?

Peter se chargea des présentations. La conversation fut pénible et décousue, et Rachel fit un effort visible pour détendre l'atmosphère, sans y parvenir vraiment. A la fin du petit déjeuner, elle les dévisagea à tour de rôle et se mit à évoquer timidement le mariage. Elle aurait préféré que Peter leur en parle bien avant, et elle comprenait leur désarroi. Ce devait être un choc terrible pour eux. D'un autre côté, elle ne souhaitait pas repousser la date ; elle attendait ce jour depuis si longtemps !

— J'aime votre père de tout mon cœur, ajouta-t-elle d'un ton vibrant de sincérité. Mon seul désir est de le rendre heureux. Sachez que vous serez toujours les bienvenus chez nous ; j'aimerais que vous vous y sentiez comme à la maison.

Peter avait acheté un magnifique appartement sur la Cinquième Avenue. Il y avait deux chambres pour Meg et Wim, deux chambres pour les garçons et une pièce supplémentaire pour la nurse. S'ils décidaient d'avoir un bébé – c'était le souhait le plus cher de Rachel –, Jason et Tommy pourraient toujours partager la même chambre.

— Merci, murmura Meg d'une voix étranglée lorsque Rachel eut terminé son petit discours.

La conversation roula ensuite sur les préparatifs du mariage. A 11 h 30, alors qu'il n'avait pas ouvert la bouche de la matinée, Wim annonça à sa sœur qu'il était temps de partir.

Ils embrassèrent leur père, visiblement pressés de quitter les lieux. Peter rappela gentiment à Wim qu'il lui faudrait un costume pour le mariage. Le jeune homme se contenta de hocher la tête ; après avoir poliment pris congé de Rachel et des garçons, ils se hâtèrent vers la sortie et montèrent dans un taxi. Durant tout le trajet jusqu'à la gare, Wim resta silencieux, les yeux fixés sur la vitre. Meg lui prit la main, respectant son mutisme. Le réveillon du jour de l'an s'annonçait un véritable calvaire, et pas seulement pour eux ; leur mère souffrirait davantage. La mort dans l'âme, Meg se préparait déjà à lui annoncer la nouvelle. Tout compte fait, c'était peut-être mieux ainsi. La douleur aurait été plus intense encore si son père s'en était chargé lui-même.

— Alors, ça a été ? demanda Peter à Rachel en réglant l'addition.

La jeune femme aidait ses enfants à enfiler leurs blousons. Ces derniers avaient été sages comme des images, bien que ni Meg ni Wim ne leur aient adressé la parole.

— Ils sont sous le choc, tous les deux, répondit-elle. Il faut dire que c'est un gros morceau à avaler : d'abord moi, les garçons et puis le mariage. Je serais aussi bouleversée qu'eux à leur place.

Rachel savait de quoi elle parlait, pour avoir vécu la même situation quelques années plus tôt. Son père avait quitté sa mère pour épouser une de ses camarades de promotion, alors qu'elle était étudiante à Stanford. Elle avait refusé tout contact avec lui pendant trois ans et lui parlait très peu depuis. Un fossé s'était creusé entre eux, irréversible, et il s'était encore accentué au décès de sa mère, cinq ans plus tôt. Officiellement, la pauvre était morte d'un cancer, mais Rachel la soupçonnait d'avoir succombé à son chagrin. Ce passé douloureux ne l'avait pourtant pas empêchée de devenir la maîtresse de Peter, qu'elle aimait passionnément.

— Quand comptes-tu annoncer la nouvelle à Paris ? demanda-t-elle comme ils quittaient l'hôtel pour regagner leur appartement.

— Meg m'a dit qu'elle s'en chargerait. Je crois que c'est la meilleure solution, ajouta-t-il, succombant à un accès de lâcheté.

— Moi aussi, approuva Rachel.

Ils hélèrent un taxi et s'assirent à l'arrière. Peter indiqua l'adresse au chauffeur. Soulagé, il glissa un bras autour des épaules de sa compagne et ébouriffa tendrement les cheveux des garçonnets. Il ne lui restait plus qu'à chasser définitivement Paris de son esprit. C'était la seule chose à faire… Il y a six mois déjà, il s'était persuadé qu'il prenait la bonne décision, la seule qui soit satisfaisante.

Pour le meilleur et pour le pire, pour le restant de ses jours, il s'accrocherait à cette illusion.

9

Paris entra dans le cabinet d'Anne Smythe d'un pas mécanique. Des cernes soulignaient ses yeux dépourvus d'expression. Anne la considéra longuement, dissimulant à grand-peine son étonnement. Cela faisait des mois qu'elle ne lui avait pas vu une mine aussi terrible. Pas depuis juin, en fait, quand elle avait commencé sa thérapie.

— Alors, comment va le patinage ?

— Je n'en fais plus, répondit Paris d'une voix atone.

— Pourquoi ? Vous êtes malade ?

Elles s'étaient vues quatre jours plus tôt, mais beaucoup de choses pouvaient se produire en un laps de temps aussi court...

— Peter se marie le 31 décembre.

Un long silence accueillit ses paroles.

— Je vois. C'est un coup dur, en effet.

— N'est-ce pas ? fit Paris, plongée dans un état de semi-léthargie.

Elle ne cria pas sa douleur, ne fondit pas en larmes, ne raconta rien d'autre. D'une pâleur cadavérique, elle resta assise dans son fauteuil, parfaitement immobile. C'était comme si on lui avait arraché le cœur. Encore. L'infime lueur d'espoir qui continuait à briller au fond d'elle venait de s'éteindre. Pour toujours. Peter n'était pas revenu à la raison, non. Il n'avait pas non plus changé d'avis. Il se mariait dans cinq semaines. Meg et Wim lui avaient annoncé l'odieuse nouvelle en rentrant de New York, le samedi après-midi. Meg avait dormi avec elle cette nuit-là, consciente du chagrin qui lui ravageait le cœur. Le lendemain matin, ses enfants étaient repartis en Californie, et Paris avait pleuré toute la nuit. Sur eux, sur Peter… et sur elle. Elle se sentait condamnée à passer le restant de ses jours seule, désespérément seule.

Dans cinq semaines, Peter aurait une nouvelle épouse.

— Comment vous sentez-vous ?

— Comme un rebut.

Un sourire flotta sur les lèvres du médecin.

— Je vois ça. C'est normal, tout le monde réagirait ainsi à votre place. Etes-vous furieuse, Paris ?

Elle secoua la tête, tandis que des larmes jaillissaient de ses yeux. Plusieurs minutes s'écoulèrent avant qu'elle ne se sente la force de parler.

— Je suis juste triste. Immensément triste.

— Voulez-vous que je vous prescrive des antidépresseurs ? Pensez-vous que cela vous aiderait ?

Paris secoua de nouveau la tête.

— Je ne veux pas fuir la réalité. Il faut que je m'habitue à la situation. Il est parti et il ne reviendra plus, voilà.

— Oui, Paris, mais vous, vous devez continuer à vivre. Vous traversez une mauvaise passe, ça ne pourra que s'arranger, vous verrez.

— J'espère, chuchota Paris en se mouchant. J'aimerais pouvoir le détester, mais je n'y arrive pas. C'est elle que je hais. La garce. Elle a tout fichu en l'air. Lui aussi, l'ordure. Pourtant, je l'aime encore…

Elle était totalement désemparée, impuissante. Jamais plus elle ne connaîtrait le bonheur, c'était évident.

— Comment Meg et Wim ont-ils réagi ?

— Ils ont été merveilleux avec moi. Et furieux contre leur père. Bouleversés, aussi. Ils ont voulu savoir si je connaissais l'existence de cette femme et je leur ai menti. Je trouvais ça malhonnête envers Peter de leur dire la vérité… que c'était à cause d'elle qu'il était parti.

— Pourquoi continuez-vous à le protéger ?

— Parce que c'est leur père et que je l'aime toujours. C'est à lui de décider ce qu'il veut leur dire ou pas.

— C'est très noble de votre part.

Paris hocha la tête, en essuyant une dernière larme.

— Et vous, Paris ? reprit Anne Smythe. Que comptez-vous faire, pour surmonter cette nouvelle épreuve ? Vous devriez aller patiner un peu, ça vous changerait les idées.

— Je n'ai pas envie d'aller patiner. Je n'ai envie de rien.

— Et vos amis ? Je suis sûre que vous avez reçu des invitations pour Noël… ?

Paris haussa les épaules. Tout cela lui semblait tellement futile désormais.

— Des dizaines. Je les ai toutes déclinées.

— Pourquoi ? Ça vous ferait du bien de sortir un peu, vous savez.

— Je ne veux pas que les gens aient pitié de moi, répondit-elle d'un air buté.

— Ils vous plaindront davantage si vous choisissez de vivre en recluse. Acceptez au moins une invitation et attendez de voir comment ça se passe…

Paris la considéra un long moment en silence, avant de secouer la tête.

— Dans ce cas, je vais être obligée de vous prescrire un traitement, décréta Anne d'un ton ferme.

Paris la foudroya du regard. Un soupir résigné s'échappa de ses lèvres.

— D'accord, d'accord. Si ça peut vous faire plaisir, j'accepterai une invitation. Rien qu'une.

Le visage de la psy s'éclaira.

— Merci. Savez-vous déjà chez qui vous irez ?

— Non. Je vais y réfléchir.

Elles évoquèrent ensuite le mariage de Peter, et Paris s'efforça d'analyser ses sentiments face à ce nouveau choc. En quittant le cabinet, elle se sentait un peu mieux. Au rendez-vous suivant, elle confia à Anne qu'elle avait accepté l'invitation de Virginia et de son époux ; ils organisaient un cocktail une semaine avant le réveillon de Noël. Le lendemain, Wim et Meg viendraient passer deux semaines à Greenwich. Wim avait un mois de vacances et il partait skier dans le Vermont avec des amis après le mariage de Peter. Paris voyait approcher ces fêtes de fin d'année avec une angoisse grandissante. Si elle survivait au jour de l'an, alors elle serait sauvée.

En plus de l'invitation qu'elle s'était forcée à accepter, Paris avait également décidé de s'occuper d'elle. Anne avait souligné l'importance d'écouter ses propres besoins, de prendre soin de soi ; dormir, se détendre, faire de l'exercice, pourquoi pas s'offrir un bon massage... Tout cela l'aiderait à refaire surface plus facilement. Deux jours plus tard, clin d'œil du destin, elle rencontra au supermarché une voisine avec qui elle s'était relayée dans le temps pour emmener les enfants au sport. Au fil de la conversation, celle-ci lui remit la carte d'une masseuse spécialisée dans l'aromathérapie, qui lui avait fait un bien fou. Surmontant sa réticence, Paris accepta la carte. Pourquoi pas, au fond ? Anne avait raison : elle devait à tout prix retrouver un équilibre intérieur, une paix de l'esprit qui lui permettraient de tourner la page. Puisqu'elle refusait tout traitement médicamenteux, désireuse de s'en sortir par ses propres moyens, pourquoi ne se laisserait-elle pas tenter par un massage aux huiles essentielles ? De toute façon, elle n'avait rien à perdre.

De retour chez elle, elle composa le numéro inscrit sur la carte de visite. Une voix légèrement éthérée lui répondit sur fond de musique indienne. Réprimant une bouffée d'agacement, Paris se présenta et formula sa demande. Son interlocutrice s'appelait Karma Applebaum et Paris manqua éclater de rire en notant son nom sur la carte. La masseuse expliqua qu'elle se déplaçait à domicile, avec sa table de massage et ses huiles. Les dieux étaient avec elle, semblait-il : Karma venait d'avoir un désistement ; elle pouvait être chez Paris le soir même, à 21 heures. Cela lui convenait-il ? Après une brève hésitation, cette dernière accepta. Un bon massage l'aiderait probablement à mieux dormir. Malgré tout, cela restait un peu mystique pour elle ; elle n'avait encore jamais vécu pareille expérience. On était donc prêt à tenter toutes les aventures, quand on était au bout du rouleau...

Avant l'arrivée de la masseuse, elle se prépara un bol de soupe. Quand Meg appela, elle lui raconta ce qu'elle s'apprêtait à faire. Sa fille parut enchantée.

— C'est formidable, maman ! Peace ne jure que par l'aromathérapie. On se masse très souvent, tu sais, conclut-elle avec entrain.

Paris étouffa un gémissement. C'était exactement ce qu'elle craignait.

— Je te raconterai comment ça s'est passé, promit-elle d'un ton railleur avant de raccrocher.

Karma Applebaum arriva un moment plus tard, au volant d'une camionnette couverte de symboles hindous. Toute de blanc vêtue, elle avait un joli visage empreint d'une grande sérénité. Une multitude de fines tresses blondes ornées de perles flottaient sur ses épaules et dans son dos. Malgré ses *a priori*, Paris dut reconnaître que la jeune femme dégageait une impression de calme et de grande douceur. Elle ôta ses chaussures dans le hall d'entrée et, après avoir demandé où se trouvait la chambre à coucher, monta à l'étage d'un pas léger. Avec des gestes posés, elle installa sa table de massage, qu'elle enveloppa de draps en coton. Puis elle brancha un coussinet chauffant et sortit de son sac un lecteur de cassettes. Quelques instants plus tard, une douce musique emplit la pièce – une mélodie indienne similaire à celle qu'avait entendue Paris au téléphone. Quand cette dernière émergea de la salle de bains un moment plus tard, vêtue du peignoir en éponge qu'elle quittait rarement ces derniers temps, la pièce était plongée dans la pénombre et Karma l'attendait. Elle eut soudain l'impression de participer à une séance de spiritisme.

— Inspirez puis expirez profondément, pour chasser tous les démons qui vous possèdent… Renvoyez-les d'où ils viennent, intima Karma dans un murmure tandis que Paris s'allongeait sur la table.

Elle ignorait que des démons l'habitaient...
Karma prit une longue inspiration avant de promener ses mains à quelques centimètres au-dessus du corps de Paris, tendu comme une arbalète. Tout cela était parfaitement ridicule. Agitant ses mains comme des baguettes magiques, Karma déclara qu'elle sentait les chakras de Paris. Soudain, ses mains s'immobilisèrent au-dessus de son foie. Fronçant les sourcils, elle dévisagea Paris d'un air inquiet.

— Je sens un blocage, déclara-t-elle avec gravité.

— Où ça ? s'enquit Paris, gagnée malgré elle par un sentiment d'appréhension.

— J'ai l'impression qu'il est coincé entre vos reins et votre foie. Etes-vous en conflit avec votre mère ?

— Plus vraiment. Elle est morte il y a dix-huit ans. Mais nos relations étaient plutôt houleuses, admit Paris en songeant brièvement à la femme aigrie, pétrie de rancœur et d'amertume qu'avait été sa mère.

— Dans ce cas, il doit s'agir d'autre chose... Je sens la présence d'esprits dans cette maison. Les avez-vous déjà entendus ?

Ainsi, elle avait vu juste : ce n'était pas un simple massage, mais une véritable séance de spiritisme qu'orchestrait Karma.

— Non, répondit Paris d'un ton abrupt.

Profondément rationnelle, elle ne s'était jamais intéressée à l'ésotérisme. Tout ce qui comptait pour elle en ce moment, c'était de vivre au mieux son divorce et le remariage imminent de Peter. Au fond, il lui aurait peut-être été plus facile de traiter avec des esprits... songea-t-elle en réprimant un sourire. Les mains de Karma voletaient de nouveau au-dessus de son corps. Elles s'arrêtèrent encore, cette fois au-dessus de son estomac.

— Ça y est, je les tiens ! murmura-t-elle d'un ton triomphant. Ils se cachent dans vos intestins.

— De quoi parlez-vous ? risqua Paris, partagée entre l'angoisse et l'incrédulité.

— De vos démons. Ils se logent dans vos intestins, répondit Karma avec assurance. Vous avez besoin d'un bon lavage du côlon.

Paris la dévisagea avec stupeur. Le doute n'était plus permis : cette femme venait de la même planète que Peace, le petit ami extraterrestre de Meg.

— Vous ne ressentirez pas tous les bienfaits du massage tant que vous ne libérerez pas votre corps des toxines qu'il abrite.

— Pouvez-vous, malgré tout, me faire un massage, sans le lavement ? insista Paris.

C'était tout ce qu'elle souhaitait : un massage relaxant et une bonne nuit de sommeil.

— Je vais essayer, mais ce ne sera pas aussi bénéfique. Enfin, je vais faire de mon mieux, conclut Karma d'un ton résigné.

Elle fouilla dans son sac et sortit un flacon d'huile, dont elle l'aspergea généreusement. Puis elle commença à masser les bras de Paris, ses mains et ses épaules. Ses doigts se concentrèrent ensuite sur la poitrine, le ventre et les jambes ; des grognements de contrariété s'échappaient des lèvres de Karma chaque fois qu'elle effleurait le ventre de Paris.

— Je ne voudrais surtout pas procurer du plaisir à vos démons, expliqua-t-elle. Il faut vraiment que vous les chassiez.

Les accords grêles des mélodies indiennes, le parfum de l'huile, la pénombre et les mains expertes de Karma avaient réussi à plonger Paris dans une douce torpeur. Malgré les démons tapis dans son ventre, elle commençait à se détendre et se sentait déjà beaucoup mieux quand Karma lui demanda de se retourner. Elle lui massa alors le dos, les épaules et la nuque, qui étaient complètement noués. Comme une sensation de bien-être se propageait en elle, Paris ferma les yeux. C'était divin. Un pur délice. Soudain, une douleur fulgurante l'arracha à sa torpeur, comme si une balle de tennis lancée à toute volée l'avait frappée entre les omoplates.

— Que faites-vous ? articula-t-elle en ouvrant brusquement les yeux.

— Je pose des ventouses. Vous allez adorer. Ça va vous aider à expulser tous les démons et les toxines qui affaiblissent votre organisme.

Oh non… C'étaient encore ces fichus démons… Apparemment, ils avaient migré des intestins vers le buste, et Karma semblait bien décidée à les exterminer. Elle ne cessait de frapper le dos de Paris avec une coupelle en verre, chaude, qui collait à son épiderme dans un bruit de succion effrayant. Puis elle la décollait, et le son que produisait cette action était encore plus terrible. Paris esquissa une grimace. La douleur frôlait l'insupportable.

— C'est génial, non ?

— Pas vraiment, murmura-t-elle. Je préférais nettement le massage.

— Vos démons aussi. Vous ne voudriez tout de même pas qu'ils prennent leurs aises ?

Pourquoi pas ? songea Paris. Elle s'était sentie si bien quand ses démons avaient « pris leurs aises » ! Au bout de ce qui lui parut une éternité, Karma rangea la coupelle et entreprit de pétrir son fessier sans ménagement, ponctuant le massage de petites tapes énergiques. Les démons s'étaient probablement réfugiés dans cette partie de son anatomie, ce qui expliquait l'acharnement de Karma. Puis, sans prévenir, cette dernière posa sur ses épaules deux pierres chaudes, presque brûlantes, et, plongeant de nouveau dans son sac à malices, elle en prit deux autres qu'elle fit glisser sur ses voûtes plantaires jusqu'à ce qu'une sensation de brûlure apparaisse.

— Cela nettoiera vos intestins et votre esprit jusqu'à ce que vous procédiez au lavement, expliqua-t-elle.

Alors qu'elle continuait à torturer ses pieds, une odeur de brûlé se répandit dans la pièce, tellement âcre que Paris fut prise d'une quinte de toux incontrôlable.

— C'est bien ce que je pensais. Inspirez profondément. Ils détestent ça. Nous devons chasser tous les esprits sombres qui hantent cette pièce.

Prise de panique, Paris ouvrit les yeux et balaya la pièce du regard. Une petite bougie votive chauffait un cercle métallique sur lequel de l'huile s'égouttait d'un flacon.

— Qu'est-ce que c'est que ce truc ? s'enquit Paris entre deux quintes de toux.

Karma esquissa un sourire béat. A cet instant, la pureté de son visage rappelait Jeanne d'Arc dévorée par les flammes.

— C'est un mélange que je prépare moi-même. Ça marche à tous les coups.

— A quoi sert-il ?

Acre et capiteuse à la fois, l'odeur risquait d'imprégner toute la pièce, rideaux et moquette compris.

— C'est excellent pour les poumons. Vous voyez, vous commencez déjà à expectorer.

Paris s'abstint de tout commentaire. Elle toussait tellement qu'elle craignait de rendre son repas. Impuissante, elle regarda Karma placer une autre fiole au-dessus de la flamme. L'instant d'après, une odeur puissante chassa la précédente, tellement piquante que les yeux de Paris s'emplirent de larmes. C'était comme un mélange de raticide, d'arsenic et de clou de girofle. Elle suffoqua.

— Et celle-ci, sur quoi agit-elle ? articula-t-elle d'une voix à peine audible.

Impassible, Karma continua son massage. Paris était toujours allongée sur le ventre ; les pierres chaudes et huileuses reposaient à présent dans le creux de ses reins. C'était une véritable torture, mais en même temps, très étrangement, la chaleur et le poids des deux pierres lui procuraient une sensation de bien-être incontestable. Elle commençait à comprendre ce qui poussait les adeptes de certaines sectes à s'allonger sur des matelas de clous ou à avaler du feu. Au lieu de se préoccuper de ses propres maux, l'esprit se concentrait sur les parties du corps en souffrance.

Karma lui demanda de se retourner. Paris obéit docilement. Sous son regard fasciné, la thérapeute renversa un bol de sel sur son ventre et, après avoir pris soin de couvrir son nombril, elle posa dessus un cône d'encens incandescent.

— Et ça, c'est pour quoi faire ?

— Pour chasser les poisons hors de votre organisme et vous apporter un sentiment de paix intérieure.

Le parfum de l'encens dissipa légèrement l'odeur agressive des huiles qui continuaient à se consumer au-dessus de la flamme. Quelques instants plus tard, Karma changea de nouveau le flacon et, cette fois, des senteurs florales envahirent la pièce, fraîches comme le printemps, tellement végétales que Paris éternua violemment, projetant le cône d'encens par terre.

— Ils détestent ça aussi, fit observer Karma dans un sourire.

Paris éternua pendant cinq bonnes minutes. Quand, enfin, elle put reprendre son souffle, elle décida de parler franchement à Karma. Cette fois, c'en était trop. Le massage, bien que trop bref à son goût, lui avait procuré une agréable sensation de détente, mais les pierres brûlantes, les odeurs âcres et l'ambiance mystique lui déplaisaient fortement. En outre, il était plus de 23 heures.

— Je dois être allergique à tous ces trucs, déclara-t-elle en cherchant le regard de la masseuse, visiblement offensée par sa remarque.

— Personne n'est allergique à l'aromathérapie, s'indigna Karma d'un ton sans réplique.

— Alors je suis l'exception qui confirme la règle, insista Paris en s'asseyant sur la table. Et puis, il se fait tard. Je m'en voudrais de vous retenir plus longtemps.

Comme elle tendait la main vers son peignoir, Karma l'arrêta d'un geste péremptoire.

— Avant de partir, je dois remettre vos chakras en place, expliqua-t-elle. Allongez-vous. Si je ne le fais pas, c'est comme si les robinets de votre corps restaient ouverts. Vous perdriez toute votre énergie en vous levant.

Presque malgré elle, Paris se rallongea. Paupières closes, Karma promena lentement ses mains au-dessus d'elle en psalmodiant des paroles inintelligibles. Au grand soulagement de Paris, cela ne dura que quelques minutes. Les odeurs d'huiles essentielles flottaient encore lourdement dans la chambre. Parviendrait-elle à trouver le sommeil dans cette atmosphère ?

— Merci infiniment, dit-elle en sautant à terre.

Karma lui recommanda de ne pas se doucher avant le lendemain. Ce serait un véritable traumatisme, à la fois pour elle et pour ses démons. Paris acquiesça. Mais, au fond d'elle, elle savait qu'elle ne pourrait pas se mettre au lit avec le corps enduit d'huile.

Il fallut une demi-heure à Karma pour remballer son matériel. Elle lui demanda cent dollars pour la séance, une somme raisonnable compte tenu du temps qu'elle lui avait consacré. Il était minuit quand elle prit congé. Après son départ, Paris regagna sa chambre, prise d'un fou rire nerveux. Quelle expérience ! C'était complètement dingue ! Elle se revit en train de hocher gravement la tête quand Karma lui avait recommandé de procéder à un lavement méticuleux afin d'éliminer toutes les toxines qui polluaient son organisme. Elle ne reviendrait pas avant ; c'était une étape essentielle de la thérapie.

Un sourire amusé aux lèvres, Paris pénétra dans la salle de bains. Elle ouvrit le robinet de la douche et se débarrassa de son peignoir. Du coin de l'œil, elle aperçut le reflet de son dos dans le miroir. Un cri d'horreur s'échappa de ses lèvres. De grands cercles violacés couvraient son dos à tous les endroits où Karma avait apposé sa coupelle. C'était un spectacle terrifiant, presque aussi douloureux que le traitement lui-même.

Quand elle examina son dos le lendemain matin, ses pires craintes se confirmèrent : les cercles avaient viré au bleu-vert ; on aurait dit qu'elle avait été rouée de coups durant la nuit. Deux traces de brûlure ornaient ses épaules, souvenirs des fameuses pierres chaudes. Une odeur de funérarium flottait dans sa chambre. Contre toute attente, Paris éclata de rire. Quelle importance, au fond ? Personne ne demanderait à voir son dos.

Meg appela un peu plus tard, pour prendre des nouvelles.

— Alors, maman, comment ça s'est passé ? Raconte...

Paris pouffa.

— C'était... disons, intéressant. Une forme moderne de masochisme. Figure-toi que des démons se cachent dans mes intestins.

— Oui, je sais, Peace en a aussi. Il a hérité ça de son père.

— J'espère que tu n'en as pas, fit Paris, soudain inquiète. Elle m'a dit que jc tenais ça de ma mère.

— Peace n'en reviendra pas, quand je vais lui raconter, plaisanta Meg, amusée.

— Tu serais horrifiée si tu voyais les hématomes qui couvrent mon dos.

— Il n'y paraîtra plus dans quelques jours, maman. La prochaine fois, tu devrais essayer une autre technique, ajouta-t-elle d'un ton taquin.

— Jamais de la vie. Nous sommes en pleine forme, mes démons et moi.

Comme elle l'avait promis à Anne Smythe, Paris se rendit au cocktail organisé par les Morrison. Le lendemain, elle pénétra dans le cabinet de la psy, avec un sourire satisfait.

— Vous avez passé une bonne soirée ? demanda Anne, pleine d'espoir.

C'était la première fois que Paris assistait à une soirée depuis sept mois. La dernière avait été organisée par ses soins, le jour où Peter lui avait annoncé son intention de divorcer.

— Non, ce fut un vrai cauchemar.

Elle posa sur Anne Smythe un regard plein de défi. Après tout, elle avait suivi à la lettre toutes ses instructions, de la séance de massage jusqu'à la soirée entre amis, et elle n'en avait tiré aucun réconfort.

— Combien de temps êtes-vous restée ?

— Vingt minutes.

— Ça ne compte pas. Vous devez rester au moins une heure.

— Sept personnes m'ont dit à quel point elles avaient été désolées d'apprendre que Peter m'avait quittée. Les maris de deux de mes amies m'ont invitée à prendre un verre en toute discrétion, un de ces jours. Et cinq convives m'ont informée qu'ils avaient été invités au mariage de Peter. Je n'irai plus nulle part, c'est fini. Je me sens ridicule.

— Si, vous vous forcerez à sortir. Et non, vous n'êtes pas ridicule. Vous êtes juste une femme abandonnée par son mari. C'est dur, Paris, mais ça arrive tous les jours. Vous surmonterez votre peine, vous verrez.

— Il est hors de question que je sorte de nouveau, répéta Paris d'un ton catégorique. Le sujet est clos. Au fait, je me suis fait faire un massage à domicile. Je suis tombée sur une folle, mon dos ressemblait à un hématome géant et j'ai appris que mes intestins abritent tout un tas de démons. Voilà. Désormais, je resterai seule chez moi, ça vaudra mieux, conclut-elle avec un petit air buté.

— Il faudrait que vous rencontriez des gens qui ne connaissent pas Peter, suggéra Anne sans se départir de son calme. Vous n'allez tout de même pas passer le restant de vos jours enfermée chez vous comme Greta Garbo. Vos enfants vont se faire un sang d'encre et vous risquez de mourir d'ennui ! Non, Paris, il faut absolument que vous vous trouviez des activités.

— Je sortirai après le mariage de Peter, répondit Paris sans enthousiasme.

Anne la regarda d'un air surpris.

— Qu'est-ce que ça changera ?

— Les gens ne parleront plus de son mariage. L'un d'entre eux m'a même demandé si j'étais invitée, l'imbécile !

— Qu'avez-vous répondu ?

— Que j'étais impatiente d'y assister et que j'avais acheté une robe époustouflante spécialement pour l'occasion. Qu'étais-je censée répondre, à votre avis ? « Non, je ne suis pas invitée ; en fait, j'ai l'intention de me suicider ce jour-là »… ?

— C'est vrai ?

Paris soupira.

— Non. Même si j'en avais envie, je penserais d'abord à mes enfants.

Anne l'enveloppa d'un regard perçant, comme si elle cherchait à deviner ses pensées.

— En avez-vous envie ?

— Non. Il m'arrive parfois de songer à la mort, mais je n'aurais jamais le courage de mettre fin à mes jours, expliqua-t-elle d'une voix étranglée.

— Si jamais de telles pensées vous traversent de nouveau l'esprit, appelez-moi sur-le-champ.

— D'accord, promit Paris.

— Quels sont vos projets pour le réveillon du jour de l'an ?

— J'ai prévu de passer la soirée à pleurer.

— N'avez-vous pas envie de voir quelqu'un ?

— Tous les gens que je connais seront au mariage de Peter. C'est assez déprimant, comme perspective. Mais je tiendrai le coup, j'irai me coucher, c'est tout.

Ce serait une soirée éprouvante, elles en étaient conscientes toutes les deux. Malheureusement, personne n'y pouvait rien.

Wim et Meg avaient prévu de passer le réveillon de Noël avec elle et le 25 décembre avec Peter et Rachel. Paris avait acheté un sapin qu'elle avait soigneusement décoré avant leur arrivée. Cinq jours avant Noël, le jugement du divorce arriva par la poste. Comme pétrifiée, elle examina longuement le papier, avant de le ranger au fond d'un tiroir. C'était un peu comme un acte de décès. Pas une seule fois, elle n'avait imaginé que son nom figurerait un jour sur ce genre de document. Incapable d'en parler, elle n'en souffla pas un mot à ses enfants. Voilà, c'était fini. Sept mois après le départ de Peter, presque jour pour jour. Peter qui s'apprêtait à se remarier... C'était complètement surréaliste, tout à coup.

Dans l'après-midi du 31 décembre, Wim et Meg prirent la voiture pour se rendre à New York. Paris les embrassa affectueusement et les regarda partir, la gorge nouée. Elle songea un instant à appeler Anne, mais que lui dirait-elle ? Elle n'avait rien à dire. A personne. Elle n'avait qu'une envie : se retrouver seule avec son chagrin. Elle se prépara un bol de soupe, regarda un peu la télévision et monta se coucher. Il était 21 heures. Au prix d'un effort, elle s'interdit de penser à ce qui se passait au même moment, quelque part à New York. Les invités étaient attendus à 20 heures. Lorsqu'elle éteignit sa lampe de chevet, Peter et Rachel avaient échangé leurs vœux. Ils étaient désormais mari et femme. La vie qu'elle avait connue durant vingt-quatre ans et neuf mois n'existait plus. *Elle* n'existait plus aux yeux de Peter. D'un coup de balai, il avait écarté tout ce qu'ils avaient vécu ensemble, sans regret ni scrupule.

Alors qu'elle sombrait lentement dans le sommeil, mille pensées tournoyèrent dans son esprit. Au fond, tout cela lui était bien égal. Oui, elle se moquait bien de Peter, de Rachel et des autres. Tout ce qu'elle souhaitait désormais, c'était oublier qu'elle l'avait aimé et dormir longtemps, profondément. Ils partaient en lune de miel aux Caraïbes le lendemain ; une nouvelle vie les attendait.

Une nouvelle année, une nouvelle vie, un jour nouveau.

Qu'elle le veuille ou non, ce serait pareil pour elle. Une nouvelle vie l'attendait, elle aussi.

10

La semaine qui suivit le mariage de Peter se déroula dans une espèce de brouillard épais. Paris tomba malade, le premier jour de la nouvelle année. Quand ses enfants rentrèrent de New York, ils la trouvèrent au lit, victime d'une vilaine grippe et de ses symptômes : fièvre, toux, éternuements et courbatures. Seul le repos la soulageait un peu. Comme prévu, Wim partit au ski avec ses amis, et Meg se prépara à regagner Los Angeles, où l'attendait Peace. Ils se voyaient toujours, mais leur relation commençait à s'essouffler. Le régime alimentaire du jeune homme, son hygiène de vie très stricte et son programme d'entraînement intensif agaçaient la jeune femme. Elle confia à sa mère qu'elle s'ennuyait à mourir avec lui. « Chaque fois que je le vois, j'ai envie de courir au Burger King pour dévorer un hamburger géant ! plaisanta-t-elle. S'il m'emmène encore une fois dans un restau végétarien, je ne réponds plus de mes actes ! »

Paris rit de bon cœur, soulagée par la tournure des événements. Une semaine après le départ de ses enfants, elle commença à reprendre goût à la vie. Presque guérie, elle se leva enfin et s'occupa d'elle. Le même jour, Nathalie téléphona. Elle aussi sortait d'une grippe. Elle organisait un dîner le samedi suivant, une soirée entre amis de longue date, rien de plus. Paris avait-elle envie de se joindre à eux ? Sur le point de refuser, cette dernière se ravisa. Il était grand temps d'honorer la promesse faite à Anne Smythe. De plus, elle n'avait pas vu Nathalie depuis Thanksgiving, ce serait l'occasion de parler un peu avec ses amies. Elle accepta donc l'invitation.

La nouvelle enchanta Anne.

— Bravo, Paris ! J'espère sincèrement que vous passerez un bon moment.

— On verra bien, répondit Paris, laconique. De toute façon, ça m'est égal.

Mais quand elle se prépara le soir venu, elle dut admettre qu'elle était impatiente de revoir ses amis. Pour la première fois depuis des mois. Et si Anne avait raison ? Si elle était prête à tourner la page ? Nathalie lui avait dit qu'il y aurait une douzaine d'invités ; Virginia et Jim seraient là aussi.

Elle revêtit un pantalon en velours noir et un pull en cachemire, et noua ses cheveux en chignon. Cela faisait une éternité qu'elle n'avait pas porté autant d'attention à sa tenue. Comme il neigeait dehors, elle enfouit ses escarpins dans les poches de son manteau et chaussa ses bottes.

Au moment de partir, elle s'aperçut qu'elle devrait d'abord déblayer son allée pour sortir sa voiture. Elle songea un instant à demander aux Morrison de passer la chercher, mais repoussa vite cette idée, craignant de les déranger. Et puis, elle était assez grande pour se débrouiller seule. Otant son manteau en laine, elle enfila une grosse veste à capuche, une paire de gants fourrés et sortit, une pelle à la main. Il lui fallut vingt minutes pour dégager l'allée et enlever le givre de son pare-brise. Malgré ce contretemps, elle n'arriva pas la dernière chez Nathalie et Fred. Seuls quatre convives étaient là. Apparemment, les autres avaient rencontré les mêmes problèmes qu'elle. La neige continuait à tomber à gros flocons. Fred lui reprocha de ne pas les avoir appelés ; ils seraient volontiers allés la chercher, s'ils avaient su. Paris haussa les épaules en riant. Au fond, c'était agréable de se sentir autonome !

Lorsqu'ils furent tous réunis, Paris constata qu'elle était la seule invitée non accompagnée au milieu de quatre couples. A bien y réfléchir, cela n'était guère étonnant. Mieux valait qu'elle s'habitue tout de suite à tenir le rôle du mouton à cinq pattes. A son grand soulagement, elle connaissait tout le monde ; aucun invité n'eut l'indélicatesse d'évoquer le mariage de Peter, même si plusieurs d'entre eux y avaient assisté, à commencer par Virginia et son mari.

— Alors, comment vas-tu ? lui demanda cette dernière en aparté.

Elles avaient déjeuné ensemble la semaine précédente. Entre-temps, Virginia avait à son tour contracté la grippe. Apparemment, le virus n'épargnait personne. Elles étaient en train d'échanger leurs remèdes de grand-mère quand le carillon de l'entrée retentit de nouveau. Paris pivota sur ses talons, s'attendant à découvrir un autre couple. Au lieu de quoi, ce fut un homme qu'elle ne connaissait pas qui entra dans la pièce. Grand et brun, il ressemblait vaguement à Peter, en plus âgé et avec une calvitie bien installée. Malgré tout, il possédait un charme indéniable.

— Qui est-ce ? demanda Paris à l'adresse de Virginia.

Son amie ne le connaissait pas non plus. Elle s'abstint toutefois de préciser qu'elle était au courant de sa venue. C'était le nouvel agent de change de Fred ; les Morrison l'avaient spécialement invité pour le présenter à Paris, bien décidés à la tirer hors de son cocon. De l'avis de tous ses amis, il était grand temps qu'elle sorte de nouveau, qu'elle fasse des rencontres. Sans même le savoir, c'était elle qui était à l'origine de ce dîner. « Un repas de pure charité », raconta-t-elle à Anne, quelques jours plus tard.

Le nouveau venu avança dans la pièce d'un pas nonchalant. Il portait un blazer, un pull à col roulé rouge et un pantalon écossais aux tons criards. Dès l'instant où il prit place parmi eux, elle vit qu'il avait bu. Devançant Fred, il se présenta à tout le monde, échangeant de vigoureuses poignées de main. Quand il se tourna enfin vers

Paris, elle devina aussitôt la raison de sa présence ici.

— Alors comme ça c'est vous, la joyeuse divorcée de Greenwich, lança-t-il avec un sourire carnassier en retenant sa main dans la sienne. J'ai entendu dire que votre mari venait de se remarier, ajouta-t-il sans ambages comme Paris s'arrachait à son étreinte.

Elle hocha vaguement la tête puis se tourna vers Virginia.

— Quelle délicatesse, glissa-t-elle à son amie qui esquissa une grimace contrite.

À l'autre bout de la pièce, Nathalie fusilla son mari du regard. Fred lui avait assuré que c'était un type formidable. En réalité, il ne l'avait vu que deux fois dans le cadre du travail. Il savait qu'il était divorcé, qu'il avait trois enfants et que c'était un skieur hors pair, au dire de l'intéressé. Au vu de ces éléments, Fred avait eu l'idée de l'inviter. En plus de son physique avantageux, il lui avait semblé intelligent, honnête et respectable.

Pendant qu'ils prenaient l'apéritif, il raconta plusieurs blagues grivoises, certaines plutôt drôles, d'autres complètement déplacées. Lorsqu'il prit place à côté de Paris pour le dîner, il avait avalé deux verres de whisky et commençait à trébucher sur les mots.

— Zut, je déteste la soupe, tonna-t-il comme le premier plat arrivait sur la table. Je m'en colle toujours partout, surtout sur mes cravates ; c'est d'ailleurs pour ça que je n'en mets plus, conclut-il en coinçant l'extrémité de sa serviette dans son col roulé.

Puis il s'adressa à Fred.

— Alors mon vieux, où caches-tu tes bouteilles de vin ? A croire que la prohibition a encore frappé dans les parages... T'es toujours inscrit aux Alcooliques anonymes, c'est ça, Fred ?

Ce dernier s'empressa de remplir son verre, sous le regard courroucé de Nathalie. C'était la première fois depuis des mois que son amie acceptait une invitation à dîner, et elle avait souhaité que les choses se fassent en douceur, subtilement. Or, cet homme était aussi lourd qu'un éléphant dans un magasin de porcelaine. En moins beau, qui plus est. Plus il buvait, plus ses traits se déformaient et plus ses blagues devenaient obscènes. Lorsque l'entrée fut desservie, il avait évoqué toutes les parties de l'anatomie humaine et passé en revue toutes les positions sexuelles à la fin du plat principal. Au dessert, il raconta encore d'autres blagues, frappant violemment la table du plat de la main et riant grassement de ses propres plaisanteries. Consternée, Paris croisa le regard de Virginia. C'était à la limite du supportable.

Quand ils quittèrent enfin la table, Nathalie saisit Paris par le bras et se confondit en excuses.

— Je suis vraiment désolée. Fred m'avait assuré que c'était quelqu'un de bien ; j'ai pensé que ce serait une bonne idée de te le présenter.

— Ça ne fait rien, la rassura gentiment Paris. Il est drôle... dans son genre. Tu sais, je ne veux surtout pas que vous vous sentiez obligés de me présenter à des gens. Je suis heureuse de revoir mes vieux amis. En revanche, je n'ai aucune envie de faire des rencontres.

— Ça te ferait du bien, pourtant, objecta Nathalie. Tu ne peux pas continuer à te terrer chez toi. J'aimerais tant te faire rencontrer quelqu'un…

Hélas, leur première tentative se solda par un échec retentissant. Affalé sur le canapé, l'heureux élu du jour s'était attaqué à la bouteille de brandy. Il semblait au bord du coma éthylique et Paris conseilla à Nathalie de le garder pour la nuit ou tout au moins de le reconduire chez lui. Il n'était pas en état de prendre le volant. Dehors, la neige tombait plus dru. Pour rien au monde elle ne l'aurait admis, mais même Paris redoutait de devoir conduire par ce temps.

— Sois sympa, Paris, ramène-le chez toi et couche-le dans la chambre d'amis, plaisanta Virginia avec un sourire espiègle.

Elles étaient en train de vivre une soirée mémorable. Au grand soulagement de Virginia, Paris ne semblait pas furieuse contre ses amis. Elle-même n'était pas sûre de réagir aussi bien dans pareilles circonstances.

S'exhortant à garder son calme, Paris contourna le canapé. L'agent de change ne correspondait pas tout à fait aux prescriptions de sa psy. Et lorsqu'il lui caressa les fesses, elle sentit son cœur chavirer. La situation n'avait plus rien de cocasse. Même bien intentionnée, la sollicitude de ses amis lui apparut soudain dégradante. S'imaginaient-ils vraiment qu'elle était incapable de prendre soin d'elle toute seule ? Sa solitude les effrayait-elle à ce point ?

— Salut, trésor, roucoula l'ivrogne d'une voix pâteuse. Viens donc t'asseoir près de moi, qu'on fasse plus ample connaissance, tous les deux.

Paris le gratifia d'un sourire forcé, avant de se diriger vers la maîtresse de maison. Elle souhaitait s'éclipser discrètement pour ne pas gâcher la fête. Confuse, Nathalie ne chercha pas à la retenir. Paris en avait assez supporté pour ce soir.

— Je suis vraiment désolée pour Ralph, s'excusa-t-elle de nouveau. Si ça peut te consoler, je l'abattrai avant qu'il vide la bouteille de brandy, plaisanta-t-elle, les yeux pétillants de malice. Et quand tout le monde sera parti, je me chargerai de Fred. On fera mieux la prochaine fois, promis.

— La prochaine fois, invitez-moi toute seule. Ce sera mieux ainsi, crois-moi, murmura Paris.

— Promis, fit Nathalie en l'étreignant affectueusement.

Elle la regarda enfiler ses bottes, le cœur serré. Paris était une femme superbe, elle n'avait pas le droit de se condamner ainsi à la solitude.

— Tu n'as pas peur de conduire sous la neige ? demanda-t-elle, soudain inquiète.

— Non, ça va aller, affirma Paris avec une assurance qu'elle était loin d'éprouver.

Il était hors de question qu'elle passe une minute de plus en compagnie de Ralph l'ivrogne et de ses amis, tous débordants de compassion – même si, elle n'en doutait pas un instant, leurs intentions étaient bonnes. Le calvaire n'avait que trop duré.

— Je t'appellerai demain. Merci encore ! lança-t-elle avant de courir vers sa voiture en priant pour qu'elle démarre.

Nathalie regagna le salon d'un air dépité. Quand il la vit, Ralph balaya la pièce du regard.

— Où est donc passée Londres… euh, Milan… non, Francfort… oh, peu importe son nom !

— Elle s'appelle Paris et elle vient de partir. La pauvre souffrait d'une horrible migraine, mentit-elle d'un ton lourd de sous-entendus.

Elle darda sur son mari un regard noir ; ce dernier battit en retraite, penaud. Leur plan avait tourné au fiasco.

— Dommage. C'est une vraie bombe, cette nana, commenta Ralph en avalant une gorgée de brandy. Ça me rappelle l'histoire de…

Au moment où il lançait la chute dans un éclat de rire tonitruant, Paris avait déjà effectué la moitié du trajet. Elle conduisait plus vite qu'elle n'aurait dû, surtout dans ces conditions climatiques, mais elle avait hâte de se retrouver chez elle, blottie au fond de son lit, pour tenter d'oublier cette soirée cauchemardesque. Quoi qu'il advienne, le souvenir de l'horrible Ralph resterait à jamais gravé dans sa mémoire. Elle était en train de revivre le dîner quand elle aborda un virage plus serré que les autres. Les roues chassèrent sur une plaque de verglas. Instinctivement, Paris appuya sur la pédale de frein, ce qui eut pour effet de déporter la voiture sur le bas-côté. Après avoir glissé sur plusieurs mètres, elle alla s'écraser contre une congère. Paris accéléra doucement dans l'espoir de se dégager, mais ses efforts ne firent qu'aggraver les choses. Impuissante, elle attendit quelques instants avant d'essayer de nouveau, sans succès. La voiture refusait d'avancer. Seule une dépanneuse réussirait à la dégager.

— Oh non ! s'écria-t-elle, gagnée par une bouffée de frustration et de colère mêlées.

Elle s'adossa à son siège, en s'efforçant de recouvrer son calme. Avait-elle seulement pensé à prendre la carte de sa société de dépannage ? D'une main tremblante, elle fouilla dans son sac à main : il n'y avait qu'un billet de cinq dollars, son trousseau de clés, son permis de conduire et un tube de rouge à lèvres. Elle inspecta ensuite la boîte à gants et faillit crier de joie en apercevant la fameuse carte. Peter avait toujours veillé à ce genre de détails. Elle lui en aurait presque été reconnaissante, si elle n'avait pas été furieuse contre lui. Après tout, c'était sa faute : cette soirée minable, les amis pleins de pitié, le répugnant Ralph… C'était lui, le responsable de ce fiasco, lui qui était en train de couler des jours heureux dans les îles, en compagnie de sa jeune épouse !

Elle attrapa son téléphone portable et appela sur-le-champ. Ils viendraient dès que possible, mais il leur faudrait au moins une demi-heure pour se rendre sur les lieux de l'accident. Paris prit son mal en patience. Elle songea à appeler Meg pour tuer le temps, mais se ravisa. Sa fille serait folle d'inquiétude si elle apprenait que sa mère était coincée dans sa voiture à minuit, au beau milieu de nulle part. Trois quarts d'heure plus tard, la dépanneuse fit son apparition.

Elle sortit de la voiture pendant que les deux hommes hissaient le véhicule hors du fossé. Elle arriva chez elle une heure et demie après avoir quitté la soirée. Il était presque 1 h 30 ; elle était épuisée. Elle referma la porte derrière elle et s'y adossa lourdement. Pour la première fois depuis le départ de Peter, une colère noire l'habitait. Elle était furieuse au point de vouloir tuer quelqu'un, n'importe qui. Ralph. Nathalie. Fred. Peter. Rachel. Tout le monde. Elle jeta son manteau par terre, enleva ses bottes, monta à l'étage d'un pas rageur et se déshabilla, sans prendre la peine de ramasser ses vêtements. Quelle importance ? Personne n'était là pour voir le désordre. Il n'y avait personne pour déblayer l'allée enneigée, personne pour la raccompagner chez elle, personne pour l'empêcher de quitter la route et personne pour la protéger des brutes épaisses comme Ralph. Elle les détestait, tous ! Mais, plus que quiconque, elle détestait Peter. Allongée dans son lit, les yeux rivés au plafond, elle fulmina un long moment. Oui, elle haïssait Peter autant qu'elle l'avait aimé autrefois.

Et elle savait exactement ce qu'il lui restait à faire.

Le moment était venu.

11

Le lundi suivant, Paris pénétra comme une furie dans le cabinet d'Anne Smythe.

— Je pars, annonça-t-elle sans ambages.

Anne la regarda d'un air stupéfait.

— Vous voulez dire que vous arrêtez votre thérapie ?

Paris était furieuse, cela sautait aux yeux.

— Non. Enfin, oui. Par la force des choses. Je quitte Greenwich.

— Qu'est-ce qui a motivé votre décision ?

— J'étais invitée à un dîner samedi soir, et mes amis se sont mis en tête de me présenter à un abruti total, sans prendre la peine de me demander mon avis. Ce fut un désastre, évidemment. Pour commencer, j'ai dû m'armer d'une pelle pour déblayer la neige qui bloquait mon allée, ensuite ce type est arrivé, vêtu d'un pantalon écossais grotesque, et il a commencé à raconter des blagues franchement salaces. Il a bu comme un trou tout au long de la soirée et n'a pas hésité à me peloter les fesses quand j'ai eu le malheur de passer à côté de lui.

— Et c'est pour cette raison que vous avez décidé de partir ? demanda Anne, perplexe.

— Non. En rentrant chez moi, ma voiture a dérapé et je me suis retrouvée bloquée dans une congère, à minuit passé. Je n'ai pas l'habitude de conduire par temps de neige, c'était toujours Peter qui prenait le volant quand nous sortions le soir ! Bref, j'ai dû me faire dépanner et je suis rentrée chez moi à 1 h 30, complètement épuisée. Voilà pourquoi je pars.

— A cause de la congère ou de l'abruti ?

Anne ne l'avait jamais vue aussi rayonnante. Ses pommettes étaient toutes roses et ses yeux étincelaient. Elle avait l'air en pleine forme, vivante, enfin.

— Ni l'un ni l'autre. Je pars à cause de Peter. Je le déteste. Tout ça, c'est sa faute. Il m'a quittée pour cette petite garce, et maintenant, j'en suis réduite à rencontrer des goujats comme Ralph, tout ça parce que mes idiots d'amis ont pitié de moi et qu'ils s'imaginent me rendre service ! Ma décision est prise : je pars m'installer en Californie.

Anne la considéra avec attention.

— Pourquoi ? insista-t-elle.

— Parce que je n'ai plus rien à faire ici.

— Et ce sera différent en Californie ?

Elle tenait à s'assurer que Paris partait pour des raisons valables, qu'elle ne cherchait pas simplement à fuir le vide qui l'oppressait à Greenwich.

Si tel était le cas, elle retrouverait le même vide là-bas ; cela reviendrait à déplacer les problèmes, sans les résoudre.

— Là-bas, au moins, je ne risque pas de percuter une congère en sortant d'un dîner, répondit Paris, pince-sans-rire.

— Car vous continuerez à sortir, n'est-ce pas ?

Paris hésita. Elle avait longuement réfléchi avant de prendre sa décision. Dans son esprit, tout était déjà planifié.

— Je ne connais personne pour le moment. Mais j'essaierai de trouver du travail et de rencontrer des gens. Dans le pire des cas, je peux toujours envisager de revenir ici plus tard. J'en ai assez d'inspirer de la pitié à mes amis. Ça ne m'aide pas, vous savez. Ici, tout le monde sait ce qui m'est arrivé. J'ai envie de rencontrer des gens qui ne connaîtront pas Peter et qui ne sauront rien de ma vie.

— C'est parfaitement compréhensible. Comment comptez-vous vous y prendre ?

— Je prends l'avion pour San Francisco demain. J'ai contacté une agence immobilière ce matin ; ils vont me faire visiter des maisons et des appartements correspondant aux critères que je leur ai donnés. J'ai également appelé Wim ; il a beaucoup de travail, mais il va s'arranger pour dîner avec moi demain soir. J'ignore encore combien de temps je resterai là-bas. Ça dépend de ce que je trouverai sur place. Mais j'ai la ferme intention d'aller jusqu'au bout de ce projet. Il est hors de question qu'on me concocte d'autres dîners comme celui de samedi…

Le fameux dîner avait joué le rôle de déclencheur, mais Anne la sentait prête depuis quelque temps à franchir le pas. Il ne manquait plus que le déclic ; c'était chose faite à présent.

— Bien... C'est ce qui s'appelle tourner la page, non ? lança la psy.

C'était la meilleure chose qui puisse arriver à Paris : trouver un nouvel équilibre, reprendre goût à la vie et avoir envie de repartir de zéro. Le processus avait duré huit mois, mais le résultat en valait la peine.

— Vous croyez que je suis folle ? demanda-t-elle soudain, gagnée par une bouffée d'angoisse.

— Non, je vous crois au contraire tout à fait saine d'esprit. Vous avez pris la bonne décision. J'espère de tout cœur que vous vous plairez là-bas.

— Moi aussi, murmura Paris d'une voix teintée de mélancolie. Ça me fait mal de devoir partir. Je vais laisser tant de souvenirs derrière moi !

— Avez-vous l'intention de vendre votre maison ?

— Non, je vais la louer, dans un premier temps.

— C'est mieux comme ça, vous avez raison. Surtout, Paris, profitez pleinement de tout ce qui vous attend là-bas. C'est un nouveau monde que vous vous apprêtez à conquérir. Vous serez libre de faire ce que bon vous semble. Les portes vous sont grandes ouvertes.

— C'est un peu effrayant.

— C'est surtout grisant. Je suis très fière de vous.

Paris n'avait pas encore prévenu ses amis ; elle préférait d'abord trouver une maison et prendre ses marques. Ainsi, ils n'essaieraient pas de la dissuader. Seuls Anne et ses enfants étaient au courant, et tous trois applaudissaient sa décision.

En sortant du cabinet, elle rentra directement chez elle pour préparer ses valises. Nathalie l'appela en fin de matinée ; elle tenait encore à s'excuser pour la soirée du samedi.

— Ne t'en fais pas pour moi, répondit Paris d'un ton léger, je m'en suis remise.

— Veux-tu que nous déjeunions ensemble cette semaine ?

— C'est gentil, mais je vais voir Wim à San Francisco. Je pars demain.

— Ça va te changer les idées, c'est super, commenta Nathalie, soulagée.

Paris était restée trop longtemps seule dans cette grande maison vide, refusant toutes les invitations qu'on lui envoyait. Devant son apathie, Nathalie et Virginia s'étaient secrètement juré de lui trouver un nouveau compagnon… même si leur première tentative s'était soldée par un véritable fiasco.

— Je t'appellerai en rentrant, promit Paris avant de raccrocher.

Le lendemain matin, elle prit l'avion pour San Francisco. Elle avait réservé une place en première classe. Un homme d'affaires d'une cinquantaine d'années, vêtu d'un élégant costume, était assis à côté d'elle. Paris lui jeta un regard furtif. Très séduisant, il fixait d'un air concentré l'écran de son ordinateur portable. De son côté, elle se plongea dans la lecture d'un roman jusqu'à l'heure du repas, puis elle regarda le film. Ils n'étaient plus qu'à une heure de San Francisco quand la projection s'acheva. Son voisin avait rangé son ordinateur. Il lui adressa un sourire avenant quand l'hôtesse vint leur proposer une collation. Paris choisit un fruit, tandis qu'il demandait une tasse de café.

— Vous allez souvent à San Francisco ? demanda Paris sur le ton de la conversation.

— Deux à trois fois par mois. Je travaille pour une entreprise de la Silicon Valley spécialisée dans la biotechnologie. Et vous ? S'agit-il d'un voyage d'affaires... ou peut-être de vacances ?

— Je vais voir mon fils. Il fait ses études à Berkeley.

Le regard de l'homme glissa sur sa main gauche. Elle avait ôté son alliance le jour où son divorce avait été prononcé. Une vive douleur lui avait alors transpercé le cœur, mais à quoi bon continuer à nier la réalité ? Même si elle se sentait étrangement nue sans sa bague, Peter était désormais marié à une autre femme. Elle remarqua au passage que son voisin ne portait pas non plus d'alliance. Et si c'était un signe ?

— Combien de temps comptez-vous rester à San Francisco ?

— Je ne sais pas. J'ai l'intention de chercher un logement. Je songe à m'installer là-bas.

— Vous habitez à New York ? demanda-t-il en l'enveloppant d'un regard intéressé.

C'était une très belle femme. Il lui donnait une quarantaine d'années, pas plus. En fait, elle lui semblait bien jeune pour avoir un fils à l'université.

— Non, à Greenwich.

— Vous êtes divorcée ?

— Oui, admit-elle prudemment. Comment le savez-vous ?

— Les femmes célibataires ne courent pas les rues à Greenwich et, si vous songez à déménager, c'est que rien ne vous retient sur la côte Est.

Paris hocha pensivement la tête, mais s'abstint de lui poser les mêmes questions. Elle ne voulait surtout pas paraître s'intéresser à lui. Quand le commandant de bord annonça qu'ils entameraient bientôt leur descente, elle se leva pour aller aux toilettes. Elle attendit devant l'office où s'affairait l'hôtesse de l'air qui les avait servis un moment plus tôt. En apercevant Paris, cette dernière s'approcha d'elle en souriant.

— Je ne voudrais pas me mêler de ce qui ne me regarde pas, commença-t-elle à voix basse, mais vous apprécierez peut-être de savoir qu'il est marié et qu'il vit avec sa femme et ses quatre enfants à Stamford. Je connais deux femmes qui sont sorties avec lui avant de découvrir la vérité à son sujet. C'est un habitué de ce vol. Quand je vous ai vus parler tous les deux, il m'a semblé bon de vous mettre au courant ; après tout, nous devons nous serrer les coudes, nous les femmes. Cela ne vous dérange peut-être pas, mais je tenais tout de même à vous avertir. C'est un autre passager, un habitué lui aussi, qui nous a tout raconté. Il connaissait bien l'épouse de ce monsieur.

— Merci… Merci beaucoup, murmura Paris avant de disparaître dans les toilettes, sous le choc.

Elle se lava rapidement les mains et rectifia sa coiffure. Comme elle observait son reflet dans le petit miroir, de sombres pensées germèrent en elle. Le monde regorgeait de traîtres, de goujats et de calculateurs… Comment trouver un homme honnête et droit dans une foule de tricheurs ? C'était aussi difficile que de trouver une aiguille dans la proverbiale botte de foin ! Rien n'était impossible, évidemment, mais de toute façon, elle ne cherchait personne. Elle savait déjà, sans l'ombre d'un doute, qu'elle ne se remarierait jamais. Peter lui en avait fait passer l'envie. Il ne lui restait plus, désormais, qu'à apprivoiser sa solitude.

Elle regagna sa place, fraîchement remaquillée, les cheveux retenus en une longue tresse qui flottait dans son dos. Son voisin la regarda approcher d'un air appréciateur. Quelques minutes plus tard, il lui tendit une carte de visite qu'elle accepta à contrecœur.

— Je séjourne à l'hôtel Four Seasons. Appelez-moi si vous avez un moment ; nous pourrions essayer de dîner ensemble. Où descendez-vous ? demanda-t-il d'un ton badin.

— Chez mon fils, répondit Paris, délibérément évasive. Mais je crains que nous n'ayons un emploi du temps chargé, ajouta-t-elle en rangeant la carte dans son sac à main.

— Dans ce cas, appelez-moi quand vous serez de retour à New York, dit-il comme l'avion se posait en vibrant. Voulez-vous partager un taxi pour vous rendre en ville ?

Paris esquissa un sourire, pleine de compassion pour l'épouse de cet homme.

— Non, merci. Des amis doivent venir me chercher. Merci quand même.

Quand, vingt minutes plus tard, il la vit monter seule dans un taxi, il croisa son regard et arqua un sourcil interrogateur. La voiture s'éloigna et elle lui adressa un petit signe de la main.

A peine franchi le seuil de sa chambre d'hôtel, elle jeta la carte dans la corbeille à papier.

12

Au cours des quatre journées qui suivirent son arrivée, Paris eut l'impression de visiter toutes les maisons de la ville. Elle avait commencé par des appartements mais, au bout de quatre visites, elle fut obligée de se rendre à l'évidence : après avoir passé le plus clair de sa vie dans une vaste demeure, il lui serait impossible de vivre confinée dans un appartement. Finalement, elle sélectionna deux maisons. La première, une grande bâtisse en pierre située sur Pacific Heights, lui rappelait vaguement sa maison de Greenwich. Quant à la seconde, c'était une vieille maison d'architecture victorienne comprenant un logement indépendant qui donnait sur Vallejo Street dans le quartier de Cow Hollow. Proche de l'océan, elle offrait une vue splendide sur la baie et le pont du Golden Gate ; le logement indépendant constituait à ses yeux un sérieux atout : Wim pourrait y séjourner quand il le souhaiterait – avec des amis, s'il le désirait – tout en préservant sa liberté chérie. C'était la solution rêvée. Le loyer était raisonnable et elle incarnait, aux yeux des propriétaires, la locataire idéale. La demeure avait été entièrement repeinte, les pièces étaient propres et lumineuses, les parquets sentaient bon la cire.

Le corps principal comprenait trois chambres à coucher : une perchée au deuxième étage, dotée d'une vue à couper le souffle, et deux autres au premier. Elle pourrait accueillir Meg et quiconque viendrait lui rendre visite. Au rez-de-chaussée, une cuisine équipée jouxtait un salon spacieux qui ouvrait sur un jardinet soigneusement entretenu. Tout était plus petit que dans sa maison de Greenwich, mais cela lui convenait tout à fait. Elle y mettrait quelques-uns de ses meubles et entreposerait le reste dans un garde-meubles. L'agence immobilière se chargeait de lui louer ce qu'il fallait jusqu'à l'arrivée de ses propres affaires. Tout fut réglé en un après-midi. Elle signa le contrat de location, régla deux mois de loyer et versa une caution substantielle. Un employé de l'agence lui déposa les clés, le soir même, à la réception du Ritz-Carlton. Il ne lui restait plus qu'à mettre sa propre maison en location. Même si cela prenait un peu de temps, elle était décidée à emménager à San Francisco le plus vite possible.

Le dernier soir, elle dîna avec Wim et, après le repas, elle l'emmena voir sa nouvelle demeure. Elle avait loué une voiture et se familiarisait doucement avec les rues en pente de la ville. Wim s'extasia devant le petit logement indépendant.

— C'est super, maman ! Tu crois que je pourrai venir avec des copains, de temps en temps ?

— Aussi souvent que tu voudras, mon chéri. C'est justement pour ça que j'ai choisi cette maison.

Construit de plain-pied, le logement comprenait deux petites chambres et donnait également sur le jardin. Paris était aux anges. Pleine de charme, la demeure était suffisamment vaste pour accueillir ses deux enfants. En même temps, elle savait que Wim ne viendrait pas toutes les semaines. Sa vie d'étudiant était bien remplie. D'après ce qu'il racontait, il s'était fait un tas d'amis, suivait des cours passionnants et travaillait d'arrache-pied pour obtenir de bons résultats.

— Quand emménages-tu ? demanda-t-il.

Son enthousiasme lui réchauffa le cœur.

— Dès que j'aurai fait les cartons à Greenwich.

— Tu vas vendre la maison ?

— Non, dans un premier temps, je préfère la louer.

Pour la première fois depuis plusieurs mois, elle avait un projet qui l'emplissait d'aise. C'était comme si la vie lui souriait de nouveau, après les coups durs, les désillusions et le chagrin. Il lui avait fallu huit mois pour se remettre.

Le lendemain matin, elle prit un avion pour Greenwich. Sa voisine, une vieille femme qui allait rendre visite à son fils, dormit du décollage jusqu'à l'atterrissage. En pénétrant dans sa maison de Greenwich, Paris eut l'impression de s'être absentée plusieurs mois. Elle avait accompli tant de choses en si peu de temps !

Le lendemain, elle appela Nathalie et Virginia pour leur annoncer sa décision. La nouvelle les surprit et les attrista à la fois. Elles auraient préféré la garder auprès d'elles mais, en même temps, elles se réjouissaient de la voir heureuse et enthousiaste.

Dès son retour, Paris avait contacté une agence immobilière pour mettre la maison en location. Les visites débuteraient le week-end prochain. Selon le commercial de l'agence, elle devrait se montrer patiente, car c'était la période creuse ; en principe, les gens préféraient acheter, louer et déménager au printemps et en été. Paris affirma que cela ne lui posait aucun problème. Elle avait déjà appelé une entreprise de déménageurs ; elle commencerait à emballer ses affaires le samedi suivant. Le plus long serait de faire le tri entre ce qu'elle emporterait et ce qu'elle déposerait au garde-meubles. Virginia la rappela un peu plus tard : elle avait annoncé la nouvelle à Jim, et tous deux désiraient organiser un dîner avant son départ. Le lendemain matin, Nathalie lui fit la même proposition. Avant le week-end, quatre autres de ses amis l'avaient invitée, désireux de la voir avant qu'elle déménage. Tout à coup, on n'avait plus pitié d'elle, au contraire : son projet les excitait et ils l'encourageaient chaleureusement, même s'ils regrettaient de la voir partir. Les réactions de ses amis l'emplirent de joie. En prenant la décision de partir, elle avait réussi à changer le regard que les autres portaient sur elle. Du jour au lendemain, sa vie devenait excitante !

A sa grande surprise, la maison fut louée le dimanche après-midi, dès la seconde visite. Les premiers visiteurs appelèrent une heure plus tard et ne cachèrent pas leur déception en apprenant qu'ils avaient trop tardé à donner leur réponse. Le couple souhaitait la louer pour un an, avec une option de reconduction pour l'année suivante. Ils arrivaient d'Atlanta, fraîchement mutés à New York, avec trois adolescents. La maison leur convenait parfaitement. Paris aussi était heureuse à l'idée qu'une famille s'installerait bientôt dans ces murs qu'elle avait tant chéris. Le montant de la location la stupéfia. Cette somme lui permettrait non seulement de régler le loyer de sa maison de San Francisco mais aussi de subvenir à ses besoins. C'était à peine croyable.

Ensuite tout alla très vite. Au cours des semaines qui suivirent, elle fit ses cartons et régla les derniers détails du déménagement. Elle avait prévu d'emménager à San Francisco avant la fin du mois de janvier ; quand les déménageurs arrivèrent, elle était fin prête.

Pour le dernier week-end, elle loua une chambre à l'Homestead Inn et déjeuna une dernière fois avec ses meilleures amies, Nathalie et Virginia. Les dîners qu'elles avaient organisés en son honneur s'étaient merveilleusement bien passés. Elles n'avaient invité que des amis de longue date, et un vent de nostalgie avait soufflé sur leur petit cercle tout au long de la semaine. Paris avait pris conscience avec étonnement qu'elle connaissait et appréciait sincèrement une foule de gens à Greenwich. A une ou deux reprises, elle s'était presque surprise à regretter sa décision. Cependant, lors de sa dernière séance avec Anne, elle comprit qu'elle avait fait le bon choix. L'ambiance festive qui régnait autour d'elle était précisément due à son départ imminent. Si elle n'avait pas décidé de partir, elle aurait passé la semaine enfermée chez elle, à se morfondre. Bien sûr, elle se heurterait au même sentiment de solitude à San Francisco, mais elle était décidée à trouver du travail, à sortir, à aller au-devant des gens. Avant de prendre congé, elle promit à Anne de l'appeler ; celle-ci tenait à ce qu'elles se parlent au téléphone deux fois par semaine, jusqu'à ce que Paris ait pris ses repères dans sa nouvelle vie.

Le vendredi matin, à 8 heures, elle partit pour l'aéroport. Lorsque l'avion décolla, elle ne put s'empêcher de penser à Peter. Il savait par Wim et Meg qu'elle déménageait, mais il n'avait pas cherché à la joindre. Sa nouvelle vie l'absorbait totalement. A présent, c'était à elle de tourner la page et, s'il s'avérait que c'était une erreur, elle pourrait toujours revenir à Greenwich. Un jour, peut-être... Mais elle se donnait au moins un an pour prendre un nouveau départ. Essayer, en tout cas. Cette fois-ci, elle avait ménagé ses arrières, personne ne l'avait poussée hors de l'avion. Ce n'était plus une chute libre mais une aventure balisée qu'elle entreprenait. Elle avait fait le grand saut, en toute connaissance de cause. Wim avait promis de venir la voir le week-end suivant. Quand l'avion se posa quelques heures plus tard, un sourire radieux éclairait le visage de Paris.

Elle prit un taxi jusqu'à sa nouvelle demeure. L'employé de l'agence immobilière avait tenu sa promesse. Le mobilier loué lui servirait jusqu'à l'arrivée de ses propres affaires. Elle disposait d'un lit et de quelques commodes, d'une table flanquée de plusieurs chaises, d'un canapé, d'une table basse et de luminaires. Tout était impeccablement rangé. Elle monta sa valise à l'étage et la posa dans sa chambre. C'était le début de l'après-midi à San Francisco. Par la fenêtre, elle admira le pont du Golden Gate. Quand elle surprit son reflet dans le miroir fixé au-dessus de la commode, elle esquissa un sourire. Un silence cotonneux enveloppait la maison.

— Chérie, je suis de retour ! murmura-t-elle à l'adresse du miroir.

Une vague d'euphorie et d'espoir l'envahit soudain. Elle se laissa tomber sur le lit et éclata d'un rire cristallin.

Sa nouvelle vie venait de commencer.

13

Tant que ses meubles et ses cartons n'étaient pas arrivés, Paris n'avait pas grand-chose à faire dans la maison. Malgré le panorama exceptionnel, l'intérieur lui paraissait froid et impersonnel sans ses tableaux et ses bibelots. Elle ne trouva qu'une solution pour égayer un peu la maison en attendant ses affaires : acheter des brassées de fleurs. Le samedi matin, après avoir fait une lessive et parlé longuement au téléphone avec Meg, elle se glissa au volant de sa voiture de location et entreprit de faire le tour du quartier. Le lendemain soir, Wim venait dîner avec un de ses amis et elle voulait que la maison soit le plus accueillante possible.

Elle descendit Fillmore Street puis tourna à droite, en direction de Sacramento ; elle avait repéré dans le quartier plusieurs petites boutiques d'antiquités qu'elle avait envie de voir de plus près. Sa conversation avec Meg lui revint en mémoire. D'un commun accord, Peace et elle avaient rompu le week-end précédent. Comme toute rupture, ç'avait été une décision difficile à prendre, mais Meg ne semblait pas affligée par l'échec de leur relation. Depuis le début, elle savait qu'ils ne passeraient pas leur vie ensemble. Tous deux avaient été obligés d'admettre qu'ils ne partageaient ni les mêmes passions ni les mêmes aspirations. Malgré tout, Meg continuait à le considérer comme un garçon honnête et intelligent. Les mois qu'elle avait passés auprès de lui avaient été, à ses yeux, riches d'enseignements.

— Alors, as-tu quelqu'un d'autre en vue ? avait demandé Paris, piquée dans sa curiosité.

A l'autre bout du fil, Meg avait éclaté de rire.

— Maman, ça ne fait qu'une semaine qu'on est séparés ! Pour qui me prends-tu, enfin ?

Même si ça n'avait pas été une grande histoire d'amour, elle avait besoin de temps pour se reprendre.

— Pour une jolie jeune femme qui risque d'être assaillie par une foule de prétendants, avait répliqué Paris d'un ton espiègle.

— Ce n'est pas si simple que ça, tu sais. Il y a pas mal de loufoques dans le coin. En plus, les acteurs sont tous narcissiques... sauf Peace, peut-être parce qu'il s'intéresse davantage aux arts martiaux qu'au cinéma, conclut-elle en se remémorant les dernières discussions qu'elle avait eues avec son ex.

Ce dernier songeait à abandonner sa carrière de comédien pour se reconvertir en professeur de karaté.

— La moitié des types que je côtoie professionnellement sont toxicomanes, et ils rêvent presque tous de sortir avec des starlettes ou des top models. Ce sont d'habiles calculateurs. Quant aux hommes « normaux », qu'ils soient avocats, comptables ou agents de change, je les trouve tous terriblement rasoirs ! En tout cas, ceux de mon âge sont ennuyeux et totalement immatures.

— Tu finiras bien par trouver ton prince charmant, chérie. A ton âge, tous les espoirs sont permis.

— Et toi, maman, comment comptes-tu t'y prendre pour rencontrer du monde ?

— Meg, je suis arrivée hier ! Donne-moi un peu de temps, d'accord ? J'ai promis à ma psy que je chercherais du travail. Le problème, c'est que je ne sais pas vers quel secteur m'orienter.

— Pourquoi pas l'enseignement ? Avec ton MBA, tu pourrais donner des cours d'économie dans une école de commerce, ou même à l'université… Renseigne-toi à Stanford et à Berkeley, on ne sait jamais.

Paris y avait déjà songé, mais elle ne se sentait pas suffisamment qualifiée pour postuler à ce genre de poste. Avec le temps, ses connaissances étaient devenues obsolètes ; il lui faudrait d'abord reprendre ses études, et cette perspective ne l'enchantait guère. Elle préférait trouver une activité plus divertissante. Grâce à ce que lui versait Peter et au petit héritage qu'elle avait bien géré au fil des ans, elle pouvait se permettre de n'accorder qu'une importance minime au salaire qu'on lui proposerait.

— Wim m'en voudrait à mort si je décrochais un poste à Berkeley, plaisanta-t-elle. Il m'accuserait de harcèlement, c'est sûr ! Non, si j'optais pour cette solution, je ne postulerais qu'à Stanford.

— Et pourquoi ne cherches-tu pas un poste de secrétaire dans une grosse entreprise ? Il n'y a rien de tel pour faire des rencontres, observa Meg avec entrain.

— Je ne veux pas d'un autre homme dans ma vie, Meg. Je veux juste rencontrer des gens.

A l'évidence, sa fille ne l'entendait pas de cette oreille. Pour sa mère, Meg rêvait d'un homme tendre et attentionné, qui saurait l'écouter et prendre soin d'elle.

— Les hommes font partie du genre humain, tu sais, insista-t-elle.

Sa mère pouffa.

— Certains, peut-être, mais ils sont rares.

D'un autre côté, n'était-ce pas le propre de l'être humain de succomber à ses faiblesses ? Peter le lui avait prouvé. Certes, la perfection n'était pas de ce monde, mais sa trahison l'avait tellement secouée qu'elle se sentait incapable d'accorder sa confiance à qui que ce soit pour le moment.

— De toute façon, je finirai bien par trouver quelque chose, affirma-t-elle avec assurance. J'ai même pensé faire un bilan de compétences, tu sais, ces tests complètement dingues qui sont censés t'aider à connaître tes qualités et tes faiblesses. Je crois qu'ils proposent ça à Stanford. On va sans doute me dire que je suis faite pour être infirmière militaire ou bien assistante dentaire... ou artiste, pourquoi pas ? Les résultats sont souvent abracadabrants. Je me demande s'ils ne t'injectent pas un peu de sérum de vérité avant que tu remplisses leurs questionnaires !

— Fais-le, insista Meg. De toute façon, tu n'as rien à perdre.

— Rien que du temps et de l'argent. Mais tu as raison, ce serait sans doute un bon début. Au fait, quand viens-tu me voir ? demanda-t-elle d'un ton enjoué, réconfortée par la proximité physique de ses enfants.

Malheureusement, Meg ne pouvait pas se libérer avant plusieurs semaines. Ils étaient en train de terminer le tournage d'un film et travaillaient d'arrache-pied.

Paris gara la voiture de location dans Sacramento et entra dans une boutique d'antiquités. Son propre véhicule arriverait par camion, en même temps que le reste de ses affaires. Elle se laissa tenter par une ravissante petite boîte en argent, puis se dirigea vers la boutique voisine où elle trouva deux magnifiques chandeliers, en argent eux aussi. Elle fit ainsi le tour de tous les antiquaires qui bordaient le trottoir, heureuse de se distraire. A côté de la dernière boutique, elle tomba en extase devant l'élégante vitrine d'un fleuriste, installé dans une ravissante demeure victorienne. Trois compositions d'inspiration printanière, pleines de couleurs éclatantes et de fleurs insolites, s'épanouissaient dans de magnifiques vases en argent. Paris contempla longuement les bouquets, émerveillée. Elle se décida enfin à entrer dans la boutique, où une femme d'un certain âge, élégamment vêtue, prenait des commandes au téléphone. Elle leva les yeux sur Paris en raccrochant. Un énorme diamant brillait à son annulaire.

— Puis-je vous aider ? demanda-t-elle d'un ton avenant.

— Ces bouquets sont absolument magnifiques, répondit Paris en tournant les yeux vers la vitrine.

— Merci.

La vendeuse lui adressa un sourire.

— Nous les avons préparés pour une réception organisée cet après-midi. Les vases appartiennent à notre cliente. Vous pouvez apporter vos propres vases, si vous voulez que nous réalisions des bouquets directement dedans, expliqua-t-elle.

— Ce serait formidable, murmura Paris d'un ton rêveur.

Elle possédait un vieux samovar en argent qui ressemblait beaucoup au vase du milieu. Peter et elle l'avaient déniché en Angleterre, dans un salon d'antiquaires.

— Mais je vais être obligée d'attendre quelques semaines avant de vous les apporter, reprit-elle. Je viens juste de déménager, mes affaires sont encore de l'autre côté du pays.

— Apportez-les quand vous les recevrez. Et si vous projetez d'organiser un dîner ou une réception, nous serons ravis de vous mettre en rapport avec les meilleurs traiteurs de la ville.

Paris haussa les sourcils. C'était décidément une fleuriste hors du commun... Devant son air perplexe, son interlocutrice esquissa un sourire.

— En fait, c'est ma partie. Je gère une entreprise de restauration à domicile et je travaille beaucoup avec le propriétaire du magasin. Je garde la boutique aujourd'hui. La personne qui travaille ici d'habitude est malade et l'assistante de Bixby est partie chez des amies, qui voulaient lui offrir des cadeaux pour son futur bébé. Elle doit accoucher la semaine prochaine, ajouta-t-elle dans un sourire.

— C'est vraiment un fleuriste, ici ? s'enquit Paris, en balayant la pièce d'un air intrigué.

Le décor était d'une extrême sophistication ; au fond de la pièce, un petit escalier en marbre conduisait à l'étage. A l'extérieur, l'enseigne mentionnait un simple nom : Bixby Mason.

— Au départ, oui, mais c'est bien plus à présent. Le propriétaire des lieux est en réalité un artiste de génie. Il a la réputation d'organiser les fêtes les plus réussies de San Francisco. Il s'occupe de tout, dans les moindres détails. C'est lui qui choisit un thème, en accord avec ses clients, selon l'ambiance qu'ils souhaitent créer. Puis il contacte les musiciens, les traiteurs, tout ce qu'il faut pour que chaque réception soit inoubliable, que ce soit un petit dîner entre amis ou un mariage pour huit cents invités. Il règne en maître dans ce créneau, ici. Quant aux fleurs, elles ne représentent, en quelque sorte, que la partie émergée de l'iceberg. Il décroche des budgets dans tout l'Etat, et parfois même de l'autre côté du pays.

— C'est très impressionnant, murmura Paris tandis que la vendeuse allait chercher dans la bibliothèque trois gros albums reliés cuir, parmi les deux douzaines qui occupaient les rayonnages.

— Désirez-vous jeter un coup d'œil ? Ce sont les photos de quelques réceptions qu'il a organisées l'an dernier. Vous allez voir, c'est splendide.

Si elle se fiait aux compositions florales de la vitrine, Paris ne doutait pas de la qualité du travail de Mason. Cédant à la curiosité, elle s'assit et se mit à feuilleter les albums. Les demeures étaient somptueuses, la décoration d'un raffinement extrême. Dans des parcs verdoyants, on avait dressé des marquises réalisées dans des étoffes surprenantes pour accueillir les invités. Les réceptions de mariage étaient à la fois fastueuses et pleines d'originalité. Paris admira aussi quelques clichés de dîners, tels qu'en rêvent en secret toutes les maîtresses de maison. Pour un goûter d'Halloween, la table avait été parsemée d'une multitude de courges peintes à la main ; pour un autre dîner, la nappe disparaissait sous une profusion d'orchidées brunes, avec, çà et là, de minuscules vases chinois contenant quelques brins d'herbes aromatiques. A la dernière page, Paris esquissa un sourire en contemplant les drôles de gadgets qui décoraient une table dressée sur le thème des années cinquante. Vivement impressionnée, elle referma les albums.

— C'est magnifique.

Elle avait toujours aimé organiser des dîners dans sa maison de Greenwich, mais il s'agissait là d'une autre dimension. L'instigateur de ces fêtes féeriques était un véritable génie.

La femme approuva d'un hochement de tête.

— Bixby Mason est un artiste complet. Il peint, il sculpte, il a même un diplôme d'architecte, mais je crois qu'il ne s'en est jamais servi. C'est un créatif dans l'âme, son imagination est incroyablement fertile, il a la capacité de se projeter dans le temps, c'est sa grande force. En plus, c'est quelqu'un d'adorable. Il est apprécié de tous ses collaborateurs. Il organise beaucoup de mariages, même si ses activités ne se cantonnent pas à ça. Je travaille souvent sur les mêmes réceptions et c'est un vrai plaisir. Avec lui, tout est pensé, précis, parfaitement huilé. Il ne laisse aucune place au hasard. C'est d'ailleurs pour ça que sa clientèle l'apprécie. Tout ce qu'il touche tend à la perfection. Après son passage, les hôtes et leurs invités n'ont plus qu'à s'amuser.

— Sans oublier de signer un gros chèque, ajouta Paris d'un ton espiègle.

Les photos qu'elle avait admirées dans les deux albums trahissaient le luxe et l'opulence.

— Il mérite amplement l'argent qu'il gagne, répliqua son interlocutrice. Grâce à lui, chaque fête est unique. Oh, il lui arrive aussi d'organiser des enterrements ; ce sont alors des cérémonies touchantes et pleines de délicatesse. Pour ses réceptions, il ne lésine jamais sur les fleurs, la nourriture ou la musique. Il lui est même arrivé, pour certaines occasions, de faire venir des orchestres d'Europe.

— C'est incroyable…

Elle n'oserait plus venir commander de modestes bouquets, maintenant qu'elle savait tout ça… Elle aurait l'air ridicule ! Et comme elle ne connaissait personne dans la région, elle ne pourrait pas non plus solliciter ses talents d'organisateur.

— Je suis très heureuse d'avoir découvert cet endroit, dit-elle, pleine d'admiration. En réalité, je cherchais un fleuriste… J'aurais du mal à lancer des invitations pour le moment : je ne connais encore personne !

La femme lui tendit une carte de visite.

— N'hésitez surtout pas à nous appeler, déclarat-elle d'un ton chaleureux. Bix vous plaira, vous verrez. C'est un sacré personnage. Le pauvre s'arrache les cheveux, en ce moment. Nous avons des mariages tous les week-ends et, comme je vous l'ai dit, Jane, son assistante, doit accoucher la semaine prochaine… Il l'a déjà prévenue très sérieusement qu'il n'acceptera aucun faux bond de sa part ! Je le soupçonne de ne pas savoir grand-chose sur les bébés.

Alors qu'elles riaient toutes les deux, une idée folle traversa l'esprit de Paris. Oserait-elle formuler sa question à haute voix ? Elle glissa la carte de visite dans sa poche, inspira… et se jeta à l'eau.

— Ecoutez, je suis à la recherche d'un emploi. J'ai eu l'occasion d'organiser de nombreuses réceptions chez moi, jamais à cette échelle bien sûr, mais… quel genre de profil recherche-t-il ?

Pourquoi diable Bixby Mason accepterait-il d'embaucher quelqu'un d'aussi peu expérimenté qu'elle ? Elle devait avoir perdu la tête…

— En fait, il recherche quelqu'un de très dynamique, qui serait disponible en soirée et aussi le week-end. Etes-vous mariée ? s'enquit-elle en l'examinant avec une attention redoublée.

Paris secoua la tête.

— Je suis divorcée, répondit-elle du bout des lèvres comme s'il s'agissait d'un crime.

— Avez-vous des enfants ?

— Oui, deux. Ma fille vit à Los Angeles et mon fils est étudiant à Berkeley.

— Tout cela me semble fort intéressant. Ecoutez, il doit appeler dans un moment ; je vais lui parler de vous, d'accord ? Laissez-moi vos coordonnées et, s'il est intéressé, il vous rappellera. Il a le couteau sous la gorge et il sait qu'il doit agir rapidement. Bientôt, Jane ne sera plus là pour le seconder… En plus, son mari aimerait qu'elle arrête de travailler après la naissance du bébé. J'ai bien cru qu'elle allait accoucher au beau milieu du dernier mariage. Elle est énorme, on dirait qu'elle attend des triplés. Il n'y en a qu'un, Dieu merci, mais il va être drôlement costaud. Franchement, je ne sais pas comment Bix s'en sortira s'il ne trouve personne pour la remplacer. Pour le moment, aucun candidat n'a retenu son attention. C'est un perfectionniste un peu tyrannique dans le travail, mais le résultat en vaut toujours la peine et puis il a un cœur gros comme ça, conclut-elle avec force. Que puis-je lui raconter sur vous ? Quel est votre parcours professionnel ? Parlez-vous plusieurs langues ? Avez-vous une passion particulière ? Des relations intéressantes ?

Paris secoua la tête. Elle ne possédait rien de tout ça, et pour cause : elle venait de passer vingt-quatre années de sa vie à s'occuper de son mari et de ses enfants. Au fond d'elle, pourtant, elle se sentait capable de relever le défi... à condition qu'on accepte de lui faire confiance.

— J'ignore si cela peut lui être utile, mais j'ai un MBA... et j'adore jardiner, s'empressa-t-elle d'ajouter. J'aime aussi créer mes propres bouquets... mais je n'ai jamais rien réussi de tel, dit-elle humblement en se tournant vers la vitrine.

— Ne vous inquiétez pas, c'est une Japonaise qui réalise les compositions florales. Bix non plus ne saurait pas faire ça. En revanche, il est très fort pour s'entourer des meilleurs collaborateurs. C'est comme un chef d'orchestre, vous comprenez : il mène la danse et nous, nous suivons le mouvement. La mission de Jane consiste à l'accompagner partout, en notant soigneusement toutes ses consignes sur un gros carnet ; elle passe aussi beaucoup de temps au téléphone. Voilà.

— Je maîtrise parfaitement le téléphone, déclara Paris avec un sourire malicieux. Je suis libre comme l'air et ma garde-robe est à peu près correcte. J'ai assuré la bonne marche d'une grande maison pendant vingt-quatre ans. Que pourrais-je ajouter ? Pas grand-chose, hélas, sauf que j'aimerais beaucoup le rencontrer.

— Si ça marche, fit la femme tandis que Paris notait ses coordonnées sur un morceau de papier, Bix deviendra vite votre meilleur ami. C'est un homme adorable.

Elle prit la feuille et chercha le regard de Paris. Un sourire plein de gentillesse flottait sur ses lèvres.

— Je sais ce que c'est, vous savez. J'ai divorcé au bout de dix-huit ans de mariage ; du jour au lendemain, je me suis retrouvée complètement perdue, sans expérience professionnelle, sans compétences particulières. Tout ce que je savais faire, c'était la lessive, le chauffeur pour mes enfants et la cuisine pour la famille. De fil en aiguille, je me suis lancée dans la restauration à domicile ; c'était la seule chose que je maîtrisais à peu près. Je me suis découvert des talents que j'ignorais jusque-là. Maintenant, j'ai des bureaux à Los Angeles, Santa Barbara et Newport Beach. Bixby m'a beaucoup aidée. Ce qu'il vous faut, c'est un point de départ, et vous l'avez peut-être trouvé.

Paris la remercia, profondément touchée.

— Je m'appelle Sydney Harrington, reprit-elle. J'espère que nous aurons l'occasion de nous revoir. Si ça ne donne rien, n'hésitez pas à m'appeler. Je suis déjà passée par là et j'ai un tas d'autres idées à réaliser.

Elle remit une carte de visite à Paris, qui la remercia de nouveau avant de sortir de la boutique d'un pas léger. Même si elle ne décrochait pas le poste, elle comptait désormais une nouvelle amie. La perspective de travailler pour Bixby Mason tenait davantage du rêve que de la réalité mais, d'un autre côté, elle était fière d'avoir osé parler. C'était complètement nouveau pour elle.

Sur un petit nuage, elle continua à flâner dans les boutiques de Sacramento Street et rentra chez elle en fin d'après-midi, avec un joli service d'assiettes à salade et une broderie qui la tiendrait occupée pendant les longues soirées solitaires. Après s'être préparé une tasse de thé, elle s'installa confortablement et admira la vue. Elle avait passé une bonne journée. La sonnerie du téléphone l'arracha à sa contemplation. C'était Sydney Harrington.

— Bixby aimerait vous rencontrer lundi matin, à 9 heures, déclara-t-elle d'un ton triomphant. Je ne veux surtout pas vous donner de faux espoirs, il prendra sa décision seul, de toute façon, mais je n'ai pas tari d'éloges à votre sujet. Il a refusé tous les candidats envoyés par l'agence d'intérim – mous et sans imagination, selon lui, en plus du fait qu'il n'aimait pas leur style. Vous l'accompagnerez à toutes les réceptions, vous devrez même en superviser certaines toute seule. Quand il y en a deux le même jour, Bix s'arrange toujours pour faire une apparition, mais il ne peut pas se dédoubler, à son grand regret ! Pour toutes ces raisons, il est primordial que vous ayez un excellent contact avec les clients et leurs invités. C'est une qualité essentielle, à ses yeux.

Il dit souvent que son assistante est une sorte de double qui le représente partout où il n'est pas. Cela fait six ans qu'il travaille avec Jane. Ça va lui faire un drôle de changement. Il aurait dû recruter sa remplaçante beaucoup plus tôt, afin qu'elle ait le temps de la former. J'ai l'impression qu'il a complètement nié l'arrivée du bébé.

Les paroles de Sydney résonnèrent dans l'esprit de Paris.

— Jane compte-t-elle reprendre son poste après son congé maternité ?

C'était une question de pure forme : même si Bix lui proposait un contrat à durée déterminée, elle accepterait sans l'ombre d'une hésitation. Au point où elle en était, toute expérience était bonne à prendre.

— Je ne crois pas, non. C'est Bix qui a organisé son mariage, et le mari de Jane se plaît à répéter qu'il pourra s'occuper de leur divorce si elle continue à travailler. Il ne supporte plus les absences répétées de sa femme et je crois que Jane commence à en avoir assez aussi. Elle veut consacrer plus de temps à sa famille. Bix est merveilleux, mais il ne sait pas s'arrêter. J'espère que cela ne vous posera pas de problème, si vous décrochez le poste.

— Au contraire, je serais bien trop heureuse de ne pas voir le temps passer ! répondit Paris avec excitation. Comment dois-je m'habiller, à votre avis ? demanda-t-elle soudain d'un ton inquiet. Y a-t-il des choses qu'il déteste ou qu'il aime particulièrement ?

— Soyez vous-même, conseilla Sydney. Le naturel, voilà ce qu'il aime par-dessus tout. Jouez la carte de la franchise, c'est le meilleur conseil que je peux vous donner. Et tenez-vous prête à trimer dix-huit heures par jour. Bixby Mason est un accro du boulot et il attend la même chose de ses collaborateurs.

— C'est parfait pour moi. Je n'ai pas d'enfants qui m'attendent à la maison, pas de mari. Je n'ai même pas d'amis dans la région. Bref, je pourrai me consacrer entièrement au travail.

— Il va adorer ! Je lui ai dit que vous étiez titulaire d'un MBA et il a paru intrigué. Il ne me reste plus qu'à vous souhaiter bonne chance, Paris, conclut-elle avec une sincérité qui lui alla droit au cœur. Je vous appellerai lundi pour savoir comment ça s'est passé.

— Merci, fit Paris, reconnaissante. Et croisez les doigts pour moi !

— Promis. Ça va aller, vous verrez, j'ai le sentiment que vous êtes exactement la personne qu'il lui faut. Après tout, c'est un signe du destin que vous soyez entrée dans la boutique aujourd'hui. Bix avait décidé de la laisser fermée puisqu'il n'avait personne pour la tenir ; c'est un pur hasard si j'ai proposé de le dépanner. Un signe, vraiment. Maintenant, il ne nous reste plus qu'à patienter. Et si ça ne marche pas, vous trouverez autre chose, je n'en doute pas un instant.

Après l'avoir remerciée une dernière fois, Paris raccrocha. Assise dans son salon, elle reporta son attention sur le paysage magnifique qui s'offrait à elle. Un sourire rêveur flottait sur ses lèvres. La roue tournait, enfin. Tout à coup, des choses positives survenaient dans sa vie ; c'était mieux que tout ce qu'elle avait espéré.

Il ne lui restait plus qu'à prier pour que tout se passe bien lundi. Elle avait peu d'expérience à offrir, certes, mais si Bixby lui accordait une toute petite chance, elle se jetterait corps et âme dans l'aventure.

Jamais encore elle n'avait éprouvé pareil sentiment d'euphorie.

14

A 8 h 50 le lundi matin, Paris se gara dans Sacramento Street et se dirigea vers la porte noire ornée d'un heurtoir en cuivre, à côté de la boutique. A son grand désarroi, sa main tremblait lorsqu'elle appuya sur le bouton de la sonnette. Pour l'occasion, elle avait choisi de porter un tailleur noir très sobre avec des escarpins à talons hauts. Ses cheveux étaient rassemblés en chignon ; de minuscules diamants brillaient à ses oreilles et elle avait pris le petit sac à main Chanel que Peter lui avait offert à Noël quelques années plus tôt et qu'elle avait rarement eu l'occasion d'arborer. Le tout n'était-il pas un peu trop sophistiqué pour un entretien d'embauche ? songea-t-elle soudain, en proie à une bouffée d'angoisse. Pour ce poste en contact avec la clientèle, l'apparence jouait probablement un rôle important. Non, elle avait fait le bon choix. Sa vivacité, sa grande disponibilité et ses talents d'organisatrice, voilà ce qu'elle mettrait en avant, en espérant qu'il s'en contenterait.

Un bourdonnement retentit et elle poussa la porte. Un petit escalier en marbre montait à l'étage, identique à celui de la boutique. L'intérieur était décoré avec goût. Un bruit de voix lui parvint du premier et elle gravit les quelques marches jusqu'à un vestibule orné de tableaux contemporains signés de peintres célèbres.

Une porte était ouverte sur une grande pièce lambrissée. Des étagères pleines de livres s'alignaient contre les murs. Vêtu d'un pull à col roulé et d'un pantalon noirs, un bel homme blond, d'une bonne trentaine d'années, bavardait avec une jeune femme très enceinte. Cette dernière s'extirpa avec peine de son fauteuil et vint accueillir Paris dans le vestibule.

— Vous devez être Paris, dit-elle d'une voix enjouée, quel prénom magnifique ! Je suis Jane et voici Bixby Mason. Nous vous attendions.

Bixby la scrutait déjà de son regard perçant. A l'évidence, aucun détail ne lui échappait : il examina sa coiffure, ses boucles d'oreilles, son sac à main et ses chaussures… Un sourire étira ses lèvres lorsqu'il lui demanda de prendre place.

— Joli tailleur, commenta-t-il en décrochant le téléphone qui sonnait avec insistance.

D'un ton bref, il répondit à une série de questions, puis se tourna vers Jane qui venait de se rasseoir lourdement.

— La livraison d'orchidées a pris du retard. Le camion est à mi-chemin entre Los Angeles et San Francisco ; ils pensent arriver aux alentours de midi, ce qui veut dire que nous allons devoir nous remuer pour rattraper le retard. En retour, ils sont prêts à nous accorder une remise sur le prix total. Ça va aller, non ? La réception commence à 19 heures ; si nous investissons la salle à 15 heures, ça devrait pouvoir coller.

Sans transition, il fixa son attention sur Paris. Depuis combien de temps vivait-elle à San Francisco ? Pour quelle raison avait-elle choisi de s'installer ici ? S'attendant à ces questions, Paris répondit avec sincérité.

— Je suis arrivée il y a trois jours. Je suis divorcée. J'ai été mariée vingt-quatre ans ; pendant tout ce temps, j'ai élevé mes enfants et pris soin de ma maison. J'aime la décoration et le jardinage, j'aime aussi recevoir mes amis autour d'un bon dîner. J'ai choisi San Francisco, parce que mon fils est étudiant à Berkeley et que ma fille habite à Los Angeles. Oh, je n'ai qu'un seul diplôme : un MBA.

Ses explications nettes et concises le firent sourire. Au-delà de son allure élégante et raffinée, une étincelle chaleureuse brillait dans son regard.

— Depuis quand êtes-vous divorcée ?

Elle prit une inspiration.

— A peu près un mois. Le jugement a été prononcé en décembre, mais nous étions séparés depuis le mois de mai.

— Ça doit être dur, fit-il observer avec une pointe de compassion dans la voix, surtout après vingt-quatre ans de vie commune.

Il ne lui demanda pas d'autres détails sur sa vie privée, mais elle vit qu'il était sincère. A son grand désarroi, elle sentit sa gorge se nouer. La compassion des autres la touchait profondément, leur gentillesse la rendait encore plus vulnérable. Au prix d'un effort, elle parvint à soutenir son regard. Elle n'était pas venue ici pour s'apitoyer sur son sort !

— Vous arrivez tout de même à vous en sortir ?

— Oui, ça va, répondit-elle posément. Ma vie a été complètement chamboulée, j'ai dû m'adapter aux circonstances mais, heureusement, mes enfants m'ont beaucoup soutenue. Mes amis aussi. Malgré tout, j'avais besoin de changer d'air.

— Vous viviez à New York ? s'enquit-il avec intérêt.

— A Greenwich, dans le Connecticut. C'est une banlieue résidentielle plutôt chic et animée.

Un sourire éclaira le visage de son interlocuteur.

— Je connais bien Greenwich. J'ai grandi à Purchase, une petite ville voisine du même genre. Ce sont des endroits pleins de gens aisés qui adorent se mêler de la vie du voisin. Je me suis empressé de fuir dès que j'ai eu terminé mes études. Si vous voulez mon avis, vous avez bien fait de déménager, conclut-il avec un sourire approbateur.

— C'est aussi ce que je pense, renchérit Paris en lui rendant son sourire. Surtout si je décroche ce poste… Ce serait la meilleure chose qui puisse m'arriver, déclara-t-elle, mue par un élan de courage.

— C'est un travail extrêmement prenant et fatigant. Je suis une vraie plaie pour mes collaborateurs. Maniaque, minutieux et ultraperfectionniste. Je travaille vingt-quatre heures sur vingt-quatre, sans un moment de répit. Je suis capable de vous appeler en pleine nuit parce que j'ai oublié de régler un détail dont il faudra vous charger en priorité le lendemain. Faites tout de suite une croix sur votre vie privée. Vous pourrez vous estimer heureuse de voir vos enfants à Thanksgiving et à Noël – mais là encore, je ne garantis rien, nous aurons très certainement plusieurs réceptions à organiser ces jours-là. Je vais vous épuiser, vous faire tourner en bourrique et vous apprendre tout ce que je sais du métier… Il vous arrivera même de regretter amèrement d'avoir franchi le seuil de ma boutique. Mais si vous vous sentez prête à endurer tout ça, alors je peux vous assurer que nous nous amuserons comme des fous. Qu'en pensez- vous, Paris ?

— C'est un rêve qui se concrétise, murmura-t-elle avec franchise.

C'était exactement ce qu'il lui fallait. Terminées, les journées de désœuvrement passées à se morfondre. Elle se sentirait enfin utile, elle rencontrerait des gens, même si c'étaient de simples clients, elle participerait à l'organisation de soirées uniques et fastueuses. C'était un véritable rêve et elle était prête à travailler dur, pour faire ses preuves.

— Je pense sincèrement pouvoir répondre à vos attentes, reprit-elle d'un ton déterminé.

— Vous voulez essayer ? demanda-t-il, les yeux pétillants d'excitation. Nous n'avons que quatre dîners, cette semaine. Un ce soir, deux demain et une belle réception samedi soir pour célébrer quarante ans de mariage. Si vous survivez à tout ça, vous êtes embauchée. Cela nous laisse le temps de nous forger une opinion, chacun de notre côté, avant de prendre une décision définitive, conclut-il avant de se tourner vers Jane : Quant à vous, madame Winslow, prévenez votre bébé que je n'hésiterai pas à lui flanquer une bonne fessée, avant de vous tordre le cou, si jamais il s'avisait de pointer le bout de son nez avant la fin de la semaine, est-ce bien clair ?

Il brandit un index menaçant en direction de la future mère, qui éclata de rire en caressant son gros ventre de bouddha.

— Je vais lui en toucher deux mots ; avec un peu de chance, il ne prendra pas le risque de contrarier son parrain.

— S'il désobéit, dis-lui bien qu'il ne recevra jamais rien de moi : pas le moindre sou, pas de grande fête pour le baccalauréat, pas de cadeau à Noël ni pour son anniversaire. Il a intérêt à rester bien au chaud jusqu'à ce que Paris et moi soyons sûrs de pouvoir travailler ensemble, compris ? D'ici là, j'aimerais que tu lui transmettes tout ton savoir.

En cinq petits jours seulement. Mais Jane ne cilla pas.

— Oui, chef, à vos ordres, chef ! s'écria-t-elle en esquissant un salut militaire.

Bix se leva en riant. Il était très grand, un bon mètre quatre-vingt-dix, terriblement séduisant et probablement homosexuel. Paris l'avait senti au premier regard.

— Oh, arrête, la rabroua-t-il comme elle se levait péniblement.

Il se tourna vers Paris, l'air faussement sévère :

— Si vous tombez enceinte, mariée ou pas, je vous licencie sur-le-champ. C'est la première et la dernière fois que je supporte ça, ajouta-t-il en esquissant une moue boudeuse. Je peux t'assurer que mes nerfs sont mille fois plus tendus que la peau de ton ventre ! conclut-il à l'adresse de son assistante.

— Désolée, Bix…

Mais son ton manquait de conviction. Elle était folle de joie à l'idée d'accoucher bientôt et Bix partageait son bonheur, elle le connaissait suffisamment pour en être convaincue. Au cours de leurs six années de collaboration, il était devenu son mentor et son meilleur ami.

— Tout bien réfléchi, allez donc vous faire ligaturer les trompes. A propos, quel âge avez-vous ?

— Quarante-six ans. Bientôt quarante-sept.

— C'est vrai ? Je suis très impressionné. Si vous ne m'aviez pas dit que vous aviez de grands enfants, je vous aurais donné tout juste quarante ans. Pour ma part, j'en ai trente-neuf, ajouta-t-il avec désinvolture, mais on m'a effacé les rides au coin des yeux l'an dernier. Vous n'avez absolument rien à retoucher, je ne vous donnerai donc pas le nom de mon chirurgien !

La sincérité de ses compliments lui alla droit au cœur. Jetant un coup d'œil en direction de la pile de papiers qui encombrait son bureau, il redevint sérieux. Il y avait des dossiers partout, des photos, des échantillons de tissu, des plans et des croquis… Jouxtant celui de Bixby, le bureau de Jane était encore plus en désordre. Un panneau en liège couvrait tout un pan de mur et disparaissait presque entièrement sous des pense-bêtes griffonnés à la hâte.

— Quand pouvez-vous commencer ? demanda-t-il à brûle-pourpoint.

La machine était en route. Rien qu'en le regardant, on percevait l'effervescence qui bouillonnait en lui.

— Quand vous voulez, répondit-elle calmement.

— Alors tout de suite… A moins que vous n'ayez pris d'autres engagements aujourd'hui… ?

— Je suis tout à vous, déclara Paris.

Un sourire radieux éclaira le visage de Bixby tandis que Jane l'entraînait dans son bureau.

— Vous l'avez séduit, murmura-t-elle quand elles furent assises l'une en face de l'autre. C'est évident. Tous ceux qu'il a reçus avant vous n'ont pas tenu plus de deux minutes. « Bonjour-au revoir – merci beaucoup – allez vous faire voir », voilà à quoi se résumaient les précédents entretiens. Aucun candidat n'a retenu son attention. Vous, vous lui avez plu sur-le-champ. Il faut dire que vous incarnez tout ce dont il a besoin. En plus, vous n'avez pas d'obligations familiales et vous venez d'arriver dans la région, ce qui veut dire que vous pourrez le suivre comme son ombre, si vous acceptez le travail, bien sûr, conclut Jane d'une voix pleine d'espoir.

— C'est tout à fait ce qu'il me faut, répondit Paris. Bixby Mason me plaît beaucoup, à moi aussi. Il a l'air très sympathique.

— Il l'est, renchérit Jane. Il a été merveilleux avec moi. J'étais sur le point de me marier quand il m'a embauchée. Mon fiancé n'est jamais venu à l'église… Mes parents étaient fous de rage, bien entendu. Ils avaient dépensé une petite fortune pour le mariage. J'ai vécu comme un zombie pendant toute une année mais, finalement, c'était mieux ainsi. Notre mariage n'aurait pas tenu le coup. Comme le dit si bien Bix, il m'a rendu un immense service en m'abandonnant à l'autel mais, à l'époque, j'étais incapable d'analyser la situation avec détachement. Bref, j'ai rencontré Paul et, quatre mois plus tard, nous étions fiancés, au grand dam de mon entourage. Quand nous leur avons annoncé que nous avions l'intention de nous marier, mes parents ont très mal réagi. Ils ont cru que je m'étais jetée dans ses bras par dépit, que notre couple ne durerait pas. Pour finir, ils ont refusé de nous aider pour le mariage. C'est là que Bix est intervenu et il nous a préparé le plus beau mariage du siècle ! Il a fait venir un groupe d'Europe, les Sammy Go, ils sont formidables ! La réception a eu lieu chez les Getty, avec leur aimable autorisation. C'était absolument démentiel. Bix ne nous a pas demandé le moindre centime. Mes parents étaient un peu gênés, mais ils n'ont pas insisté pour le dédommager. Nos rapports ont été très tendus après ça. Cela fait cinq ans que nous sommes mariés, Paul et moi, et nous serons bientôt les heureux parents d'un petit bébé. J'ai repoussé ce moment aussi longtemps que j'ai pu, parce que je ne voulais pas abandonner Bix. Mais Paul a tellement insisté que j'ai fini par accepter. Jusqu'à aujourd'hui, Bix refusait de voir la réalité en face. Il n'avait trouvé personne pour me remplacer et ne cherchait pas vraiment, en fait. Pour être franche, j'ai bien peur que le bébé ne tienne pas jusqu'au week-end, alors vous avez intérêt à tout assimiler très vite. Je ferai tout mon possible pour vous aider, promit-elle avec un sourire rassurant.

Quand elle apprit, un peu plus tard, que Jane avait trente et un ans, une pensée la frappa, surgie de nulle part : elle avait le même âge que Rachel, la nouvelle femme de Peter, et bien qu'elle semblât extrêmement compétente, elle ressemblait encore, à certains égards, à une enfant. Peter et Rachel projetaient-ils de faire un bébé, eux aussi ? Cette simple idée lui aurait retourné le cœur si elle n'avait pas eu tant de choses à faire.

Elles passèrent la matinée à compulser les dossiers de la clientèle. Jane attira son attention sur certains détails importants concernant leurs meilleurs clients, puis elle lui parla de leurs différents partenaires et collaborateurs. Ceux qui étaient fiables à cent pour cent, ceux qui l'étaient moins, ceux qui pouvaient se libérer en cas d'urgence… Ensuite, elles passèrent en revue l'interminable liste des réceptions et autres manifestations à venir. Comment était-il possible qu'autant de soirées aient lieu dans une même ville en si peu de temps ? s'étonna Paris. Certaines se tiendraient à Los Angeles et à Santa Barbara ; il y avait aussi un grand mariage prévu pour l'automne prochain à New York, mais il ne s'agissait là que d'un projet, les deux jeunes gens n'étant pas encore officiellement fiancés.

— Incroyable ! s'écria Paris en s'adossant à sa chaise, quelques heures plus tard.

Il y avait là de quoi occuper un bataillon d'assistantes.

— Comment réussissez-vous à tout gérer seule ? demanda-t-elle, soudain inquiète.

Et elle, parviendrait-elle à relever le défi ? Des doutes l'assaillirent soudain. C'était un travail de titan, elle redoutait de ne pas être à la hauteur. En même temps, elle éprouvait une grande admiration pour Bixby et Jane. Ce qu'ils accomplissaient était tout simplement extraordinaire.

— On s'habitue vite, vous verrez, répondit Jane d'un ton qu'elle voulait rassurant. Il n'y a pas de secret, juste du travail. Le truc, c'est de pouvoir compter sur des collaborateurs compétents et dignes de confiance. Il peut arriver qu'ils vous fassent faux bond, mais c'est rare, Dieu merci. De toute façon, Bix n'est pas du genre à leur donner une seconde chance. S'ils ne remplissent pas leur contrat, pour une raison ou pour une autre, ils sont définitivement rayés de notre fichier. Notre clientèle est exigeante. La perfection est le secret de notre réussite. Même quand quelque chose cafouille, le client ne s'en aperçoit pas. On remue ciel et terre pour réparer l'erreur commise, quitte à improviser sur des registres nouveaux.

— Cet homme est un génie, murmura Paris, rêveuse.

— Oui, admit Jane. Mais il bosse comme un dingue. Et moi aussi, par la même occasion. Pensez-vous pouvoir suivre le rythme, Paris ?

— Absolument, affirma cette dernière sans l'ombre d'une hésitation.

Elles continuèrent à éplucher le reste des dossiers. Comme prévu, les orchidées pour le dîner du soir furent livrées en début d'après-midi. Jane et Paris se rendirent sur les lieux de la réception, une belle demeure située dans le quartier de Pacific Heights. Le nom de leur client n'était pas inconnu à Paris ; l'homme dirigeait une grande entreprise de biotechnologie de la Silicon Valley. La décoration intérieure était signée d'un célèbre architecte français et la vaste salle à manger, entièrement peinte en laque rouge, était un petit chef-d'œuvre de raffinement.

— Bix ne donne jamais dans la simplicité, expliqua Jane en pénétrant dans la pièce. Ici, tout le monde aurait opté pour des roses rouges. Bix, lui, a choisi d'orner la table avec des orchidées brunes.

Le personnel des propriétaires était en cuisine, ce soir-là. En guise de petits cadeaux pour les invités, Bix avait apporté de ravissantes clochettes en argent, gravées du nom de chaque convive. Qu'il s'agisse d'ours en peluche ou de reproductions des célèbres œufs Fabergé, ses présents originaux faisaient partie de sa renommée. Tout le monde se pressait pour venir aux soirées qu'il organisait.

Un coin de la pièce avait été dégagé pour accueillir l'orchestre. Sous le regard éberlué de

Paris, un piano demi-queue fut installé avec précaution. Bixby Mason faisait les choses en grand.

Il les rejoignit une demi-heure plus tard et resta jusqu'à l'heure du dîner. Quand il partit, tout était parfait. Il avait arrangé les fleurs lui-même et, au dernier moment, changé un vase en argent qui ne lui plaisait pas. Une chose était sûre : la soirée serait inoubliable.

Jane se hâta de rentrer chez elle pour enfiler une robe de cocktail. Elle tenait à être de retour avant l'arrivée des premiers invités. Pour les petits dîners, elle restait jusqu'à ce que chacun ait pris place à table. Pour les réceptions de plus grande envergure, elle attendait que les convives aient terminé de dîner et commencent à envahir la piste de danse. Les journées étaient longues, les soirées fatigantes. Paris avait insisté pour lui tenir compagnie ce soir-là, désireuse de tout savoir sur le déroulement d'une soirée. Quand un traiteur se chargeait du repas, il fallait surveiller les cuisines et s'assurer de la qualité du service. L'accueil des invités était tout aussi important ; en général, on leur remettait des cartons leur indiquant le plan de table et leur place. Les musiciens étaient prêts à jouer, les fleurs étaient fraîches, les chauffeurs se chargeaient de garer les voitures. Aucun détail n'échappait à Bixby Mason et à son équipe. Quand les médias relayaient l'événement, ils écrivaient eux-mêmes les communiqués de presse.

Paris rentra chez elle à son tour. Elle se fit couler un bain, sortit de son armoire une petite robe noire et libéra ses cheveux pour les brosser vigoureusement. Depuis 9 heures du matin, elle n'avait pas pris le temps de souffler. Et ce n'était que le début...

Elle composa le numéro de Meg en picorant quelques bricoles. Dans moins d'une heure, elle aurait rejoint Jane sur les lieux de la soirée.

— Je crois que j'ai trouvé du travail ! annonça-t-elle d'un ton triomphant quand Meg répondit.

Elle lui raconta sa rencontre avec Bixby Mason et la journée trépidante qu'elle était en train de vivre.

— C'est formidable, maman ! J'espère vraiment que ça va marcher.

— Moi aussi, chérie. J'avais envie de partager ça avec toi... C'est passionnant, tu sais !

Elles parlèrent encore un moment, puis Meg dut raccrocher ; on l'appelait sur le plateau. Dans son élan, Paris appela Anne Smythe, impatiente de lui annoncer la nouvelle.

— J'ai trouvé un emploi passionnant, je suis à l'essai jusqu'à la fin de la semaine, déclara-t-elle tout de go, en proie à une excitation presque enfantine. C'est tout ce que j'aime !

— Je suis fière de vous, Paris ! Vous n'avez pas perdu de temps, dites-moi. Trois jours après votre arrivée, c'est incroyable !

Paris lui raconta brièvement sa journée.

— Si ce type est aussi formidable que vous le dites, il vous embauchera sur-le-champ. Tenez-moi au courant, d'accord ?

— D'accord, promit-elle avant de raccrocher.

Elle se glissa dans la baignoire et ferma les yeux quelques minutes. Elle avait apprécié chaque instant de sa journée et elle était impatiente de voir la concrétisation de tous leurs efforts. Nul doute que ce travail procurait à chacun des acteurs un sentiment de satisfaction intense.

Elle arriva à Pacific Heights cinq minutes avant Jane. Il était 22 h 30 quand elles repartirent. Les invités commençaient à danser et tout s'était merveilleusement bien passé. Paris avait choisi la bonne tenue : dans sa robe noire, classique et élégante, elle se fondait parfaitement dans la foule. A la fin de la soirée, Jane s'était forgé une haute opinion de sa remplaçante ; à ses yeux, Paris était parfaite pour le poste : responsable, intelligente, débrouillarde et pleine d'énergie, elle gérait à merveille toutes les situations. Quand un des chauffeurs s'était accroché avec un invité, Paris avait demandé au chef d'équipe, d'un ton à la fois ferme et posé, d'appeler l'agence pour lui trouver un remplaçant. Voyant que Jane était occupée en cuisine, elle avait pris l'initiative seule. Comme un corps de ballet, chaque membre de l'équipe avait un rôle à tenir dans la réussite de la soirée, chaque action comptait, tous devaient évoluer en parfaite harmonie, et cette entente revêtait encore plus d'importance quand il s'agissait de grands événements. A la fin de la soirée, Jane la félicita chaleureusement. Elle s'en était sortie avec brio.

— Vous devez être éreintée, fit observer Paris comme elles quittaient la grande maison illuminée.

Sur le point d'accoucher, elle était restée debout quatorze heures d'affilée. Tout ce que son médecin et son mari lui déconseillaient…

— J'ai prévenu mon bébé que je n'avais pas une minute à lui accorder cette semaine, dit-elle en esquissant un sourire las.

Elles s'immobilisèrent devant sa voiture.

— Quel jour êtes-vous censée accoucher ?

Le sourire de Jane se fit penaud.

— Demain. Je fais semblant de l'ignorer mais il le sait, lui, murmura-t-elle en passant la main sur son ventre.

Le bébé avait bougé toute la soirée et les contractions s'intensifiaient depuis deux semaines.

— A demain, Paris ! lança-t-elle en se glissant tant bien que mal derrière le volant de sa voiture. Vous avez fait du bon boulot, aujourd'hui !

Elle mit le contact et s'éloigna avec un petit signe de la main. Paris suivit des yeux la voiture, songeuse. Où diable puisait-elle toute cette énergie ? C'était tout simplement incroyable…

De retour chez elle, Paris monta directement se coucher. Elle était épuisée, elle aussi. La journée s'était avérée aussi trépidante que fascinante. Mais rien ne lui avait semblé insurmontable et, au fond d'elle, elle se savait capable de relever le défi. C'était tout ce qu'elle souhaitait, désormais : travailler aux côtés de Bixby Mason.

Rien ne la comblerait davantage.

15

Les deux jours qui suivirent l'entraînèrent dans un tourbillon d'activité. Deux réceptions étaient programmées le mardi soir. Bixby supervisait la plus importante – un vernissage dans une galerie d'art, en point d'orgue, avec un spectacle son et lumière époustouflant – tandis que Jane s'occupait de l'autre, un dîner raffiné commandé par des amis de Bixby. Quant à Paris, elle se partagea entre les deux, apprenant ainsi, de part et d'autre, les ficelles du métier. Elle passa un agréable moment au vernissage, mais le dîner entre amis se révéla tout aussi riche d'enseignements. Jane semblait au bout du rouleau et Paris la renvoya chez elle au milieu de la soirée, certaine de pouvoir gérer seule la fin du repas.

Le lendemain matin, Jane était toujours aussi pâle. Elle avait dépassé d'un jour la date présumée du terme.

— Etes-vous sûre que ça va ? demanda Paris en la regardant d'un air inquiet.

Elles étaient assises dans le bureau de la jeune femme.

— Je suis juste fatiguée. Les contractions m'ont empêchée de dormir cette nuit. Et Paul est fou de rage. Il ne voulait pas que je vienne ce matin. Il dit qu'à ce rythme-là je vais finir par tuer le bébé.

Paris hocha lentement la tête.

— Il faut faire attention, votre mari a raison. Tenez, ajouta-t-elle en poussant vers Jane un petit tabouret tendu de velours, posez vos pieds là-dessus.

— Merci, Paris.

Elles s'attaquèrent au reste des dossiers. Ce matin-là, il y eut deux réservations pour des mariages, et Paris suivit chacune des conversations téléphoniques avec la plus grande attention. La machine était bien rodée. Deux fois par semaine, une secrétaire venait taper le courrier, tandis qu'une comptable se chargeait de la facturation. A part ça, le bon fonctionnement de l'affaire reposait entièrement sur les épaules de Bixby et de Jane. S'il l'embauchait, Paris assumerait volontiers ses responsabilités. Tout ce qu'elle découvrait la passionnait et, le jeudi après-midi, elle avait l'impression de travailler là depuis toujours.

Le vendredi, ils réglèrent les derniers détails de la réception des Fleischmann qui se tenait le lendemain soir. Pour célébrer ses quarante ans de mariage, le couple accueillait une centaine de convives dans sa somptueuse maison de Hillsborough, perchée au sommet d'une colline. A en croire Bixby, Mme Fleischmann avait attendu ce jour toute sa vie et il tenait à ce que tout fût absolument parfait. Détail fâcheux à ses yeux, Doris Fleischmann vouait une passion inconditionnelle à la couleur rose. Avec tact et délicatesse, il avait toutefois réussi à la convaincre de choisir une marquise tellement pâle qu'elle ne semblait même plus rose. Ils avaient également fait venir de Hollande des tulipes d'un rose quasi translucide. D'un coup de baguette magique, Bix avait transformé ce qui aurait pu être une ode au kitsch en une réception tout à fait charmante. Evidemment, la maîtresse de maison serait en rose et son époux lui avait déjà offert une bague ornée d'un énorme diamant… rose, évidemment.

Paris fit sa connaissance le jour de la réception. C'était une adorable petite femme replète ; âgée de soixante-huit ans, elle en paraissait dix de plus. Mère de trois enfants, elle comptait treize petits-enfants, qui seraient tous présents pour l'occasion. Elle ne cessa de chanter les louanges de Bixby ; ce dernier avait organisé la bar-mitsva d'un de ses petits-fils l'année précédente, une fête magnifique. Au dire de Jane, la réception avait coûté la modeste somme d'un demi-million de dollars. Devant la mine stupéfaite de Paris, l'assistante de Bix avait rappelé la gigantesque soirée qu'ils avaient organisée quelques années plus tôt pour le compte d'un célèbre producteur de cinéma. Ils avaient dressé un chapiteau de cirque dans le parc et installé une patinoire pour les enfants. Une pure folie qui avait coûté la bagatelle de deux millions de dollars.

Quand les premiers invités arrivèrent chez les Fleischmann, l'équipe de Bixby Mason contrôlait tout de main de maître, comme d'habitude. Mme Fleischmann rayonnait de bonheur, tandis que son mari semblait très satisfait du déroulement de la soirée. Et lorsque Oscar Fleischmann entraîna son épouse sur la piste de danse après le dîner, Paris les suivit des yeux, émue aux larmes. Ils ouvrirent le bal sur une belle valse.

— Ils sont mignons, n'est-ce pas ? murmura Bix à son oreille. J'adore cette femme.

C'était précisément parce qu'il appréciait la plupart de ses clients qu'il réussissait à créer pour chacun d'eux des souvenirs de fêtes inoubliables. Ce qui ne l'empêchait pas de se surpasser aussi pour ceux qui le laissaient indifférent, mais, bien qu'irréprochable, le résultat n'était jamais empreint de la même magie.

Elégamment vêtue d'une robe de soirée en soie bleu marine, Paris continua à observer la scène, postée près du buffet. A l'instar de Bix et de Jane, elle privilégiait les couleurs sombres et les tenues classiques pour travailler, désireuse de passer inaperçue. Bix portait presque toujours du noir ; tel un mime ou un magicien, il dégageait une élégance naturelle intimidante. Ces derniers temps, les tenues de Jane étaient limitées à deux robes noires, une courte et une longue dont les coutures semblaient sur le point de céder. Selon le médecin, le bébé pèserait environ cinq kilos, ce qui n'était guère étonnant quand on voyait le ventre de la future mère. Bizarrement, Jane semblait plus en forme que les jours passés.

— Belle soirée, n'est-ce pas ? fit soudain une voix derrière elle.

Arrachée à ses pensées, Paris lança un coup d'œil par- dessus son épaule. Vêtu d'un smoking à la coupe impeccable, un homme grisonnant se tenait derrière elle. Par courtoisie, Paris se tourna vers lui. Il devait approcher la cinquantaine. Une cinquantaine tout à fait séduisante.

— Tout à fait, approuva-t-elle en lui souriant poliment.

Même si elle n'en donnait pas l'impression, elle était en train de travailler et ne voulait pas se mêler aux invités.

— Le buffet est fabuleux, reprit-il en désignant une table garnie de plusieurs sortes de caviar. Etes-vous une amie des Fleischmann ? enchaîna-t-il sur le ton de la conversation.

Ses yeux étaient d'un beau bleu lumineux, comme ceux de Peter. Avec sa carrure athlétique et son allure à la fois sportive et distinguée, il ressemblait à un acteur ou à un mannequin.

— J'ai fait leur connaissance aujourd'hui même.

— Ah bon ? s'étonna-t-il en jetant un rapide coup d'œil à sa main gauche, dépourvue de bague. Ce sont des personnes adorables.

Il chercha son regard. Un sourire éblouissant éclaira son beau visage.

— Me feriez-vous l'honneur de danser avec moi ? Je m'appelle Chandler Freeman. Je suis un associé d'Oscar Fleischmann Junior.

Sans esquisser le moindre geste, Paris sourit à son tour.

— Je m'appelle Paris Armstrong. Je travaille pour Bixby Mason, l'organisateur de cette belle soirée. Telle que vous me voyez là, je suis à mon poste.

Le sourire de son compagnon s'épanouit.

— Je vois… Ecoutez, Cendrillon, si vous acceptez de danser avec moi jusqu'au premier coup de minuit, je promets de parcourir le royaume à votre recherche, pantoufle de verre à la main. Qu'en dites-vous ?

— Je ne sais pas… répondit-elle, partagée entre la gêne et l'amusement.

— Je serai muet comme une tombe, promis, insista Chandler. Vous êtes bien trop belle pour rester en coulisses… Ce ne sera rien qu'une danse, une toute petite danse.

Sans attendre de réponse, il l'enlaça par la taille et l'entraîna vers la piste. A sa grande surprise, Paris le suivit sans protester. En chemin, elle croisa le regard de Bix qui lui adressa un clin d'œil complice. Chandler Freeman s'avéra un danseur hors pair. Au bout de trois morceaux, il relâcha son étreinte et la guida vers sa table.

— Désirez-vous vous joindre à nous ?

Ses compagnons de table n'étaient autres qu'Oscar Fleischmann Junior, sémillant quadragénaire, accompagné de sa ravissante épouse couverte d'émeraudes et de diamants. La famille avait fait fortune dans le pétrole, à Denver, avant de venir s'installer à San Francisco.

— Cela me ferait très plaisir, mais je dois retourner à mon poste, répondit Paris d'un ton à la fois ferme et courtois.

Chandler Freeman était un homme séduisant, plein de charme et de délicatesse, mais elle tenait par-dessus tout à garder ses distances avec les invités. Elle balaya discrètement la table du regard. Avec qui était-il venu, ce soir ? Apparemment, personne ne l'accompagnait.

— J'ai pris beaucoup de plaisir à danser avec vous, Paris, chuchota-t-il à son oreille. J'aimerais vous revoir.

— Je laisserai mon numéro de téléphone dans ma pantoufle de verre, répondit-elle en riant. Ça m'a toujours étonnée que le prince ne lui ait pas au moins demandé son nom. Il y a de quoi se poser des questions sur son QI, non ?

Chandler partit d'un rire amusé.

— Vous vous appelez Paris Armstrong. Vous travaillez pour Bixby Mason. Je crois pouvoir m'en souvenir.

Il parlait comme s'il avait réellement l'intention de la revoir. Mais Paris ne se faisait guère d'illusions. A la fin de la soirée, il l'aurait oubliée. Malgré tout, l'attention qu'il lui manifestait la flattait.

— Merci encore, murmura-t-elle en souriant. Et passez une bonne soirée, ajouta-t-elle à l'adresse de la tablée.

En s'éloignant, elle entendit l'épouse d'Oscar demander d'une voix forte :

— Qui était-ce ?

— Cendrillon, répondit Chandler, énigmatique.

Sa réponse provoqua l'hilarité générale. Paris rejoignit Bixby et Jane, un sourire amusé aux lèvres.

— Désolée, fit-elle à l'adresse de son patron. Je ne voulais pas le vexer en refusant de danser avec lui ; je me suis échappée aussi vite que j'ai pu…

Bixby haussa les épaules avec indulgence. Il semblait davantage concerné par Jane, qui avait fini par s'asseoir, au bout du rouleau.

— Notre réussite tient en partie à notre capacité à nous mêler aux convives au moment opportun. Vous avez pris la bonne décision au bon moment, c'était parfait. Tant que nous gardons un œil sur le déroulement de la soirée, je n'y vois aucun inconvénient. Vous savez, la plupart du temps, mon nom figure sur la liste des invités, conclut-il en souriant.

Il leva vers elle un regard pétillant d'espièglerie.

— A propos, ce type me semble pas mal du tout. Il est très séduisant, en tout cas. Qui est-ce ?

— Le prince charmant, répliqua Paris d'un ton moqueur.

Son attention se porta soudain sur Jane. Affalée sur sa chaise, la jeune femme était en train de se masser les reins.

— Ça ne va pas ? demanda Paris.

— Si, si, ça va. Il a pris une drôle de position, c'est tout. J'ai l'impression qu'il est assis sur mes reins.

Bix leva les yeux au ciel, d'un air horrifié.

— Très agréable ! Je ne sais vraiment pas comment vous faites pour supporter ça, vous les femmes. Personnellement, j'en mourrais ! fit-il en désignant le ventre distendu de son assistante.

— Non, vous vous habitueriez, comme tout le monde, objecta Paris.

— Cela dit, ton fils est un petit garçon très bien élevé, reprit Bix alors que les premiers invités commençaient à prendre congé.

La soirée s'était prolongée plus tard que prévu. Heureusement, Bixby avait embauché une équipe pour démonter la marquise et superviser le rangement de la maison. Ils pourraient bientôt s'éclipser ; une heure de route les attendait encore jusqu'à San Francisco.

— Je lui avais demandé de ne pas pointer le bout de son nez avant la réception des Fleischmann et il m'a obéi. Je te félicite, Jane, ton fils a d'excellentes manières. Mon filleul est un petit prince, vraiment !

Cet éloge les fit tous rire de bon cœur. Bix alla discuter un peu avec Mme Fleischmann jusqu'au départ du dernier invité. Le couple se retrouva alors seul avec Bix, Jane et Paris.

— C'était exactement ce dont j'avais rêvé ! s'enthousiasma Mme Fleischmann, toute de rose vêtue.

Elle enveloppa son époux d'un regard adorateur, avant de se tourner vers Bix.

— Merci infiniment, Bix. Je n'oublierai jamais cette soirée.

— C'était une fête très réussie, Doris, et vous étiez resplendissante. Nous avons passé un agréable moment parmi vous.

— Vous avez fait du bon travail, tous les trois, renchérit-elle en glissant un regard reconnaissant vers Paris.

Quelques minutes plus tard, Bix alla récupérer son attaché-case ainsi que les vêtements qu'il avait troqués contre un smoking avant le début de la soirée. Il avait travaillé là tout l'après-midi. Les Fleischmann rentrèrent chez eux, tendrement enlacés. A la fois ravie et épuisée, Paris se dirigea vers la voiture. Derrière elle, Jane laissa échapper un petit gémissement. Paris fit volte-face, en proie à une sourde appréhension. La jeune femme était courbée en deux. De l'eau coulait entre ses jambes.

— Oh mon Dieu, s'écria-t-elle en levant sur Paris un regard apeuré, je crois que j'ai perdu les eaux !

Sa voix se brisa alors qu'une violente contraction lui déchirait le ventre.

— Asseyez-vous, ordonna Paris en l'aidant à s'asseoir sur la pelouse afin qu'elle puisse reprendre son souffle. Ça va aller, ne vous inquiétez pas. On dirait que votre bébé a suivi à la lettre les instructions de son parrain… La fête est finie, il veut sortir, maintenant ! Bon, nous allons nous dépêcher de rentrer, d'accord ?

Jane hocha la tête, terrassée par une autre contraction. Quand la douleur s'atténua, elle leva sur Paris un regard affligé.

— Je crois que je vais vomir…

Paris avait connu le même genre d'accouchement pour Meg, en proie à de violentes nausées entrecoupées de contractions fulgurantes. Mais le travail n'avait pas duré longtemps, le bébé était arrivé vite. Jane était en train de vomir quand Bix les rejoignit.

— Doux Jésus, que t'arrive-t-il, ma biche ? Que diable as-tu mangé ? J'espère que ce ne sont ni les huîtres ni le caviar, ils se sont jetés dessus comme des sauvages !

— Jane est sur le point d'accoucher, déclara Paris d'un ton posé. Y a-t-il un hôpital dans le coin ?

Une expression épouvantée se peignit sur le visage de Bix.

— Ici ? Tout de suite ?

— Je ne veux pas accoucher ici, protesta Jane à mi-voix. Je veux rentrer chez moi. Ça va mieux, maintenant.

— Si nous parlions de tout ça dans la voiture ? suggéra Paris.

Quelques instants plus tard, elle aidait Jane à s'allonger sur la banquette arrière du véhicule. Puis elle prit une serviette de toilette dans le coffre, la posa à côté de la future mère et alla s'installer à l'avant. Après s'être débarrassé de sa veste de smoking, Bix se glissa derrière le volant et mit le contact. Jane avait appelé son mari pour lui expliquer la situation. Elle avait promis de le tenir au courant tout au long du trajet.

— Tu devrais appeler ton gynécologue, conseilla Paris, plus proche que jamais de la jeune femme. A quel moment ont commencé les contractions, au juste ?

Jane composa le numéro du spécialiste.

— Je ne sais pas trop. Je me suis sentie bizarre tout l'après-midi. Je croyais que je n'avais pas digéré.

Le gynécologue lui demanda de se rendre directement au California Pacific Medical Center, dans le centre-ville. Il se montra rassurant ; en principe, elle avait encore le temps de regagner San Francisco mais, si jamais les choses devaient se précipiter, qu'ils s'arrêtent à l'hôpital le plus proche ou, dans le pire des cas, qu'ils composent le numéro d'urgence. Après sa cronversation avec le médecin, Jane rappela Paul pour lui demander de la rejoindre à l'hôpital, avec le sac qui attendait dans le hall d'entrée depuis trois semaines. A peine avait-elle raccroché qu'une violente contraction la terrassa. Celle-ci se prolongea pendant trois ou quatre minutes.

Paris prit la main de Jane, qui lui serra les doigts avec une force inouïe. Paupières closes, elle laissa échapper une plainte rauque qui glaça Bix.

— Si ma mémoire est bonne, murmura Paris à l'intention du conducteur, on est en salle de travail, quand les contractions vous empêchent de parler. A mon avis, elle est déjà bien dilatée…

— Oh, mon Dieu, fit Bix, paniqué. Je suis homosexuel, bon sang ! Je ne suis pas censé assister à ce genre de trucs… Et maintenant, que dois-je faire ?

— Appuyez sur l'accélérateur, c'est tout ce qu'on vous demande, répondit Paris en riant.

La contraction passée, Jane émit un petit rire à l'arrière de la voiture.

— Ton filleul est impatient de te voir, Bix, il faudra bien t'y faire…

— Tu n'as qu'à lui dire que je n'ai pas envie de le voir, moi ! Pas encore. Je ne poserai les yeux sur lui que lorsqu'il sera enveloppé d'une jolie couverture bleue, bien propre et bien coiffé, à la maternité ! gronda-t-il en jetant un coup d'œil inquiet dans le rétroviseur intérieur. Vous êtes sûres qu'on ne devrait pas trouver un hôpital sur la route ? ajouta-t-il en retrouvant son sérieux.

Mais Jane affirma qu'elle se sentait mieux. Paris entreprit de calculer la fréquence des contractions qui continuaient. Sept minutes environ séparaient chacune d'elles. Ils avaient encore un peu de temps devant eux. Mais pas beaucoup.

Les deux femmes parlèrent à mi-voix entre les contractions. Comme ils longeaient l'aéroport à vive allure, une douleur atroce arracha un hurlement à Jane.

— Ça va mieux ? s'enquit Bix quelques instants plus tard.

— Ou-oui, murmura Jane.

Ils atteignaient les abords de la ville quand elle reprit d'une voix rauque :

— Je crois que j'ai envie de pousser...

— Non ! s'écria Paris. On est presque arrivés, attends encore un peu !

— Pour l'amour du ciel, dites-moi que je rêve ! gémit Bix.

Il jeta un coup d'œil angoissé à Paris.

— Vous êtes aussi une pro des accouchements, j'espère ?

— Pourquoi, c'est une condition à l'embauche ? plaisanta-t-elle en serrant la main de Jane dans la sienne.

— Peut-être. Enfin, j'espère que non. A propos…

A l'angle de Franklin Street, il ralentit à peine pour franchir un feu rouge, évitant de justesse une voiture qui arrivait en sens inverse. Il n'avait jamais conduit aussi vite de sa vie.

— Vous êtes embauchée, Paris. Au cas où j'aurais oublié de vous le dire. Vous avez bien travaillé, toute cette semaine. Quant à toi, derrière, ajouta-t-il d'un ton taquin à l'adresse de Jane, tu es virée. Ne remets plus jamais les pieds dans mon bureau !

Ils parcouraient California Street, et Jane gémissait de plus en plus fort. Tant bien que mal, Paris tenta de l'aider à contrôler sa respiration pour l'empêcher de pousser.

— Arrête-toi, Bix, je vais vomir, articula Jane faiblement.

— Non ! hurla Bix en appuyant de plus belle sur l'accélérateur. Je ne m'arrêterai pas et tu n'accoucheras pas dans cette voiture ! Est-ce bien clair, Jane ?

— Advienne que pourra, murmura la jeune femme en renversant la tête en arrière, paupières closes.

L'hôpital n'était plus très loin, à présent. Couverte de sueur, Jane lâcha la main de Paris pour se tenir le ventre. Celle-ci l'observa avec une inquiétude grandissante. Ils auraient beaucoup de chance s'ils arrivaient à temps. Le bébé était vraiment sur le point de naître. A l'instant où cette pensée lui traversait l'esprit, la voiture s'arrêta dans un crissement de pneus devant les urgences. Comme un diable sortant de sa boîte, Bix bondit hors du véhicule et s'engouffra dans le bâtiment illuminé.

— Je crois qu'il arrive, balbutia Jane le souffle court avant de pousser un hurlement déchirant.

— Ça y est, nous y sommes, répliqua Paris qui sortit à son tour pour ouvrir la portière arrière.

Au même instant, deux brancardiers portant une civière surgirent à son côté. Paul était avec eux. Avec des gestes experts, ils firent glisser la future mère sur le brancard, tandis qu'elle criait à pleins poumons, s'agrippant à Paul de toutes ses forces. Elle avait fait preuve d'un courage inouï jusqu'à présent, mais tout à coup une vague de peur et de soulagement mêlés la submergeait.

— Je me suis fait un sang d'encre, mon cœur, murmura Paul en courant à côté de la civière que les brancardiers poussaient à vive allure.

Paris et Bix suivirent des yeux la petite troupe qui disparaissait dans le bloc réservé aux urgences. L'instant d'après, un hurlement rauque et vibrant de douleur, presque primitif, les cloua sur place. Terrifié, Bix attrapa la main de Paris.

— Mon Dieu... La pauvre est à l'agonie, murmura-t-il, les yeux embués de larmes. Est-ce que... Est-ce qu'elle va mourir ?

Paris réprima un sourire.

— Non, dit-elle calmement en serrant sa main dans la sienne. Je crois que votre filleul vient de naître.

— C'est affreux... C'était comme ça pour vous aussi ?

— Pour l'un d'eux, oui. J'ai accouché par césarienne pour le second.

— Vous êtes vraiment courageuses, vous les femmes. Personnellement, je serais incapable de supporter le quart de ce que vous endurez !

— Ça en vaut la peine, pourtant, murmura Paris en essuyant furtivement une larme qui roulait sur sa joue.

Inévitablement, le souvenir de Peter surgit dans son esprit et la douleur se réveilla.

Heureusement, elle n'eut pas le temps de ressasser ces souvenirs d'une autre époque. Quelques minutes plus tard, une infirmière émergea du bloc, porteuse d'excellentes nouvelles. Le nouveau-né était un beau bébé de quatre kilos huit cents grammes, en pleine santé. Ils attendirent encore un peu, avant de voir Jane sortir sur un lit à roulettes. Paul la suivait, portant fièrement son fils dans ses bras.

— Comment te sens-tu ? demanda Paris en embrassant la joue de la jeune mère. On est très fiers de toi, tu sais. Tu as été merveilleuse.

— Oh, ce n'était rien du tout, répondit bravement Jane.

Paris esquissa un sourire. Quatre kilos huit cents grammes… rien du tout ! A l'évidence, Jane était encore sous le choc.

— Nous viendrons te voir demain, promit-elle tandis que Bix se penchait à son tour pour l'embrasser.

— Merci infiniment de ne pas avoir accouché au beau milieu de la soirée des Fleischmann, déclara-t-il avec une solennité qui déclencha l'hilarité générale.

Puis il se tourna vers le bébé.

— Il est énorme ! lança-t-il à l'adresse de l'heureux papa. Je le vois déjà cigare au bec, attaché-case à la main... C'est mon filleul, expliqua-t-il fièrement à l'infirmière.

La petite famille disparut bientôt à l'étage, impatiente de faire connaissance. Il était 3 heures du matin quand Bix et Paris sortirent dans la nuit étoilée.

— Quelle soirée mémorable, fit-il observer.

Paris acquiesça d'un signe de tête. Tant de choses s'étaient passées au cours de cette semaine extraordinaire : elle avait trouvé un emploi, s'était fait deux nouveaux amis et avait presque mis au monde un bébé.

— Merci de m'avoir donné ma chance, dit-elle à Bix lorsqu'il la raccompagna chez elle.

— Nous allons devoir ajouter un « service sage-femme » sur notre brochure, répliqua Bix avec une gravité comique. Entre nous, je suis fichtrement content qu'elle n'ait pas accouché sur la route.

— Moi aussi, avoua Paris en étouffant un bâillement.

La soirée qu'ils venaient de vivre avait tissé entre eux un lien spécial, une sorte de complicité qui les unissait tous les trois, désormais.

— Cela vous dirait de venir prendre le petit déjeuner à la maison, demain ? demanda Bix en se garant devant chez elle. J'aimerais vous présenter mon partenaire.

— J'ignorais que vous aviez un associé, fit Paris d'une voix ensommeillée.

— Je n'en ai pas. Je faisais allusion à l'homme qui partage ma vie, corrigea-t-il en riant. Vous n'avez jamais quitté votre petit cocon douillet, n'est-ce pas ?

Paris pouffa.

— Désolée, j'étais ailleurs. J'accepte l'invitation avec grand plaisir.

— Venez pour 11 heures. On pourra se soûler en revivant cette soirée épique. C'est vraiment dommage qu'il n'ait pas été avec nous. Il est médecin, conclut-il avec un sourire amusé.

— Je serai ravie de faire sa connaissance, dit-elle en ouvrant la portière.

Elle chercha ses clés et lui adressa un petit signe avant d'entrer chez elle.

— Bonne nuit ! lança Bix avant de s'éloigner, la tête pleine des événements de la soirée.

Un bébé était né – son filleul ! –, il avait bien failli assister à l'accouchement et il avait une nouvelle assistante. Une journée décidément inoubliable !

16

Après avoir dormi tout son soûl, Paris prit une douche et revêtit un pantalon en toile kaki, un vieux pull-over en cachemire et son caban préféré. A 11 heures, elle sonna à la porte de Bixby. Il vivait au-dessus de ses bureaux et son appartement s'avéra plein de charme, intime et chaleureux. Les murs du salon disparaissaient sous des rayonnages de livres. Un feu crépitait joyeusement dans la cheminée. Bix et son compagnon lisaient les journaux du dimanche. Vêtu d'une veste en tweed, d'un pantalon en toile et d'une chemise bleue, ce dernier était âgé d'une soixantaine d'années. Avec ses cheveux blancs et son visage buriné, il avait beaucoup de charme. Tous deux formaient un très beau couple.

Bix la présenta à Steven Ward, qui lui réserva un accueil cordial.

— Bix m'a raconté votre soirée mouvementée ; ainsi, vous avez failli mettre au monde le bébé de Jane.

— C'était moins une, concéda Paris en souriant.

Bix lui tendit un verre de Bellini, un subtil mélange de champagne et de jus de pêche qu'elle trouva délicieux.

— J'ai bien cru que nous n'arriverions jamais à bon port, ajouta-t-elle après la première gorgée.

— Moi aussi, renchérit Bix. J'ai vraiment eu la peur de ma vie.

— Bix m'a dit que vous étiez médecin, fit Paris à l'adresse de Steven.

Il hocha la tête.

— Je suis spécialiste en médecine interne.

— Steven concentre ses recherches sur le VIH et le sida en général, précisa Bix d'une voix empreinte de fierté. C'est le meilleur de toute la ville.

— Ça ne doit pas être facile, fit observer Paris.

— Non, mais heureusement la situation s'est beaucoup améliorée grâce aux nouveaux traitements.

Agé de soixante-deux ans, Steven était arrivé du Middle West au début des années quatre-vingt, pour s'occuper des patients atteints du sida. Pendant que Bix préparait le petit déjeuner, Steven raconta à Paris que son compagnon précédent était mort du sida, dix ans plus tôt. Quelques années après le drame, il avait rencontré Bix. L'admiration qu'il vouait à ce dernier transparaissait dans ses propos et leur bonheur était évident.

Ils s'installèrent dans la salle à manger et dégustèrent croissants et omelettes, tout en bavardant avec animation. Bix servit des cappuccinos. Il cuisinait comme un chef, tenant de Sydney la plupart de ses secrets... ce qui tombait bien, fit-il remarquer, car Steven savait à peine faire bouillir de l'eau. Il était capable de sauver des vies humaines, d'apporter du réconfort à des gens en profonde souffrance, mais il ne valait absolument rien dans une cuisine !

— Il a essayé de me préparer à manger un jour où j'étais malade... et il a bien failli m'achever ! J'avais une gastro-entérite et il m'a servi un bol de soupe à la tomate – en conserve, cela va de soi – et une assiette de chili con carne ! Je vous laisse imaginer le désastre... Non, ici, c'est moi qui fais la cuisine, décréta-t-il fermement.

Leur relation semblait fondée sur un profond respect mutuel et une grande affection. Steven parla librement du choc qu'il avait vécu à la mort de son premier compagnon, après vingt-sept ans de vie commune.

— J'ai eu un mal de chien à accepter sa disparition. J'ai vécu en reclus pendant deux ans, partagé entre le travail, la lecture et le sommeil. Et puis un jour, j'ai rencontré Bix et nous nous sommes fréquentés pendant un an. Cela fait six ans que nous vivons ensemble. J'ai une chance inouïe, j'en suis conscient, conclut-il en enveloppant Bix d'un long regard.

— C'est vrai, admit Paris. J'ai été mariée pendant vingt-quatre ans et je n'aurais jamais imaginé que nous divorcerions un jour. Pour être franche, je suis encore sous le choc. J'ai encore du mal à y croire, parfois. Lui s'est remarié depuis.

— Depuis combien de temps est-il parti ? demanda Steven.

Il comprenait pourquoi Bix appréciait tant Paris. C'était une femme chaleureuse, intelligente, attentionnée, drôle et cultivée... Pourquoi son mari l'avait-il quittée ? Aux yeux de Steven, elle représentait tout ce dont un homme pouvait avoir envie.

— Neuf mois, répondit-elle tristement.

Bixby prit un air offusqué.

— Et il est déjà remarié ? Est-ce pour cette raison qu'il vous a quittée ? demanda-t-il, effaré.

Paris acquiesça d'un signe de tête. Pour la première fois, elle parvenait à parler de son divorce sans fondre en larmes. C'était un progrès considérable.

— Elle a trente et un ans. Le combat était perdu d'avance...

— C'est dégueulasse, coupa Bix d'un ton abrupt. J'espère au moins qu'elle en valait la peine. Avez-vous fait des rencontres depuis, Paris ? s'enquit-il avec intérêt.

— Non, et je n'en ai aucune intention. Je suis trop vieille pour ça. En plus, je n'ai pas envie de rencontrer d'autres hommes. Je l'aimais, vous savez... de tout mon cœur.

Cette fois, ses yeux s'embuèrent, et Steven lui effleura l'épaule.

— J'ai réagi comme ça, moi aussi. J'étais persuadé que je finirais mes jours tout seul. Pourtant, vous êtes beaucoup plus jeune que je ne l'étais quand John est décédé.

— J'ai quarante-six ans, Steven ; j'ai passé l'âge de tout ça.

— On n'est jamais trop vieux pour tomber amoureux, objecta Steven. Dans mon travail, je rencontre des gens de soixante-quinze ans qui tombent amoureux et se marient.

— Ses patients ne sont pas tous homos, intervint Bix.

— Je suis très sérieux, Paris, reprit Steven. Vous avez la vie devant vous. Laissez le temps faire son œuvre. Neuf mois, ce n'est rien. Pour certains d'entre nous, en tout cas. Ce n'est jamais facile de faire le deuil de son compagnon, qu'il soit mort ou qu'il soit parti. Il m'a fallu trois ans pour rencontrer Bix. A l'époque, je n'aurais jamais cru que j'éprouverais tout ça de nouveau. Maintenant, nous sommes heureux, tous les deux.

Paris fut touchée par leur sincérité et leur compassion. Leur expérience était extrêmement enrichissante, peu importait qu'ils soient homosexuels. Ils partageaient tous trois la même sensibilité.

— En fait, c'est encore plus difficile de trouver quelqu'un de bien dans le monde homosexuel, fit observer Bix. L'apparence compte beaucoup dans ce milieu-là. C'est le règne de la beauté et de la jeunesse. Il n'y a rien de plus déprimant pour un homosexuel que de vieillir seul. J'ai recommencé à sortir deux ans après ma rupture et ce fut un vrai calvaire. Pourtant, je n'avais que trente ans à l'époque… J'ai rencontré Steven deux ans plus tard et je dois avouer que j'étais impatient de m'installer avec lui. Je ne suis pas fana de tous ces rendez-vous arrangés, conclut Bix en esquissant une grimace.

A trente-neuf ans, il était toujours extrêmement séduisant. Il avait travaillé comme mannequin à sa sortie de l'université. Mais ses valeurs avaient toujours été plus profondes, plus essentielles.

— Moi non plus, avoua Paris dans un soupir. Je ne me vois vraiment pas collectionner les rendez-vous galants à mon âge… C'est tellement… dégradant.

Elle leur raconta l'horrible soirée qu'elle avait passée à Greenwich avec Ralph l'ivrogne, son affreux pantalon à carreaux et ses blagues grivoises. Cet incident avait agi comme un déclic. Finalement, c'était grâce à cet ignoble personnage qu'elle avait pris la décision de venir s'installer en Californie.

— Je crois que je suis sorti avec son frère homo, déclara Bix en riant.

Il se lança alors dans le récit d'anecdotes qui la firent rire aux éclats.

— Je suis vraiment tombé sur des types imbuvables. Mon dernier compagnon m'a quitté pour un petit jeunot de vingt-deux ans ; pris de pitié, mes amis n'ont pas cessé de m'arranger des rendez-vous… qui tournaient immanquablement au désastre ! J'ai rencontré des maniaques, des névrosés, des paranos. Je suis même sorti avec un insomniaque qui n'avait presque pas fermé l'œil depuis deux ans ; le pauvre était tellement épuisé qu'il souffrait d'hallucinations... Il me prenait pour sa mère, imaginez le tableau ! Le jour où je l'ai retrouvé affalé sur mon divan, en string et soutien-gorge, complètement shooté aux somnifères, j'ai compris que nous n'avions plus rien à faire ensemble. Mais ce n'était rien, comparé à l'amoureux de la nature qui laissait ses cinq serpents vagabonder librement chez moi. Deux d'entre eux ont disparu et il lui a fallu deux mois pour remettre la main dessus. J'ai bien failli quitter l'appartement. Non, franchement, Paris, ce n'est certainement pas moi qui vous arrangerai des rendez-vous. Je vous apprécie trop pour vous faire ça.

— Merci, Bix. Comment vous êtes-vous rencontrés, Steven et vous ? demanda-t-elle, piquée dans sa curiosité.

— Oh, c'est tout bête. J'avais besoin d'un médecin, j'ai appelé Steven au hasard, nous nous sommes plu dès la première rencontre. Mais il a fallu deux mois émaillés de crises de sinusite imaginaires, de migraines inexplicables et de mystérieuses douleurs lombaires avant qu'il comprenne le message et m'invite enfin à dîner.

Steven esquissa un sourire.

— J'ai été un peu long à la détente, c'est vrai. Je craignais qu'il ne cherche plutôt une figure paternelle.

— Ce n'était rien d'aussi pervers, intervint Bix. Je cherchais juste un petit ami.

D'après ce que Paris pouvait voir, ils formaient à présent un couple bien installé, uni par des sentiments simples et profonds. Aussi étrange que cela puisse paraître, leur relation lui rappelait sa complicité avec Peter. En rentrant chez elle dans l'après-midi, une sensation de solitude l'envahit. C'était tellement bon de vivre auprès de l'être aimé !

Pour combattre sa morosité, elle décida d'appeler Meg, mais personne ne répondit. A 18 heures, Wim arriva avec un de ses colocataires. Paris leur prépara à manger et ils passèrent une agréable soirée. Sa nouvelle vie en Californie lui plaisait de plus en plus. Même la météo s'était montrée clémente depuis son arrivée, dix jours plus tôt. Le mois de février était délicieusement doux et ensoleillé, alors qu'il neigeait à Greenwich, au dire de Virginia et Nathalie. Pas une seule fois elle n'avait eu à regretter sa décision.

— Alors, maman, ton travail te plaît ? demanda Wim en étendant ses longues jambes devant lui.

Les deux jeunes gens avaient mangé comme des ogres, avant de la remercier chaleureusement.

— Je l'adore, répondit-elle avec entrain.

— En quoi consiste-t-il, au juste ?

Les explications de sa mère lui avaient semblé confuses, au téléphone. D'après ce qu'elle lui avait dit, elle organisait des mariages, ou quelque chose dans ce goût-là. Tant que ça la rendait heureuse, c'était l'essentiel à ses yeux.

— Nous organisons des soirées et des réceptions. Ça peut aller du simple dîner entre amis jusqu'au grand mariage, en passant par des vernissages. Le concepteur de toutes ces fêtes est un artiste de génie.

— Ça a l'air sympa, commenta Wim en s'allongeant sur le canapé.

Il se sentait bien dans la nouvelle maison de sa mère, et l'annexe l'avait emballé. Il essaierait de venir le plus souvent possible, avait-il déclaré, mais Paris savait qu'il était très pris par ses études.

Il était 22 heures quand ils décidèrent de prendre congé. Une heure plus tard, après avoir tout rangé, Paris alla se coucher, heureuse de sa journée. Depuis sa séparation, elle redoutait les dimanches, surtout à Greenwich, quand les couples se retrouvaient pour le week-end et qu'elle se morfondait seule dans sa grande maison.

Ici, tout semblait plus facile. La matinée avec Bix et Steven l'avait enchantée et elle avait passé une bonne soirée avec Wim et son copain. Meg l'appela au moment où elle allait s'endormir, pour lui raconter sa fabuleuse journée à Venice Beach.

Ainsi, tout allait pour le mieux. Du moins en Californie, dans le nouvel univers de Paris.

17

Le lundi fut une journée chargée. Jane n'était plus là pour la guider, et Paris devait apprendre à se débrouiller seule. De retour chez elle, la jeune mère savourait son nouveau bonheur auprès de son mari. Ils avaient prénommé leur fils Alexander Mason Winslow et, d'après Jane, c'était un gros bébé paisible.

Paris et Bix se mirent à travailler en étroite collaboration. La Saint-Valentin tombait un samedi, cette année-là, et ils avaient deux dîners pour l'occasion. Bix avait prévu d'en superviser un, tandis que Paris s'occuperait de l'autre. En fin d'après-midi, le téléphone sonna et la secrétaire décrocha. C'était pour Paris, annonça-t-elle quelques instants plus tard, un certain M. Freeman.

— Je ne connais personne de ce nom-là, répondit Paris en fronçant les sourcils.

Elle s'apprêtait à refuser l'appel, quand un éclair la traversa. Il s'agissait probablement du « prince charmant », comment avait-elle pu oublier ?

— Allô ? fit-elle timidement.

La voix qui lui répondit lui parut familière.

— J'espère que je ne vous dérange pas, commença-t-il sur un ton d'excuse. C'est Marjorie Fleischmann qui m'a communiqué votre numéro de téléphone. Elle le tenait de sa belle-mère. J'ai suivi des chemins détournés mais j'y suis arrivé, vous voyez. Alors, Cendrillon, comment allez-vous ?

— Très bien, merci, répondit Paris en riant, encore étonnée de l'entendre. Nous n'avons pas arrêté de la journée, nous avions un travail de rangement et de nettoyage monstrueux ! Au fait, j'ai bien failli mettre au monde un bébé l'autre soir, en rentrant du dîner.

Elle lui raconta l'aventure rocambolesque qu'ils avaient vécue grâce à Jane et il rit de bon cœur. Puis elle se tut, attendant de connaître la raison de son appel.

— J'ai pensé que nous pourrions déjeuner ensemble demain midi. Qu'en dites-vous, Paris ?

Sur le coup, Paris trouva l'idée parfaitement ridicule. Elle n'était pas encore disposée à rencontrer d'autres hommes. En fait, c'était même la dernière chose qu'elle souhaitait.

— C'est très aimable de votre part, Chandler, dit-elle, heureuse de se rappeler son prénom, mais nous sommes débordés en ce moment. Je ne prends même pas le temps de déjeuner.

— C'est très mauvais pour la santé, répliqua Chandler d'un ton taquin. Nous nous dépêcherons, si c'est ce qui vous tracasse.

Devant son insistance, Paris se sentit fléchir.

— D'accord pour un déjeuner sur le pouce, concéda-t-elle malgré elle. Où voulez-vous que je vous rejoigne ?

— Je passerai vous chercher à votre bureau à midi. Et je vous ramènerai à 13 heures pile, promis-juré.

— Je préférerais vous retrouver quelque part, insista Paris d'un ton buté. Je vais sans doute devoir bouger dans la matinée et…

— Ne vous inquiétez pas, j'attendrai si vous n'êtes pas encore rentrée. J'en profiterai pour passer quelques coups de fil professionnels dans ma voiture. A demain midi, Cendrillon, conclut-il d'un ton enjoué.

Quand Bix fit son apparition quelques minutes plus tard, elle fulminait encore.

— Un problème ? lança-t-il en voyant son expression contrariée.

Paris poussa un soupir irrité.

— Je viens de faire une bêtise, répondit-elle, agacée par sa propre faiblesse.

Bix haussa un sourcil perplexe.

— Vous avez raccroché au nez d'un client ?

— Non, non, pas du tout, s'empressa-t-elle de le rassurer.

En arrivant le matin, Paris l'avait chaudement remercié pour le brunch de la veille. Elle avait passé un moment très agréable et avait été ravie de rencontrer Steven. Son enthousiasme avait rassuré Bix. Il souhaitait sincèrement que Paris devienne leur amie.

— J'ai accepté de déjeuner avec un homme que je connais à peine, alors que je n'en ai aucune envie. Avant même que je me rende compte de ce qui se passait, je lui ai donné mon accord. Il passe me chercher demain midi, conclut-elle à moitié résignée.

Un sourire joua sur les lèvres de Bix.

— Je le connais ? Ne serait-ce pas, par hasard, le type qui vous a fait danser à l'anniversaire de mariage des Fleischmann ?

— Comment avez-vous deviné ? fit Paris, incrédule.

— Je me doutais qu'il appellerait. C'est tout à fait le genre à ne reculer devant aucun obstacle pour obtenir ce qu'il veut. Comment s'appelle-t-il, déjà ?

— Chandler Freeman. C'est un associé d'Oscar Fleischmann Jr. Je ne sais même pas ce qu'il fait dans la vie.

— J'ai lu quelques articles sur lui dans des magazines. Il traîne derrière lui une solide réputation de play-boy. Méfiance, méfiance...

Paris posa sur lui un regard candide.

— Que voulez-vous dire par là ?

— Il appartient à une catégorie d'hommes particulière. Certains d'entre eux n'ont jamais été mariés, d'autres ont connu des divorces difficiles qui les ont laissés sur la paille... Inutile de dire qu'ils détestaient leurs épouses. Ce sont des êtres aigris et égocentriques. Alors, ils sortent, ils sortent et sortent encore, en clamant haut et fort que leur ex n'était qu'une garce. Quand on leur demande pourquoi ils n'ont jamais songé à se remarier, ils répondent avec un sourire entendu qu'ils n'ont pas encore trouvé la « perle rare ». En réalité, ils n'en ont aucune envie. C'est la vie de célibataire qui les intéresse, l'attrait de la nouveauté qui pimente leur quotidien.

— Voici un portrait intéressant, ma foi, commenta Paris en souriant. Je suis impatiente d'entendre ce qu'il va me raconter sur son passé et je vous dirai s'il entre ou non dans cette catégorie.

— J'ai bien peur qu'il ne colle parfaitement à ma description, murmura Bix, sincèrement désolé.

— Au fait, ça ne vous dérange pas que je m'absente à l'heure du déjeuner, demain ?

Bix rit de bon cœur.

— Que dois-je répondre ? Que ça me dérange énormément ?

— Peut-être bien, fit Paris, troublée par ce qu'il venait de dire.

D'un autre côté, Chandler Freeman était drôle et séduisant. Et puis, ce n'était qu'un simple déjeuner.

— Allez-y. Je suis sûr que vous passerez un bon moment. Il faudra bien que vous vous lanciez à un moment ou à un autre. Quoi qu'il en soit, ce Chandler Freeman m'a l'air d'un type correct.

— Même si c'est un play-boy ?

— Et alors ? Il ne vous a pas demandée en mariage, il vous a simplement invitée à déjeuner. Vous ne risquez rien. En fait, ce sera un excellent exercice.

— Pour quoi faire ?

— Pour découvrir la réalité de la vie, répondit-il simplement. Vous serez bien obligée de sortir de votre cocon un jour ou l'autre. Vous méritez de rencontrer un homme honnête et généreux, Paris. Et ce n'est pas en restant terrée chez vous que cela arrivera.

— Dire que je croyais avoir tout ça à la maison, murmura-t-elle tristement.

Bix hocha la tête.

— Il n'était pas aussi bien que vous le pensiez, finalement.

— Je suppose.

Une demi-heure plus tard, il lui montra le gros ours d'un mètre vingt entièrement couvert de roses blanches qu'il s'apprêtait à envoyer à Jane. Paris en eut le souffle coupé.

— Comment avez-vous fait ça ?

— Ce n'est pas moi qui l'ai réalisé, c'est Hiroko. Je me suis contenté de le dessiner. Il est craquant, hein ?

— Il est magnifique ! Jane va l'adorer !

Bix descendit l'ours au rez-de-chaussée et rédigea un petit mot à l'intention de la jeune maman, avant de le remettre au livreur. Paris avait également prévu d'offrir un joli cadeau à Jane et à son bébé ; peut-être trouverait-elle le temps de faire les boutiques ce week-end. Elle devait superviser l'un des deux dîners de la Saint-Valentin, mais le reste de la journée serait sans doute plus calme. C'était fou comme sa vie s'était remplie en l'espace de quelques jours, elle n'en revenait toujours pas ! Elle confia son étonnement à Anne

Smythe, quand elle l'appela dans la soirée. Elles étaient désormais obligées de se parler le soir ou pendant le week-end, à cause du décalage horaire. Mais Anne était heureuse de rester en contact et ravie d'apprendre que tout allait bien pour Paris. Elles avaient réduit le nombre de leurs conversations téléphoniques à une par semaine, mais Paris savait qu'en cas d'urgence elle pouvait appeler sa psy à n'importe quel moment.

Elle lui parla de l'invitation de Chandler et lui fit part de l'avis de Bix au sujet de cet homme.

— Allez-y sans *a priori*, lui conseilla Anne. Après tout, vous passerez sans doute un bon moment. Et même si c'est un séducteur professionnel, comme le prétend Bix, il s'avérera peut-être une relation intéressante. Vous n'êtes pas obligée d'aimer tous les gens que vous rencontrerez, vous savez. D'un autre côté, il pourra vous présenter d'autres personnes et c'est toujours bon à prendre.

Ses encouragements rassurèrent Paris. Anne avait raison, elle repartait de zéro ici. En quittant Greenwich, elle savait qu'il lui faudrait s'armer de courage et de bonne volonté. Et ce n'était que le début.

A 11 h 55 le lendemain, le ronronnement d'un moteur attira son attention. Jetant un coup d'œil dans la rue, elle aperçut une Ferrari gris argent qui venait de se garer le long du trottoir. Quelques instants plus tard, Chandler Freeman sortit de la voiture, élégamment vêtu d'un blazer bleu marine, d'un pantalon anthracite et d'une chemise bleue égayée d'une cravate jaune, probablement griffée Hermès. Tout en lui respirait le luxe et le raffinement. Il sonna à la porte. Une minute plus tard, il se matérialisait devant son bureau, arborant un sourire éclatant, digne d'une publicité pour un dentifrice.

— Je suis très impressionné par vos locaux.

— Merci. Mais je suis toute nouvelle ici, ajouta-t-elle humblement.

— Ah bon ?

— Oui, je suis arrivée à San Francisco il y a à peine deux semaines ; avant j'habitais à Greenwich, dans le Connecticut. J'entame tout juste ma deuxième semaine de travail.

— On dirait que vous avez toujours été là.

— Merci.

— On y va ? suggéra-t-il en lui tendant la main.

Paris acquiesça d'un signe de tête. En lui emboîtant le pas, elle ne put s'empêcher d'admirer sa prestance et son allure distinguée. D'une certaine manière, elle se sentait flattée qu'un homme d'une telle classe s'intéresse à elle.

Quelques minutes plus tard, la Ferrari s'éloigna dans un vrombissement.

— Où allons-nous ? demanda-t-elle, en proie à une soudaine appréhension.

Il la gratifia d'un sourire énigmatique.

— J'aimerais pouvoir vous enlever mais, rassurez-vous, je ne le ferai pas. Comme votre temps est compté, nous allons rester dans les environs.

Il se gara quelques rues plus loin, devant une maison victorienne qui abritait un tout petit restaurant italien agrémenté d'un ravissant jardin.

— Voici l'un des secrets les mieux gardés de la ville, expliqua-t-il tandis que les propriétaires des lieux le saluaient chaleureusement. Je vais souvent au restaurant. Et j'adore déjeuner en terrasse.

Il faisait encore plus chaud que la semaine précédente. Le printemps était bien là.

En apéritif, le serveur proposa à Paris un verre de vin, mais elle préféra un thé glacé. Chandler, lui, commanda un Bloody Mary et ils étudièrent le menu, optant finalement pour des salades et des pâtes. Les plats s'avérèrent délicieux et, au milieu du repas, Paris commença à se détendre. Ils bavardèrent avec animation de sujets variés, et son compagnon lui parut à la fois attentif et très cultivé.

— Depuis combien de temps êtes-vous divorcée ? demanda-t-il finalement.

Paris réprima un soupir. A l'évidence, cette question reviendrait des dizaines de fois, autant s'y préparer !

— Deux mois. Mais nous étions séparés depuis neuf mois, expliqua-t-elle succinctement.

— Vous étiez mariée depuis longtemps ?

— Vingt-quatre ans.

Chandler esquissa une grimace.

— Aïe. Ça doit faire très mal.

— Très, admit-elle avec un petit sourire. Et vous ?

— Que voulez-vous savoir sur moi ?

— Les mêmes choses, répliqua-t-elle sans se démonter. A quand remonte votre divorce ? Depuis combien de temps étiez-vous marié ?

— Mon mariage a duré douze ans, et j'ai divorcé il y a quatorze ans.

— Ça commence à dater, fit-elle observer, songeuse.

— N'est-ce pas ?

— Et vous ne vous êtes jamais remarié ? insista-t-elle tandis que les paroles de Bix résonnaient dans sa tête.

— Non. Jamais.

— Pourquoi ?

— J'imagine que je n'ai pas trouvé la perle rare.

Oh, zut... Et si Bix avait vu juste ?

— D'un autre côté, ma vie de célibataire me satisfait totalement, jusqu'à présent. J'avais trente-quatre ans au moment de mon divorce et il m'a fallu beaucoup de temps avant de reprendre pied. Ma femme m'a quittée pour mon meilleur ami... J'ai appris par la suite qu'ils avaient entretenu une liaison pendant trois ans, sans que j'en sache rien. Ce sont des choses qui arrivent, me direz-vous, mais ça fait un mal de chien quand ça vous arrive à vous.

Paris ne répondit pas tout de suite. Ainsi, les prédictions de Bix se précisaient : l'ex-femme était une garce sans scrupules.

— Ça doit être terrible, en effet, dit-elle finalement, bien que Chandler en parlât avec détachement.

L'eau avait coulé sous les ponts depuis ; seul le temps pouvait atténuer la douleur.

— Avez-vous des enfants ?

— Un fils de vingt-sept ans. Il habite à New York avec sa femme et ses deux petites filles. J'avoue que j'ai parfois du mal à croire que je suis grand-père, ajouta-t-il dans un sourire. Mais les filles sont adorables ; elles ont deux et quatre ans. Et elles auront bientôt un petit frère ou une petite sœur.

Paris ne put s'empêcher de sourire à son tour. Avec son physique d'acteur de cinéma, on avait en effet peine à l'imaginer en grand-père gâteau.

La conversation roula sur d'autres sujets ; ils parlèrent des voyages qu'ils avaient faits, de leurs villes préférées, des langues étrangères qu'ils maîtrisaient plus ou moins. Paris se débrouillait en français tandis que Chandler parlait couramment espagnol. Dans sa jeunesse, il avait vécu deux ans à Buenos Aires. Puis ils évoquèrent les restaurants qu'ils aimaient à New York. Il la questionna sur l'origine de son prénom. Selon ses parents, c'était au cours de leur lune de miel à Paris qu'elle avait été conçue. Aussi avaient-ils choisi de lui donner le nom de leur ville fétiche. Chandler souligna la note exotique du prénom. Très habilement, il sut maintenir la conversation sur des sujets neutres et légers. Sur le chemin du retour, il lui parla d'une autre de ses passions : l'aviation. Il possédait même un petit avion, un G4, qu'il pilotait lui-même avec un copilote. Peut-être l'emmènerait-il faire un tour un de ces jours, si elle en avait envie.

Il souhaitait beaucoup la revoir, confia-t-il en garant la Ferrari devant la boutique. Et s'ils dînaient ensemble un soir de la semaine ? Paris resta évasive ; elle avait un planning chargé et elle ignorait encore si elle pourrait se libérer. Un sourire aux lèvres, il posa un léger baiser sur sa joue et la laissa partir. Paris était déjà dans l'escalier quand la voiture s'éloigna en rugissant.

— Alors, alors ? demanda Bix, penché sur sa table à dessin.

— Vous aviez vu juste sur toute la ligne, j'en ai peur. Je me demande vraiment pourquoi j'ai accepté l'invitation. De toute façon, je n'ai pas envie de faire de rencontres, alors à quoi ça rime ?

— C'est une bonne expérience pour plus tard, quand vous vous sentirez prête. Ce jour-là finira bien par arriver, vous verrez. A moins que vous décidiez de rentrer dans les ordres…

— C'est une idée.

— Alors, je vous écoute ? insista Bix en la dévisageant avec attention.

— Il est resté marié pendant douze ans avant de divorcer, il y a quatorze ans. Il n'a pas encore rencontré celle qui lui redonnera goût au mariage, la fameuse « perle rare ». Voilà, ça vous va ?

— Pas vraiment, non, répondit Bix d'un ton grave.

Il connaissait Paris depuis peu, mais il avait très vite ressenti le besoin de la protéger. Fragile, vulnérable, elle lui faisait parfois penser à une biche égarée à la lisière du bois. Elle n'était pas faite pour vivre seule, c'était évident. Il veillerait à ce que personne ne la blesse.

— Il a un fils, deux petites-filles et sera bientôt grand-père pour la troisième fois. Il a vécu deux ans à Buenos Aires et pilote son propre jet. Oh, sa femme était la maîtresse de son meilleur ami, avant de le quitter définitivement. C'est à peu près tout.

Bix sourit.

— Parfait. Vous avez pris des notes ou vous avez gardé tout ça en mémoire ?

— J'ai enregistré notre conversation grâce à un magnétophone miniature dissimulé dans ma chaussure, répondit-elle du tac au tac en riant. Alors, qu'en pensez-vous ? Ma psy pense que c'est un bon début ; même si c'est un goujat, il pourra toujours me présenter à son cercle d'amis.

— Qui sont probablement aussi goujats que lui, commenta Bix. Les séducteurs professionnels ont la sale manie de vivre en bandes. Ils détestent les couples mariés, qu'ils jugent tristes à mourir et terriblement embourgeoisés.

— Ah bon. Alors, vous croyez que c'en est un ? Un séducteur professionnel, je veux dire ?

— Peut-être bien. Restez sur vos gardes. A-t-il lancé une autre invitation ?

— Il voulait que nous dînions ensemble un soir de la semaine. J'ai prétexté une montagne de travail.

— Est-ce qu'il vous plaît ?

— Plutôt, oui. Il est intelligent et cultivé… et aussi très séduisant. J'ignore encore s'il est honnête, c'est ça le problème.

— C'est pourquoi je vous demande de rester vigilante. Donnez-lui une chance, mais une toute petite. Assurez vos arrières, Paris, c'est essentiel.

— C'est tout un art, dites-moi, que de sortir avec des inconnus !

— Oui, mais ça paie, au final. A moins que vous ne vous fassiez bonne sœur !

— Je vais y réfléchir.

— Leurs habits ne sont plus ce qu'ils étaient, attention ! C'est fini, l'époque d'Audrey Hepburn et d'Ingrid Bergman vêtues de belles robes noires de religieuses. De nos jours, les pauvres portent des robes en polyester et d'ignobles coiffes informes.

Paris regagna son bureau en riant. En fin d'après-midi, Chandler lui fit envoyer deux douzaines de roses rouges accompagnées d'un petit mot : « Merci de m'avoir accordé un peu de votre précieux temps. J'ai passé un merveilleux moment en votre compagnie. A bientôt. CF. » Bixby étudia le bouquet et lut la carte, en secouant la tête.

— C'est un pro, le doute n'est plus permis. Cela dit, les roses sont magnifiques.

Par politesse, Paris envoya un petit mot de remerciement et oublia Chandler Freeman, absorbée par un tourbillon de travail à l'approche de la Saint-Valentin. Tous leurs clients souhaitaient envoyer quelque chose d'original aux personnes qui leur étaient chères, qu'il s'agisse de leur mère ou d'une sœur qui habitait à la campagne. Les amoureux étaient toutefois les plus exigeants ; Bixby devait faire preuve de génie pour contenter tout le monde… et il y réussissait à merveille. En plus des commandes qui continuaient à pleuvoir, ils devaient également s'occuper des deux dîners prévus le soir même de la Saint-Valentin.

Chandler la rappela le jeudi, pour l'inviter à dîner le samedi.

— Je suis désolée, Chandler, mais c'est impossible. Je travaille samedi soir.

— Savez-vous quel jour nous serons ?

— Oui, je sais. Ce sera la Saint-Valentin.

Elle aurait tout fait pour oublier la fête des amoureux si elle n'avait pas été obligée de s'en occuper dans le cadre de son travail. A la vérité, elle était heureuse de travailler ce jour-là. Peter l'emmenait toujours au restaurant pour la Saint-Valentin ; l'année passée encore, ils avaient dîné en tête à tête… alors qu'à l'époque, il la trompait déjà avec Rachel. Comment avait-il géré sa double vie ? Mal, probablement, puisqu'il avait jugé préférable de prendre une décision radicale en mai dernier. Cette année, il serait avec Rachel.

— A quelle heure pensez-vous avoir terminé ?

— Tard. Sans doute aux environs de 23 heures.

Elle s'occupait d'un petit dîner et, selon le règlement de la maison, pourrait s'éclipser lorsque les convives passeraient à table, certainement bien avant 11 heures du soir. Ce petit mensonge suffirait peut-être à le décourager.

— Je vous attendrai. Tenez, que diriez-vous d'un souper de minuit en ma compagnie ?

Paris hésita un long moment, tiraillée entre des sentiments contradictoires.

— Je ne sais pas, Chandler, répondit-elle finalement. Je crois que je ne suis pas encore prête pour ça. Ce n'est pas rien, la Saint-Valentin…

— Considérons-le comme un jour ordinaire. Je comprends ce que vous ressentez, Paris, je suis déjà passé par là, moi aussi.

— Pourquoi moi ? demanda-t-elle d'une voix mal assurée.

— Parce que vous êtes merveilleuse. C'est la première fois que je rencontre quelqu'un comme vous, en quatorze ans de célibat, répondit-il d'une voix qui trahissait sa sincérité.

A la fois touchée et décontenancée, Paris chercha désespérément d'autres arguments.

— Vous devriez chercher une femme qui ne travaille pas.

— C'est vous que j'ai envie de voir. Minuit, ça vous va ? Ce sera un petit dîner sans histoires, un simple hamburger, si vous préférez. Vous n'aurez qu'à m'appeler si vous terminez plus tôt. Je vous promets qu'il n'y aura aucune pression, aucune nostalgie. Ce sera juste une soirée entre amis, un jour ordinaire. Pensez-y, je vous rappelle demain, d'accord ?

— D'accord, murmura Paris, vaincue.

Le soir venu, elle réfléchit à sa proposition mais se trouva incapable de prendre une décision. Quand il l'appela le vendredi matin pour connaître sa réponse, elle accepta presque par inadvertance, totalement absorbée par son travail. Elle promit de l'appeler dès qu'elle aurait terminé, et ils iraient dîner en toute simplicité. Finalement, c'était un excellent moyen de surmonter ce jour symbolique. Elle ne serait pas seule, mais ce ne serait pas non plus un rendez-vous galant. C'était parfait !

Le samedi soir, les convives passèrent à table à 21 heures, Paris partit une demi-heure plus tard, et Chandler passa la prendre chez elle à 22 heures. Elle avait troqué sa tenue de travail contre un simple jean, un pull en cachemire rouge et un vieux duffle-coat blanc.

— Vous ressemblez à une princesse, Cendrillon, plaisanta-t-il en l'embrassant sur la joue.

Il l'emmena dîner dans un petit restaurant tranquille qu'il connaissait bien. Au milieu du repas, il lui tendit une petite boîte accompagnée de deux enveloppes.

— Qu'est-ce que c'est ? demanda-t-elle, embarrassée.

A en juger par la couleur des enveloppes, rouge et rose, il s'agissait de cartes de vœux pour la Saint-Valentin. Avec un sourire gêné, elle les ouvrit et découvrit deux ravissantes cartes pleines d'humour. Elle déballa ensuite son cadeau : une jolie boîte en argent en forme de cœur, garnie de cœurs en sucre.

— Merci, Chandler, ça me touche beaucoup. Mais… je n'ai rien pour vous, ajouta-t-elle d'un ton contrit.

— Vous êtes ici ce soir. Ça me suffit amplement, répondit-il en l'enveloppant d'un regard langoureux.

Ils passèrent une agréable soirée, à la fois chaleureuse et décontractée. A minuit, il la raccompagna à sa porte et déposa un chaste baiser sur sa joue.

— Merci, c'était absolument parfait, murmurat-elle avec franchise.

— Alors, j'ai atteint mon objectif. Que faites-vous demain ? Puis-je vous convaincre de venir faire une balade sur la plage ?

Elle hésita un instant, avant de hocher la tête.

— Génial. Je passerai vous prendre à 14 heures.

En jeans et baskets, ils marchèrent deux heures sur la plage, de Crissy Field jusqu'au pont du Golden Gate. C'était un bel après-midi ensoleillé. Une brise légère jouait avec la longue chevelure blonde de Paris, tandis que Chandler la contemplait d'un air admiratif. De retour chez elle, elle l'invita à prendre un verre. Elle lui servit du vin blanc, puis se prépara un thé glacé.

— J'aime votre maison, déclara Chandler d'un ton enjoué.

— Moi aussi, fit Paris en le rejoignant sur le canapé. Mes meubles doivent arriver la semaine prochaine et je suis impatiente de tout aménager à mon goût.

Ils bavardèrent une bonne heure, évoquant leurs enfants et leurs mariages respectifs.

— Je crois que je lui faisais trop confiance, fit observer Chandler en faisant allusion à son ex-épouse. Je pensais qu'elle le méritait.

— La confiance est un élément essentiel dans un couple, Chandler, souligna Paris.

— Peut-être, mais depuis je suis complètement bloqué de ce côté-là. C'est probablement pour cela que je ne me suis jamais remarié.

— Il s'agit de trouver la personne qui mérite votre confiance.

— Faisiez-vous confiance à votre mari ? demanda-t-il à brûle-pourpoint en dardant sur elle un regard pénétrant.

Elle hocha la tête.

— Qu'avez-vous retenu de cette malheureuse expérience ? reprit-il sans la quitter des yeux.

— Même les gens qu'on aime commettent des erreurs. Et puis, les sentiments évoluent au fil du temps ; l'amour s'étiole, ça ne se contrôle pas. Mais j'aurais préféré que ça ne m'arrive pas à moi… Pas de chance !

— Je vous trouve bien naïve, Paris ; la chance n'a rien à voir là-dedans. Je ne l'ai pas trompée, moi, et vous n'avez pas trompé votre mari… n'est-ce pas ?

Il s'interrompit un instant, attendit son hochement de tête pour reprendre avec force :

— J'en conclus donc que votre ex-mari n'était pas digne de recevoir votre confiance, il n'était pas aussi droit que vous le pensiez ; et ce n'est pas un hasard. Il n'a rien fait pour éviter de vous trahir. Peut-être même a-t-il provoqué cette liaison, au mépris de vos sentiments. Il s'en moquait bien, sur le moment.

— Je ne crois pas que ce soit aussi simple que ça, objecta Paris. Il arrive que certaines personnes s'enlisent dans des relations dont elles ne peuvent plus se dépêtrer. D'autres encore prennent une autre voie, avides de changement. C'est ce qu'a fait Peter. Il m'a avoué qu'il s'ennuyait avec moi.

— L'ennui est inhérent au mariage. Autant le savoir, quand on s'apprête à franchir le pas.

— Il ne faut pas généraliser, intervint Paris en se remémorant les paroles de Bix.

« Les séducteurs professionnels trouvent les couples mariés ennuyeux à mourir et terriblement embourgeoisés. »

— Je ne m'ennuyais pas, moi.

— Peut-être que si, mais vous n'en étiez pas consciente. Je parie que votre vie est mille fois plus trépidante maintenant, conclut-il dans un sourire en portant son verre à ses lèvres.

— A certains égards, oui, concéda Paris. Mais j'étais très heureuse avant.

— Vous verrez, dans un an vous vous réjouirez qu'il vous ait quittée.

Paris ne répondit pas tant cette idée lui paraissait inconcevable. Heureusement, la conversation prit un tour plus léger, et il était 18 heures quand Chandler décida de s'en aller. Il partait pour Los Angeles le lendemain, aux commandes de son jet, et il l'appellerait à son retour. Le lendemain matin, Paris reçut un autre bouquet.

— Tiens, tiens, on dirait que M. Freeman est en pleine offensive de séduction, railla Bixby en la rejoignant dans son bureau. Tout se passe bien ?

— Je crois, oui, répondit-elle prudemment.

Chandler était charmant, drôle et agréable mais, sous le vernis, elle sentait de l'amertume et du ressentiment, comme s'il n'avait pas encore digéré la trahison de son ex-femme.

Il l'appela le jeudi de New York. Il avait quelques affaires à régler là-bas et ne rentrerait pas avant le dimanche soir. Paris fut touchée qu'il ait songé à la prévenir, même si son emploi du temps ne la concernait pas. La semaine suivante, il lui téléphona de nouveau pour lui proposer de l'accompagner à Los Angeles, dans son petit avion. Paris hésita un instant avant de formuler son refus avec tact. Elle n'était pas prête à partir en escapade. A sa grande surprise, il éclata de rire au bout du fil.

— Je le sais, ravissante idiote. J'avais l'intention de réserver deux chambres à l'hôtel Bel-Air. En fait, je voulais vous emmener à l'avant-première de la cérémonie des Grammy ; j'ai un ami bien placé dans le monde de la musique et il m'envoie chaque année deux invitations pour cette grand-messe artistique. C'est vraiment quelque chose à voir, vous savez. Alors, je vous ai convaincue ?

Paris réfléchit rapidement. En descendant à Los Angeles, elle pourrait s'arranger pour voir Meg. Et puis elle avait très envie d'assister à la soirée dont parlait Chandler. Ce serait sans doute très amusant.

— Je dois d'abord étudier mon planning avec Bixby, éluda-t-elle pour gagner du temps. Je vous rappelle dès que j'en aurai discuté avec lui, d'accord ?

L'après-midi même, alors qu'elle était en train de travailler avec son patron, Paris aborda la question.

— Vous pouvez prendre un jour de congé, si c'est vraiment ce que vous désirez, proposa-t-il généreusement. Etes-vous sûre de vouloir y aller ?

Paris secoua la tête, assaillie par le doute et l'incertitude.

— Je ne suis sûre de rien. Il est gentil, c'est vrai, mais je ne suis pas encore prête à coucher avec quelqu'un, avoua-t-elle sans ambages. D'un autre côté, il veut réserver deux chambres. Ça pourrait être agréable… je ne sais pas trop.

Bix haussa un sourcil amusé.

— Laissez-vous tenter, allez… Personnellement, j'adorerais assister à cette fête.

— Vous n'avez qu'à y aller à ma place, plaisanta Paris.

— Imaginez la tête qu'il ferait ! dit Bixby en riant. C'est lui qui a suggéré de prendre deux chambres ?

— Disons qu'il a senti mes réticences et qu'il a été prompt à réagir.

— Il a l'air très compréhensif, fit observer Bixby.

C'était précisément ce qui l'ennuyait. L'attitude de Chandler Freeman lui semblait trop lisse, trop parfaite.

En fin d'après-midi, Paris rappela Chandler et, après avoir pris une profonde inspiration, accepta l'invitation. Ils partiraient le vendredi matin, la réception se tenant le soir même. Coup de chance

271

inouï, Bixby n'avait pas de grande réception ce week-end, juste un petit dîner, dont il avait confié l'organisation à Sydney Harrington. Le week-end suivant, en revanche, s'annonçait chargé, avec un grand mariage en perspective.

Après le dîner, Paris appela Meg pour lui annoncer sa venue. Elle ignorait encore ce que Chandler avait prévu de faire le reste du week-end, mais elle se débrouillerait pour voir sa fille.

— Tout ça m'a l'air très glamour, maman, déclara Meg avec entrain. Alors dis-moi, comment est-il ?

— Je ne sais pas… je veux dire, il est gentil. Séduisant, très élégant. C'est un beau parleur, comme dirait Bixby. Et il est plein d'attentions à mon égard.

Son discours manquait pourtant d'enthousiasme. Personne ne remplacerait Peter dans son cœur, et cela lui faisait tout drôle de fréquenter un autre homme. Heureusement, Chandler comprenait et respectait ses appréhensions. Jamais elle n'aurait accepté de le suivre s'ils avaient dû partager la même chambre. De plus, Paris avait la ferme intention de payer sa part, ne voulant en aucun cas se sentir redevable.

— Serais-tu en train de tomber amoureuse, maman ? demanda Meg avec une pointe d'inquiétude dans la voix.

— Certainement pas. Nous sommes amis, tout simplement, ajouta-t-elle, consciente de se voiler la vérité.

— Partage-t-il ton opinion ?

— J'ignore ce qu'il pense au fond de lui. Mais il sait parfaitement que je ne coucherai pas avec lui. Chandler est un parfait gentleman… et s'il se montre sous un autre jour, je viendrai me réfugier chez toi !

Meg ne put s'empêcher de rire de la naïveté de sa mère.

— Fais attention qu'il n'essaie pas de forcer ta porte…

— Ce n'est pas le genre… enfin, j'espère. Sinon, je n'hésiterai pas à appeler la police.

— C'est la meilleure solution, en effet, conclut Meg en riant de plus belle.

Puis elle annonça à sa mère qu'elle avait un nouvel ami, le premier depuis sa rupture avec Peace.

— Est-ce que celui-ci a un nom normal ? demanda Paris d'un ton taquin.

Meg acquiesça. Il s'appelait Anthony Waterston ; c'était un comédien débutant qu'elle avait rencontré sur un tournage. Il était bourré de talent, d'après elle. Pour le reste, ils commençaient tout juste à se découvrir.

— C'est beaucoup de travail, ces histoires de rencontres, n'est-ce pas ?

Tout à coup, Paris se revit en train de désherber son jardin à Greenwich. Parfois, il lui fallait s'y prendre à deux fois avant de distinguer la fleur de la mauvaise herbe. Il arrivait même qu'elle se décidât de manière totalement arbitraire.

— Bon, je te rappelle ce week-end, promit-elle à sa fille avant de raccrocher.

Puis elle appela Wim pour le prévenir qu'elle s'absentait pour le week-end. Il n'y avait personne dans l'appartement. Le répondeur se déclencha et elle laissa un message à son intention.

Allongée dans son lit, elle songea aux vêtements qu'elle emporterait pour le week-end. Aucune de ses tenues ne lui paraissait convenir à une grande soirée chic à Hollywood… Si ! Il y avait cette robe en soie blanche que Peter adorait, mais qu'elle avait très peu portée tant elle la trouvait sophistiquée. Elle ferait parfaitement l'affaire. De toute façon, elle n'aurait pas le temps de faire les boutiques avant ce week-end.

Les jours suivants, son travail lui laissa à peine le temps de souffler. Elle n'eut pas non plus le loisir de penser à Chandler Freeman.

18

Le vendredi matin, la Ferrari de Chandler se gara devant chez elle à 8 heures. Paris l'attendait dans le hall d'entrée. Son sac de voyage était prêt et elle avait pendu sa robe de soirée dans une housse en plastique. Pour le voyage, elle avait revêtu un tailleur-pantalon noir et une veste en fourrure. Quant à Chandler, il portait un costume sombre à la coupe impeccable. Ils formaient un beau couple, tous les deux. Une heure plus tard, ils montaient à bord du petit avion, racé et confortable.

Chandler s'installa aux commandes. A la grande surprise de Paris, une hôtesse avait été engagée pour le vol. Tout à fait détendue, elle sirota une tasse de thé en parcourant le journal. A peine avait-elle terminé que l'appareil amorçait déjà sa descente sur Los Angeles. Concentré, Chandler pilotait le petit avion avec assurance. Sur le tarmac de l'aéroport, une limousine les attendait. Meg avait raison : ce serait un week-end très glamour !

Ils bavardèrent joyeusement pendant le trajet jusqu'à l'hôtel Bel-Air. Là, tous les employés saluèrent chaleureusement Chandler, et le sous-directeur en personne les escorta jusqu'à leurs chambres. Chandler avait réservé la somptueuse suite qu'il demandait à chacune de ses venues. Paris découvrit avec émerveillement la suite qu'il avait retenue pour elle ; malgré ses protestations, il avait déjà réglé leur séjour.

— Chandler, c'est magnifique, murmura-t-elle, gênée par toutes ces marques d'attention.

Ils déjeunèrent dans la salle à manger de l'hôtel, admirant les cygnes qui glissaient gracieusement sur l'étang. Chandler lui proposa ensuite une balade shopping sur Rodeo Drive. La limousine les attendait ; d'une petite voix timide, Paris avoua que l'idée la tentait.

— Mais vous n'êtes pas obligé de venir avec moi, si vous n'en avez pas envie, s'empressa-t-elle d'ajouter. J'aimerais juste regarder quelques boutiques ; je n'ai jamais le temps, quand je viens voir Meg.

Ils avaient tout l'après-midi devant eux ; la soirée ne commençait qu'à 19 heures. Paris avait l'habitude de se préparer rapidement ; après une douche revigorante, elle se maquilla légèrement, attacha ses cheveux en chignon et le tour fut joué. Toujours ponctuelle, elle était aussi parfaitement organisée, qualités que Chandler appréciait beaucoup.

Ils passèrent un après-midi joyeux et détendu dans les luxueuses boutiques de Rodeo Drive.

Contrairement à la grande majorité des hommes, Chandler aimait faire les magasins ; il connaissait toutes les bonnes adresses et l'attendit patiemment pendant qu'elle parcourait les rayonnages. Elle put même essayer quelques vêtements sans qu'il manifestât le moindre signe d'impatience. Sur le chemin du retour, avec le plus grand naturel, il lui tendit un paquet de chez Chanel où il lui avait acheté un cadeau, pendant qu'elle essayait des pulls et un chemisier en solde. En fin de compte, elle n'avait acheté qu'une paire d'escarpins noirs tout simples, parfaits pour le travail. D'un geste hésitant, elle accepta le paquet et posa sur lui un regard profondément embarrassé.

— Chandler, vous n'auriez pas dû...

— Ce n'était pas une obligation, en effet, mais j'avais envie de vous gâter un peu. Vous le méritez, Paris. Je tiens à ce que vous passiez un excellent week-end ; désormais, vous ne pourrez plus regarder ce qu'il y a à l'intérieur de ce paquet sans vous souvenir de notre équipée à Rodeo Drive !

Paris souleva délicatement le couvercle de la boîte et retint son souffle en découvrant un superbe sac à main en lézard noir. Elle l'avait admiré sur un rayonnage, avant de poursuivre sa visite du magasin, refroidie par son prix extravagant. Et Chandler l'avait acheté, sans qu'elle s'en aperçoive...

— Chandler ! Oh, mon Dieu ! s'écria-t-elle d'un ton incrédule. Il est absolument magnifique.

— Il vous plaît ?

— Je l'adore ! Mais il ne fallait pas, vraiment... Je suis affreusement gênée.

Sur une impulsion, elle se pencha vers lui et effleura sa joue d'un doux baiser. C'était la première fois qu'un homme qu'elle connaissait à peine lui offrait un cadeau aussi coûteux. L'attention était à la fois généreuse et délicate... Paris était profondément bouleversée.

Chandler, de son côté, avait l'habitude de couvrir de cadeaux les femmes qui traversaient sa vie, même si elles n'étaient pas encore ses maîtresses. Il ne demandait rien en échange. Simplement, il savait que Paris penserait à lui chaque fois qu'elle prendrait ce sac ; pour lui, c'était une sorte d'investissement, une manière de l'impressionner, il ne s'en cachait pas.

De retour à l'hôtel, sur l'initiative de Chandler, ils allèrent se faire masser chacun de leur côté. Ils s'étaient donné rendez-vous à 19 heures, et Paris eut tout le temps de prolonger les effets relaxants du massage dans un bain chaud. Comme attiré par un aimant, son regard revenait sans cesse sur le sac en lézard. N'y tenant plus, elle appela Meg pour tout lui raconter. Contre toute attente, sa fille réagit prudemment.

— Fais attention, maman. S'il t'offre un cadeau de cette valeur, c'est forcément qu'il a une idée derrière la tête. Il va te sauter dessus dès que l'occasion se présentera...

Paris ne put s'empêcher de rire.

— Pour être franche, j'avais un peu peur de ça, moi aussi, mais je ne crois pas que ce soit

278

son genre. C'est un homme très correct, plein de retenue.

— Attends ce soir, marmonna Meg avant de raccrocher.

Elle retourna au travail, tenaillée par l'inquiétude. Sa mère ne savait pas à quoi elle s'exposait en fréquentant cet homme. Apparemment, il ne reculait devant rien pour la séduire, et cet empressement lui parut tout à coup suspect. A moins qu'il ne soit follement amoureux d'elle, mais n'était-ce pas un peu précipité ? Non, à en juger par ce que lui avait dit sa mère, ce type avait tout du séducteur professionnel. Tant que cette dernière gérait la situation, il n'y avait aucune raison dc dramatiscr. Mais lc pourrait-elle longtemps ?

A 18 h 55, Chandler frappa à la porte de sa chambre, plus séduisant que jamais dans un smoking confectionné sur mesure par un tailleur londonicn. Il rcssemblait plus que jamais à une star hollywoodienne. Paris aussi était éblouissante. La longue robe blanche moulait divinement sa silhouette sculpturale. Pour l'occasion, elle avait légèrement accentué son maquillage et agrémenté son chignon de deux piques en strass. Des diamants brillaient à ses oreilles. Une courte veste en vison blanc réchauffait sa robe de soirée qui retombait souplement sur ses sandales à talons en cuir argenté, ornées de boucles en strass. Ce fut avec une fierté non dissimulée que Chandler la prit par le bras pour pénétrer dans le Beverly Hills Hotel.

Le prestigieux établissement avait été littéralement pris d'assaut par l'équipe de son ami Walter Frye, qui était l'une des figures les plus importantes de l'industrie du disque, comme Paris ne tarda pas à le découvrir. Les flashs crépitèrent de toutes parts lorsqu'ils entrèrent dans le hall de l'hôtel.

— Vous êtes très belle, Paris, glissa Chandler à son oreille en lui caressant la main.

Ils se frayèrent un chemin parmi les photographes amassés autour d'eux. Quatre fois nominée par le jury des Grammy Awards, vêtue d'une incroyable robe en dentelle ivoire qui semblait avoir été cousue sur elle, la jeune Allison Jones avançait devant eux, tandis que la grande gagnante de l'année précédente, Wanda Bird, leur emboîtait le pas. Chanteuses d'exception, toutes deux avaient été révélées par Walter Frye.

Ce fut une soirée féerique. Huit cents convives étaient réunis dans le vaste salon de réception et parmi eux se trouvaient les plus grands noms de l'industrie musicale, qu'ils soient chanteurs, producteurs, imprésarios... Les photographes ne savaient plus où donner de la tête. Au milieu de cette foule célèbre et élégante se trouvait Walter Frye, qui les accueillit avec chaleur.

Une heure plus tard, tous les invités furent priés de passer dans la salle à manger. Paris ne fut guère étonnée de se retrouver à la table de Walter Frye, assise entre Chandler et Stevie Wonder.

— C'est fabuleux, murmura-t-elle à l'oreille de Chandler.

— C'est une belle soirée, n'est-ce pas ? fit-il, aussi à l'aise qu'un poisson dans l'eau.

— Une très belle soirée, renchérit Paris, qui avait l'impression de vivre un rêve.

Dès que le dessert fut servi, les lumières se tamisèrent et les chanteurs se succédèrent sur la scène, tous extraordinaires, nominés ou non, acclamés par le public qui chanta avec eux, applaudit, s'anima au son des mélodies. Le spectacle dura trois heures. Emerveillée par cette débauche de talent, Paris aurait aimé qu'il ne s'arrête jamais. Si seulement ses enfants avaient pu voir ça ! La croiraient-ils seulement quand elle leur raconterait cette soirée exceptionnelle ? Il était minuit passé quand le spectacle toucha à sa fin, et plus de 1 heure lorsqu'ils regagnèrent l'hôtel.

— Voulez-vous prendre un dernier verre au bar ? proposa Chandler.

— Avec plaisir, répondit Paris avec empressement, répugnant à l'idée de mettre un terme à cette soirée enchanteresse.

Il commanda un verre de brandy, tandis qu'elle optait pour une flûte de champagne.

— Le spectacle était extraordinaire, commentat-elle en portant à ses lèvres d'un air rêveur le liquide doré. Je n'oublierai jamais cette soirée.

Un sourire heureux étira les lèvres de son compagnon.

— Je me doutais bien que cela vous plairait.

— C'est un mot trop faible pour qualifier ce que j'ai ressenti ce soir. C'était absolument… féerique.

Ils bavardèrent jusqu'à la fermeture du bar, une heure plus tard. Chandler l'accompagna jusqu'à la porte de sa chambre, et l'embrassa sur la joue en lui souhaitant une bonne nuit. Dans la journée, elle lui avait parlé de Meg et il avait gentiment proposé de l'inviter à venir déjeuner avec eux le lendemain. Sa spontanéité et sa chaleur humaine enchantaient Paris. Jamais encore, elle n'avait connu quelqu'un d'aussi ouvert, d'aussi généreux. C'était une expérience unique, inoubliable. En entrant dans sa chambre, elle aperçut le sac en lézard posé sur la table. Cédant à la tentation, elle s'en empara et alla se mirer dans la psyché. Le ravissement et l'incrédulité brillaient dans son regard. Comment le remercier ?

Elle appela Meg le lendemain matin, d'humeur rieuse.

— Qu'y a-t-il de si drôle ? demanda Meg en étouffant un bâillement avant de rouler sur le côté. Maman, il n'est que 9 h 30 !

— Je sais, mais je voulais t'inviter à déjeuner. J'aimerais beaucoup que tu rencontres Chandler, chérie.

— Est-ce qu'il t'a... demandée en mariage ? demanda Meg, prise de panique.

— Non... et il ne m'a pas sauté dessus non plus.

— Tu as passé une bonne soirée, hier ?

— Oh, Meg, c'était merveilleux, commença-t-elle avant de se lancer dans le récit détaillé de la réception.

— Il faut vraiment que je fasse sa connaissance, conclut Meg.

— Rejoins-nous chez Spago à 12 h 30, ça te va ?

— J'ai hâte d'y être. Puis-je venir avec Anthony ?

— Il est présentable ?

— Franchement : non, répondit Meg sans ambages. Mais il a d'excellentes manières… et il ne dissertera pas sur les bienfaits des lavements intestinaux, lui !

— C'est déjà ça, fit Paris en riant.

Autour de la table du petit déjeuner, elle prévint Chandler que Meg ne serait pas seule.

— Pas de problème. Je suis impatient de les rencontrer tous les deux, répondit-il avec enthousiasme.

D'un ton résigné, Paris signala qu'elle déclinait toute responsabilité pour ce qui concernait le look du nouvel élu. Quand elle décrivit Peace à grand renfort de détails cocasses, Chandler partit d'un rire sonore.

— Mon fils aussi sortait avec des filles du même genre… jusqu'à ce qu'il rencontre sa « moitié ». C'est une jolie jeune femme tout à fait ordinaire. Au bout de six mois, ils étaient mariés et ils ont maintenant deux enfants, bientôt trois. Comme quoi, il faut toujours garder espoir, conclut-il avec bonne humeur. Pour ma part, je n'ai pas eu sa chance. Jusqu'à présent, en tout cas.

Mal à l'aise, Paris feignit d'ignorer son sourire entendu. Elle ne se sentait pas encore prête à s'engager dans une relation sérieuse… D'ailleurs, le serait-elle un jour ? Forçant son courage, elle confia ses craintes à Chandler. C'eût été malhonnête de le bercer d'illusions.

— Je comprends tout à fait, dit-il avec douceur. Laissez-vous encore du temps, Paris. On ne sort jamais indemne de ce genre d'épreuve. Personnellement, il m'a fallu plusieurs années pour me remettre de la trahison de mon ex-épouse.

L'amertume qui durcissait sa voix chaque fois qu'il évoquait son ex-femme donnait à croire qu'il n'était pas encore tout à fait remis, malgré les années.

— Pour être franche, j'ignore si je serai prête un jour à vivre une aventure durable. J'ai encore l'impression d'être mariée à Peter.

— J'ai ressenti la même chose pendant longtemps. Soyez patiente, Paris. Je le serai, en tout cas. Je suis là, n'est-ce pas ?

Paris hocha la tête, profondément reconnaissante de tout ce qu'il faisait pour elle. Elle avait eu beaucoup de chance de rencontrer un homme comme lui !

Ils restèrent encore un moment dans le jardin de l'hôtel Bel-Air, avant de se rendre chez Spago. Ils arrivèrent au restaurant à 12 h 30 pile ; Meg et Anthony les rejoignirent vingt minutes plus tard. La jeune femme était ravissante, comme d'habitude. Son compagnon, en revanche, était hirsute et dépenaillé. Il portait un pantalon et un tee-shirt noirs tout chiffonnés et de gros anneaux aux oreilles. Ses cheveux gras pendaient sur ses yeux ;

un tatouage représentant un long serpent ornait son avant-bras. Malgré son apparence négligée, il avait un beau visage aux traits délicats. Nullement dérangé par son allure, Chandler engagea la conversation avec le plus grand naturel. Paris, elle, fut incapable de fournir un tel effort. Elle n'aimait pas Anthony, et son aversion dépassait l'apparence plus que douteuse du jeune homme. Il lui parut arrogant et prétentieux, émaillant constamment ses propos de noms de personnalités qu'il semblait bien connaître. Pour couronner le tout, elle le trouva condescendant à l'égard de sa fille, comme s'il lui faisait une fleur en acceptant de sortir avec elle. L'irritation de Paris alla crescendo au fil du repas, si bien qu'elle fulminait encore lorsque les deux jeunes gens prirent congé. Anthony avait une audition dans l'après-midi et Meg comptait sur lui pour la déposer à Malibu. Paris promit à sa fille de l'appeler plus tard.

— J'ai l'impression que vous ne l'appréciez pas beaucoup, observa Chandler quand ils furent seuls.

— Ça se voyait tant que ça ? fit Paris, gênée.

— Pour l'œil averti du père seulement. N'oubliez pas que j'ai déjà connu tout ça. On est parfois obligés de faire profil bas, nous autres, les parents. Mais ça passe vite, en principe. Ce jeune homme m'a paru très ambitieux. Tôt ou tard, il jettera son dévolu sur quelqu'un qui pourra l'aider dans sa carrière.

Meg n'était qu'assistante de production, évidemment... Paris sentit son cœur se serrer. Elle espérait seulement qu'Anthony ne la rendrait pas malheureuse.

— Je l'ai trouvé vaniteux, imbu de sa petite personne et terriblement narcissique.

— N'est-ce pas une condition *sine qua non* pour débuter une carrière d'acteur ? plaisanta Chandler. C'est un garçon intelligent ; je crois qu'il ira loin. Meg est-elle follement amoureuse de lui ? ajouta-t-il, dubitatif.

— J'espère que non. Le précédent était bizarre. Celui-ci est carrément épouvantable.

— Vous en verrez d'autres, avant qu'elle trouve l'homme de sa vie. J'avais renoncé à comptabiliser le nombre de conquêtes de mon fils, vous imaginez ! Heureusement, dès que je commençais à me faire du souci au sujet d'une de ces filles, elle se volatilisait sans demander son reste.

— C'est exactement ce que je vis avec mes enfants ! Enfin, surtout avec Meg. La vie privée de Wim est beaucoup moins mouvementée... avant son entrée à l'université, en tout cas. Je préférerais ne pas me mêler de leurs affaires, mais en même temps je suis terrifiée à l'idée qu'ils fassent de mauvais choix.

— Ne vous inquiétez pas pour eux. Ils ont besoin de s'amuser un peu, de vivre plusieurs expériences. Vous verrez, ce type aura disparu de la scène avant que vous ayez le temps de dire ouf.

— C'est tout ce que je souhaite, fit Paris tandis qu'ils quittaient le restaurant. Merci beaucoup en tout cas de nous avoir invités.

Chandler secoua la tête.

— Ce fut un plaisir, répondit-il avec une sincérité réconfortante.

Chandler Freeman était vraiment un homme hors du commun, très tolérant, plein de tact et de délicatesse. Ils passèrent la fin de l'après-midi dans des galeries d'art et visitèrent le musée du Los Angeles County, avant de regagner l'hôtel. Ce soir-là, ils dînèrent à l'Orangerie et Chandler commanda du caviar pour lui faire plaisir. D'un ton rieur, Paris lui reprocha de trop la gâter. Quand ils rentrèrent à l'hôtel, elle se sentait heureuse, parfaitement détendue après la soirée exquise qu'ils venaient de passer. Au moment de lui souhaiter bonne nuit, il captura ses lèvres dans un long baiser auquel elle s'abandonna sans retenue. Il s'écarta et l'enveloppa d'un regard empreint de tendresse et de retenue mêlées avant de tourner les talons.

Un moment plus tard, alors qu'elle était en train de brosser ses cheveux devant la coiffeuse, Paris interrogea son reflet. Que se passait-il ? Imperceptiblement, presque à son insu, elle s'éloignait de Peter. C'était la première fois en vingt-six ans qu'elle embrassait un autre homme que lui. Pis encore : elle avait apprécié le baiser de Chandler et regrettait presque qu'il ne l'ait pas invitée dans sa chambre. Troublée par ces pensées, elle eut du mal à trouver le sommeil.

Bien qu'il ne se soit encore rien passé entre eux, elle sentait que la situation commençait à lui échapper. Inéluctablement.

19

Après un copieux petit déjeuner au Bel-Air, ils regagnèrent San Francisco le dimanche midi à bord du jet de Chandler. A 14 h 30, elle était de retour chez elle, ravie de son week-end.

— J'ai vraiment l'impression d'être Cendrillon, déclara-t-elle tandis qu'il portait son sac jusqu'à la porte. Attention : je risque de me transformer en citrouille d'une seconde à l'autre.

— Impossible. Je trouverai toujours un moyen de retenir Cendrillon, répliqua-t-il en souriant. Je vous appelle bientôt, d'accord ?

Sans attendre de réponse, il la prit dans ses bras et l'embrassa avec ardeur. Au prix d'un effort, Paris parvint à refouler la sensation de culpabilité qui l'assaillit brusquement, comme si ses voisins l'épiaient et la condamnaient, alors même qu'elle n'en connaissait aucun...

Comme promis, Chandler l'appela dans la soirée.

— Vous me manquez, confessa-t-il d'une voix suave.

Paris sentit son cœur chavirer.

— Vous me manquez aussi, dit-elle sincèrement.

— Quand allons-nous nous revoir ? Demain, c'est possible ?

— J'ai une grosse journée au bureau. Que diriez-vous de mardi ?

— Parfait ! Puis-je vous inviter à dîner chez moi ? Je vous concocterai un petit repas dont vous me direz des nouvelles.

— Ne prenez pas la peine de cuisiner... Je peux vous aider, si vous voulez.

— Ce serait formidable ! lança Chandler avec entrain.

Avant de raccrocher, il promit de la rappeler le lendemain.

Le lundi matin, Bix l'attendait de pied ferme au bureau. Une expression faussement sévère assombrissait son visage.

— Alors, comment était-ce ?

— Merveilleux. Mille fois plus agréable que ce que j'avais imaginé. Et Chandler s'est comporté en parfait gentleman.

— C'est précisément ce que je redoutais, marmonna Bixby.

Paris haussa les sourcils d'un air espiègle.

— Pourquoi ? Vous auriez préféré qu'il me viole ?

— Non. Mais les hommes honnêtes n'ont rien de parfaits gentlemen. Ils deviennent même franchement irritables quand ils connaissent les affres de la frustration. Ils sont impatients, détestent faire les magasins et… à propos, avez-vous fait du shopping tous les deux ?

Paris pouffa.

— Oui ! Et il m'a offert un sac Chanel !

Bixby se rembrunit.

— C'est encore pire que ce que je craignais. Est-ce que Peter a déjà fait ça pour vous : vous emmener faire du shopping et vous offrir un sac Chanel ?

— Non. Il préférait une séance chez le dentiste à une virée shopping, c'est dire !

— Précisément. Ce type est trop lisse pour être vrai, Paris. A votre place, je me méfierais. Généralement, les hommes sont maladroits, ils ne pensent qu'à vous attirer dans leur lit, sans belles paroles et gros cadeaux. Sauf ceux qui ont une grande expérience en la matière, évidemment.

— Je ne crois pas qu'il soit puceau, si c'est ce que vous insinuez.

Bixby leva les yeux au ciel.

— Heureusement pour lui ! En revanche, il m'a tout l'air du play-boy chevronné.

— Il a rencontré des femmes depuis son divorce, certes, mais il n'est pas encore tombé sur celle qu'il lui fallait.

— Désolé, je ne marche pas là-dedans. Je connais des centaines de femmes très bien qui ne demandent qu'à rencontrer des types gentils et honnêtes. Il aurait pu se poser, s'il en avait réellement eu envie.

— Peut-être. Mais il semblerait que ce ne soit pas aussi facile que ça.

— Ne me dites pas qu'un homme comme lui a du mal à faire des rencontres intéressantes ! Il a de l'argent, une Ferrari, un jet privé… Franchement, j'ai du mal à croire qu'il soit malheureux…

— Les femmes bien ne courent pas forcément après ça, objecta Paris. Tenez, il me prépare un bon dîner, demain soir.

— N'en jetez plus, je suis au bord du malaise, fit Bix en se carrant dans son fauteuil, l'air inquiet.

— Qu'y a-t-il de mal à faire la cuisine ?

— Est-ce que Peter vous mijotait de bons petits plats ? riposta Bix du tac au tac.

— Pas s'il pouvait l'éviter.

Elle marqua une pause. Son visage s'assombrit tout à coup.

— Peter m'a quittée pour une autre. C'est ça, pour vous, un type bien ? Personnellement, je n'en suis pas très sûre, lâcha-t-elle, consciente qu'elle le formulait pour la première fois. Chandler a connu les mêmes déboires que moi. Il se montre prudent, c'est tout, conclut-elle avec fermeté.

— Pour ma part, je pense que c'est un homme très occupé. Je suis sorti avec un type comme lui, une fois. Il était plein d'attentions délicates et me couvrait de cadeaux incroyables : montres, chaînes en or, vestes en cachemire, voyages, je n'avais jamais été aussi gâté. Ce fut le bonheur parfait jusqu'à ce que je découvre qu'il entretenait trois autres petits copains et que c'était le plus beau salaud de la terre. Ce type avait une pierre à la place du cœur. Quand il a commencé à se lasser de moi, il refusait de me parler au téléphone. J'étais fou de chagrin ; c'était avant que j'apprenne la vérité, évidemment. Il n'accordait aucune importance aux relations qu'il nouait ; tout ce qu'il voulait, c'était prendre du bon temps par-ci par-là. Pour être franc, Paris, j'ai peur que Chandler ne soit comme ça, lui aussi. Un petit conseil : ne lui cédez pas trop vite.

Paris se contenta de hocher la tête. En peu de temps, Bixby et elle étaient devenus très proches ; il désirait la protéger, c'était évident, et elle ne pouvait lui en vouloir. Toutefois, elle ne partageait pas son opinion au sujet de Chandler.

Comme elle l'avait prédit, ils travaillèrent très tard ce soir-là. Le lendemain, elle quitta le bureau à 18 heures. Chandler passa la prendre chez elle un peu plus tard. Au lieu de sa Ferrari, il conduisait une vieille Bentley.

— Quelle merveille ! s'écria Paris en admirant la ligne racée du véhicule de collection.

Chandler esquissa un sourire.

— N'est-ce pas ? Je ne m'en sers presque jamais, mais je ne peux me résoudre à m'en défaire. J'étais sûr qu'elle vous plairait.

Situé au dernier étage d'un immeuble de Russian Hill, son appartement était d'une beauté saisissante. Ouvrant sur une vaste terrasse, une immense baie vitrée offrait une vue à couper le souffle. Marbre blanc, granit et cuir noir composaient l'essentiel de la décoration très masculine. Quant à la cuisine, elle était digne des plus grands restaurants. Chandler avait déjà tout préparé. Les huîtres étaient ouvertes, le homard froid reposait dans de jolies assiettes de service et il mit la dernière main au plat principal : des *capellini* au caviar. Paris l'observa, subjuguée. Avant de prendre place autour de la longue table en granit noir qui trônait dans la cuisine, Chandler tamisa l'éclairage, alluma des bougies et choisit en fond sonore quelques morceaux d'artistes qu'ils avaient entendus à la soirée de Walter Frye. Il servit à Paris un excellent bordeaux blanc pour accompagner le repas. Cette dernière savoura chaque mets, impressionnée par les talents de cuisinier de son compagnon.

Après le dîner, ils s'installèrent au salon, devant un feu dans la cheminée. Il faisait frais dehors et c'était un bonheur de se retrouver ainsi, face à la vue unique qui s'offrait à eux. Quelques minutes plus tard, ils s'embrassaient à perdre haleine. Cela faisait à peine trois semaines qu'elle le connaissait et, malgré ses propres réticences et les mises en garde de Bix, elle était en train de tomber sous le charme. Pourquoi pas, après tout ? Peter était marié à Rachel, désormais, et elle ne lui devait absolument rien, songea-t-elle tandis que le baiser de Chandler devenait plus exigeant. Il effleura sa cuisse d'une caresse aérienne, comme s'il craignait de l'effaroucher. Quand il s'écarta pour plonger son regard dans le sien, elle se sentit fondre entre ses bras.

Un long moment plus tard – une éternité, aux yeux de Paris –, ils s'allongèrent sur le lit, débarrassés de leurs vêtements.

— Paris, je n'irai pas plus loin, si vous n'en avez pas vraiment envie, murmura-t-il avec une grande douceur.

— J'en meurs d'envie, chuchota-t-elle pour toute réponse.

Un sourire aux lèvres, il enfouit sa tête entre ses seins et les couvrit de mille caresses exquises. Leurs corps se mêlèrent et s'unirent dans un ballet parfait. Il prit possession d'elle avec ardeur et délicatesse. Dans ses bras, elle découvrit des plaisirs qu'elle n'avait jamais connus avec Peter. Ils dormirent étroitement enlacés et firent de nouveau l'amour au matin. Cela non plus, Peter ne l'avait jamais fait. En se levant, elle fut assaillie par un sentiment de déloyauté, mais son malaise se dissipa dès qu'elle prit place en face de Chandler pour le petit déjeuner. Rayonnant et détendu, il lui adressa un sourire charmeur. Ainsi, elle n'avait pas rêvé. C'était bien la réalité.

— C'était merveilleux, murmura-t-il.

A son grand désarroi, Paris sentit ses joues s'empourprer. Chandler partit d'un rire amusé.

— C'est vrai, admit-elle en prenant le verre de jus d'orange qu'il lui tendait.

Il la ramena chez elle, pour qu'elle puisse se changer avant de partir travailler. Et à l'heure du déjeuner, il l'invita dans le petit restaurant italien qu'il affectionnait. Cette fois, Paris n'en souffla mot à Bixby. La nuit qu'elle avait passée avec Chandler avait chassé ses derniers doutes. Ils étaient amants désormais, et ce qu'elle éprouvait pour lui ne regardait qu'elle.

Au cours du déjeuner, elle rassembla son courage avant de poser la question qui l'avait taraudée toute la matinée. C'était la première fois qu'elle expérimentait ce genre de situation et elle tenait à agir en adulte responsable.

— Je... peut-être serait-il plus... ne devrions-nous pas faire un test du sida, avant d'aller plus loin ?

Chandler avait pris ses précautions et elle lui en était reconnaissante, mais ce serait plus simple et plus sûr aussi, à ses yeux en tout cas, d'entreprendre cette démarche.

— Tant que nous utilisons des préservatifs, ce n'est pas la peine, répondit-il avec un sourire rassurant.

Paris hocha la tête, trop heureuse de changer de sujet. Ces questions la mettaient mal à l'aise. En outre, elle n'aurait pas à se préoccuper de contraception tant qu'il utiliserait des préservatifs.

Ce soir-là, il vint la chercher après le travail et elle passa de nouveau la nuit chez lui. Le lendemain, elle reçut un coup de téléphone de Meg au bureau.

— Maman, est-ce que tout va bien ? demanda la jeune femme d'un ton inquiet. J'ai essayé de t'appeler hier soir et avant-hier, assez tard, mais tu n'étais pas chez toi. Tu travaillais ?

— Non... je... j'étais sortie avec Chandler.

— Il s'est passé quelque chose ?

— Non, bien sûr que non. Tout va très bien, chérie. Nous sommes juste rentrés un peu tard, c'est tout.

— Tant mieux. Je t'en prie, maman, ne cède pas tout de suite à ses avances, ajouta Meg d'une voix presque solennelle.

Ses paroles lui rappelèrent celles de Bix. Réprimant un soupir agacé, Paris la remercia de sa sollicitude et raccrocha. Tout le monde soupçonnait Chandler des pires intentions, alors qu'il la traitait avec tant de délicatesse ! Elle n'aurait jamais cru qu'un tel bonheur fût possible. Elle se sentait si épanouie qu'elle aurait aimé appeler Anne Smythe pour lui raconter sa belle aventure. Mais elle n'eut pas le temps de souffler avant le week-end. Ils avaient deux mariages à assurer le samedi. Le premier se termina à 2 h 30 du matin et l'autre à 4 heures, de sorte qu'elle ne vit pas Chandler du week-end. Compliquées à gérer, les réceptions de mariage nécessitaient leur présence du début à la fin. Mais Chandler se montra très compréhensif. Elle l'invita à dîner chez elle le dimanche soir. Elle aurait aimé lui présenter Wim, mais son fils était déjà pris.

Aussi passèrent-ils une soirée tranquille en tête à tête. Elle prépara un repas beaucoup moins sophistiqué que le dîner qu'il lui avait servi – salade et pâtes fraîches, le tout accompagné d'une bonne bouteille de vin. Ils firent longuement l'amour, puis Chandler s'excusa. Il devait absolument rentrer chez lui, car il avait une réunion très tôt le lendemain matin.

Ils filèrent un bonheur parfait, trois semaines durant. Paris passait tout son temps libre avec lui, le plus souvent dans son appartement. Terminées, les souffrances de la solitude ; elle avait l'impression de vivre en plein conte de fées. Jamais encore elle n'avait rencontré quelqu'un d'aussi prévenant, généreux et doux. Plus les jours passaient, plus elle éprouvait l'envie de faire le fameux test du sida, afin de se sentir plus proche de lui.

Un soir, alors que Chandler continuait à repousser cette idée, elle décida de nouveau d'aborder la question.

— Une fois que nous serons rassurés l'un et l'autre, nous pourrons dire adieu aux préservatifs. Ce serait quand même plus simple, non ? risqua-t-elle prudemment.

— C'est toujours mieux de se protéger, argua-t-il en sortant de la salle de bains pour la rejoindre au lit.

Il possédait un corps parfaitement découplé et ses talents d'amant dépassaient tout ce dont elle avait rêvé. Malgré tout, Paris ne put s'empêcher de poser la question qui l'avait tourmentée tout l'après-midi, même si elle pensait connaître la réponse.

Appuyée sur un coude, elle le dévisagea en souriant.

— Tu ne couches avec personne d'autre que moi, n'est-ce pas ? Je veux dire, depuis que nous sommes ensemble… ?

Un sourire indolent naquit sur les lèvres de Chandler, tandis qu'il titillait du bout du doigt ses tétons durcis par le désir.

— C'est une question très sérieuse, fit-il.

— Qui demande une réponse toute simple. En ce qui me concerne, notre relation est parfaitement exclusive, ajouta-t-elle, reprenant le terme qu'employait souvent Meg.

— *Exclusive…* c'est un grand mot, fit-il observer en roulant sur le dos.

Il fixa le plafond d'un air absent. Une sourde appréhension gagna Paris.

— Que veux-tu dire, au juste ?

Il se tourna vers elle, planta son regard dans le sien.

— Je n'ai couché avec personne d'autre que toi depuis que nous nous fréquentons. D'un autre côté, cela pourrait arriver. Il est encore trop tôt pour que nous nous engagions l'un envers l'autre.

— Je ne parle pas d'engagement, rectifia Paris d'une voix étonnamment posée. Je désire seulement vivre avec toi une relation exclusive ou monogame, comme tu préfères.

— Tant que j'utilise des préservatifs, je ne vois pas où est le problème. En aucun cas je ne mettrais ta santé en danger, Paris.

— Mais tu ne peux pas me promettre qu'il n'y aura personne d'autre… ?

— Non. Je n'ai pas envie de te mentir. Nous sommes deux adultes. Tout est possible, nous le savons bien.

Frappée de stupeur, Paris le scruta avec attention.

— Dois-je comprendre que tu te réserves le droit de rencontrer d'autres femmes ?

— Tu ne me laisses pas le temps pour ça, répliqua-t-il d'un ton léger.

Mais il voyageait beaucoup, et il y avait toutes ces soirées où elle était coincée au travail. Abasourdie, elle se redressa et l'enveloppa d'un regard sombre. Jamais elle n'aurait cru qu'il ne partageait pas sa conception du couple, marié ou non.

Allongé à côté d'elle, Chandler laissa échapper un soupir impatient.

— Tu n'as jamais abordé la question, fit-il remarquer.

— Parce que je ne jugeais pas nécessaire de le faire. Je pensais que nous voyions les choses de la même manière. Tu m'as pourtant avoué que notre relation était différente... à part.

— C'est la vérité. Mais nous ne sommes pas mariés, Paris. Nous connaissons toi et moi la fragilité de ce lien, non ?

— Non, protesta Paris d'une voix plaintive. Je ne sais rien de tout ça, justement. Je suis toujours restée fidèle à mon mari et ce fut réciproque pendant plus de vingt ans. De toute façon, là n'est pas la question.

Une tristesse infinie se peignit sur son visage. La réalité venait de la rattraper, aussi brutale que cruelle. Il ne s'agissait pas de mariage, justement. C'était une simple liaison.

— Je ne veux pas te partager avec d'autres femmes, insista-t-elle d'un air buté.

Chandler se rembrunit.

— Je ne suis pas ta propriété.

— Ce n'est pas ce que je veux dire ! J'aimerais simplement être sûre que tu ne coucheras avec personne d'autre tant que nous serons ensemble.

— Notre liaison est trop neuve pour que je puisse te promettre ça, Paris. Nous sommes deux

adultes, libres et responsables. Imagine que tu suc-
combes aux charmes d'un autre homme...

— Ça ne m'arrivera pas tant que je serai avec
toi, coupa-t-elle sèchement. Et si jamais, pour une
raison ou pour une autre, cela devait se produire, tu
serais le premier informé.

— C'est très généreux de ta part, mais je ne puis
te promettre la même chose. La vie nous réserve
des surprises, tu sais.

— M'en parlerais-tu après coup, si cela devait
arriver ?

— Pas forcément. Je ne te dois rien, après tout.
Pas après six semaines. Je changerai peut-être de
position dans six mois, si nous sommes toujours
ensemble. Mais nous avons encore le temps d'y
songer.

Paris secoua la tête, interloquée.

— Peux-tu me dire d'où viennent toutes ces
règles que j'ignore ? Que se passe-t-il au bout de
trois mois, de six mois... au bout d'un an ? Qui a
établi ce drôle de code ?

— Tout dépend de l'arrangement qu'ont pris
les deux partenaires, répondit-il avec nonchalance
comme si la conversation ne l'affectait pas.

Paris chercha son regard.

— Et nous, quel arrangement avons-nous pris ?

— Aucun, pour le moment. Nous prenons du
bon temps, c'est tout. Pourquoi vouloir davantage ?

Paris se leva avec raideur.

— Parce que cela ne me suffit pas, répondit-
elle en jetant un coup d'œil par-dessus son épaule.
J'ai besoin de savoir que je suis la seule femme

dans ta vie, ou au moins dans ton lit, pour le moment.

— Ce n'est pas raisonnable, enfin !

— Si, au contraire ! Il n'y a pas que le sexe et les bons moments dans la vie. Nous avons aussi besoin de respect, de franchise et de promesses.

— Tu n'es pas bien avec moi ? demanda-t-il en roulant sur le côté pour la regarder.

Elle se rhabillait avec des gestes mécaniques.

— Si. Mais j'ai besoin d'autre chose, de… sécurité.

— Laisse-nous un peu de temps, voyons. Il est encore trop tôt pour parler de ça. Je t'en prie, Paris, ne gâche pas tout.

— Tu viens de le faire à ma place, répliqua-t-elle.

En même temps, elle ne pouvait lui reprocher son manque d'honnêteté.

— Attendons de voir, les choses se feront naturellement entre nous, tu sais. Mais on ne peut pas présager de l'avenir.

— Et en « attendant de voir », il n'est pas exclu que tu aies envie de coucher avec d'autres femmes, c'est ça ?

— Ça ne m'est pas encore arrivé, mais rien n'est impossible.

— Désolée, Chandler, je n'ai pas envie de passer mon temps à me demander si tu m'as trompée ou non. Comment pourrais-je te faire confiance, maintenant que je connais ton mode de fonctionnement ? Alors que toi, tu serais parfaitement tranquille. Je ne chercherais pas à te trahir.

— Mais je ne t'en demande pas tant. Il s'agit d'un arrangement réciproque.

— Je vois, lâcha Paris d'un ton méprisant : chacun pour soi, on couche avec qui nous plaît et le tour est joué ! C'est pathétique. Vraiment affligeant. Je ne pourrai jamais me contenter de ça. J'ai besoin d'amour et de fidélité pour être heureuse.

— Je ne t'ai jamais menti. Je ne vais pas commencer aujourd'hui.

— Non, fit-elle tristement, mais tu ne me dirais rien non plus. Je me trompe ?

Comme il ne répondait pas, elle l'enveloppa d'un regard empreint de résignation.

— Si jamais tu changes d'avis, appelle-moi, lança-t-elle finalement tandis que d'autres mots, plus acerbes, lui brûlaient les lèvres.

« Si jamais tu acceptes de grandir et de prendre enfin la vie au sérieux… »

— J'ai passé d'excellents moments en ta compagnie. Mais notre discussion d'aujourd'hui a tout gâché ; je ne pourrais plus être heureuse auprès de toi, sachant que tu me tromperas peut-être demain. Parce que je ne supporterais pas de me sentir trahie. Je suis restée très vieux jeu dans ce domaine.

— Tout ce qui t'intéresse, c'est le mariage, parce que ça te donne l'impression de tout contrôler, déclara Chandler avec cynisme. Mais nous ne sommes pas mariés, figure-toi. Tu devrais au contraire profiter de ta liberté, Paris, c'est un grand privilège. Quoi qu'il en soit, tu ne me priveras pas de la mienne, conclut-il d'un ton glacial.

— J'en ai bien profité… l'espace d'un instant…
et tu as tout gâché.

— Tu perds ton temps, décréta-t-il en se levant,
visiblement contrarié.

Sans prendre la peine de se couvrir, il vint se
poster devant elle.

— De nos jours, personne ne fonctionne plus
comme ça… Ta conception du couple est totalement obsolète.

— Peut-être, admit Paris, mais je suis sûre que
je ne suis pas la seule à penser ainsi. Merci pour
tout, lança-t-elle en se dirigeant vers la porte la
tête haute.

Elle s'immobilisa dans le hall et appela l'ascenseur, espérant à moitié que la porte s'ouvrirait sur
Chandler, qu'il la supplierait de revenir sur sa décision. Mais au fond d'elle, elle savait qu'il n'en
ferait rien. La leçon était douloureuse. Quelles que
soient les règles établies par Chandler Freeman
dans ses relations amoureuses, elles n'étaient pas
pour elle. *Il* n'était pas pour elle.

Bixby avait vu juste. Depuis le début.

20

Elle rompit avec Chandler à la fin du mois de mars. Bix attendit deux semaines entières avant d'aborder le sujet. Il avait remarqué que Chandler ne l'appelait plus au bureau. Après s'être réfugiée dans un mutisme inaccoutumé pendant quelques jours, Paris s'était jetée à corps perdu dans le travail. Ils étaient en train de planifier une réception de mariage, tard dans la soirée, lorsque Bix demanda à brûle-pourpoint :

— Aurais-je raté un épisode ? J'ai l'impression que Chandler n'a pas appelé depuis un petit bout de temps… Je me trompe ?

Elle hésita un moment avant de hocher la tête.

— Non, c'est exact. Il n'appelle plus.

— Vous vous êtes disputés ? Ou bien vous êtes-vous lassée du caviar et des belles voitures ?

Paris ne put s'empêcher de sourire. Elle commençait tout juste à surmonter la peine et l'humiliation qui l'avaient terrassée juste après la rupture. Elle aurait dû se méfier, mais elle n'avait

304

rien vu venir. Chandler n'avait pas donné signe de vie depuis leur ultime discussion. Il avait disparu de sa vie, tout simplement. La leçon avait été amère, même si, quelque part, elle en sortait grandie. Et elle répugnait à l'admettre, mais il lui manquait. Il s'était montré si tendre, si attentionné à son égard ! En plus d'être un amant magnifique... Pour la première fois depuis le départ de Peter, grâce à lui, elle s'était de nouveau sentie femme. Elle lui devait au moins ça, même si elle n'était pas sortie indemne de leur brève liaison.

— Ça n'a pas marché. J'ai commis une erreur de jugement.

Elle hésita de nouveau, avant de lui raconter sa mésaventure.

— Quel salaud ! s'insurgea aussitôt Bix. C'est minable, comme attitude.

— Vous trouvez, c'est vrai ?

Il avait beau avoir huit ans de moins qu'elle, il était beaucoup plus expérimenté en matière de relations humaines et son avis comptait beaucoup pour elle. Les valeurs auxquelles elle avait toujours cru étaient-elles vraiment dépassées ?

— Oui, c'est minable, confirma Bix. Quel manque de délicatesse ! Sans compter que son discours ne tient pas debout. Cela dit, beaucoup de gens raisonnent comme lui, hommes et femmes confondus. Personnellement, je ne suis pas d'accord avec leur façon de voir les choses. On ne devrait pas avoir à demander à son partenaire s'il ne voit personne d'autre. Les gens honnêtes ne sortent pas avec plusieurs personnes en même temps. Je ne me suis jamais conduit comme ça. Steven non plus. En revanche, il m'est arrivé de tomber sur des gens qui partagent cette conception des relations amoureuses. Ils continuent d'ailleurs à collectionner les aventures. Et alors, me direz-vous ? Le plus triste, c'est qu'ils ne reçoivent pas d'amour et que la plupart d'entre eux sont incapables d'aimer. C'est à se demander s'ils s'aiment eux-mêmes.

Paris poussa un soupir.

— J'ai vraiment eu l'impression d'être d'une autre planète quand il m'a expliqué sa façon de voir les choses. Tout cela paraissait parfaitement logique pour lui, il aurait convaincu n'importe qui, j'en suis sûre… sauf moi. Cela dit, ça m'aura servi de leçon. Désormais, je ne coucherai plus jamais avec quelqu'un qui ne m'aime pas. Dire que je croyais qu'il éprouvait des sentiments pour moi… et que j'étais en train de tomber amoureuse de lui. En réalité, ce n'était pas de l'amour mais simplement du désir. Ça m'apprendra à tout confondre ! J'ai tout perdu du jour au lendemain.

— Il vous reste un magnifique sac en lézard, plaisanta Bix.

Paris ne put s'empêcher de rire.

— C'est vrai. Quel drôle de marché : mon intégrité contre un sac à main.

— Vous n'avez pas sacrifié votre intégrité, puisque vous ne saviez pas ce qui se passait.

— En tout cas, je me suis trompée sur toute la ligne.

— Au moins, vous ne commettrez pas deux fois la même erreur. Et puis, c'était votre première liaison, une sorte d'épreuve du feu. Vous aurez plus de chances de trouver quelqu'un de bien, désormais, conclut Bix en la gratifiant d'un sourire rassurant.

Paris fronça les sourcils.

— Combien de crapauds vais-je devoir embrasser avant de tomber sur le prince charmant ?

— Quelques-uns. Nous sommes tous passés par là. Ne vous inquiétez pas pour les gerçures, ça s'efface facilement.

— Je ne sais pas si j'aurai le courage de recommencer. Ça fait mal, malgré tout.

— C'est vrai, et c'est aussi très déprimant. En fait, c'est l'enfer, ces histoires de rendez-vous galants !

— Merci, Peter, lança-t-elle d'une voix teintée d'amertume. C'est sa faute si j'en suis réduite à ça !

Bix hocha la tête. C'était ça, la vie, après une rupture. Celui qui décidait de partir coulait des jours heureux, tandis que l'autre se débattait avec sa solitude et ses déceptions. Rien de bien réjouissant.

— Je devrais le détester pour tout ce qu'il me fait subir, mais j'en suis incapable ! J'espère seulement que je ne me languirai pas de lui jusqu'à la fin de mes jours. Il ne se passe pas un jour sans que je pense à lui, avoua-t-elle d'une voix étranglée. Suis-je vraiment obligée, à mon âge, de sortir avec des inconnus comme une midinette pleine d'illusions ? C'est pathétique !

— Non, Paris, c'est la vie, un point c'est tout. Nous sommes tous obligés de repartir de zéro, à un moment ou à un autre, que ce soit à la suite d'une rupture ou d'un décès...

— Comme Steven, murmura Paris en songeant tout à coup au compagnon de Bix, qui avait perdu son ami neuf ans plus tôt. Mais il a eu de la chance, ajouta-t-elle dans un pâle sourire. Son chemin a croisé le vôtre.

— Rien n'est jamais parfait, vous savez, fit observer Bix d'un ton sibyllin.

Paris le considéra d'un air étonné. S'étaient-ils querellés ?

— Quelque chose ne va pas ?

— Ça pourrait être pire... et ça le sera sans doute, un jour.

— Je ne comprends pas...

— La vie n'est pas une bluette, Paris. L'ami de Steven est mort du sida. Steven est séropositif. La maladie ne se déclarera peut-être jamais, mais elle plane comme une ombre au-dessus de nos têtes. Il ne m'a jamais caché son état. Chaque jour passé auprès de lui me comble de bonheur, c'est ce qui compte à mes yeux. J'aimerais tellement que cette sale maladie le laisse en paix...

Des larmes embuèrent son regard lorsqu'il prononça ces derniers mots. En proie à une vive émotion, Paris le serra dans ses bras. Ils s'étreignirent un long moment. Bix esquissa un sourire à travers ses larmes.

— Je l'aime tellement, vous savez. C'est un type formidable.

— Comme vous, murmura Paris, la gorge nouée.

La vie était décidément très injuste… Elle avait parfois l'impression de sortir d'une petite bulle aseptisée et d'ouvrir les yeux sur un monde nouveau.

— Vous savez, Paris, si j'étais attiré par les femmes – ce qui n'est pas le cas, Dieu merci, les hommes sont suffisamment compliqués comme ça… –, je crois que je craquerais pour vous.

— Serait-ce une proposition ? le taquina Paris en esquissant un sourire.

— Absolument… mais pas exclusivement… Désolé, je continuerai à coucher avec des hommes… sans vous le dire, bien entendu… Mais après tout, qui a dit que notre relation était exclusive ? Alors, ça vous va comme ça ?

— Où dois-je signer ?

Ils éclatèrent de rire en même temps et Bix secoua lentement la tête. Il prenait un plaisir immense à parler avec Paris. Elle était comme une sœur, pour lui.

— Je vous avais pourtant mise en garde contre Chandler Freeman.

— Je savais que vous finiriez par me le faire remarquer ! Chandler est le roi des beaux parleurs. Il m'a confié un jour qu'il n'avait pas vibré ainsi depuis quatorze ans. Alors, que dites-vous de ça ?

— Qu'il vous endormait. Les types comme lui sont prêts à tout pour obtenir ce qu'ils veulent. Ne vous inquiétez pas, quand vous rencontrerez le bon, vous saurez d'instinct que c'est lui.

— J'espère.

Ils rangèrent le bureau, soulagés et heureux de s'être confié leurs soucis. Leur amitié grandissait au fil des jours et c'était réconfortant pour chacun d'eux de pouvoir compter sur l'autre, au-delà du cadre professionnel.

En rentrant chez elle un peu plus tard, Paris appela Meg. A son grand désarroi, sa fille fondit en larmes au bout du fil.

— Chérie, que se passe-t-il ? Tu t'es disputée avec Anthony ?

— C'est pis que ça... J'ai découvert qu'il sortait avec une autre fille. Ou plutôt, une autre femme. C'est une productrice connue ; ils sont amants depuis plusieurs semaines.

Ainsi, son ambition avait fini par le rattraper. Paris n'était pas vraiment surprise ; Meg non plus, en réalité. Elle avait vite cerné la personnalité du jeune acteur. Simplement, elle avait espéré qu'ils resteraient un peu plus longtemps ensemble. Leur histoire avait été aussi brève que celle de Paris et Chandler : six petites semaines.

— Je suis désolée, ma puce. Au fait, j'ai rompu avec Chandler. Si tu venais passer le week-end à la maison ? suggéra-t-elle.

Ses meubles étaient arrivés quelques semaines plus tôt, et elle se sentait vraiment chez elle désormais. Eclairée de sa touche personnelle, la maison était splendide.

Meg se moucha, avant de demander :

— Que s'est-il passé avec Chandler ?

— A peu près la même chose. J'ai commis l'erreur de penser que j'étais la seule femme dans sa vie. Je ne savais pas qu'il fallait d'abord poser la question.

— Ça m'est déjà arrivé à l'université, expliqua Meg d'un ton docte. Il faut toujours demander.

— Pourquoi n'étais-je pas au courant ?

— Parce que ça ne te servait à rien, jusqu'à présent en tout cas. La prochaine fois, tu te montreras plus prudente. Et si la réponse est non, claque-lui la porte au nez. C'est une condition *nécessaire* à la poursuite d'une relation.

— Accepterais-tu de rédiger mon prochain contrat ? plaisanta Paris.

— Avec plaisir !

Il y eut un silence et Meg soupira.

— C'est vraiment déprimant, tu ne trouves pas ? Je commence à me demander si je rencontrerai un jour la bonne personne. En tout cas, ce ne sera pas à Los Angeles.

Paris sentit son cœur se serrer. Si, à vingt-quatre ans, Meg baissait déjà les bras, qu'allait-elle devenir, elle qui fêterait ses quarante-sept ans au mois de mai ?

— Ça n'est guère plus réjouissant ici, fit-elle observer d'un ton morne.

— C'est partout pareil, hélas ! Mes copines new-yorkaises rencontrent le même genre de déboires. Les types qu'elles rencontrent sont tous des menteurs ou des coureurs ; quand on leur parle d'engagement, ils prennent leurs jambes à leur cou. Et quand, par bonheur, on tombe sur un gars vraiment bien, il vous annonce qu'il est homo. J'en ai assez, j'abandonne.

— Pas à ton âge, voyons ! Tu es toute jeune, Meg, tu finiras bien par trouver chaussure à ton pied. C'est moi qui suis trop vieille pour espérer refaire ma vie.

— Ne raconte pas de bêtises, maman. Tu es belle et dynamique. Je crois que je vais accepter ton invitation pour ce week-end, ajouta-t-elle sans transition. Ça me changera les idées. Je broie du noir, en ce moment.

— Moi aussi. On se mettra au lit devant la télé, avec un gros pot de glace au chocolat.

— Excellente idée !

Paris alla la chercher à l'aéroport le vendredi soir. Elle était libre tout le week-end. Elles respectèrent leur programme à la lettre : confortablement installées au lit, elles regardèrent de vieux films à la télé, sans même se donner la peine de s'habiller, le samedi et le dimanche. Quand Wim arriva à l'improviste le dimanche midi, il n'en crut pas ses yeux.

— Vous êtes malades ou quoi ? demanda-t-il en les considérant d'un air incrédule. Tu as une mine affreuse, ajouta-t-il à l'adresse de sa sœur.

Celle-ci le gratifia d'un sourire éclatant. Elle avait passé un excellent week-end avec sa mère et elle se sentait déjà beaucoup mieux.

— Je sais.

— Nous venons de passer un week-end de remise en forme psychologique, expliqua Paris d'un ton laconique.

— C'est quoi, au juste ?

— Eh bien, on est restées au lit à regarder de vieilles comédies romantiques en pleurant toutes les larmes de notre corps et en maudissant tous les mâles de cette planète, expliqua Meg. Mon copain m'a trompée avec une autre, ajouta-t-elle avant de lui raconter sa mésaventure.

— C'est un nullard, fit Wim, compatissant.

— Et toi, alors ? Comment vont tes amours ? demanda Meg comme Paris leur tendait à chacun un bol de soupe, avant de s'asseoir près d'eux sur le canapé. Tu as déjà fait des conquêtes sur le campus ?

— Des dizaines, répondit-il fièrement. On a lancé un concours, avec mes colocataires : c'est à celui qui sortira avec le plus de filles en un temps record. J'en ai attrapé douze en deux semaines, conclut-il d'un air faussement candide.

L'indignation se lut sur le visage de sa sœur.

— Quels salauds… C'est le truc le plus débile que j'aie jamais entendu ! Pour l'amour du ciel, Wim, il y a assez d'abrutis comme ça sur cette planète. Je t'en prie, ne deviens pas comme eux ! Accroche-toi aux vraies valeurs.

— Que suis-je censé faire pour te plaire ? Me marier dans l'année ? Arrête un peu, Meg, je ne suis qu'un gosse ! conclut-il en haussant les épaules avec nonchalance.

— Alors comporte-toi au moins en môme raisonnable, le rabroua Meg tandis que Paris l'appuyait d'un hochement de tête. Agis comme un type bien, traite les femmes avec respect et délicatesse. Le monde a cruellement besoin d'hommes droits et honnêtes… dans ton genre.

— Je n'ai pas envie d'être un « type bien », pas encore. Pour le moment, je veux m'éclater.

— Pas aux dépens de tes copines, Wim, c'est tout ce que j'espère, intervint Paris.

— C'est une question de dignité et d'humanité, renchérit sa sœur. On est tous responsables du bonheur des autres.

Wim fit la moue.

— Ouais, je sais. Mais parfois, on a envie d'expériences nouvelles. On ne peut pas toujours assumer ses responsabilités.

— Si, justement, insista Meg. Tu ferais bien de commencer dès maintenant. Après tout, tu auras bientôt dix-neuf ans ; il n'est jamais trop tôt pour se comporter en gentleman. Je compte sur toi, Wim, conclut-elle d'un ton presque solennel.

— Je suis vraiment obligé ? fit-il en terminant son bol de soupe.

Son regard naviguta entre sa mère et sa sœur. Que leur arrivait-il, à toutes les deux ? Il n'était pas venu jusqu'ici pour se faire sermonner !

— Oui, je le crains, répondit Paris. Parce que si tu continues à prendre les choses à la légère, tu finiras par blesser quelqu'un.

Comme elle prononçait ces paroles, l'image de Peter envahit son esprit. Si Wim ne comprit pas l'allusion, elle n'échappa pas à Meg.

21

Paris ne songea pas à sortir après sa rupture avec Chandler. Le mois de mai avançait, les mariages de juin approchaient avec des milliers de détails à régler. Ils en organisaient sept en tout. Meg vint la voir le jour de son anniversaire ; elle arriva dans la soirée et repartit le lendemain matin, par le premier avion. Paris fut très touchée par la délicatesse de sa fille. Au bureau, Bix lui avait offert un gâteau et une belle étole en cachemire turquoise qui ferait sensation sur une petite robe noire. Deux jours plus tard, elle se rendit à Berkeley pour fêter l'anniversaire de Wim. C'était un mois bien rempli.

Puis vint le jour où Peter l'avait quittée, un an plus tôt. Avant même de savoir pourquoi, elle se réveilla avec une boule au fond de la gorge et un poids sur la poitrine. Alors elle se souvint. Au bureau, elle fut calme et grave toute la journée. Intrigué, Bix finit par la questionner et elle se confia. En rentrant chez elle ce soir-là, elle se mit au lit et pleura toutes les larmes de son corps.

Beaucoup de choses positives s'étaient produites au cours de l'année passée, mais si une bonne fée lui avait donné une baguette magique, elle aurait souhaité retourner auprès de Peter, le retrouver tel qu'il avait été pendant leurs vingt-quatre années de vie commune. Sans aucune hésitation.

Mais c'était ainsi, tout avait basculé un an plus tôt, pas forcément pour le meilleur. Quand elle faisait le bilan, tout n'était pas si sombre. Il y avait eu son déménagement à San Francisco, la maison qu'elle avait aussitôt faite sienne et ce travail sensationnel, véritable planche de salut que lui avait tendue Bix... Et enfin, Bix et Steven, justement, ses nouveaux amis. Malgré tout, Peter lui manquait encore terriblement et elle craignait qu'il n'en soit toujours ainsi. Personne ne parviendrait jamais à combler le vide qu'il avait laissé dans son cœur en partant. A son grand soulagement, elle se sentit glisser lentement dans le sommeil. C'était la fin d'une journée douloureusement éprouvante...

Quelques jours plus tard, Sydney Harrington l'appela au bureau. Elle avait une proposition à lui faire. Elle voulait organiser un petit dîner en l'honneur d'un de ses vieux amis, de passage à San Francisco, mais elle souhaitait d'abord le présenter à Paris. C'était un artiste de Santa Fe, un sculpteur qui travaillait surtout l'argile. Selon Sydney, c'était un homme très ouvert qui lui plairait sans aucun doute.

Peu emballée par l'idée, Paris resta délibérément évasive. Mais après que Sydney eut chanté les louanges de son ami pendant un bon quart d'heure, elle finit par capituler et accepta de déjeuner avec eux. Elle se sentait encore redevable envers Sydney ; n'était-ce pas elle qui l'avait chaudement recommandée à Bix, près de quatre mois plus tôt ? En outre, Sydney était une femme intelligente et cultivée ; elle possédait un goût irréprochable et un jugement sûr. Bref, Paris limitait les risques en acceptant son invitation.

Quand elle en parla à Bix dans l'après-midi, ce dernier leva les yeux au ciel en riant.

— Saurais-tu par hasard quelque chose que j'ignore ? demanda-t-elle, gagnée par une sourde appréhension.

— Non, mais tu connais mon aversion pour les rendez-vous arrangés. Je ne t'ai jamais parlé du vieillard de quatre-vingt-deux ans que son infirmière particulière avait déposé au restaurant où nous avions rendez-vous ? J'avais vingt-six ans à l'époque ct l'ami qui m'avait arrangé le rendez-vous espérait que j'égaierais un peu ses vieux jours. Le pauvre vieux était presque impotent, il pouvait à peine articuler un mot. Je me suis effondré en quittant le restaurant. Et encore, ce n'était pas le pire...

— J'aime quand tu m'encourages ainsi, coupa Paris. Cette fois, hélas, je n'ai pas pu m'esquiver. Sydney m'a carrément forcé la main. Apparemment, c'est un ami de longue date.

— Nous sommes tous aveugles, quand il s'agit d'amitié. Où habite-t-il ?

— A Santa Fe. C'est un artiste.

— Oublie-le. C'est tout simplement impossible d'un point de vue géographique. Que vas-tu faire d'un type qui vit à Santa Fe, même s'il est formidable ?

— Oh, mon Dieu, dans quel guêpier me suis-je encore fourrée ? gémit Paris. Il y a trois mois, je jurais mes grands dieux que je n'accepterais jamais de rencontrer des inconnus. Et voilà qu'aujourd'hui, je sers de distraction à un artiste de passage… Que dois-je faire, Bix ?

— Vas-y, ça fera plaisir à Sydney. N'oublie pas qu'on va l'épuiser, en juin, avec tous ces mariages.

Elle s'occupait du repas pour cinq d'entre eux, ce qui représentait un travail colossal… et beaucoup d'argent.

Le jour du rendez-vous, Paris se leva fatiguée et de mauvaise humeur. Pour couronner le tout, son sèche-cheveux provoqua un court-circuit, manquant d'incendier la maison, sa voiture tomba en panne sur la route du bureau et elle avait un gros rhume.

— J'ai autant envie d'aller à ce rendez-vous que de me pendre, confia-t-elle à Bix.

— Tu ne peux pas faire faux bond à Sydney. Allez, courage.

— Vas-y à ma place et dis-moi à quoi il ressemble.

— Ce n'est pas une mauvaise idée, répliqua Bix en riant. Mais c'est toi qu'on attend, alors à toi de jouer !

Ils devaient se retrouver dans un restaurant mexicain à quelques rues de là. Paris n'aimait même pas la cuisine mexicaine… Sydney l'attendait déjà quand elle arriva. Son ami était en train de garer la voiture. Sans doute l'avait-il garée dans une autre ville, car il s'écoula une bonne demi-heure avant qu'il daigne enfin les rejoindre. Vêtu d'un poncho indien et coiffé d'un chapeau de cow-boy, il s'avança vers elles d'un pas titubant. Comme Paris le soupçonnait d'être ivre, Sydney s'empressa d'expliquer :

— Il a un problème aux oreilles ; ça perturbe son équilibre. Mais à part ça, c'est un type formidable

Paris se força à sourire lorsqu'il arriva à leur table. Il sourit à son tour avant de s'asseoir, ôtant son chapeau pour le poser sur la chaise inoccupée. Une épaisse couche d'argile noircissait le bout de ses ongles. Il possédait un physique saisissant ; Paris crut même qu'il avait des origines indiennes, mais il la détrompa avec véhémence quand elle lui posa la question

— Je déteste ces gens-là, déclara-t-il d'un ton abrupt. Ce sont tous des ivrognes, la vraie plaie de Santa Fe.

Paris se rembrunit. Son indignation grandit lorsqu'il prononça une tirade similaire sur les Noirs. Etrangement, il oublia de vilipender les Juifs… Profondément raciste, il n'hésita pas à faire une remarque désobligeante sur leur serveur mexicain, qui entendit ses paroles et les gratifia tous les trois d'une œillade assassine. Nul doute qu'il cracherait dans leurs plats en cuisine, songea Paris… et elle ne lui jetait pas la pierre !

— Sydney m'a dit que vous étiez artiste, commença-t-elle en s'exhortant au calme.

Le repas serait un véritable cauchemar, mais elle n'avait pas d'autre choix que de l'endurer jusqu'au bout. Sa foi dans le jugement de Sydney s'était volatilisée dès que l'homme avait franchi le seuil du restaurant.

— J'ai apporté des photos de mon travail, annonça-t-il fièrement.

Il s'appelait William Weinstein, ce qui expliquait sans doute pourquoi il avait épargné les Juifs dans ses remarques xénophobes. Né à Brooklyn, il s'était installé à Santa Fe dix ans plus tôt. Il sortit une enveloppe de sa poche, sélectionna quelques clichés et les tendit à Paris. Toutes ses sculptures représentaient des symboles phalliques hauts de trois mètres, façonnés dans de l'argile. A croire que ce type-là était un pénis ambulant !

— C'est une démarche très intéressante, déclara Paris en feignant un vif intérêt. Utilisez-vous des modèles vivants ? ajouta-t-elle par esprit de provocation.

Loin de se démonter, le sculpteur acquiesça d'un signe de tête.

— En fait, c'est le mien que je prends comme modèle.

Et il partit d'un rire tonitruant, qui se transforma vite en quinte de toux inextinguible. En plus de ses ongles noirs, ses doigts étaient maculés de traces de nicotine.

— Montez-vous à cheval ? demanda-t-il sans transition.

— Oui, mais ça fait une éternité que je n'en ai pas eu l'occasion. Et vous ?

— Bien sûr. J'habite dans un ranch perdu en plein désert ; je m'y rends toujours à cheval. Il faut compter deux jours pour y arriver. Il n'y a ni l'électricité, ni l'eau courante. Vous devriez venir, un de ces quatre.

— Ce n'est pas trop isolé ?

— C'est justement ce que j'apprécie : l'isolement, répondit William. Ma femme, elle, détestait ça. La pauvre ne rêvait que d'une chose : retourner à New York. Elle est morte l'an dernier.

Paris se contenta de hocher la tête, frappée de stupeur. Comment Sydney avait-elle pu croire que son ami lui plairait ?

— Je suis désolée... pour votre épouse.

— Moi aussi. Cela faisait presque cinquante ans que nous étions mariés. J'ai soixante-treize ans, voyez-vous.

Dieu merci, les plats arrivèrent à ce moment-là. Paris avait commandé une *quesadilla*, le mets le plus sobre qu'elle ait trouvé sur la carte. Le sculpteur, lui, avait opté pour un ragoût aux couleurs étranges qu'accompagnait une montagne de haricots rouges.

— Les haricots sont excellents pour la santé, commenta-t-il en plongeant sa fourchette dans son assiette. J'en mange presque tous les jours. Le seul problème, c'est qu'ils font péter. Vous aimez les haricots ?

Paris manqua s'étrangler. Indifférente à sa mine consternée, Sydney raconta que William était un ami de son père, artiste lui aussi ; elle s'était également sentie très proche de son épouse. Au fond d'elle, Paris plaignit sincèrement cette pauvre femme. Sa vie n'avait pas dû être drôle tous les jours, coincée dans un ranch perdu avec un rustre de la pire espèce... Peut-être s'était-elle suicidée, songea-t-elle avant de s'excuser pour se rendre aux toilettes. Dès qu'elle fut seule, elle sortit son portable de son sac et composa le numéro direct de Bix, au bureau.

— Alors, il est beau gosse ? demanda ce dernier sans préambule.

— Si tu ne me sors pas de ce guet-apens le plus rapidement possible, je risque de commettre l'irréparable ! Soit j'étrangle Sydney, soit je mets fin à mes jours, j'hésite encore.

— J'en conclus qu'il est laid comme un pou.

— Bix, c'est un homme préhistorique déguisé en cow-boy ! Il se sert de son pénis comme modèle pour sculpter des phallus de trois mètres de haut !

— Hé, si son pénis est aussi impressionnant que ça, ça vaut peut-être le coup d'aller à Santa Fe. Je viendrai peut-être avec toi...

— Arrête tes bêtises ! Appelle-moi dans cinq minutes. Je leur dirai qu'il y a une affaire urgente à régler au bureau.

— Une affaire urgente ? répéta Bix d'un ton franchement amusé. Quel genre d'affaire urgente ?

Paris poussa un soupir irrité.

— Je m'en moque complètement ! Tout ce que je veux, c'est que tu me tires d'affaire au plus vite !

— J'avais cru comprendre, susurra Bix. Il t'a montré des photos de son pénis ?

— Plus ou moins. Ses sculptures sont affreuses.

— La critique d'art est un métier, ma chère. C'est peut-être un type bien, au fond…

— Ecoute, il est mille fois plus repoussant que ton vieillard impotent, ça te va, comme tableau ? coupa Paris, de plus en plus agacée.

— Impossible, objecta Bix. C'était l'enfer.

— C'est exactement ça. Appelle-moi sur mon portable dans cinq minutes.

— D'accord, d'accord, c'est comme si c'était fait. Entre-temps, tu as intérêt à songer à une bonne excuse. Sydney n'est pas bête, tu sais. Elle verra clair dans ton jeu.

— Sydney a complètement perdu la tête, si elle croyait que ce type allait me plaire ! C'est une parfaite névrosée… à moins qu'elle ne m'ait prise en grippe…

— Mais non, elle t'apprécie beaucoup, au contraire ; elle me le disait encore la semaine dernière. Au fait, Paris… ?

— Quoi ?

— Pense à m'apporter une photo de son pénis.

Paris étouffa un juron.

— Je te donne cinq minutes pour m'appeler… ou je démissionne ! Je suis très sérieuse.

Avant de regagner la table, elle prit le temps de se remettre une touche de rouge à lèvres. A son arrivée, le sculpteur leva brièvement les yeux de son assiette.

— Vous êtes jolie avec du rouge à lèvres. Cette couleur vous va bien.

— Merci, fit Paris en souriant.

Elle venait de prendre sa fourchette quand la sonnerie de son portable retentit.

— Je déteste ces machins-là, marmonna William tandis qu'elle répondait.

A l'autre bout du fil, Bix déblatérait les choses les plus obscènes qu'elle ait jamais entendues. Réprimant un fou rire, Paris fronça les sourcils.

— Comment ? Oh non, ce n'est pas vrai ! s'écria-t-elle d'un ton incrédule en jetant un coup d'œil inquiet vers Sydney. Oh, Bix, c'est affreux... Je suis désolée... Quand, maintenant ? Je... Eh bien, en fait, je suis en train de déjeuner avec Sydney et un de ses amis... D'accord, d'accord, calme-toi, je t'en prie. J'arrive dans cinq minutes. Et surtout, ne bouge pas avant mon retour.

Elle coupa la communication et posa sur Sydney un regard consterné.

— Que se passe-t-il ? s'enquit cette dernière, inquiète.

— C'est Bix. Le pauvre est tellement douillet.

Par pure provocation, elle se tourna vers William, un sourire insolent aux lèvres.

— Il est homosexuel.

— Je déteste les pédés, lâcha l'autre avant de roter bruyamment.

— Je n'en attendais pas moins de vous, susurra Paris avant de reporter son attention sur Sydney. Il s'est fait mal au dos, il est bloqué.

La compréhension se lut sur le visage de Sydney. Elle aussi souffrait du dos, Paris le savait. Elle était même obligée de porter un corset pour travailler.

— J'ignorais qu'il avait des problèmes de dos.

— Il est tombé et il n'arrive plus à se relever. Il m'a demandé de le conduire chez le chiropracteur. Sinon, il sera obligé d'appeler une ambulance.

— Le pauvre, je sais ce qu'il ressent ! Je souffre d'une hernie discale et, quand elle se réveille, je suis clouée au lit plusieurs semaines d'affilée. Veux-tu que nous venions te donner un coup de main ?

— Ce n'est pas la peine, je vais me débrouiller, Sydney. Merci, en tout cas.

— On devrait tous les abattre, ces pédés, intervint le sculpteur en ponctuant ses propos d'un autre rot sonore.

— Excusez-moi, il faut que je file, déclara Paris en se levant.

Au prix d'un effort, elle tendit la main à William.

— Je vous souhaite un bon séjour à San Francisco. Ce fut un plaisir de faire votre connaissance. Et bonne chance pour votre travail.

— Vous voulez dire pour ma quéquette ? lança-t-il en éclatant de rire, bientôt secoué par une nouvelle quinte de toux.

— Absolument : bonne chance pour ça aussi. Salut, Sydney. Merci encore pour l'invitation.

Sur un petit signe de la main, elle se rua vers la sortie. Une fureur incontrôlable l'habitait. Elle fulmina pendant tout le trajet. Quand elle fit irruption dans le bureau, Bix l'attendait, tout sourire.

— Alors, où est-elle ?

— Où est quoi ? Fais attention à toi, Bix, j'ai de grosses envies de meurtre !

— La photo de son pénis.

— Ne m'adresse plus jamais la parole. Jamais, tu m'entends ? La consigne vaut aussi pour Sydney. Je ne veux plus entendre parler de vous jusqu'à la fin de mes jours ! Ce type est un détraqué de la pire espèce. Pour ton information, il hait les pédés ; s'il ne tenait qu'à lui, il les ferait tous exécuter. Il déteste aussi les Noirs et les Indiens d'Amérique.

— Ce type commence à me plaire. A quoi ressemble-t-il ?

— A un zombie. Il vit dans un ranch sans eau ni électricité.

— Je commence à comprendre pourquoi il fait des sculptures de son pénis. Le pauvre diable s'ennuie à mourir dans sa cambrousse !

— Arrête, Bix, je ne veux plus t'entendre. C'est clair ? Et c'est la dernière fois – la DERNIERE fois de ma vie, tu entends ? – que j'accepte un de ces foutus rendez-vous à la noix !

— Ouais, ouais, je connais la chanson, railla Bix en s'adossant à son fauteuil. Je l'ai chantée, moi aussi. Et tu sais quoi ? Eh bien, j'ai replongé. Et tu replongeras toi aussi.

— Va te faire voir ! explosa Paris en s'éloignant vers son bureau.

Elle claqua la porte si violemment que la comptable émergea de son petit coin et parcourut la pièce d'un air effaré.

— Paris n'est pas dans son assiette ?

Bix partit d'un nouvel éclat de rire.

— Si, si, elle se porte comme un charme. Elle rentre tout juste d'un rendez-vous galant, arrangé par Sydney en personne.

— Ça n'a pas fonctionné ? demanda la comptable d'un ton plein de sollicitude.

Un sourire espiègle joua sur les lèvres de Bix, tandis qu'il secouait la tête.

— Je n'en ai pas l'impression, madame Simpson. C'est le triste sort des rendez-vous arrangés, vous ne pensez pas ?

22

En mai, Paris et Bix eurent à peine le temps de souffler. A leur grande surprise, ils parvinrent à gérer de main de maître les sept mariages du mois de juin. Paris n'avait jamais autant travaillé de sa vie et Bix lui confia que c'était également la première fois qu'il fournissait des efforts aussi intenses en un laps de temps aussi court. Les réceptions furent toutes somptueuses, les jeunes mariées folles de bonheur et les mères incroyablement fières de leur progéniture… Quant aux pères, ils réglèrent des factures… renversantes ! Ce fut un mois florissant pour l'entreprise Bixby Mason Inc. Meg vint passer le dernier week-end de juin avec Paris ; ce seraient ses seules journées de répit puisqu'ils organisaient deux soirées gigantesques pour la fête de l'Indépendance, le 4 juillet.

Assises dans le jardin, elles échangèrent les dernières nouvelles, heureuses de se retrouver. La veille, Wim était parti en Europe avec une bande d'amis. Meg s'agita soudain dans son fauteuil, visiblement préoccupée.

— Toi, tu me caches quelque chose, fit Paris en dévisageant sa fille avec attention. Raconte-moi tout, je t'écoute.

Meg hésita.

— En fait, je voulais te poser une question... mais je ne sais pas par quel bout commencer.

— Ça m'a l'air très sérieux, dis-moi. Tu as rencontré quelqu'un ?

— Non.

La mère et la fille n'étaient sorties avec personne, depuis deux mois. Et Paris n'avait aucune envie que cela change. Le rendez-vous fumeux de Sydney avait été la cerise sur le gâteau. En revanche, elle espérait que sa fille rencontrerait bientôt quelqu'un de bien.

— J'ai croisé par hasard une ancienne copine de Vassar, l'autre jour, reprit Meg d'un ton prudent. Cela faisait une éternité que je ne l'avais pas vue. Elle est mariée et elle attend un bébé... Ça m'a fait tout drôle de la voir enceinte ! Elle m'a aussi annoncé une triste nouvelle. L'année de notre diplôme, sa mère était très malade ; elle avait un cancer du sein, je crois ; à l'époque, je n'osais pas trop lui en parler. Eh bien, elle est morte en juillet de la même année, ça va faire deux ans.

Paris l'écoutait avec attention, ne sachant pas trop où elle voulait en venir. Sur le point de donner la vie et ayant perdu sa mère dans des circonstances tragiques, la jeune femme ressentait peut-être le besoin de se confier à une femme d'âge mûr. Si tel était le cas, Paris la rencontrerait volontiers.

— Comment se sent-elle ? demanda-t-elle, touchée par son histoire.

— Elle avait l'air en forme. C'est une fille solide. Son mari est adorable. J'avais le béguin pour lui, à l'époque.

Ce souvenir lui arracha un sourire nostalgique. Mais quand elle se tourna vers sa mère, son regard reflétait le plus grand sérieux.

— En fait, c'est son père qui lui cause du souci. Il se sent très seul, tu comprends... alors je me demandais si... enfin, j'ai eu l'occasion de le rencontrer à plusieurs reprises et c'est un homme vraiment gentil. Je crois qu'il te plairait, maman.

— Pour l'amour du ciel, Meg... pas toi ! Je t'ai déjà dit que c'était fini ; je ne veux plus de ces rencontres artificielles, martela-t-elle d'un ton ferme.

Chandler Freeman et le sculpteur de Santa Fe l'avaient vaccinée à vie... ou tout au moins pour plusieurs années. Il était hors de question qu'elle se prête de nouveau à ce jeu idiot.

— Ne sois pas ridicule, maman. Tu n'as que quarante-sept ans, à la fin ! Tu n'as pas le droit de renoncer au bonheur. Ce n'est pas normal.

— Ça l'est pour moi. Je n'ai besoin de personne pour être heureuse. Je ne veux pas d'homme dans ma vie, Meg, c'est pourtant clair !

Elle ne pensait pas réellement ce qu'elle disait, mais un profond découragement l'habitait à la perspective de rencontrer des hommes qui ne lui plairaient pas. Le seul qu'elle désirait vraiment l'avait abandonnée à jamais.

— Et si tu passais à côté de la chance de ta vie ? insista Meg. Le père de mon amie est banquier, c'est un homme sérieux et respectable ; je peux t'assurer qu'il n'a rien du célibataire en goguette.

— Comment le sais-tu ?

— Parce que je l'ai vu récemment. En plus, il est très séduisant.

— Je m'en moque. Ce n'était pas dans le cadre d'un rendez-vous galant. Les hommes peuvent changer du tout au tout, quand ils sortent avec une femme. Au point de devenir de vrais psychopathes.

— Non, c'est faux. Certains d'entre eux sont plus farfelus que d'autres. Comme Peace, par exemple.

Paris ne put s'empêcher de sourire et Meg pouffa.

— Justement. Qui te dit que cet homme n'est pas le père de Peace ?

— Fais-moi confiance, maman. Il ressemble à papa, c'est tout à fait le même style. Costume à fines rayures, chemise et cravate, toujours bien coiffé, courtois, cultivé, père dévoué. Tout ce que tu aimes.

— Je t'en prie, Meg, je ne peux pas faire ça.

— Bien sûr que si, tu peux.

— Non, non.

Un sourire espiègle effleura les lèvres de sa fille.

— De toute façon, tu n'as pas le choix : j'ai dit à mon amie que nous irions dîner avec eux, ce soir. Elle est venue rendre visite à son père pour le week-end.

— Meg ! Je n'arrive pas à croire que tu aies fait ça ! Je n'irai pas, tu m'entends ?

— Allez, maman, tu ne voudrais tout de même pas que ta fille chérie passe pour une vilaine menteuse ! Il faut te faire une raison : c'est comme ça que les gens bien se rencontrent ; grâce à des entremetteurs ! Avant, les parents faisaient ça pour leurs enfants. Maintenant, c'est l'inverse : les enfants se chargent de présenter leurs parents divorcés, expliqua Meg avec le plus grand naturel.

Devant la détermination de sa fille, Paris finit par céder avec une mauvaise grâce flagrante.

— Je devrais me faire examiner, j'ai bien peur d'avoir perdu la tête, maugréa-t-elle en roulant vers le centre-ville.

Elles avaient rendez-vous dans un grill choisi par l'amie de Meg. Son père s'appelait Jim Thompson ; avant même de le connaître, Paris décida d'abréger la soirée autant que le permettrait la courtoisie. Elle avait revêtu un tailleur noir à la coupe stricte ; ses cheveux étaient noués en une simple queue de cheval et elle avait délibérément omis de se maquiller.

— Tu pourrais tout de même faire un petit effort, avait déclaré Meg d'un ton réprobateur. Tu ressembles à un croque-mort, maman.

— Parfait. Comme ça, il n'aura aucune envie de me revoir.

— Tu ne fais rien pour améliorer ta situation.

— Je n'ai pas envie d'améliorer quoi que ce soit, figure-toi.

— Pourtant, c'est au cours de soirées comme celle-ci que la plupart des femmes rencontrent leur second époux.

— Je te répète que je ne veux pas d'autre mari. Je suis toujours amoureuse du premier, figure-toi. Et je suis totalement allergique aux rendez-vous arrangés.

— Je sais, tu ne t'es pas remise du dernier. Considère-le comme une exception.

— Impossible. Bix garde des souvenirs de rendez-vous encore plus terribles, répliqua-t-elle d'un air renfrogné.

Elle ne sortit pas de son mutisme durant tout le trajet en voiture. Le père et la fille étaient déjà attablés quand elles arrivèrent au restaurant. Grand et élancé, Jim Thompson avait un visage grave auréolé d'une tignasse grisonnante. Il était vêtu avec élégance d'un pantalon à pinces gris et d'un blazer. Sa fille Sally était une jolie jeune femme, qui affichait une grossesse épanouie. Paris évita de croiser le regard de Jim jusqu'à ce qu'ils soient tous installés. Il semblait aimable et plein de retenue, Paris dut en convenir, et ses beaux yeux reflétaient une grande tristesse. On devinait en le regardant qu'une tragédie avait bouleversé son existence. Presque malgré elle, Paris se laissa submerger par une vague de compassion. Le dîner était déjà bien avancé quand ils se mirent à bavarder tous les deux, laissant les filles à leurs souvenirs et à leurs fous rires. Jim lui parla longuement de la maladie de sa femme et de sa douloureuse disparition. Sans même s'en rendre compte, Paris lui raconta son divorce. C'était à qui abattrait la carte la plus désespérée.

— De quoi parlez-vous, tous les deux ? demanda soudain Sally.

La culpabilité se peignit aussitôt sur leurs visages. Ce n'était pas ce qu'on pouvait appeler une conversation gaie… Comme pris en flagrant délit, Jim baissa les yeux sur son assiette. Combien de fois Sally et son fils l'avaient-ils supplié de cesser d'évoquer leur mère, surtout en présence de gens qu'il connaissait à peine ? Hélas, c'était plus fort que lui. Cela faisait presque deux ans qu'elle les avait quittés, mais, pour lui, c'était hier.

— Nous parlions de nos enfants, mentit Paris d'un ton léger.

Le frère de Sally était étudiant à Harvard ; il avait un an de plus que Wim.

— On disait que vous étiez vraiment infâmes et qu'on vous détestait, reprit-elle en coulant une œillade complice à Jim Thompson.

Ce dernier esquissa un sourire reconnaissant. Lui aussi avait accepté l'invitation de mauvaise grâce, juste pour faire plaisir à sa fille, aussi têtue que Meg. Mais à présent, il était heureux d'avoir cédé. C'était agréable de pouvoir se confier à une femme ouverte et chaleureuse.

La conversation roula sur leurs projets pour le 4 juillet. Sally et son époux partaient en week-end – probablement pour la dernière fois avant la naissance du bébé. Jim participait à une course de voiliers avec des amis. Quant à Paris, elle travaillait ; ils avaient deux pique-niques à organiser pour ce week-end festif. Jim l'écouta décrire son activité avec beaucoup d'intérêt, même s'il reconnut ne pas être attiré par les mondanités. C'était un homme calme et réservé ; le décès de son épouse l'avait plongé dans une profonde dépression, mais il avoua à Paris qu'il se sentait toujours mieux quand il se forçait à sortir.

A la fin du dîner, les filles s'embrassèrent affectueusement. En aparté, Jim demanda à Paris s'il pouvait l'appeler. Cette dernière hésita un instant. Il paraissait très vieux jeu, très attaché aux traditions. Elle finit par hocher la tête. Elle pourrait toujours l'aider à surmonter son chagrin, en tout bien tout honneur. C'était un homme séduisant, elle ne pouvait le nier, mais elle ne se sentait pas attirée par lui. Au moment de prendre congé, ils échangèrent une poignée de main polie et Jim promit à voix basse de l'appeler bientôt. Puis il s'éloigna d'un pas rapide en compagnie de sa fille. Un élan de pitié envahit Paris. Le pauvre semblait totalement désorienté. Même la courbe de ses épaules trahissait sa détresse.

— Alors, commença Meg lorsqu'elles eurent regagné leur voiture, quelles sont tes impressions ?

A l'évidence, sa mère avait passé une bonne soirée, même si elle répugnait à l'admettre. En prenant congé, Sally lui avait avoué qu'elle n'avait pas vu son père aussi loquace depuis la mort de sa mère.

— Il m'a plu. Mais pas au sens où vous l'entendez, diablesses ! ajouta-t-elle avec un petit rire. Il se sent seul et il a besoin de parler. La maladie et la disparition de sa femme l'ont complètement anéanti.

— Ça a été très dur pour Sally aussi, intervint Meg avant de regarder sa mère avec gravité. Il n'a pas besoin d'une psy, maman, mais d'une amie. Tu dégoulines de compassion, je ne crois pas que ce soit une bonne chose.

— J'ai de la peine pour lui, c'est tout.

— Eh bien, cesse de t'apitoyer. Apprécie sa compagnie, ce sera déjà pas mal.

Paris s'abstint de tout commentaire. Jim Thompson avait passé la soirée à parler des médecins qui s'étaient occupés de sa femme, de la maladie qui l'avait rongée, de sa mort, de l'enterrement somptueux qu'il lui avait offert, de la petite chapelle qu'il faisait construire à sa mémoire. Quel qu'ait été le sujet abordé, il revenait invariablement à se défunte, la regrettée Phyllis. Il avait besoin d'exorciser son chagrin, comme elle avait dû le faire pour Peter. Il était sans nul doute plus difficile de faire le deuil de son conjoint décédé que de tenter d'oublier un divorce ou une trahison. A certains égards pourtant, Paris se sentait plus veuve que divorcée, probablement à cause de la soudaineté des événements. En disparaissant de sa vie du jour au lendemain, Peter l'avait prise au dépourvu.

— Il va m'appeler, confia-t-elle à Meg, qui eut du mal à réprimer un sourire triomphant.

Le lendemain matin, ce fut Meg qui décrocha le téléphone quand Jim appela. Rayonnante, elle passa le combiné à sa mère. Ils bavardèrent un moment, puis Paris attrapa un stylo et griffonna quelques mots sur un papier en hochant la tête. Oui, bien sûr, elle serait ravie de dîner avec lui...

— Il t'a donné rendez-vous ? s'exclama Meg d'un air incrédule quand elle eut raccroché. Déjà ? Quand ?

Un sourire malicieux fendait son visage. Impassible, Paris lui fit remarquer que cela n'avait rien d'un rendez-vous romantique, qu'il s'agissait simplement d'un petit dîner entre gens de bonne compagnie.

— Tu m'en reparleras dans trois semaines, quand tu auras couché avec lui, rétorqua sa fille. Et cette fois, n'oublie pas de lui demander si tu es la seule femme qu'il fréquente !

Paris ne put s'empêcher de rire. Avec Jim Thompson, cette question lui paraissait tout à fait déplacée. D'après Sally, son père n'avait pas posé les yeux sur une femme depuis la mort de son épouse. Paris la croyait volontiers. L'avait-il réellement vue, d'ailleurs ? Tout ce qu'il désirait, c'était une oreille attentive à ses douloureux souvenirs.

— Alors, vous vous voyez quand ? insista Meg avec intérêt.

— Mardi soir.

— Tu as de la chance, c'est un homme civilisé ; au moins, tu échapperas aux gargotes qu'affectionnent mes chevaliers servants. Quand je ne

337

risque pas l'intoxication alimentaire dans des bars à sushis douteux, je me retrouve soit dans des restaus végétariens, soit devant des cafétérias tellement sordides que j'ose à peine y mettre les pieds.

— Tu devrais peut-être chercher quelqu'un d'un peu plus âgé que toi, suggéra Paris.

Meg haussa les épaules. Elle était toujours sortie avec des garçons de son âge, parfois même d'un ou deux ans ses cadets. Depuis quelque temps pourtant, leur immaturité commençait à lui peser.

— Appelle-moi pour me dire comment ça s'est passé avec M. Thompson, lança-t-elle un moment plus tard alors qu'elle s'apprêtait à partir.

Après son départ, Paris se concentra sur des tâches domestiques : ménage, lessive et repassage, avant d'entamer une semaine chargée. Dès le lundi matin, elle s'attela avec Bix aux pique-niques du 4 juillet. Et le lendemain soir, le cerveau farci de détails et d'instructions, elle faillit oublier son rendez-vous avec Jim Thompson. Comme frappée par la foudre, elle dut interrompre sa réunion avec Bix, bien obligée de lui avouer qu'elle était invitée à dîner.

— Tu as un rendez-vous galant ? demanda Bix comme s'il tombait des nues.

Paris balaya l'air d'un geste désinvolte.

— Pas vraiment.

— De quoi s'agit-il, alors ?

— Je sers de stagiaire psychiatre au papa d'une amie de Meg, qui a perdu sa femme il y a deux ans. Un cancer du sein…

— Quelle tristesse, murmura Bix avec compassion. Comment est-il ?

— Séduisant, respectable, un rien guindé. Bref : tout ce qu'il y a de plus normal.

— Parfait. Quel âge a-t-il ?

— Je lui donne cinquante-neuf, soixante ans.

— Il m'a l'air très bien, cet homme. Nous retenons sa candidature. Allez, file !

— Ne t'emballe pas, Bix. Il passe son temps à parler de sa défunte épouse. Dans son cas, ça vire à l'obsession.

— Ça lui passera grâce à toi, tu verras. Steven faisait la même chose quand je l'ai rencontré. Je n'en pouvais plus de l'entendre raconter pour la cent dix millième fois le jour où son ami était mort dans ses bras… Ça prend du temps, mais ça passe, je peux te l'assurer. Sois patiente. Donne-lui du Prozac. Ou du Viagra, je ne sais pas.

— Arrête, enfin ! C'est un simple dîner, une sorte de thérapie par la parole ; je ne suis pas sexologue, tenez-le-vous pour dit, monsieur Mason.

— Comme tu voudras. Amuse-toi bien en tout cas ! lança-t-il alors qu'elle dévalait l'escalier.

Une demi-heure plus tard, elle avait pris une douche, revêtu un pantalon gris anthracite et un pull assorti, et noué ses cheveux encore humides en une longue tresse qui pendait dans son dos. Elle venait d'enfiler ses chaussures quand le carillon de l'entrée résonna. A bout de souffle, elle alla ouvrir et invita Jim à entrer.

— Suis-je en avance ? demanda-t-il d'un ton hésitant.

Au prix d'un effort, elle se força à sourire.

— Non… non, pas du tout. J'ai été retenue au bureau, c'est une semaine particulièrement remplie pour nous. Cela dit, toutes les occasions sont bonnes pour nous donner du travail : quand ce n'est pas le 4 juillet, c'est la Saint-Valentin ou Thanksgiving, ou un anniversaire ou encore un mariage, ou un « petit dîner sans prétention » pour quarante convives au beau milieu de la semaine ! C'est passionnant, certes, mais on en ressort complètement lessivés !

— Ça a l'air distrayant, en tout cas. Vous avez de la chance. Ce n'est pas drôle tous les jours de travailler dans une banque, croyez-moi ; malgré tout, on se sent utile, d'une certaine manière.

Il prit place sur le canapé du salon et Paris lui servit un verre de vin. C'était une belle soirée ; le brouillard n'avait pas envahi la ville et il faisait encore bon dehors. Bizarrement, la température était souvent plus fraîche en été qu'au printemps.

— Votre maison est ravissante, Paris, commenta-t-il en balayant la pièce du regard, s'attardant sur les antiquités. Phyllis adorait chiner, elle aussi. Partout où nous allions, elle m'entraînait dans les brocantes et chez les antiquaires. Elle avait un faible pour les antiquités anglaises, comme vous, apparemment.

Ainsi, Phyllis n'avait pas tardé à les rattraper… Avec habileté, Paris tenta de détourner la conversation en le questionnant sur son fils. Comme Wim, il venait de partir en Europe avec quelques amis.

340

— Je ne le vois plus beaucoup, maintenant qu'il vit sur la côte Est, reconnut Jim. J'ai l'impression qu'il espace de plus en plus ses visites et je ne peux pas lui en vouloir. La maison est bien triste, désormais.

— Avez-vous des projets de vacances pour l'été ? persista Paris, bien décidée à lui changer les idées.

Ils passeraient une excellente soirée, c'était évident, si seulement Phyllis consentait à les laisser tranquilles. Jim Thompson était un homme attirant, cultivé et sérieux ; il occupait un poste élevé dans une grande banque et était père de deux enfants, comme elle. Pour Paris, c'était presque un défi de l'empêcher de parler de sa femme, et elle avait très envie de le relever, pour le salut de Jim et pour le sien. Une fois de plus, Bix avait vu juste en le décrivant comme le candidat idéal dans sa quête d'un compagnon. A plus d'un égard, Jim lui rappelait Peter. Il ne leur restait plus qu'à raccompagner gentiment Phyllis dans son cercueil.

Ils bavardèrent encore un peu, avant de quitter la maison. Jim l'emmena dîner dans une petite brasserie française. Plein de charme et de fantaisie, l'endroit raviva en Jim d'autres souvenirs. Sa femme et lui vouaient à la France une passion inconditionnelle ; ensemble, ils avaient visité Paris à plusieurs reprises. Phyllis parlait couramment le français. Incapable de stopper le raz-de- marée de souvenirs, Paris se surprit à évoquer certains épisodes de sa vie avec Peter. Elle revécut son mariage, l'étroite complicité qui les avait unis toutes ces années et enfin le choc terrible causé par son départ, aussi brutal qu'inattendu. Leur conversation prit l'allure d'un triste échange de souvenirs de guerre. Quand Paris rentra chez elle après le repas, elle se sentait épuisée. Jamais elle n'avait autant parlé de Peter depuis leur séparation.

— J'aimerais beaucoup vous revoir, déclara Jim d'un ton circonspect en la raccompagnant jusqu'à sa porte.

Paris ne lui proposa pas d'entrer. Phyllis et Peter lui avaient gâché sa soirée ; elle n'avait qu'une envie : les enterrer ensemble dans un recoin de sa mémoire. Elle aurait aimé proposer un pacte à Jim : s'ils se revoyaient, ni l'un ni l'autre n'aurait le droit d'évoquer leur ex-conjoint. C'était malheureusement délicat à dire à un homme qu'elle connaissait à peine.

— Laissez-moi vous inviter à dîner chez moi, reprit-il vaillamment.

— C'est une excellente idée, fit Paris en souriant.

Pourtant, la perspective de pénétrer dans cette maison qu'il considérait encore comme celle de son épouse la refroidissait quelque peu… Malgré tout, Jim lui plaisait et elle refusa de s'avouer vaincue dès le premier rendez-vous.

— Mais je travaille ce week-end, ajouta-t-elle.

— Que diriez-vous de dimanche soir ? suggéra-t-il avec une lueur d'espoir au fond des yeux.

De son côté, Jim avait passé une soirée très agréable. Paris l'avait séduit. Elle savait écouter et faisait preuve d'une grande sagesse.

— Ce serait parfait, répondit-elle en l'étreignant chaleureusement.

Elle ouvrit sa porte, lui adressa un petit signe de la main et rentra chez elle, soulagée d'être débarrassée des fantômes du passé.

— Alors ? C'était comment ? demanda Bix dès qu'elle arriva au bureau, le lendemain matin. Tu as passé une nuit torride entre ses bras et il te manque déjà ?

Paris esquissa une grimace.

— Pas vraiment. Je l'ai aidé toute la soirée à faire le deuil de son épouse, avoua-t-elle d'un ton résigné.

Bix secoua la tête.

— Ça suffit avec ça. Si tu ne réagis pas tout de suite, ce sera fichu. Il risque de t'associer définitivement à son épouse décédée.

Pour sa part, Bix avait conclu une sorte de pacte avec Steven : ce dernier avait le droit d'évoquer son ancien compagnon une fois par jour seulement. Cet accord avait été salvateur. Grâce à cette condition, Steven avait réussi à reprendre pied et leur relation avait enfin pu s'épanouir. Aujourd'hui, après toutes ces années, il l'évoquait rarement, ou d'une manière tout à fait sereine. Deux ans après la disparition de sa femme, Jim Thompson était encore enlisé dans son deuil.

— Super... gémit Paris, subitement découragée. Je ne vois vraiment pas pourquoi je devrais supporter ça... Que suggères-tu ?

— C'est le parcours du combattant de déloger le mort pour prendre sa place. Ecoute-moi, Paris, si les allusions au détour de la conversation ne suffisent pas, tu seras obligée de frapper fort… Tu pourrais, par exemple, lui proposer une fellation, ça le détendrait, conclut Bix avec le plus grand sérieux.

— Génial ; je lui en parlerai la prochaine fois, fit Paris entre deux éclats de rire.

Les téléphones se mirent à sonner et ne se turent pas de la journée… ni de la semaine. Les deux pique-niques se déroulèrent sans anicroche ; Bix supervisa celui de Palo Alto, tandis que Paris s'occupait de celui de Tiburon. Bix lui faisait entièrement confiance à présent qu'elle avait intégré tous les rouages du métier. Sydney Harrington participa à l'élaboration du déjeuner de Tiburon et en profita pour lui présenter ses excuses au sujet de son ami sculpteur. Paris s'empressa de la rassurer. Elle n'y était pour rien. C'était sans doute un type bien…

— Il s'est montré sous son plus mauvais jour, je suis vraiment désolée, insista Sydney. A sa décharge, je crois qu'il avait un peu bu…

Paris ne fit aucun commentaire. Le sujet clos, elles se remirent au travail.

Le dimanche, elle paressa longuement au lit. Après le mois de mai mouvementé, les mariages de juin et les buffets champêtres du 4 juillet, elle savoura avec bonheur cette journée d'oisiveté. A 18 heures, elle prit la voiture et se rendit à l'adresse que Jim lui avait indiquée. Il habitait une belle demeure ancienne dans le quartier de Seacliff. Le brouillard enveloppait davantage ce côté-là de la ville, conférant au paysage un aspect plus mélancolique. Dessinée par un célèbre architecte, la maison offrait une vue magnifique sur la baie et le pont du Golden Gate. Paris retint son souffle, émerveillée par tant de beauté. La plage de China Beach se déroulait paresseusement à quelques pas de là. Jim lui confia qu'il aimait s'y promener, dès que son emploi du temps le lui permettait. Phyllis adorait cette plage, elle aussi. Paris réprima un soupir. Ainsi, elle les avait rejoints, avant même qu'elle ait eu le temps d'ôter sa veste. Et Peter ne tarda pas à lui emboîter le pas.

— Peter et moi aimions beaucoup marcher en bord de mer, nous aussi, dit-elle avant de se mordre les lèvres.

Elle n'en revenait pas d'avoir prononcé ces mots-là ! A croire qu'au contact de Jim Thompson, tous les souvenirs qu'elle avait péniblement réussi à enfouir dans un coin de son cœur resurgissaient avec une violence inouïe. C'était incroyable… et extrêmement dangereux.

Jim était en train de s'affairer en cuisine. Il avait préparé un rôti accompagné d'une mousseline d'asperges et de petites pommes de terre dauphine. Avant même qu'il ouvre la bouche, elle devina ce qui allait suivre : Phyllis et lui aimaient beaucoup cuisiner ensemble. Un frisson la parcourut lorsque son regard se posa sur le vieux chapeau de paille encore suspendu derrière la porte de service. Le chapeau de Phyllis, bien sûr… Deux ans s'étaient écoulés depuis sa mort et, visiblement, rien n'avait bougé dans la maison.

Comme si Jim ne souhaitait pas vraiment faire son deuil…

— C'est une grande maison pour une seule personne, admit-il en prenant place à table. Mais les enfants y sont très attachés et moi aussi, bien sûr. Ils ont grandi ici, vous comprenez. Je ne peux pas me résoudre à la mettre en vente.

Paris retint son souffle, mais Phyllis ne se montra pas cette fois-ci. Elle en était arrivée à compter le nombre de fois où il prononçait son nom.

— J'ai éprouvé la même chose avec ma maison de Greenwich, riposta-t-elle. Je me suis sentie complètement perdue après le départ de Peter. Et quand Wim est parti étudier à Berkeley, ce fut pis que tout. C'est d'ailleurs pour cela que j'ai déménagé.

— Vous l'avez vendue ? demanda-t-il, piqué dans sa curiosité.

La viande était savoureuse et les légumes exquis. A sa grande surprise, Jim se révélait fin cuisinier.

— Non, je l'ai louée pour un an, avec une option de reconduction. Je désirais d'abord voir si je me plairais ici, avant de prendre une décision définitive.

— Alors ? Comment vous sentez-vous à San Francisco ?

La table occupait un petit coin chaleureux de la vaste cuisine, qui offrait la même vue que le salon. La maison de Jim aurait été parfaite si elle n'avait pas été aussi sombre. Les lambris foncés obscurcissaient terriblement les pièces, en harmonie avec le moral du maître des lieux.

— Je me sens bien, très bien même, répondit-elle en souriant.

Elle commençait à se détendre ; les fantômes du passé s'éloignaient lentement, même si elle se sentait encore vaguement mal à l'aise dans cette maison. La maison de Phyllis, comme en témoignait le chapeau fatigué à quelques pas dc là.

— J'adore mon métier. Je n'avais jamais travaillé avant. D'accord, ce n'est pas de la chirurgie cardiaque, mais c'est un travail très créatif. Mon patron est vite devenu un ami très cher. Il excelle dans sa partie. Bref, je ne regrette pas un instant d'être venue m'installer ici. Ça a changé ma vie, au-delà de mes espérances.

Le regard de Jim pétillait d'intérêt.

— Qu'avez-vous étudié à l'université ?

— Les sciences économiques. Nous n'étions que trois filles : deux sœurs taïwanaises et moi. J'ai eu mon MBA, mais je ne m'en suis jamais servie. J'ai préféré rester à la maison pour m'occuper de Peter et des enfants.

— Comme Phyllis. Elle avait une maîtrise en histoire de l'art ; elle désirait enseigner, mais elle n'en a pas eu l'occasion. Les enfants sont nés, elle a choisi de ne pas travailler pour les élever. Et puis après, elle est tombée malade.

Paris s'efforça de ne pas tiquer. Elle avait déjà entendu toute l'histoire.

— Bien sûr. Si vous me parliez un peu de vous ? La voile, c'est une passion ?

La veille, il avait participé à une régate dans la baie de San Francisco et était arrivé troisième.

— Vous possédez votre propre bateau ?

— Non, je l'ai vendu il y a quelques années. C'était un joli voilier de dix mètres de long. Phyllis et moi naviguions presque tous les week-ends. Elle adorait ça. Mes enfants sont des mordus de voile, eux aussi.

— Pourquoi n'achetez-vous pas un autre voilier ? Vous pourriez en profiter le week-end, suggéra Paris.

— Ça demande trop de travail, répondit Jim, surtout quand on est seul. A mon âge, je préfère de loin naviguer sur le bateau des autres.

Jim avait soixante et un ans mais, contrairement à la plupart des hommes qu'elle connaissait, il paraissait plus vieux que son âge. Le désespoir avait creusé de profonds sillons sur son visage. Quelle force inouïe, irrésistible que le chagrin ! Il était capable de terrasser les plus solides, allant parfois jusqu'à tuer. Jim, lui, était assez jeune pour tourner la page, mais était-ce vraiment ce qu'il souhaitait ? Là était la question.

— Et vous, Paris, vous aimez naviguer ?

— Ça dépend des conditions. Dans les Caraïbes, oui. Pas dans les eaux agitées que nous avons ici. Je suis une poule mouillée, avoua-t-elle en souriant.

— Ça ne se voit pas, en tout cas. Je pourrais peut-être vous apprendre à barrer un voilier, un de ces jours.

Il allait passer quelques jours chez des amis à Mendocino cet été. On l'avait également invité dans le Maine, mais il n'avait pas envie d'entreprendre un si long voyage. Il en profita pour évoquer le bel été qu'il avait passé avec Phyllis et leurs enfants à Martha's Vineyard. N'y tenant plus, Paris se mit alors à raconter tous les voyages qu'elle avait faits avec Peter, Meg et Wim. Oserait-elle un jour proposer à Jim le pacte de Bixby, celui qui leur interdirait de parler de leurs ex-conjoints plus d'une fois par jour ?

Malgré cela, elle passa une agréable soirée en sa compagnie. Une fois le repas terminé, elle l'aida à débarrasser et faire la vaisselle, puis rentra chez elle. La tristesse qu'il dégageait était presque palpable. Il avait bu beaucoup de vin pendant le dîner, probablement pour tenter d'oublier sa peine. Malheureusement, l'alcool avait eu l'effet inverse sur son moral : plus il buvait, plus il sombrait dans la mélancolie et plus il parlait de son épouse. Et si son cas était désespéré ?

Il l'appela au bureau le lendemain matin. Paris avait-elle envie d'aller au cinéma dans la semaine ? Il suggéra un film particulièrement morose que la critique avait porté aux nues, mais Paris lui préféra une comédie qu'elle avait envie de voir depuis sa sortie.

En sortant du cinéma, ils allèrent manger une pizza. Assis en face d'elle, Jim lui adressa un sourire heureux.

— Vous savez, Paris, je crois que nos filles ont eu raison de nous présenter. Vous me faites un bien fou.

Il avait ri tout le long du film et semblait d'une humeur plus enjouée qu'à l'accoutumée. Pour une fois, ni Peter ni Phyllis ne les avait dérangés. Mais Paris savait que tôt ou tard, au détour de la conversation, l'un ou l'autre resurgirait, comme un diable sort de sa boîte.

— Vous paraissez sereine, épanouie, reprit Jim d'un ton admiratif. Je vous envie, Paris. Ça fait deux ans que je me débats avec ma déprime.

— Avez-vous songé à prendre des antidépresseurs ?

— Oui, mais ça n'a servi à rien. J'ai arrêté au bout d'une semaine.

— Les effets ne sont pas instantanés, il faut persévérer, souligna Paris, regrettant *in petto* de ne pas l'avoir connu un ou deux ans plus tard. Il faut être patient, Jim, c'est une clé essentielle. Pour ma part, je suis une thérapie depuis que Peter m'a quittée.

Désormais, elle appelait Anne une fois par mois seulement, plus pour lui donner des nouvelles que pour demander conseil. En fait, cela faisait six semaines qu'elle ne lui avait pas téléphoné, faute de temps et parce qu'elle n'en éprouvait plus le besoin. Depuis quelques jours cependant, elle songeait à l'appeler. A force d'évoquer Peter quand elle se trouvait avec Jim, une certaine mélancolie avait refait surface et elle n'avait pas envie de se laisser engloutir de nouveau par le désespoir.

— J'admire votre démarche, déclara Jim. Mais ce n'est pas pour moi. J'ai participé à un groupe de thérapie par la parole, après le décès de Phyllis, mais j'ai vite abandonné. Ça ne m'a rien apporté, si ce n'est un sentiment de découragement encore plus intense.

— C'était peut-être trop tôt. Vous devriez ressayer, qui sait ?

Un sourire joua sur les lèvres de Jim.

— Non, je vais bien maintenant. J'ai enfin accepté les choses telles qu'elles sont.

La bouche pleine, Paris leva sur lui un regard éberlué.

— Ce n'est pas votre avis ? reprit Jim. C'est pourtant la vérité : j'ai fini par accepter la mort de Phyllis.

Vous plaisantez, j'espère ? eut envie de crier Paris. Heureusement, elle parvint à se retenir, craignant de le blesser si elle lui disait le fond de sa pensée. Il traînait son épouse morte partout avec lui, en déni total de la réalité, si douloureuse fût-elle.

— Vous êtes seul juge de vos sentiments, répondit-elle poliment avant d'orienter la conversation vers un sujet plus neutre.

Après le dîner, Jim la reconduisit chez elle. A sa grande surprise, il l'enlaça et l'embrassa tendrement, avec une sensualité qui la fit fondre entre ses bras. Un vieil adage lui vint à l'esprit, tandis qu'elle s'abandonnait à son ardent baiser : « Méfiez-vous de l'eau qui dort »... Jamais elle n'aurait cru Jim aussi fougueux, aussi passionné.

Il resserra son étreinte et elle sentit la force de son désir. C'était bon signe... Phyllis n'avait pas tout emporté avec elle...

— Vous êtes très attirante, Paris, murmura-t-il d'une voix rauque. J'ai envie de vous, mais... mais je ne voudrais pas faire quelque chose que nous regretterions par la suite. Je connais vos sentiments à l'égard de votre mari et je... je n'ai rencontré personne depuis la mort de ma femme...

Paris hocha lentement la tête. Mieux valait s'abstenir de lui dire qu'elle avait déjà eu une aventure depuis sa séparation. Il ne comprendrait pas. C'était pourtant la preuve, à ses yeux, que son esprit et son corps continuaient à fonctionner, malgré les épreuves qu'elle avait subies. Pour Jim, rien n'était moins sûr. Il était déprimé depuis deux ans. Les hommes, avec leur mode de fonctionnement secret et compliqué, étaient en réalité des créatures fragiles. Elle ne voulait surtout pas l'effrayer.

— Rien ne presse, dit-elle d'un ton apaisant.

Jim l'embrassa encore, avant de lui souhaiter bonne nuit. En rentrant chez elle, une vague d'allégresse la submergea. Jim lui plaisait de plus en plus. Elle aimait son grand cœur, son intégrité et son dévouement de père de famille. Si seulement Phyllis consentait à s'effacer, tout irait pour le mieux. Jusqu'à présent, hélas, elle semblait réticente... ou plutôt, c'était Jim qui n'était pas encore prêt à la laisser partir. A en juger toutefois par le baiser qu'ils venaient d'échanger, la roue tournerait peut-être bientôt.

Pendant les semaines qui suivirent, ils continuèrent à se voir régulièrement. Ils virent d'autres films, dînèrent au restaurant ; Paris l'invita même chez elle et ils préparèrent ensemble de bons petits plats, dans une ambiance moins pesante que chez lui. Ici, il n'y avait ni souvenirs douloureux ni chapeau de paille accroché à la porte de la cuisine. Il n'y avait qu'elle, Paris. Par une belle soirée du mois d'août, après le dîner, ils s'installèrent sur le canapé. Paris avait mis les disques qu'il aimait. De fil en aiguille, ils se retrouvèrent allongés, étroitement enlacés, submergés de désir. Après une étreinte langoureuse, ils décidèrent de ne pas aller plus loin, ce soir-là.

La même semaine, Bix la questionna sans ambages.

— Alors, tu es toujours vierge ou non ? Ça y est, le grand jour est enfin arrivé ?

— Ne sois pas si curieux, veux-tu ?

Ses sentiments pour Jim croissaient de jour en jour et elle éprouvait le besoin de protéger leur relation. Tandis qu'ils continuaient à se découvrir, elle sentait qu'elle pourrait aisément tomber amoureuse. En plus de ses qualités de cœur, il était d'une sensualité débordante ; une sensualité mise en veilleuse depuis trop longtemps et qui ne demandait qu'à exploser.

Bix la considéra d'un air intrigué.

— Serais-tu en train de tomber amoureuse ?

— Peut-être. Avec le temps, oui, ce serait très possible.

— Voilà une bonne nouvelle, fit Bix, heureux pour elle.

Meg était ravie, elle aussi. Elle devinait à la voix enjouée de sa mère qu'il se passait quelque chose de positif. Sally avait accouché et les deux jeunes femmes trouvaient que les choses prenaient bonne tournure. Au dire de Sally, Jim ne cessait de porter Paris aux nues ; il ne manquait pas grand-chose pour qu'il tombe vraiment amoureux.

A la mi-août, ce fut au tour de Meg d'annoncer une grande nouvelle à sa mère. Elle avait rencontré quelqu'un le jour de la fête de l'Indépendance, le 4 juillet, et depuis ils se voyaient assidûment. La jeune femme redoutait pourtant la réaction de sa mère : son ami était beaucoup plus âgé qu'elle. Il avait même un an de plus que Paris.

— Alors, comment est-il ? demanda cette dernière avec entrain.

— Gentil, maman, répondit Meg d'un ton prudent.

Elle n'avait pas encore évoqué la question de l'âge.

— Très, très gentil. Il est avocat dans le show-business. Un avocat connu. Il représente de grandes stars de cinéma, ajouta-t-elle avant de citer le nom de celles qu'elle avait rencontrées depuis qu'elle le connaissait.

— Où as-tu fait sa connaissance ?

— Dans une soirée, le 4 juillet.

— Est-ce qu'il se coiffe comme un Iroquois et porte des boucles d'oreilles ?

Meg émit un petit rire.

— Rien de tout ça, rassure-toi. En fait, il ressemble un peu à papa.

D'instinct, Paris enchaîna :

— Quel âge a-t-il ?

Un silence accueillit sa question.

— Tu es toujours là ? reprit Paris, craignant que la communication ait été coupée.

— Oui, maman, je suis là. Il est… plus âgé que moi.

— Beaucoup plus âgé ? insista Paris d'un ton léger, persuadée que Meg allait lui répondre qu'il avait vingt-neuf ou trente ans.

A l'autre bout du fil, Meg inspira profondément avant de débiter d'un trait :

— Il a quarante-huit ans, il est divorcé et a une fille de mon âge. C'est d'ailleurs grâce à elle que je l'ai rencontré.

— Quarante-huit ans ? répéta Paris, sous le choc. Deux fois plus âgé que toi ? Tu as perdu la tête ou quoi ? Il pourrait être ton père !

— Il se trouve que ce n'est pas mon père. Je me sens bien avec lui, maman. Il ne me mène pas en bateau, lui, au moins.

— Mais c'est moi qui devrais sortir avec lui, riposta Paris, abasourdie.

Et si cet homme appartenait à la catégorie des play-boys, comme Chandler ? Ce n'était tout de même pas banal de sortir avec une femme deux fois plus jeune !

— C'est vrai, maman, convint Meg. D'ailleurs, je suis sûre qu'il te plairait. C'est un homme épatant.

— Un homme épatant qui n'hésite pas à sortir avec une enfant ! objecta Paris, partagée entre la colère et l'inquiétude.

— Je ne suis plus une enfant, maman ! En amour, l'âge ne compte pas. Ce qui compte, ce sont les sentiments et les êtres.

— Enfin, Meg, il aura presque soixante-dix ans, s'il vit jusque-là, quand tu n'en auras que quarante-cinq ! Tu ne peux tout de même pas te voiler la face.

— Nous n'en sommes pas encore là, murmura Meg bien qu'ils en aient déjà discuté tous les deux.

— J'espère bien ! J'aimerais le rencontrer, si tu veux bien.

— Nous avions envie de venir te voir début septembre, pour la fête du Travail.

— Excellente idée. Ainsi, il verra que tu n'es pas orpheline, que ta mère continue à veiller sur toi. Comment s'appelle-t-il ?

— Richard. Richard Bolen.

Elles raccrochèrent quelques instants plus tard. Paris n'en revenait pas. Sa fille sortait avec un homme de quarante-huit ans ! C'était tout simplement inconcevable. Profondément perturbée, elle confia ses inquiétudes à Jim, le soir même. La première surprise passée, ce dernier fit observer qu'un tel écart pouvait s'avérer enrichissant, si toutefois cet homme était honnête et responsable.

— Tu devrais attendre de le rencontrer avant de te faire une opinion, conseilla-t-il sagement.

— J'aimerais que tu le voies aussi, déclara Paris.

— Avec plaisir.

Ce soir-là, Jim l'invita à passer le week-end dans la Napa Valley. C'était un grand pas pour tous les deux ; ils se fréquentaient depuis deux mois, mais leur relation était restée purement platonique. Ce week-end marquerait sans doute un tournant décisif. Après un baiser fougueux, Paris lui lança un clin d'œil espiègle.

— Deux chambres ou une seule, monsieur Thompson ? demanda-t-elle avec hardiesse.

— Que préfères-tu ?

Elle le considéra longuement.

— Une, sans hésitation… mais toi, Jim ? murmura-t-elle en se blottissant contre lui.

Un sourire étira ses lèvres.

— Je crois que je saurai me contenter d'une chambre. Puis-je réserver ?

Paris lui sourit, radieuse. Comme il était beau, ce soir-là, et terriblement sexy !

— Oui, oui, oui !

Deux jours plus tard, ils se mirent en route pour Rutherford, petite bourgade nichée dans la Napa Valley. Jim avait réservé une chambre à l'auberge du Soleil. C'était là qu'ils avaient passé, Phyllis et lui, leur dernier anniversaire de mariage, quelques mois avant sa mort.

— Pourquoi ne m'as-tu rien dit ? s'écria Paris, en proie à une vive déception. Nous aurions pu trouver autre chose.

Jamais elle n'aurait accepté de séjourner dans cette auberge si elle avait su ! La chambre avec son grand lit et sa jolie cheminée la mit soudain mal à l'aise. La décoration, intime et raffinée, lui plaisait beaucoup, pourtant. Elle aurait passé un merveilleux moment sans la présence perturbante de Phyllis. Car celle-ci avait déjà pris ses quartiers, tandis que Paris rangeait ses affaires.

Jim entreprit de lui raconter avec force détails le merveilleux week-end qu'il avait passé ici avec sa défunte épouse. On eût presque dit qu'il cherchait à se protéger des sentiments qu'il éprouvait pour Paris, en se servant de Phyllis comme d'un bouclier contre ses propres émotions. Sa culpabilité était plus forte que sa libido. Il emplit une flûte de champagne pour Paris et en but trois avant le dîner. Quand ils regagnèrent la chambre, il alluma un feu dans la cheminée et se tourna vers Paris, comme il s'était tourné vers Phyllis, deux ans et demi plus tôt. La scène lui revint en mémoire avec une acuité troublante. Cette fois pourtant, il choisit de se taire. La présence de Phyllis flottait dans la pièce, presque palpable.

— Fatiguée ? demanda-t-il à mi-voix.

Paris hocha la tête. En réalité, une angoisse indicible la tenaillait. Le visage de Jim ne trahissait aucune émotion. Pendant le repas, il lui avait semblé plus réservé que de coutume, légèrement nostalgique. Peut-être se préparait-il à rompre définitivement avec Phyllis. Cette soirée serait le déclic qu'elle attendait depuis un bon moment déjà. Paris l'espérait de tout son cœur.

Dans la salle de bains, elle enfila la nuisette en satin blanc qu'elle avait emportée pour l'occasion. Le tissu fluide retombait souplement sur sa silhouette élancée, mettant en valeur ses courbes féminines. Quand elle sortit de la salle de bains, Jim était déjà au lit, en pyjama de coton, coiffé et rasé de près. Tout à coup, Paris se fit l'impression d'une jeune mariée le soir de ses noces, en proie à un mélange de nervosité et d'excitation. Etait-ce ce que ressentaient tous les couples d'âge mûr lorsqu'il s'agissait de franchir le pas ? Peut-être auraient-ils dû faire les choses plus simplement, se laisser emporter par la passion un soir, quand ils étaient chez elle. Mais l'heure n'était pas aux regrets.

Elle le rejoignit au lit. Sans mot dire, il éteignit la lumière et captura ses lèvres dans un baiser fiévreux. En l'espace d'un instant, un raz-de-marée de désir déferla sur eux, les entraînant dans un tourbillon de plaisir et de volupté. Le pyjama de coton rejoignit bientôt la nuisette sur le plancher. Leurs bouches se cherchèrent avidement, tandis qu'ils exploraient du bout des doigts leurs corps enchevêtrés. Au moment où il allait la faire sienne, Jim se raidit.

— Ça va ? chuchota Paris.

Il s'était retiré brusquement. Une sourde appréhension l'assaillit.

— J'ai failli t'appeler Phyllis, articula-t-il d'une voix brisée.

— Ça va aller, mon chéri... Je t'aime... Ne t'inquiète pas... Tout se passera bien, murmura Paris en caressant tendrement ses cheveux.

Mais Jim s'écarta. Dans la pénombre, elle décela une lueur de panique dans son regard. Un sentiment d'impuissance s'abattit sur elle ; Jim était en train de lui échapper.

— Je ne peux pas lui faire ça, reprit-il à mi-voix. Elle ne me pardonnera jamais.

Paris fit glisser sa main dans le creux de ses reins.

— Si tu veux mon avis, elle ne souhaite que ton bonheur. Ecoute, je vais te faire un petit massage pour te détendre et oublier tout ça. Nous ne sommes pas obligés de faire l'amour ce soir. Rien ne presse.

Avant qu'elle ait le temps de réagir, Jim se leva et traversa la pièce d'un pas décidé. Il avait un corps superbe pour un homme de son âge... Malheureusement, il refusait de s'abandonner à ses caresses. Sans un mot, il alla s'enfermer dans la salle de bains, laissant Paris en plein désarroi. Il s'écoula une demi-heure avant qu'il se décide à sortir. Il s'était rhabillé ; une expression désespérée voilait son visage.

— Je suis désolé, Paris, mais je ne peux pas rester une minute de plus ici. Je veux retourner à San Francisco, déclara-t-il d'une voix monocorde qui la glaça d'effroi.

— Tout de suite ?

Elle se redressa et leva sur lui un regard incrédule. Sa peau nacrée brillait comme une perle fine au clair de lune. Elle était aussi belle qu'il l'avait imaginée… mais il était incapable de lui faire l'amour. Par respect pour son épouse.

— Tu dois me prendre pour un fou, je sais, mais je ne me sens pas prêt… et je ne crois pas que je le serai un jour. Je l'ai aimée avec une telle passion, pendant si longtemps… Nous avons vécu tant de choses ensemble. Je ne peux pas l'abandonner… Je ne peux pas la trahir, acheva-t-il d'une voix sourde.

— C'est elle qui t'a quitté, corrigea doucement Paris. Pas délibérément, bien sûr, mais c'est pourtant la triste réalité. Elle est partie, Jim. Tu n'es pas mort avec elle.

— Je me le demande, justement. Il m'arrive parfois de penser que je suis mort dans ses bras, cette nuit-là. Je suis désolé, Paris, je ne voulais pas te blesser. J'ai cru pouvoir tourner la page quand je t'ai rencontrée, mais je sais désormais que je n'en serai pas capable. Je suis condamné à vivre seul jusqu'à la fin de mes jours.

Paris secoua la tête.

— Passons la nuit ici. Tu te sentiras mieux demain matin, tu verras, suggéra-t-elle en tapotant doucement le lit.

La peur assombrit ses traits.

— Non. Je rentrerai à pied si tu ne veux pas venir, martela-t-il en évitant de croiser son regard.

Paris n'existait déjà plus pour lui. Phyllis avait pris sa place.

— Très bien, je vais m'habiller.

Une tristesse infinie l'envahit ; elle n'en voulait pas à Jim, ce n'était pas sa faute, mais son attitude la peinait beaucoup. Qu'adviendrait-il de leur relation, après cette soirée éprouvante ?

Dix minutes plus tard, vêtue à la hâte d'un jean et d'un pull, elle le suivit jusqu'à la voiture. Elle avait jeté ses affaires pêle-mêle dans son sac de voyage. Jim rangea les bagages dans le coffre, pendant qu'elle s'installait. Il avait laissé l'empreinte de sa carte de crédit à la réception de l'hôtel. Pour eux, tout était réglé. La voiture s'enfonça dans la nuit ; un silence pesant emplissait l'habitacle. A mi-chemin, Jim prit la parole pour lui redire à quel point il était désolé. Puis il replongea dans son mutisme. Son visage resta de marbre pendant le reste du trajet et, quand elle posa la main sur la sienne, il ne manifesta aucune réaction. C'était comme s'il était habité par un puissant démon. Ou peut-être, plus simplement, Phyllis était-elle venue récupérer son époux.

— Je ne t'appellerai pas, déclara Jim en se garant devant chez elle.

Il était 2 h 30 du matin.

— C'est inutile, Paris, cette situation m'est devenue insupportable. Je suis navré de t'avoir fait perdre ton temps.

Furieux contre lui-même, il parlait d'une voix dure, saccadée.

— Tu ne m'as rien fait perdre du tout, répondit Paris. Je suis déçue pour nous, c'est tout. J'espère que tu finiras par prendre le dessus, Jim, sincèrement. Tu ne mérites pas de rester seul toute ta vie.

— Mais je ne suis pas seul. Phyllis est là pour me tenir compagnie, avec tous nos souvenirs. Ça me suffit amplement.

A cet instant, il se tourna vers elle et ce qu'elle décela dans ses yeux lui déchira le cœur. C'était un mélange de désespoir et de résignation mêlés, quelque chose qui ressemblait à la mort.

— Toi, tu as Peter, ajouta-t-il sèchement comme pour l'entraîner avec lui dans le gouffre du chagrin.

Paris secoua la tête.

— Non, Jim. Peter est avec Rachel. En ce qui me concerne, je ne compte que sur moi-même.

Sur ces mots, elle sortit de la voiture, récupéra son sac et gravit les marches du perron. Avant qu'elle ait le temps de se retourner, Jim Thompson appuya sur l'accélérateur. Ce fut la dernière fois qu'elle le vit.

23

Comme prévu, Meg et Richard Bolen vinrent passer le week-end de la fête du Travail à San Francisco. Afin de ménager la susceptibilité de Paris, Richard prit une chambre à l'hôtel Ritz-Carlton, tandis que Meg s'installait chez sa mère. Dès leur première rencontre, Paris décida de mettre à l'épreuve le nouvel ami de sa fille. Elle l'examina sans vergogne, le soumit à un interrogatoire détaillé, voulut tout savoir sur lui, depuis son enfance jusqu'à son activité professionnelle. Et au bout de trois jours, bien qu'elle répugnât à l'admettre, Richard Bolen l'avait conquise.

En fait, c'était exactement le genre d'homme qu'elle aurait aimé fréquenter ; le problème, c'est qu'il sortait avec une femme deux fois plus jeune qu'elle, qui se trouvait être sa propre fille ! Encore une facétie du destin...

Paris profita de l'absence de Meg pour lui poser la question qui lui tenait à cœur. Ils étaient assis au jardin et bavardaient tranquillement, lorsqu'elle se tourna vers lui, soudain grave.

— Je ne voudrais surtout pas paraître indiscrète, Richard, mais la différence d'âge qui existe entre Meg et vous ne vous perturbe pas ?

— J'essaie de ne pas trop y penser, répondit-il avec franchise. Mon ex-petite amie était plus âgée que moi, elle avait cinquante-quatre ans. Jusqu'à présent, je sortais avec des femmes de mon âge. J'avais rencontré mon ex-épouse à l'université, nous étions tous deux étudiants. Mais vous êtes bien placée pour savoir que votre fille n'est pas une jeune femme ordinaire.

Richard Bolen possédait un beau visage aux traits volontaires et un physique d'athlète. A sa décharge, il ne paraissait pas ses quarante-huit ans. Assez bizarrement, il ressemblait beaucoup à Meg et Paris, avec ses cheveux blond cendré et ses grands yeux verts. Meg et lui formaient un couple parfaitement assorti. En sa compagnie, la jeune femme rayonnait de bonheur ; elle se sentait en sécurité auprès de lui, complètement épanouie. Ils se fréquentaient depuis deux mois et, à les voir aussi sereins, aussi détendus, on devinait qu'il s'agissait d'une histoire sérieuse.

— Je suis peut-être un peu vieux jeu, enchaîna Paris sur un ton d'excuse, et je sais qu'il est encore trop tôt pour vous demander vos intentions à son égard, mais je vous en prie, Richard, ne la bercez pas d'illusions si vous ne tenez pas vraiment à elle. Vous êtes plus endurci et plus expérimenté qu'elle. Je ne veux pas la voir souffrir parce que vous aurez décidé du jour au lendemain que le jeu a assez duré, ajouta-t-elle en songeant à Chandler Freeman.

Ce dernier n'aurait fait qu'une bouchée d'une jeune femme comme Meg. Mais Richard ne semblait pas appartenir à la catégorie des séducteurs sans scrupule.

Il l'enveloppa d'un long regard, avant de prendre la parole.

— Je vous promets de ne pas lui faire de mal, déclara-t-il d'un ton solennel. Et si je vous disais que mes intentions sont tout à fait sérieuses ?

Il marqua une pause, puis ajouta :

— Y verriez-vous une objection quelconque ?

— Je ne sais pas, admit Paris. Il faut que j'y réfléchisse. Vous avez le double de son âge. Je ne veux que son bonheur, vous comprenez.

— Le bonheur transcende les différences d'âge, vous ne croyez pas ? J'aime Meg, de tout mon cœur. Je n'ai jamais rien ressenti de tel pour une femme, sauf mon ex-épouse.

A ces mots, Paris fronça les sourcils.

— Depuis quand êtes-vous divorcé ?

— Trois ans, répondit-il sans se démonter.

Une vague de soulagement la submergea. Contrairement à certains, cela ne faisait pas quinze ou vingt ans qu'il papillonnait de-ci, de-là.

— C'est un délai convenable.

— Je n'ai pas connu de relation sérieuse avant Meg. Ça m'est tombé dessus sans crier gare, alors que je ne m'y attendais pas. Meg est une amie de ma fille, vous savez.

— L'amour arrive toujours à l'improviste, renchérit Paris, quand il daigne se montrer... Et on ne sait jamais quel visage il prendra. Dans un sens, je suis heureuse pour vous deux.

Même si la différence d'âge la chagrinait encore un peu, elle devait bien admettre que Richard lui plaisait. En outre, c'était agréable de pouvoir se parler franchement, comme des amis, alors qu'elle n'avait jamais vraiment discuté avec Anthony ou Peace, qui n'étaient encore que des gamins. Richard était un homme bien ; elle confia ses impressions à Meg avant leur départ. Rayonnante, celle-ci la remercia du fond du cœur. Richard et elle s'aimaient, n'était-ce pas là l'essentiel ?

Une fois seule, Paris laissa ses pensées vagabonder. La vie réservait de drôles de surprises... L'homme avec qui elle aurait pu vivre une relation sérieuse fréquentait sa fille, et elle se retrouvait à vivre des aventures insensées avec de pauvres diables comme Jim Thompson, des playboys comme Chandler Freeman quand on ne l'obligeait pas à rencontrer des artistes fous, comme le sculpteur de Santa Fe !

Trouverait-elle un jour un homme qui l'accompagnerait dans sa nouvelle vie ? Y avait-il d'autres Richard Bolen cachés quelque part ? Mais, comme disait le proverbe : « Mieux vaut être seul que mal accompagné »... Avec le temps, elle avait fini par accepter sa situation. Si elle ne tombait pas

amoureuse d'un homme qui partagerait ses sentiments, alors elle apprendrait à vivre pleinement
sa solitude. Elle ne se sentait plus le courage
d'affronter d'autres échecs. L'amour, oui, mais
pas à n'importe quel prix...

Le lendemain, elle raconta à Bix son week-end
avec Meg et Richard.

— Quel dommage, se lamenta ce dernier. A
t'entendre, c'est exactement le genre d'homme
qu'il te faut. On en a assez de tous ces loufoques,
ces séducteurs, ces écorchés vifs... Mon Dieu, je
me demande parfois s'il reste encore des gens
normaux sur cette planète !

— Moi aussi, figure-toi. Et encore, ce n'est pas
toi qui essuies les plâtres, c'est moi. Quant aux
types bien dans le genre de Richard, ils préfèrent
les petites jeunes ; ils auront cent ans quand ils
daigneront poser les yeux sur moi !

— Ne t'en fais pas, un sémillant quinquagé-
naire fera l'affaire ; il ne nous reste plus qu'à mettre la main dessus !

— Bonne chance ! lança Paris, sarcastique.

— Tu crois qu'il va la demander en mariage ?
demanda-t-il à brûle-pourpoint.

— Ce n'est pas impossible. J'aurais sauté au
plafond si tu m'avais posé la question la semaine
dernière, mais maintenant que je le connais, je ne
sais plus trop. C'est vrai que, dans l'absolu, il est
trop vieux pour elle, mais zut, Bix, ces deux-là
sont heureux ensemble, ils s'aiment passionnément, ça crève les yeux. Alors, pourquoi pas ?
L'âge n'est peut-être pas si important que ça...

— Entièrement d'accord. Regarde Steven et moi ; nous avons presque le même écart que Meg et Richard, et nous nageons dans le bonheur.

— Et si c'était ça qu'il me fallait, fit Paris avec un sourire espiègle, un papy de soixante et onze ans ? Tiens, ce n'est peut-être pas une mauvaise idée…

— Ça dépend du type. J'ai connu des hommes de soixante-dix ans absolument fantastiques ; de nos jours, les hommes ont les moyens d'entretenir leur forme physique. Je connais une femme à Los Altos qui a épousé un homme de quatre-vingt-six ans et elle clame partout qu'elle n'a jamais été aussi comblée sur le plan sexuel. Ils ont même eu un bébé, il y a deux ans.

— Tiens, ça aussi c'est une idée, murmura Paris, amusée.

— Quoi, un octogénaire ? Je t'en trouve un dans la minute, si tu veux. Il serait fou de joie, crois-moi !

— Non, je parlais du bébé. Mon Dieu, ce serait génial… C'est ce que je fais le mieux, Bix, élever des enfants.

L'espace d'un instant, des étoiles brillèrent dans ses yeux.

— Pour l'amour du ciel ! N'oublie pas que je t'ai engagée parce que tu étais célibataire, avec deux grands enfants et sans intention d'en concevoir d'autres… Je te préviens, Paris, si tu tombes enceinte, je t'étrangle sur-le-champ !

Evidemment, Paris ne songeait pas à une nouvelle grossesse. Récemment, l'idée d'adopter un enfant lui avait effleuré l'esprit, mais elle ne s'en était encore confiée à personne. Pas à Meg et encore moins à Bix… Le pauvre aurait une attaque, si elle abordait le sujet. Elle ignorait encore s'il s'agissait d'un désir profondément ancré en elle, ou si ce n'était qu'un moyen d'échapper au temps qui passe. Elever un enfant représenterait sans nul doute un vrai défi qu'elle ne relèverait pas à la légère. Pour le moment, ce n'était qu'une idée floue qui méritait réflexion.

La semaine suivante, le sujet fit de nouveau irruption dans sa vie, d'une manière à la fois inattendue et cruelle. Meg l'appela pour lui annoncer que Rachel était enceinte de six semaines ; l'accouchement était prévu pour le mois de mai et Peter était fou de joie. Après avoir raccroché, Paris demeura un long moment immobile, comme pétrifiée, le regard perdu dans le vide. Peter était définitivement parti. Sa vie était à jamais liée à celle de Rachel. Elle reçut ce jour-là un choc d'une violence inouïe.

Wim se manifesta dès le lendemain. A sa grande surprise, il était furieux contre son père et sa nouvelle épouse. Il trouvait tout à fait saugrenue l'idée de faire un enfant à l'âge de Peter. Plus modérée dans sa réaction, Meg ne s'était pas non plus montrée très enthousiaste. C'était comme s'ils se sentaient menacés par l'arrivée de ce bébé, alors même qu'ils le verraient à peine et qu'ils avaient acquis leur autonomie. Paris s'étonna de leur réaction virulente. Etait-ce pour lui prouver leur entière loyauté qu'ils rejetaient ainsi la nouvelle vie de leur père et sa jeune épouse qui était devenue le centre de toutes ses attentions ? Selon Meg, Peter songeait même à adopter officiellement les deux fils de Rachel. Leur univers avait considérablement changé en un an et demi. Dieu merci, ils étaient jeunes, il leur restait tout à bâtir. Pour Paris, en revanche, les choses étaient d'autant plus pénibles qu'elle se sentait totalement délaissée. Ses enfants avaient l'avenir devant eux ; Peter coulait des jours heureux auprès de Rachel et sa nouvelle famille. Et elle… elle, elle était seule. Et ce constat l'emplissait parfois d'une profonde angoisse.

Comme à chaque fois qu'elle était perturbée, Paris travailla avec une ardeur redoublée, soutenue par Bix. Ils organisèrent l'inauguration de l'Opéra et l'ouverture de la saison symphonique, les deux événements culturels les plus importants de l'année, et s'attelèrent ensuite à une série de réceptions qui marquèrent le début de la saison mondaine. Ils avaient bien avancé, lorsqu'un jour Bix fit irruption dans son bureau, l'air coupable. Paris le connaissait bien, à présent ; ils passaient tellement de temps ensemble qu'elle avait parfois l'impression de lire dans ses pensées.

— Toi, tu viens de faire une bêtise, lança-t-elle d'un ton faussement réprobateur. A ta mine, je dirais que tu as accepté trois mariages le même jour… j'irais même jusqu'à quatre. Je me trompe… ?

Incapable de dire non, Bix acceptait parfois jusqu'à cinq réceptions à la même date, au risque de les faire craquer sous la pression le jour dit.

— Oui, tu te trompes, ce n'est pas ça du tout. En fait, je viens d'avoir une idée.

— Laisse-moi deviner. Tu as l'intention de superviser l'organisation du prochain carnaval de Rio... Ou tu comptes transformer le parc de Pac-Bell en fête géante... Ou tu veux faire venir les Rockettes pour une soirée, avec la crainte qu'ils nous posent un lapin.

Bix secoua la tête en riant.

— Non, non, tu n'y es pas du tout, je t'assure ! En revanche, j'ai bien peur que tu n'apprécies pas mon idée.

Paris écarquilla les yeux.

— Que se passe-t-il ? Jane a décidé de revenir, je suis virée ?

— Non ! A propos de Jane, j'ai comme l'impression que mon filleul ne restera pas seul longtemps ; elle a fait allusion à un deuxième bébé, la dernière fois que je l'ai vue. Non, Jane ne reviendra pas et je n'ai aucune intention de me débarrasser de toi... simplement, j'aurais besoin que tu me rendes un petit service. Donne-moi ta parole et je t'expliquerai de quoi il s'agit.

Paris le dévisagea d'un air soupçonneux.

— Tu ne vas pas me demander de me mettre nue devant les convives lors de la prochaine réception... ?

Comme Bix secouait la tête en signe de dénégation, elle capitula :

— D'accord, je te fais confiance et j'accepte. Alors, de quoi s'agit-il ?

— J'aimerais que tu acceptes un rendez-vous. Je sais que tu détestes les rendez-vous arrangés et je partage ton aversion, mais cette fois c'est différent. Ce type est parfait pour toi, je t'assure ! C'est un écrivain assez connu que j'ai rencontré la semaine dernière ; il aimerait que nous organisions l'anniversaire de sa mère. Distingué, cultivé, il a tout pour plaire. Il a perdu sa femme il y a cinq ans, mais il a fait son deuil et il en parle avec beaucoup de sagesse et de détachement. Il a trois grands enfants et partage son temps entre San Francisco et l'Angleterre. La classe britannique, ça te dit quelque chose ? Il a rompu avec son amie, il y a à peu près six mois ; c'était une femme de ton âge. Bref, il semble étonnamment normal.

— Ça cache quelque chose, intervint Paris. Tu lui as demandé s'il aimait se travestir ?

— Non, mais je l'ai soumis à un véritable interrogatoire. Dès que je l'ai vu, j'ai pensé à toi. Alors, Paris, tu veux bien le rencontrer ? Tu n'es pas obligée d'aller dîner avec lui, tu sais. Je ne lui ai pas parlé de toi ; tu n'as qu'à m'accompagner lors de notre prochaine entrevue ou y aller toute seule, si tu préfères. Alors… c'est oui… ?

Intriguée malgré elle par le tableau que venait de brosser Bix, Paris hésita. Quand il lui donna le nom de l'écrivain – Malcolm Ford –, elle poussa un petit cri de surprise. Elle avait dévoré trois de ses romans, qu'elle avait trouvés passionnants. Ses livres se hissaient toujours en tête des meilleures ventes. Pour terminer de la convaincre,

Bix lui décrivit sa maison, décorée avec un goût exquis.

— D'accord, j'irai avec toi, concéda-t-elle de bonne grâce. Quand dois-tu le revoir ?

— Demain matin, à 9 h 30, répondit Bix sans chercher à dissimuler sa satisfaction.

Le lendemain, il passa la chercher un quart d'heure avant l'heure du rendez-vous. Malcolm Ford n'habitait pas loin de chez elle. Paris retint son souffle en découvrant sa maison. C'était une imposante bâtisse en pierre située dans le haut de Broadway, un quartier que les habitants appelaient « la Côte d'Or » et où résidaient toutes les grosses fortunes de la ville. Mais il n'y avait rien d'ostentatoire chez Malcolm Ford, Paris le remarqua lorsqu'il vint leur ouvrir la porte. Cheveux poivre et sel, regard bleu acier, il portait un jean et un vieux pull irlandais. Comme l'avait dit Bix, la maison était décorée avec un raffinement discret et chaleureux. Il les emmena dans une bibliothèque, dont les murs étaient tapissés de livres rares et de premières éditions. Des piles d'ouvrages plus récents s'amoncelaient à même le sol.

D'un ton concis et calme, il leur expliqua ce qu'il souhaitait pour l'anniversaire de sa mère, qui s'apprêtait à fêter ses quatre-vingt-dix ans. Il voulait un repas à la fois élégant, raffiné et sobre. Sexagénaire célibataire, il n'avait eu d'autre choix que de faire appel à leurs services. Tous trois bavardèrent un moment de manière détendue. Paris lui avoua compter parmi ses admiratrices et ce compliment lui arracha un sourire modeste. Sur son bureau trônaient une jolie photo de son épouse disparue et aussi un portrait de son ex-petite amie, une célèbre romancière. Il leur parla de sa maison en Angleterre. Malgré sa réussite sociale, il avait su rester simple et proche des gens. Chez lui, pas de Ferrari ni de jet privé. Il possédait une autre maison à Sonoma où il aimait passer le week-end, mais il avoua avec un sourire penaud qu'il vivait dans un bazar innommable, là-bas, et qu'il aimait ça !

Quand ils prirent congé un moment plus tard, Bix posa sur Paris un regard triomphant. Il avait déniché la perle rare, c'était indéniable. Pourtant, le visage de Paris demeurait insondable.

— Alors, j'avais raison, non ? fit-il en prenant le volant. Ce type est formidable, n'est-ce pas ?

— Absolument, répondit simplement Paris.

Devant son manque d'enthousiasme, Bix fronça les sourcils.

— Très bien, dis-moi ce qui te chagrine.

— Je ne sais pas… Malcolm Ford a tout pour lui, c'est vrai : le charme, la réussite, la gentillesse, la simplicité, une belle maison… Ça va sans doute te paraître ridicule, mais… je ne ressens aucune attirance physique pour lui. La fameuse « chimie », tu sais ? Eh bien, il ne me fait pas vibrer, pas du tout… Pour être franche, je le trouverais même un peu fade.

La consternation se peignit sur le visage de son compagnon.

— Ça alors ! Je te dégote enfin l'homme idéal et tu n'en veux pas… C'est un peu fort, tu ne trouves pas ?

En même temps, il comprenait parfaitement ce qu'elle voulait dire. Quand le courant ne passait pas, mieux valait ne pas forcer les choses.

— Ça vient de moi, je te rassure, reprit Paris, sincèrement désolée. Je ne ressens rien pour lui. Si je le croisais au cours d'une soirée, je ne ferais même pas attention à lui.

— Bon, je comprends, murmura Bix. Tout de même, tu es sûre de toi ? Ta décision a été plutôt rapide, non ?

— Je suis tout à fait sûre. Je ne crois pas avoir envie de rencontrer qui que ce soit, au fond. Je suis très heureuse comme ça.

— Il paraît que c'est toujours dans ces moments-là qu'on rencontre sa moitié. Quand on n'y prête plus attention… Zut alors, si ce type était homo et que j'étais célibataire, je lui sauterais dessus.

Paris éclata de rire.

— Il serait ravi de l'entendre ! En ce qui me concerne, c'est une affaire classée.

— Très bien, retour à la case départ ! lança Bix, son entrain retrouvé.

— C'est gentil de ta part, Bix, mais je t'autorise à suspendre tes recherches. Pour le moment, en tout cas. Je sature un peu, si tu veux tout savoir.

Bix hocha la tête. Sa liaison avec Jim Thompson l'avait beaucoup éprouvée et elle redoutait une nouvelle déconvenue. Elle avait assez souffert ces derniers temps.

De retour au bureau, ils se remirent au travail avec une ardeur partagée. Début octobre, ils réglèrent les derniers détails du mariage qu'ils organisaient un peu plus tard dans le mois. La future mariée, une jolie jeune femme au teint de porcelaine, était française, et ses parents avaient tenu à engager un photographe parisien pour couvrir l'événement. C'était là leur seule exigence ; Bix et Paris étaient chargés d'organiser la réception et tout se déroulait au mieux pour le moment. La robe avait été faite sur mesure chez Balmain, à Paris, et le mariage serait probablement le plus grand événement mondain de la saison, peut-être même de la décennie.

— Faut-il réserver une chambre d'hôtel pour le photographe ? s'enquit Paris en consultant son dossier.

— Je m'en suis déjà occupé, répondit Bix. Il séjournera au Sir Francis Drake avec ses deux assistants ; j'ai obtenu des tarifs intéressants. Il doit arriver avant le mariage pour réaliser des portraits de la famille.

Ils attendaient aussi une dizaine de parents et plus de vingt amis de la famille, pour la plupart issus de l'aristocratie française ; tous seraient logés au Ritz. Grandiose, la réception était préparée dans les moindres détails. Malgré tout le soin apporté, il y eut un contretemps de dernière minute : la fourgonnette qu'ils avaient louée pour le photographe et son équipe devait être récupérée en ville, et pas à l'aéroport.

— Il n'aura qu'à prendre un taxi, déclara Bix en consultant sa montre.

L'avion se posait une heure plus tard.

— Je peux aller le chercher, proposa Paris. Il ne parle peut-être pas anglais et ce serait assez mauvais pour notre image qu'un photographe capricieux fasse un scandale en plein aéroport, tout ça parce qu'il doit prendre un taxi. Je n'ai rien à faire de spécial, cet après-midi. Je m'en occupe.

Bix se confondit en remerciements. Cinq minutes plus tard, elle prit la direction de l'aéroport au volant de son break, espérant qu'il y aurait assez de place pour le matériel du photographe. Dans le cas contraire, elle réserverait un taxi pour ses assistants et le conduirait elle-même en ville. Elle connaissait la susceptibilité des Français… et des photographes en général. Le trajet jusqu'à l'aéroport fut agréable ; c'était une belle journée d'octobre et la ville ne lui avait jamais paru aussi resplendissante.

Après avoir garé sa voiture, elle se dirigea vers le hall des arrivées, où les passagers en provenance de Paris commençaient à franchir le barrage douanier, après un vol de onze heures trente. Paris n'avait encore jamais vu Jean-Pierre Belmont, le photographe qu'elle venait accueillir, mais elle pensait reconnaître le petit groupe grâce à son attirail. Pour avoir déjà admiré quelques-unes de ses photos dans l'édition française de *Vogue*, elle savait que c'était un homme talentueux. Au bout de quelques minutes, elle aperçut enfin le trio. Un homme à l'allure distinguée, tempes grisonnantes, plus âgé que ses deux compagnons, portait deux grosses valises métalliques ; il était accompagné par deux jeunes gens en jeans et blousons de cuir. L'un d'eux avait les cheveux rouges tandis que l'autre, un brun hirsute, portait un diamant à l'oreille et arborait un sourire malicieux. Paris s'approcha d'eux d'un air avenant.

— Bonjour, je suis Paris Armstrong, l'assistante de Bixby Mason. Vous êtes monsieur Belmont ? s'enquit-elle en s'adressant au plus âgé d'entre eux.

Il y eut un éclat de rire derrière elle ; le garçon aux cheveux rouges esquissa un sourire amusé, tandis que l'homme secouait la tête, visiblement mal à l'aise. Apparemment, il ne parlait pas anglais.

— Vous cherchez M. Belmont ? demanda le gamin ébouriffé dans un anglais maladroit.

— Oui, répondit Paris en dévisageant son interlocuteur.

Il était à peine plus grand qu'elle, mais semblait plus âgé qu'elle ne l'avait cru de prime abord. Vu de près, elle lui donnait l'âge de Meg, vingt-quatre ou vingt-cinq ans.

— C'est bien lui ? reprit-elle en désignant discrètement l'homme en pardessus et cache-col.

— *Non,* répondit le jeune homme à la boucle d'oreille. *Je suis* M. Belmont, ajouta-t-il d'un air franchement amusé. Vous vous appelez Paris ? Comme la ville ?

Elle hocha la tête, soulagée de les avoir trouvés, bien qu'elle ait encore du mal à croire que ce jeune dégingandé fût réellement Jean-Pierre Belmont, photographe parisien de réputation internationale.

— Paris est un nom masculin, fit-il observer. C'était un dieu de la mythologie grecque.

— Je sais… mais c'est une longue histoire, éluda Paris, peu désireuse d'entrer dans les détails. Avez-vous récupéré tous vos bagages ?

Elle examina de nouveau le petit groupe. Qui étaient les deux autres ? Ses assistants ? Le plus âgé aurait pu être son père !

— Nous avons tout, répondit-il avec un accent prononcé. On n'a pas beaucoup de valises, seulement des appareils photo, ajouta-t-il en pointant l'index sur le matériel.

Paris acquiesça d'un signe de tête, conquise par le charme naturel du jeune homme. Etait-ce son accent, ses cheveux en bataille, son diamant à l'oreille… ou peut-être son sourire ? Il lui suffisait de poser les yeux sur lui pour se sentir revigorée. Le petit jeune homme aux cheveux rouges s'avéra être le cousin de Jean-Pierre ; il n'avait que dix-neuf ans. Quant au photographe, il dégageait une joie de vivre et un entrain d'adolescent. Aux yeux de Paris, Jean-Pierre Belmont incarnait la fougue et l'insouciance de la jeunesse, l'exubérance du Parisien tel qu'on aime à se le représenter.

Elle appela un porteur et les laissa un court moment, le temps d'aller récupérer sa voiture sur le parking. Aidé de ses deux compagnons, le photographe entreprit de charger le matériel dans le coffre du break, avec une précision et une rapidité déconcertantes. Puis il s'installa à l'avant, les deux autres à l'arrière, et Paris les conduisit dans le centre-ville.

— Nous allons directement à l'hôtel ou devons-nous d'abord passer voir la mariée ? voulut savoir Jean-Pierre, dans un anglais clair mais rudimentaire.

— Ils vous attendent un peu plus tard, répondit Paris. Je pensais que vous aimeriez vous détendre un peu, avant de les rencontrer. Manger, prendre une douche, vous préparer tranquillement, ajouta-t-elle en s'efforçant de parler lentement.

Il hocha la tête, perdu dans la contemplation de la ville. Quelques minutes s'écoulèrent avant qu'il demande :

— Que faites-vous exactement ? Vous êtes secrétaire... assistante... de la mère de la mariée, c'est ça ?

— Non, je travaille pour Bixby Mason, l'organisateur du mariage. Nous supervisons tout le déroulement de la réception : les fleurs, la musique, la décoration.

Il acquiesça en souriant. Puis, se tournant de nouveau vers la vitre, il alluma une gauloise et une odeur âcre envahit aussitôt l'habitacle.

— Je peux ? demanda-t-il poliment après avoir allumé sa cigarette, comme s'il venait de se souvenir que les Américains étaient de moins en moins tolérants envers les fumeurs.

Paris hocha la tête.

— Vous pouvez, oui. Je fumais dans ma jeunesse. Ça ne me dérange pas.

— *Merci,* dit-il en français avant d'engager la conversation avec ses compagnons.

Bien qu'elle parlât un peu français, Paris ne comprit pas un traître mot de ce qu'ils se dirent. C'était un flot rapide et ininterrompu de paroles. Finalement, il se tourna de nouveau vers elle.

— C'est un grand mariage ? La robe est belle ? C'est bien ?

— C'est superbe, répondit Paris dans un sourire. La future mariée est belle, la robe est belle. Le jeune marié séduisant. La réception grandiose. Elle aura lieu au palais de la Légion d'honneur. On attend sept cents invités.

La famille Delacroix était à la tête d'une importante entreprise de textile française ; venus s'installer à San Francisco sous le régime socialiste, ils y étaient restés afin de préserver leur fortune, échappant ainsi au fisc français. Ils continuaient cependant à passer beaucoup de temps dans leur pays d'origine.

— Beaucoup d'argent, hein ?

Paris ne put s'empêcher de sourire.

— Beaucoup beaucoup d'argent, oui.

Elle s'abstint de lui révéler la somme que les Delacroix avaient déboursée pour le mariage : deux millions et demi de dollars. Une petite fortune.

Une fois à l'hôtel, Paris s'arrangea avec un employé de la réception pour que la fourgonnette soit amenée sur place. Ils n'eurent qu'à présenter leurs permis de conduire et signer le contrat de location. Puis elle remit un plan de la ville à Jean-

Pierre Belmont et lui indiqua où ils devaient se rendre à 18 heures, pour réaliser des portraits de la jeune mariée et des autres membres de sa famille.

— Ça ira ? demanda-t-elle tandis qu'il exhalait une bouffée de fumée.

On lui demanda de bien vouloir éteindre sa cigarette et il s'éloigna en direction d'un cendrier, avant de rejoindre Paris devant le comptoir.

— Appelez-moi si vous avez besoin de quoi que ce soit, conclut-elle en lui tendant sa carte de visite.

Il traduisit ses explications aux deux autres puis, après l'avoir saluée, s'engouffra dans un ascenseur. Paris regagna sa voiture, perdue dans ses pensées. Elle avait l'impression d'avoir été happée par un tourbillon depuis qu'elle avait rencontré Jean-Pierre. Un tourbillon de gestes, de fumée, de bribes de conversations inintelligibles, d'exclamations et de mimiques expressives. Ses grands yeux noisette pétillaient de vivacité. Il aurait pu compter parmi les amis de Meg, n'eût été son attitude typiquement française. En même temps, malgré son allure extrêmement jeune, il semblait parfaitement maître de la situation. L'odeur de sa cigarette flottait encore dans la voiture lorsqu'elle regagna le bureau pour relever ses messages.

Bix était encore là. Il leva sur elle un regard interrogateur.

— Ça a été ?

Elle acquiesça d'un signe de tête, en jetant un coup d'œil à ses messages. Tout se déroulait comme prévu.

— Très bien, répondit-elle avant de lui décrire Jean-Pierre Belmont. On lui donnerait douze ans, conclut-elle en riant. Allez, un tout petit peu plus.

— Je le croyais plus âgé que ça, s'étonna Bix.

— Moi aussi, figure-toi. Il est tellement… français ! Quel dommage que Meg soit casée ; je suis sûre qu'ils se seraient bien entendus, tous les deux !

Mais Meg filait un bonheur sans nuages auprès de Richard, depuis presque trois mois. C'était exactement ce qu'elle avait souhaité pour sa fille, un homme responsable et attentionné.

Ce soir-là, Bix et Paris organisaient un dîner de famille de trente convives chez les Delacroix. Les invités avaient commencé à arriver de France. Postée dans un coin de la pièce, Paris observa la séance de photos. Eblouissante dans sa robe de mariée, à l'abri des regards indiscrets, Ariane Delacroix prit la pose sous l'objectif de Jean-Pierre Belmont. Elle ressemblait à une fée et rit de bon cœur quand Jean-Pierre lui lança un de ses sourires contagieux. A un moment, il aperçut Paris et lui adressa un clin d'œil avant de se remettre au travail. Autour de lui, ses assistants s'affairaient, rangeant les appareils, changeant les pellicules et les objectifs. Il prit ensuite toute une série de photos de famille, en groupe et indivi-duelles. Lorsque la jeune mariée monta se changer pour prendre une photo en robe de soirée avec sa mère, il s'approcha de Paris.

— Voulez-vous que je vous prenne en photo ? proposa-t-il gentiment.

Paris secoua la tête ; ç'eût été une faute professionnelle, à ses yeux.

— Non, non, merci.

— Vous avez de beaux yeux, dit-il en désignant son visage d'un geste de la main.

— Merci.

Leurs regards se fixèrent et presque instantanément Paris sentit un courant électrique la traverser. C'était exactement ce qu'elle n'avait pas éprouvé avec Malcolm Ford. L'homme qui se trouvait devant elle parlait à peine sa langue, paraissait deux fois plus jeune qu'elle, et pourtant… pourtant, il émanait de lui une force virile, quasi magnétique, qui l'attirait irrésistiblement. Il n'y avait pas d'explication logique à ce qu'elle ressentait. Jean-Pierre Belmont possédait un charisme incroyable, c'était un être entier, débordant d'entrain et de vitalité ; tout en lui la faisait vibrer : de ses grands yeux pétillants à ses cheveux ébouriffés, en passant par son diamant à l'oreille.

La mariée et sa mère firent leur apparition, le charme se rompit ; Jean-Pierre retourna au travail. Sous le choc, Paris quitta la pièce.

— Tout va bien ? s'enquit Bix devant son air troublé.

— Oui, oui, ça va.

Un moment plus tard, les invités passèrent à table et elle croisa de nouveau Jean-Pierre, qui s'apprêtait à partir avec son équipe. Mais avant de quitter la pièce, il lui décocha une œillade qui lui chavira le cœur.

— Sexy en diable, commenta Bix en le suivant des yeux. Dans ma jeunesse, j'aurais craqué.

Il ponctua ses paroles d'un rire espiègle et Paris se joignit à lui.

— Dans ma vieillesse, j'aurais fait la même chose, renchérit-elle, troublée par les sensations qu'il avait provoquées en elle.

Les jours suivants, leurs chemins se croisèrent à plusieurs reprises. Jean-Pierre était toujours à l'ouvrage ; dans les postures les plus incroyables, il immortalisa chaque moment du somptueux mariage. Paris le vit allongé aux pieds des convives, suspendu à une balustrade, à deux doigts de tomber dans un escalier, penché au-dessus d'un visage... En perpétuel mouvement, il ne reculait devant rien pour saisir l'instant unique. Et dès que Paris était dans les parages, il s'arrangeait pour croiser son regard. Lorsque la jeune mariée quitta enfin la salle de réception, il se détendit un moment avant de se diriger vers Paris.

— Très beau ! s'exclama-t-il. Très, très beau mariage ! Photos magnifiques, décoration magnifique... *et les fleurs !*

Pour l'occasion, Bix avait réalisé des compositions florales d'une beauté à couper le souffle. Le palais de la Légion d'honneur croulait sous une débauche de roses et de muguet, mêlés à d'autres fleurs d'une délicatesse infinie que Paris n'avait encore jamais vues nulle part. Bix les avait fait venir d'Afrique, de France et d'Equateur, moyennant un prix exorbitant. Quant à l'éclairage, il était digne des illuminations du château de Versailles.

Paris et Jean-Pierre bavardèrent un moment sous le ciel étoilé. Il était 2 heures du matin mais bizarrement elle ne ressentait aucune fatigue.

— On va prendre un verre ? proposa soudain Jean-Pierre.

Sur le point de refuser, Paris acquiesça d'un signe de tête. Que risquait-elle, après tout ? Dans quelques jours, il retournerait en France. Avant son départ, il voulait prendre quelques vues de San Francisco. Ses assistants, eux, repartaient dès le lendemain.

— On prend votre voiture ?

Elle hocha de nouveau la tête.

— Je vous retrouve dehors dans dix minutes, dit-elle avant de partir à la recherche de Bix.

Ce dernier s'apprêtait également à partir. La famille avait déjà quitté les lieux, il ne restait plus que quelques retardataires. Leur présence n'était plus nécessaire.

— C'était splendide, n'est-ce pas ? On a fait du bon boulot, s'écria Bix, rayonnant.

— *Tu* as fait du bon boulot, corrigea-t-elle dans un sourire. Moi, je ne suis que ta fidèle disciple, celle qui se charge des petits détails sans importance. C'est toi le génie dans tout ça, Bix.

Il l'embrassa affectueusement et elle partit chercher sa voiture. Un moment plus tard, elle roulait dans la nuit, Jean-Pierre à son côté, en direction d'une cafétéria qui restait ouverte vingt-quatre heures sur vingt-quatre. Il parut enchanté en découvrant la petite salle et se mit aussitôt à prendre des photos sous des angles étonnants. Il en profita pour prendre quelque clichés de Paris, puis s'assit en face d'elle et commanda des pancakes et des œufs brouillés. Il n'avait rien avalé de toute la soirée, absorbé par son travail.

— J'adore l'Amérique, déclara-t-il d'un ton ravi.

A cet instant, il ressemblait à un elfe tout droit tombé d'une autre planète. A peine plus grand que Paris, il était à la fois musclé et sec, presque comme un adolescent pubère.

— Vous êtes mariée ? demanda-t-il soudain sans avoir l'air d'attacher une grande importance à sa question.

Paris esquissa un sourire.

— Non. Divorcée.

— Vous êtes heureuse ou triste ?

— D'être divorcée ?

Il hocha la tête et elle réfléchit un instant.

— Les deux, je suppose. J'ai été très malheureuse, au début. Vraiment très, très malheureuse. Maintenant, ça va mieux.

— Vous avez un ami petit ?

Devant son air perplexe, il enroula ses bras autour de lui et mima une étreinte passionnée.

— Oh, un petit ami ! s'écria Paris en riant. Non. Pas de petit ami.

Arquant un sourcil, elle pointa son index dans sa direction pour lui retourner la question. Quelle importance, au fond ? Elle était presque deux fois plus âgée que lui.

— Mon amie petite… ma petite amie… elle est partie… je suis très, très triste, expliqua-t-il en se composant un air éploré, traçant du bout des doigts des larmes imaginaires le long de ses joues. Maintenant, je suis trrrès, trrrès content. Elle était trop… difficile.

Paris pouffa de nouveau, séduite par son accent et ses mimiques cocasses. Il était tellement pétulant, tellement plein de vie que la langue ne constituait pas un véritable handicap entre eux.

— Vous avez des enfants ? reprit-il.

— Oui, deux. Un fils et une fille. Peut-être sont-ils plus âgés que vous. Quel âge avez-vous ?

Jean-Pierre éclata de rire. Personne ne réussissait à deviner son âge et il trouvait cela extrêmement amusant.

— Trente-deux ans.

Les yeux de Paris s'arrondirent de surprise.

— Vous avez l'air plus jeune.

— Et vous ? Trente-cinq ans ?

— *Merci,* dit-elle en riant. J'ai quarante-sept ans.

Il hocha la tête d'un air admiratif.

— Bravo. Vous avez l'air très jeune. Vous êtes de Californie ?

— De New York. Je vis ici depuis neuf mois, depuis mon divorce. Mes enfants habitent ici aussi, ajouta-t-elle en guise d'explication.

— Ils ont quel âge ?

— Ma fille a vingt-quatre ans et mon fils dix-neuf. Il est étudiant à l'université et elle travaille dans un studio de cinéma à Los Angeles.

— Très bien. *Actrice ?*

— Non. Dans la production.

Il hocha de nouveau la tête et ils continuèrent à bavarder tranquillement. Jean-Pierre mangea ses œufs et ses pancakes, tandis qu'elle sirotait un thé en grignotant un muffin, heureuse d'être avec lui.

— Combien de temps comptez-vous rester ? demanda-t-elle.

Sans oser se l'avouer, elle aurait aimé le revoir avant son départ. Mais il était jeune, tellement jeune… trop jeune pour elle…

— Je ne sais pas, répondit-il avec son accent irrésistible. Trois jours. Ou quatre. Je vais peut-être à Los Angeles pour prendre quelques photos. J'ai un visa de six mois. Je reste peut-être un mois, je ne sais pas. J'aimerais voir le lac Tahoe et Carmel. Visiter Los Angeles, Santa Barbara. *En voiture,* ajouta-t-il en français, en faisant semblant de tenir un volant entre ses mains. Je peux faire des photos pour le *Vogue* new-yorkais. Je suis très fatigué… trop de travail. *J'aimerais prendre des vacances, on verra bien après.*

Il avait terminé en français et cette fois, elle avait compris car il avait parlé lentement. Il était plus de 3 heures du matin quand ils sortirent de la cafétéria. Elle le raccompagna à l'hôtel et Jean-Pierre l'embrassa sur les deux joues avant de lui souhaiter bonne nuit.

Allongée dans son lit cette nuit-là, les yeux fixés au plafond, Paris pensa à Jean-Pierre. C'était incroyable, cette attirance qu'elle éprouvait pour lui. Il était certes plein de talent, de vie et d'énergie, mais c'était un tout jeune homme, à ses yeux. Comme elle aurait aimé partir avec lui, juste pour un jour ou deux ! Hélas, c'était impossible, c'était surtout complètement absurde, mais n'était-il pas permis de rêver, même à quarante-sept ans ?

24

Paris dormait encore quand la sonnerie de son téléphone portable retentit le lendemain matin. Elle roula sur le côté en gémissant, attrapa le téléphone et le colla à son oreille.

— *Bonjour*, fit une voix enjouée à l'autre bout du fil.

Un sourire ensommeillé éclaira le visage de Paris. C'était Jean-Pierre !

— Oh… comment vas-tu ?

— Très bien. *Et toi ?*

— Mmm, je suis un peu fatiguée, admit-elle en s'étirant.

— Je te réveille ? Pardonne-moi. Que fais-tu aujourd'hui ?

— *Je ne sais pas,* répondit Paris en s'amusant à parler français.

Elle n'avait rien prévu de particulier, si ce n'est de se reposer après le mariage grandiose qu'ils venaient d'orchestrer.

— Je vais visiter Sausalito. Tu veux venir ?

Le sourire de Paris s'épanouit. C'était une idée folle qui la tentait énormément. Avec son tempérament enthousiaste et rieur, Jean-Pierre était l'antithèse de Jim Thompson ; même Chandler, en comparaison, lui semblait fade et prévisible. Elle aimait le côté nature et direct de Jean-Pierre ; même avec son anglais improbable, il allait droit au but, sans faux-semblant. Avec lui, on savait toujours à quoi s'en tenir, c'était en tout cas l'impression qu'il lui donnait.

— Nous allons à Sausalito ensemble ? reprit-il d'une voix pleine d'espoir.

Paris eut soudain envie de l'emmener déjeuner chez Sam, à Tiburon. La terrasse du restaurant donnait sur la plage et le cadre lui plairait forcément. Elle jeta un coup d'œil à sa montre : il était 11 heures passées.

— Je viens te chercher à midi, déclara-t-elle, gagnée par son entrain.

— Midi ? *D'accord.*

— *D'accord ?* répéta Paris, sourcils froncés.

Il eut un rire amusé.

— En français, ça veut dire *okay.*

Elle aimait son accent traînant… Elle aimait tout chez lui, c'était bien là le problème. Tout à fait réveillée, elle alla prendre une douche et enfila un jean, un pull rouge et son caban. Inutile de tergiverser sur le choix d'une tenue pour Jean-Pierre ; il semblait n'attacher que très peu d'importance à l'apparence. Comme une nouvelle vague de doute l'assaillait, elle parvint à se convaincre que ce n'était qu'une simple petite balade touristique, tout à fait inoffensive. Ils prendraient plaisir à visiter les environs ensemble et dans quelques jours, Jean-Pierre partirait.

Il l'attendait sur le trottoir devant l'hôtel et sauta dans sa voiture avec souplesse. En jean, pull et blouson de cuir noirs, il ressemblait à une rock star avec son diamant dans l'oreille et ses cheveux en bataille. Il éclata de rire quand elle le lui fit remarquer.

— Je chante très faux, dit-il en portant les mains à son cou pour feindre de s'étrangler.

Paris prit la direction du pont du Golden Gate. Aussitôt, Jean-Pierre sortit un appareil photo de sa poche et passa la tête par la vitre pour immortaliser la ville sous toutes ses coutures. Le soleil brillait dans un ciel d'une pureté limpide. Arrivés à Tiburon, elle l'emmena chez Sam. Jean-Pierre tomba sous le charme de l'endroit. Dans un mélange d'anglais et de français, il lui raconta qu'il prenait des photos depuis son enfance. Ses parents étaient morts alors qu'il était encore petit garçon et c'était sa sœur aînée qui l'avait élevé. A vingt et un ans, il s'était marié. De cette union était né un enfant, un garçon, qui avait aujourd'hui dix ans et qui vivait avec sa mère. Jean-Pierre le voyait rarement ; la rupture avait été houleuse et il n'était pas en très bons termes avec son ex-femme.

— C'est triste, murmura Paris, touchée par son histoire.

Il lui montra la photo d'un adorable garçonnet.

— Où habitent-ils ?

— A Bordeaux. Je n'aime pas cette ville. Il y a du bon vin, mais c'est trop petit.

Paris lui parla alors de ses enfants, de son divorce, de son travail auprès de Bix, et de Peter, marié à une autre femme. Les sujets de conversation s'enchaînèrent facilement, tantôt légers, tantôt plus graves. Finalement, Jean-Pierre déclara qu'il désirait prendre un maximum de photos pendant son séjour aux Etats-Unis. San Francisco lui plaisait énormément.

Après le déjeuner, ils allèrent se promener à Sausalito.

— C'est loin d'ici, Sonoma ? demanda soudain Jean-Pierre.

Paris leva les yeux sur lui.

Pas vraiment, pourquoi ? Tu veux y aller ?

— *Maintenant ?*

Paris hocha la tête.

— Pourquoi pas ?

— D'accord, dit-il avec un sourire ravi.

Sonoma était à moins d'une heure de route de Sausalito. Ils traversèrent les vignobles, empruntant de petites routes pour mieux profiter du paysage, puis débouchèrent dans la Napa Valley et atteignirent Sonoma à l'heure du dîner. Ils trouvèrent un petit bistrot où tout le monde parlait français, pour le plus grand bonheur de Jean-Pierre, qui discuta longuement avec le serveur. A 22 h 30, ils étaient de retour à San Francisco, après une journée fabuleuse.

— Que fais-tu demain, Paris ? demanda Jean-Pierre lorsqu'elle s'arrêta devant l'hôtel.

Un sourire joua sur ses lèvres.

— Je travaille. Et toi, quels sont tes projets ? demanda-t-elle, sur le point de l'inviter à passer au bureau, pour qu'il visite les lieux.

Mais il avait déjà prévu de partir à Los Angeles, au volant de sa fourgonnette de location.

— Tu reviendras ? ne put-elle s'empêcher de demander, pleine d'espoir.

— *Je ne sais pas.* Si je reviens, je t'appellerai.

— *D'accord.*

Ils se regardèrent longuement, sans mot dire. Finalement, Jean-Pierre esquissa un sourire mutin.

— *Sois sage,* murmura-t-il en français avant d'ajouter, devant sa mine perplexe : Ne fais pas de bêtises !

Paris lui rendit son sourire. Aussi bizarre que cela puisse paraître, elle ne sentait pas le fossé des générations qui les séparait. Etait-ce pareil pour Meg et Richard ? Sans aucun doute. Mais la réalité était tout autre, qu'elle le veuille ou non : Jean-Pierre avait quinze ans de moins qu'elle. Et elle le connaissait à peine ! Elle avait passé d'excellents moments à jouer les touristes en sa compagnie, mais il n'y avait rien d'autre entre eux. Peut-être même ne le reverrait-elle jamais.

Il lui fit un baiser sur chaque joue et sortit de la voiture en sautillant. Paris agita la main, avant d'appuyer sur l'accélérateur. Jetant un coup d'œil dans le rétroviseur, elle le vit posté sur le trottoir, qui la regardait.

Jean-Pierre hanta ses pensées toute la nuit. Elle se remémora leurs conversations, les expressions qui animaient son visage enfantin. Des mots français dansèrent dans sa tête, telle une litanie. Le lendemain, elle se leva avec peine, le cerveau et le corps étrangement engourdis. La présence de Jean-Pierre agissait sur elle comme un puissant aphrodisiaque qui l'emplissait d'énergie et de désir. Loin de lui, l'effet magique était retombé. Pour la première fois, elle comprit pourquoi certaines femmes se laissaient tenter par des aventures avec des hommes plus jeunes qu'elles. Mais cela ne lui arriverait pas. Pas à elle.

Au bureau, Bix et elle étudièrent plusieurs projets. Hélas, la sensation de malaise qui la tenaillait ne la quitta pas de la journée. Le pire, c'était que Jean-Pierre lui manquait ! C'était complètement fou... Au prix d'un effort, elle résista à l'envie de l'appeler sur le portable qu'il avait loué, bien qu'il lui ait donné son numéro. Ce soir-là elle alla se coucher tôt et le lendemain s'absorba dans le travail.

Elle se sentit un peu mieux le mercredi. Dans la soirée, Meg l'appela afin de l'informer de ses projets pour Thanksgiving. Cette fois-ci, ils passeraient cette fête en compagnie de leur père, et seraient chez elle à Noël. Paris ne questionna pas sa fille sur la grossesse de Rachel. Meg respecta ses sentiments, en évitant délibérément d'aborder le sujet.

Lorsqu'elle rentra du bureau le jeudi soir, la sonnerie de son téléphone portable retentit. C'était Bix ou Meg ; personne d'autre ne l'appelait sur son portable. Elle se gara devant chez elle et attrapa l'appareil. A l'instant où elle s'apprêtait à répondre, elle l'aperçut, assis sur les marches du perron, son portable collé à l'oreille.

— *Où es-tu ?* demanda-t-il sans préambule.

Elle coupa le contact et lui lança un sourire rayonnant, submergée par une vague d'allégresse.

— Devant toi, répondit-elle en sortant de la voiture, son téléphone à la main.

Elle gravit les marches du perron et se pencha pour l'embrasser sur la joue, mais il l'enlaça et prit ses lèvres dans un baiser fiévreux auquel elle répondit aussitôt, emportée dans un tourbillon de sensualité. Elle aurait aimé que ce moment dure toujours… elle se sentait si bien dans ses bras !

— Tu me manques trop, murmura-t-il finalement tout contre ses lèvres. Alors je suis rentré de Los Angeles. Je suis passé à Santa Barbara hier. C'est comme Bordeaux. Très beau, très petit. Trop calme.

— C'est aussi mon avis, approuva Paris tandis que son cœur battait la chamade dans sa poitrine.

Elle chercha ses clés et ouvrit la porte. Jean-Pierre avait appelé au bureau pour avoir son adresse, arguant qu'il désirait lui montrer des épreuves. Il lui emboîta le pas et hocha la tête d'un air approbateur en voyant l'intérieur de la maison. Puis il ôta son blouson de cuir râpé.

— Tu as faim ?

Il acquiesça en souriant et s'approcha de la fenêtre pour admirer la vue. Un moment plus tard, alors qu'elle préparait le repas, il sortit son appareil et prit quelques photos d'elle.

— Arrête, je suis affreuse ! protesta-t-elle en repoussant une mèche de cheveux derrière son oreille.

Le dîner était tout simple : de la soupe, un peu de poulet froid accompagné d'une salade verte. Elle remplit deux verres de vin, pendant que Jean-Pierre mettait de la musique. Il paraissait très à son aise et vint l'embrasser plusieurs fois, pendant qu'elle achevait ses préparatifs. Distraite, Paris eut un mal fou à se concentrer.

Ils purent enfin passer à table et se mirent à parler de musique. Les goûts de Jean-Pierre étaient très sophistiqués ; il s'avéra incollable en musique classique. Sa mère était artiste et son père chef d'orchestre, avant leur disparition. Quant à sa sœur, elle était professeur en chirurgie cardiaque dans un grand hôpital parisien. Quand ils abordèrent le sujet des études, Paris lui expliqua qu'elle avait étudié les sciences économiques.

— Moi, j'ai fait *Sciences Po,* déclara Jean-Pierre, avant d'expliquer : Sciences politiques, c'est une très bonne école à Paris. Et toi, où as-tu étudié ?

— Dans une école privée, où j'ai décroché un MBA… un diplôme de commerce, si tu préfères.

Il hocha la tête.

— Je comprends. On a une très bonne école pour ça, nous aussi : HEC. C'est un peu comme votre Harvard Business School. Mais je n'ai pas besoin de tout ça pour prendre des photos, conclut-il en riant.

Quand il la prit dans ses bras après le repas, Paris s'abandonna à ses caresses langoureuses, avant de recouvrer ses esprits. A quoi songeait-elle, à la fin ? Elle ne pouvait tout de même pas se laisser guider par son instinct animal, c'était indigne d'une femme de son âge ! Au prix d'un effort, elle s'écarta et posa sur lui un regard sombre.

— Ce n'est pas sérieux, Jean-Pierre. On se connaît à peine… C'est complètement fou, ce qui nous arrive.

— Parfois, c'est bon d'être un peu fou, non ? Moi, je crois que oui. Je suis fou pour toi.

— De toi, corrigea-t-elle gentiment.

— Oui, si tu veux.

— Je ressens la même chose, tu sais, mais dans quelques jours, tu ne seras plus là et nous regretterons peut- être notre emportement…

Il porta la main à son cœur, en secouant la tête d'un air solennel.

— Non, je me souviendrai toujours de toi. Tu resteras ici.

— Toi aussi, Jean-Pierre, mais je ne voudrais surtout pas qu'on regrette d'être allés trop vite.

— Pourquoi regretter ?

— Parce que le cœur est sensible. Et qu'on ne se connaît pas, toi et moi.

— Moi, je te connais bien, je sais plein de choses sur toi. Ce que tu as fait comme études, tes enfants, ton travail, ton mariage, ta *tristesse*… tu as perdu beaucoup…

Il marqua une pause et parut se souvenir de quelque chose qu'il désirait partager avec elle. Les yeux brillants, il reprit la parole :

— Tu connais *Le Petit Prince,* le livre d'Antoine de Saint-Exupéry ? A un moment, il dit : « *On ne voit bien qu'avec le cœur* »... avec le cœur, tu comprends ; ce ne sont ni les yeux ni l'intelligence qui voient les choses importantes. C'est un livre magnifique.

— Je l'ai lu plusieurs fois à mes enfants, confia Paris, bouleversée. C'est beau et tellement triste... le petit prince meurt, à la fin.

— Oui, mais il goûte une vie éternelle dans les étoiles, renchérit Jean-Pierre, heureux de pouvoir partager ses impressions avec Paris.

Il avait lu dans ses yeux, en prenant des photos d'elle, qu'elle était quelqu'un de particulier.

— Tu dois toujours essayer de voir avec le cœur. Comme ça, tu vivras dans les étoiles pour toujours.

Paris esquissa un sourire, captivée par ses paroles. Ils continuèrent à parler jusque tard dans la nuit, puis Jean-Pierre décida de partir. Il respectait les réticences de Paris et ne voulait surtout pas gâcher leur relation en se montrant insistant.

Le lendemain, il l'appela avant de faire son apparition au bureau. Bix ne cacha pas son étonnement en le voyant arriver.

— Jean-Pierre, tu n'es donc pas parti ? lança-t-il en souriant chaleureusement au nouveau venu. Je croyais que tu devais quitter San Francisco dimanche ou lundi.

— C'est ce que j'ai fait. Je rentre hier de Los Angeles, expliqua-t-il comme s'il s'agissait d'une ville française.

Son anglais approximatif arracha un sourire à Bix.

— Combien de temps comptes-tu rester parmi nous ?

— Peut-être quelques semaines.

Au même instant, Paris émergea de son bureau et l'aperçut. Leurs regards se fixèrent, tandis qu'un courant électrique circulait entre eux. Sans qu'ils prononcent le moindre mot, Bix comprit la situation. Il invita Jean-Pierre à rester déjeuner et tous trois s'installèrent dans la salle de réunion, devant des sandwichs et des cappuccinos. Jean-Pierre ne s'attarda pas après le repas ; il les remercia et s'en alla. Sans avoir besoin de lui parler en tête à tête, Paris comprit qu'il aimerait la voir plus tard. Après son départ, Bix l'enveloppa d'un regard inquisiteur.

— Est-ce que je me fais des idées, ou bien il y a quelque chose entre vous ?

Paris hésita un instant.

— Tu te fais des idées, répondit-elle finalement. On a simplement passé la journée de dimanche ensemble. Je l'ai emmené à Sausalito et à Sonoma. Il est passé me voir chez moi hier soir, mais c'est tout. Je ne suis pas folle à ce point.

Pourtant, la tentation était de plus en plus forte… Lui résisterait-elle encore longtemps, s'il s'attardait à San Francisco ?

— Personnellement, je le serais volontiers, déclara Bix sans la quitter des yeux. Fou à ce point, je veux dire. Bon sang, Paris, ce garçon est adorable ! Et puis, tu n'as de comptes à rendre à personne.

— Si, justement. A moi-même. C'est un gamin, Bix. Il a quinze ans de moins que moi !

— Ça ne se voit pas. Tu as l'air d'une jeune fille. Mince alors, si c'était moi qu'il couvait de ces regards brûlants, je n'hésiterais pas un instant : je lui sauterais dessus, crois-moi ! Ce mec est une véritable bombe !

— Je croirais entendre mes enfants ! s'écria Paris en riant.

Bien sûr, elle était entièrement d'accord avec Bix, mais c'eût été de l'égoïsme caractérisé de s'abandonner au désir qui la dévorait.

— Tu sais quoi ? Tu devrais le kidnapper et l'enchaîner à ton lit avant qu'il décide de regagner Paris, plaisanta Bix.

Elle lui lança une œillade insolente.

— Est-ce la méthode que tu as employée avec Steven ?

— C'est lui qui m'a enchaîné ! Enfin, façon de parler, ajouta-t-il plus sérieusement. L'attirance que nous éprouvions l'un pour l'autre était presque magnétique. Et c'est pareil pour vous, ne me dis pas le contraire. J'ai bien cru que vous alliez mettre le feu à la pièce avec les regards que vous n'avez cessé d'échanger ! Vous m'avez presque coupé l'appétit... Il semblait prêt à t'attraper et à te renverser sur la table ! Tu le vois, ce soir ?

— Peut-être, admit-elle en soutenant le regard complice de son ami.

Au moment de quitter le bureau, il lui lança une dernière remarque lourde de sous-entendus et elle le rabroua vertement. Pour qui la prenait-il, à la fin ? Pour une libertine dépourvue de tout sens moral ?

— Et alors, ma chérie, qu'y a-t-il de mal à ça ? insista Bix. On n'a qu'une vie, tu sais. Alors, autant profiter de chaque instant de bonheur.

Les paroles de son ami résonnaient encore dans sa tête quand elle prit sa voiture pour rentrer chez elle. Comme la veille, elle trouva Jean-Pierre assis sur les marches. Plongé dans la lecture d'un magazine, il mangeait tranquillement une pomme. La fourgonnette était garée dans l'allée. Dès qu'il entendit le bruit du moteur, il leva les yeux et une joie immense illumina son visage. Cela faisait exactement huit jours qu'elle l'avait rencontré et elle avait l'impression de le connaître mieux que certaines personnes qu'elle côtoyait depuis des années. Malgré tout, l'attirance qu'elle éprouvait pour lui ne trouvait aucune explication rationnelle. Ce qui se passait entre eux relevait d'un cocktail explosif, mêlant allègrement chimie et hormones. C'était plus fort qu'eux, et pourtant elle était bien décidée à rester maîtresse de ses émotions.

— Je n'ai pas grand-chose au réfrigérateur, déclara-t-elle comme ils pénétraient ensemble dans le hall d'entrée.

Avant qu'elle ait le temps de réagir, il la débarrassa de son sac à main et de son attaché-case, ferma la porte d'un léger coup de pied et l'embrassa avec une telle fougue qu'elle en eut le souffle coupé. Elle leva sur lui un regard voilé par le désir. Jamais encore elle n'avait goûté de baiser plus sensuel.

— Tu me fais tourner la tête, Paris, murmura-t-il d'une voix sourde avant de reprendre ses lèvres.

Sans cesser de l'embrasser, il lui enleva son manteau et déboutonna fébrilement son chemisier. Puis ce fut au tour de son soutien-gorge de rejoindre le petit tas de vêtements qui jonchaient le sol. Paris, ivre de désir, ne lui opposa aucune résistance. Tandis qu'il continuait à la déshabiller, elle déboutonna à son tour sa chemise et défit sa ceinture. Quelques instants plus tard, ils se tenaient tous deux dans l'entrée, peau contre peau, plaqués l'un à l'autre. Sans un mot, il la souleva dans ses bras puissants et monta l'escalier jusqu'à sa chambre, comme s'il l'avait fait des milliers de fois. Il la déposa sur le lit avec une douceur infinie, la contempla longuement puis, étouffant un grognement animal, il couvrit son corps nu de baisers et de caresses enivrantes. Emportée par une vague de volupté, elle lui rendit ses faveurs et le prit dans sa bouche avec bonheur. Dans un gémissement, il rejeta la tête en arrière, le plaisir inonda son beau visage auréolé de sa tignasse ébouriffée, le visage de la jeunesse... N'y tenant plus, il s'allongea auprès d'elle et lui fit l'amour comme jamais aucun homme auparavant. Ce fut comme un raz-de-marée qui les emporta tous les deux vers les cimes d'un plaisir extraordinaire.

Infiniment érotique, ce voyage parut durer une éternité et quand elle se blottit enfin dans ses bras, envahie par une douce torpeur, Jean-Pierre caressa ses cheveux soyeux en lui murmurant à l'oreille qu'il l'aimait. Ils se connaissaient à peine, et pourtant elle le crut.

— *Je t'aime,* chuchota-t-il encore d'une voix rauque, avant de capturer ses lèvres dans un baiser plein de tendresse.

Elle se plaqua contre lui, tandis qu'il resserrait son étreinte. Leur baiser devint plus exigeant, leurs mains s'égarèrent de nouveau. Plusieurs heures s'écoulèrent encore avant qu'ils s'endorment enfin, repus de plaisir, tendrement enlacés.

Quand ils se réveillèrent à l'aube, ils firent de nouveau l'amour mais plus langoureusement, cette fois. Cette nuit resterait à jamais gravée dans sa mémoire, Paris le savait avec certitude.

Jean-Pierre l'avait ensorcelée.

25

Heureusement, c'était un week-end, car Paris et Jean-Pierre ne quittèrent pas le lit pendant près de quarante-huit heures. Le samedi, ils commandèrent des pizzas et se confectionnèrent des sandwichs au beurre de cacahouètes que Jean-Pierre jugea immondes... avant d'en avaler deux d'affilée. Tout au long du week-end, ils s'embrassèrent, se caressèrent et s'unirent dans des étreintes passionnées. Ils étaient en train de paresser dans la baignoire le dimanche soir lorsque le téléphone sonna. C'était Meg qui venait aux nouvelles.

Paris bavarda un moment, évitant délibérément de parler de Jean-Pierre. Captant le message, ce dernier ne fit pas un bruit pendant la conversation et observa le même silence quand Wim appela, une demi-heure plus tard.

Décidée à profiter de sa présence sans se poser de questions, Paris savoura chaque instant de ce voluptueux intermède. Pour la première fois de sa vie, elle s'abandonna totalement à l'appel de ses sens, sans attendre autre chose que du plaisir à l'état pur. Pas de projets, pas de promesses, pas d'interrogations insensées. Elle vivait l'instant présent avec délice, comblée par tout ce que lui apportait Jean-Pierre. Et de son côté, il semblait prendre les choses de la même manière.

Avant de partir au bureau le lundi matin, elle lui demanda simplement s'il avait des projets pour la journée.

— Je dois voir un magazine, répondit-il d'un ton évasif. Quelqu'un m'en a parlé à Paris. Je suis curieux de voir ce qu'ils font.

— Est-ce que tu seras là quand je rentrerai ce soir ?

— J'essaie, dit-il en souriant avant de l'embrasser.

Cela faisait trois jours qu'il n'était pas passé à l'hôtel ; ils ne s'étaient pas donné la peine de s'habiller depuis qu'ils avaient franchi le seuil de la maison, le vendredi soir. Pendant tout le week-end, ils avaient évolué nus ou enroulés dans des draps de bain. Oubliant sa nature pudique, Paris s'était offerte à lui avec un bonheur qu'elle n'aurait pas cru possible. Avant de partir, elle lui remit un trousseau de clés et lui montra comment désactiver l'alarme. C'était comme si elle le connaissait depuis toujours ; auprès de lui, elle se sentait en sécurité et lui vouait une confiance aveugle.

— *Merci, mon amour,* murmura-t-il en prenant les clés. *A tout à lheure*, ajouta-t-il en soufflant un baiser dans sa direction.

Il quitta la maison peu de temps après elle.

— Alors, tu as passé un bon week-end ? demanda Bix dès qu'elle franchit le seuil du bureau.

Elle accrocha sa veste et haussa les épaules d'un air désinvolte.

— Dans l'ensemble, oui. Et toi ?

— Je ne marche pas, lança Bix en la dévisageant avec attention. Jean-Pierre est toujours en ville ?

— Je crois, oui, répondit Paris d'un ton innocent.

Son regard ne trahissait aucune émotion ; elle était si fatiguée qu'elle avait peine à garder les yeux ouverts !

Quand elle rentra chez elle en fin de journée, Jean-Pierre l'attendait. Il avait même préparé le dîner : gigot d'agneau et haricots verts, fromage et baguette. Paris se mit à table avec appétit.

— Tu es passé voir la rédaction du magazine dont tu m'avais parlé ? demanda-t-elle entre deux bouchées.

C'était un vrai régal – le premier repas digne de ce nom qu'ils prenaient depuis trois jours.

— Mmm. C'était… intéressant. C'est une petite structure, mais ils font du beau travail. C'est un nouveau magazine.

— Tu vas travailler pour eux ?

Il hocha la tête, en l'enveloppant d'un regard pénétrant.

— J'ai une question à te poser, Paris, reprit-il avec gravité. Veux-tu que je reste ou que je m'en aille ? Est-ce que ce serait trop compliqué pour toi, si je décidais de passer un ou deux mois ici ?

Elle soutint son regard sans ciller, avant de répondre sur le même ton solennel :

— J'aimerais que tu restes.

Un sourire radieux illumina le visage de Jean-Pierre.

— Alors, je reste. Mon visa est valable six mois. Mais je pars quand tu me le demandes.

Ainsi conclurent-ils une sorte de pacte qu'ils jugeaient tous deux idéal. Dans l'entourage de Paris, personne n'était au courant de sa liaison avec Jean-Pierre. Les nuits et les week-ends leur appartenaient.

Pris par leurs emplois du temps respectifs, Meg et Wim ne purent se libérer pour lui rendre visite. Ils passèrent un mois entier ensemble, dans une bulle de pur bonheur, avant que Meg appelle Paris pour lui annoncer son arrivée. Elle voulait passer une soirée avec sa mère avant de s'envoler pour New York, la veille de Thanksgiving. Plein de tact, Jean-Pierre proposa de les laisser seules ce soir-là.

— Je crois que c'est une bonne idée, convint Paris, désireuse de ménager la susceptibilité de sa fille.

Finalement, Meg et Wim arrivèrent tous les deux le mardi soir, l'avant-veille de Thanksgiving. Enchantée de voir ses enfants, Paris leur prépara un bon dîner et ils passèrent ensemble une excellente soirée. Ils prenaient un avion pour New

York le lendemain matin. Richard, l'ami de Meg, avait décidé de rester à Los Angeles avec sa fille.

— Ça ira pour Thanksgiving, maman ? demanda Meg.

Paris leur avait dit qu'elle passerait la fête en compagnie de Steven et Bix, mais un long week-end l'attendait ensuite et Meg s'inquiétait pour elle. Elle n'avait pas encore beaucoup d'amis à San Francisco et, à sa connaissance, elle ne voyait personne en ce moment.

— Oui, ma chérie, ça ira, ne t'en fais pas pour moi. En tout cas, je suis heureuse de vous avoir pour Noël. C'est plus important pour moi, tu sais.

Incapable de garder le secret plus longtemps – elle n'avait jamais rien caché à sa fille –, Paris attendit qu'elles aillent se coucher pour lui avouer qu'elle avait rencontré quelqu'un. Un Français. Elle s'abstint toutefois de lui dire qu'il habitait chez elle et qu'il était de quinze ans son cadet, jugeant que cela ferait trop d'un seul coup.

— Comment est-il ? demanda Meg, heureuse pour elle.

— Adorable. C'est un photographe. Il est en poste ici pour quelques mois.

— Quel dommage ! fit Meg, déçue. Quand doit-il repartir ?

— Je ne sais pas exactement. Pour le moment, nous nous amusons bien ensemble, ajouta-t-elle avec philosophie.

— Veuf ou divorcé ?

— Il est divorcé et papa d'un garçon de dix ans, répondit Paris, délibérément évasive.

— C'est drôle, tu ne trouves pas, tous ces types d'âge mûr qui font des enfants… ? dit Meg.

Paris se contenta de hocher la tête avant de se brosser les dents. Tôt ou tard, s'ils rencontraient Jean-Pierre, ses enfants s'apercevraient forcément de leur différence d'âge. Le photographe se moquait complètement de ces considérations ; son ex-femme était elle aussi plus âgée que lui… mais de cinq ans seulement. Malgré tout, Paris redoutait la réaction de ses enfants, quand ils découvriraient la vérité.

Le lendemain, elle confia ses préoccupations à Bix. Elle regrettait de ne pas s'être montrée plus franche avec Meg, lorsque celle-ci avait abordé le sujet.

— L'âge ne compte plus, de nos jours, affirma Bix. Jeune, vieux, on s'en fiche complètement. Des femmes de cinquante ans vivent de belles aventures avec des garçons de vingt-cinq ans. De fringants septuagénaires épousent de jolies trentenaires et s'empressent de leur faire des bébés. Le monde évolue. Plein de gens font des gamins sans se marier ; les célibataires sont de plus en plus nombreux à vouloir adopter des enfants. Les vieilles règles tombent aux oubliettes. Aujourd'hui, on peut faire à peu près tout ce qu'on veut, sans choquer personne. J'espère que tes enfants sauront se montrer tolérants et compréhensifs.

Pourtant, son petit discours ne rassura pas complètement Paris. Le jour de Thanksgiving, elle téléphona chez Peter. Ce fut Rachel qui répondit. Sans se démonter, Paris demanda à parler à Meg. Lorsque Wim succéda à sa sœur quelques minutes plus tard, elle le chargea de souhaiter une bonne fête de sa part à son père. Elle n'avait pas revu Peter depuis plus d'un an, quand ils s'étaient retrouvés à Berkeley pour aider Wim à s'installer. Ils ne se téléphonaient même plus – à quoi bon ? – et c'était mieux ainsi.

Jean-Pierre était chez elle quand elle appela ses enfants. Ils se rendirent ensuite chez Bix et Steven, où ils passèrent une excellente journée. C'était la première fois que le photographe célébrait Thanksgiving et il décréta que c'était une fête formidable. Plus tard au cours du week-end, ils allèrent voir deux films français et une production américaine. Jean-Pierre vouait une véritable passion au cinéma.

Ils vécurent encore tout un mois dans leur cocon douillet et protégé, baignant tous deux dans une parfaite harmonie. Bix et Paris organisèrent des dizaines de réceptions à l'approche de Noël, tandis que, de son côté, Jean-Pierre enchaînait les missions pour le compte du nouveau magazine. La rédaction était trop heureuse d'avoir mis la main sur ce génie de la photo et il dut parlementer longuement avec les grands magazines new-yorkais et parisiens, qui s'étonnaient de ne plus le voir depuis quelque temps. Son visa courait jusqu'au mois d'avril. Après cette échéance, deux solutions s'offriraient à lui : soit il tenterait d'obtenir un visa de résident – ce qui, en soi, n'était pas chose aisée –, soit il rentrerait en France. Mais pour le moment, la question ne se posait pas et tout était simple et confortable dans le petit univers qu'ils s'étaient construit. Paris invita Richard à se joindre à eux pour Noël. Si elle désirait que Jean-Pierre soit là aussi, elle devait mettre les choses au point avec ses enfants, elle le savait pertinemment. Elle décida de se jeter à l'eau une semaine avant Noël, afin de leur laisser quelques jours pour digérer la nouvelle. Leur soutien et leur approbation revêtaient à ses yeux une importance capitale. Sauraient-ils lui accorder tout cela, une fois encore ?

D'une main tremblante, elle composa d'abord le numéro de Meg. Après avoir parlé de la pluie et du beau temps pendant quelques minutes, elle entra dans le vif du sujet.

— Il s'est passé quelque chose d'extraordinaire, commença-t-elle d'une voix mal assurée.

— C'est au sujet du photographe français, c'est ça ? intervint Meg. Tu le vois toujours ?

— Oui, et si tu n'y vois pas d'inconvénient, j'aimerais qu'il passe Noël avec nous. Il ne connaît presque personne ici, à part ses collègues de travail et Bix et Steven.

— Cela ne me pose aucun problème, maman, au contraire.

— Mais il faut d'abord que je t'avoue quelque chose à son sujet...

— Pourquoi ? Il y a un truc qui cloche, chez lui ? demanda Meg d'un ton méfiant.

Paris s'arma de courage.

— Je ne dirais pas ça comme ça, non. C'est juste que... eh bien, il est plus jeune que moi.

Il y eut un silence à l'autre bout du fil et Paris se mordit les lèvres. A cet instant précis, elle eut l'impression d'être redevenue une petite fille.

— Quel âge a-t-il ?

Paris inspira profondément.

— Trente-deux ans.

Nouveau silence.

— Oh… c'est vraiment très jeune, maman, murmura finalement Meg, décontenancée.

— N'est-ce pas ? Mais il est très mûr pour son âge, ajouta-t-elle avant de s'interrompre, secouée par le rire. Non, c'est faux, reprit-elle objectivement. C'est un jeune homme de trente-deux ans et je ne suis probablement qu'une vieille imbécile. Mais je vis des moments merveilleux avec lui.

— C'est l'essentiel, fit Meg avec un entrain forcé. Tu es amoureuse de lui ?

— Je crois, oui. Pour le moment, en tout cas. Mais un jour ou l'autre, il va rentrer en France et je dois garder ça à l'esprit. On ne pourra pas continuer ainsi éternellement. Il a accepté de travailler pour un tout petit magazine pour rester ici, alors que d'ordinaire, il travaille pour *Vogue* et *Harper's Bazaar*. Mais on est heureux pour l'instant.

— Tant mieux, maman. Simplement, promets-moi de ne rien faire que tu pourrais regretter par la suite… comme l'épouser, par exemple.

Bien que la différence d'âge entre Richard et elle soit plus importante, Meg trouvait cela moins choquant parce que c'était Richard le plus âgé. Elle avait encore du mal à imaginer sa mère avec un homme plus jeune. Quand elle aborda le sujet avec Richard un peu plus tard, ce dernier s'empressa de la rassurer. Sa mère n'était pas du genre à s'emballer ; de plus, il n'était pas rare de voir des femmes mûres filer le parfait amour avec des hommes plus jeunes. Il n'y avait pas de quoi s'affoler.

Wim, en revanche, tomba des nues en apprenant la nouvelle.

— Peux-tu me redire son âge, maman ? demanda-t-il d'une voix soudain haut perchée.

Paris le lui répéta de bonne grâce.

— Tu te rends compte, c'est comme si je sortais avec une gamine de quatre ans, enchaîna-t-il d'un ton ouvertement réprobateur.

— Ce n'est pas comparable, Wim. Jean-Pierre est un adulte.

— Que fait-il avec une femme de ton âge ?

Il se sentait à la fois furieux et totalement désemparé. Autour de lui, c'était le monde à l'envers : son père avait quitté sa mère pour épouser une jeune femme à peine plus âgée que Meg et ils seraient bientôt parents, ce qu'il trouvait parfaitement saugrenu. Et maintenant, c'était sa mère qui vivait une aventure avec un homme de quinze ans son cadet... du même âge que la nouvelle épouse de son père, en fait. La jeunesse avait le vent en poupe... et ses parents avaient perdu la tête !

— Tu n'auras qu'à lui poser la question toi-même, rétorqua Paris en s'efforçant de rester calme.

Désarçonnée par les réactions de ses enfants, elle en parla de nouveau à Bix, le lendemain. Et de nouveau, celui-ci s'efforça d'apaiser ses craintes. Jean-Pierre était un garçon formidable ; ses enfants ne pouvaient que tomber sous son charme. Quant à Jean-Pierre, il balaya ses doutes de quelques paroles bien choisies. Il comprenait à peine pourquoi elle attachait tant d'importance à leur différence d'âge. Au quotidien d'ailleurs, cela ne leur posait aucun problème. Jamais personne ne les avait regardés de travers et c'était un soulagement pour Paris.

Comme prévu, Wim et Meg arrivèrent l'avant-veille de Noël. A peine les présentations terminées, l'atmosphère se chargea d'électricité ; chacun se jaugeait sans mot dire, sur la défensive. Pendant que Paris mettait la dernière main au dîner, Richard s'efforça de détendre l'ambiance et, sans qu'elle comprît comment cela s'était produit, tout le monde se mit à bavarder, riant, se taquinant, échangeant des plaisanteries. Avant la fin de la soirée, ils étaient tous amis. Même Wim oublia ses *a priori*. Le lendemain matin, Jean-Pierre et lui disputèrent une partie de squash, et quand, le soir venu, ils se réunirent autour de la table du réveillon, le jeune photographe faisait partie de la famille. Comme par magie, réticences et objections s'étaient évaporées, laissant place à un sentiment de convivialité partagé. En contemplant la joyeuse tablée, Paris ne put s'empêcher de rire ; Wim avait raison, c'était le monde à l'envers : Meg fréquentait un homme qui avait l'âge d'être son père, tandis qu'elle vivait une liaison passionnée avec un homme qui aurait pu être son fils, d'un point de vue purement biologique. Elle y songeait encore en montant se coucher avec Jean-Pierre un peu plus tard. Ses enfants avaient investi le petit logement du rez-de-chaussée.

— J'aime beaucoup tes enfants, déclara Jean-Pierre avec une sincérité touchante. Ils sont très bien. Et très gentils avec moi. Ils ne sont pas en colère contre toi ?

— Pas du tout. Je voulais te remercier pour ta compréhension.

Ce n'était pas facile pour lui non plus, après tout. Il se trouvait dans un pays étranger dont il parlait à peine la langue, travaillait pour un magazine bien en deçà de sa réputation et vivait avec une femme plus âgée que lui, mère de deux grands enfants qui venaient de lui faire subir un véritable examen de passage. Et pourtant... pourtant, il avait été merveilleux.

Lorsqu'ils furent seuls, Jean-Pierre lui tendit un petit paquet cadeau ; un sourire presque enfantin flottait sur ses lèvres. Le cœur battant, Paris l'ouvrit et retint son souffle. C'était un ravissant bracelet en or de chez Cartier, orné d'une minuscule tour Eiffel et d'un petit cœur en or qui portait les initiales de Paris d'un côté et les siennes de l'autre. Juste au-dessus, il avait fait graver trois petits mots magiques, en français : *je t'aime.*

— *Joyeux Noël, mon amour,* murmura-t-il en l'enveloppant d'un regard plein de tendresse.

A son tour, Paris lui remit le cadeau qu'elle avait choisi tout à fait par hasard chez le même bijoutier. C'était une montre Cartier. Quoi qu'il advienne, ce Noël occuperait toujours une place à part dans son cœur. Elle était consciente de vivre des moments d'une intensité rare, des instants volés au temps, telle une parenthèse magique. La parenthèse incluait désormais ses enfants et, jusque-là, tout allait pour le mieux dans le meilleur des mondes.

Joyeux Noël...

26

Meg, Richard et Wim passèrent une semaine entière à San Francisco. Pour le week-end du jour de l'an, ils décidèrent tous d'aller skier à Squaw Valley, où ils séjournèrent dans un grand hôtel de la station. Jean-Pierre s'avéra un skieur hors pair ; il leur avoua qu'il avait participé à plusieurs compétitions à Val d'Isère, quand il était adolescent. Avec Wim, il emprunta les pistes les plus ardues, tandis que Richard, Meg et Paris skiaient plus tranquillement. Le soir, ils sortaient tous ensemble et s'amusaient comme des fous.

Le 31 décembre, Paris ne put s'empêcher de songer à Peter et Rachel ; ils étaient mariés depuis un an et leur bébé naîtrait dans cinq mois. Elle avait encore du mal à y croire. Un an plus tôt, elle avait passé un réveillon terriblement éprouvant, à se morfondre sur son sort... Son expression morose n'échappa pas à Jean-Pierre, qui la regardait s'apprêter pour la soirée.

— Que se passe-t-il, chérie ? *Tu es triste ?*

— Non, j'avais la tête ailleurs. Mais ça va, ne t'inquiète pas, ajouta-t-elle en souriant.

Jean-Pierre avait deviné ses pensées ; elle devenait mélancolique à chaque fois que ses enfants évoquaient Peter, et cette constatation le peinait profondément. Pour Jean-Pierre, cela signifiait forcément qu'elle ne l'aimait pas aussi fort que lui. En réalité, les choses étaient bien plus compliquées. Paris avait tenté de s'expliquer, un jour où il lui reprochait de penser encore à Peter. Elle ne pouvait rayer vingt-quatre ans de souvenirs et de sentiments partagés, même si le divorce avait mis un terme officiel à leur union. Mais Jean-Pierre refusait de comprendre ; à ses yeux, c'était de la déloyauté, tout simplement. Peut-être était-il trop jeune pour accepter certaines choses ; par rapport à Paris, son expérience de la vie était encore limitée. Malgré toute la tendresse qu'il lui manifestait, elle sentait parfois ce fameux fossé des générations peser lourdement entre eux. Par exemple, Jean-Pierre préférait vivre au jour le jour, sans songer au lendemain. Impulsif, il suivait ses envies, indifférent aux éventuelles conséquences de ses actes. Cette insouciance provoquait parfois l'irritation de Paris. Comme lorsqu'il avait appelé son fils le jour de Noël... Avec un naturel déconcertant, il avait avoué à Paris que son enfant était presque un étranger pour lui ; il ne s'était jamais donné la peine de passer du temps avec lui, ne s'était jamais autorisé à l'aimer, préférant se décharger entièrement sur la mère de l'enfant. Comme Paris condamnait son indifférence, il rétorqua qu'il s'était marié uniquement pour sauver l'honneur et reconnaître l'enfant. Le couple avait divorcé peu de temps après. Il ne cachait pas son mépris pour son ex-femme et trouvait totalement scandaleux d'être obligé de verser une pension à ces deux êtres qu'il aurait préféré rayer de sa vie. Paris s'insurgea. En tant que père, il aurait dû mettre de côté la rancœur qu'il éprouvait pour son ex-épouse et assumer ses responsabilités envers son fils, c'était en tout cas ainsi que Paris aurait réagi. Le sentiment de filiation était une chose unique, aussi bien pour le père que pour l'enfant. Mais leurs conceptions des choses différaient trop dans ce domaine, et Paris avait renoncé à aborder le sujet, redoutant une nouvelle querelle. L'égoïsme dont il faisait preuve était peut-être lié à sa jeunesse.

D'autres sujets les opposaient. Jean-Pierre avait une éthique professionnelle beaucoup plus coulante que la sienne. Il appréciait la compagnie de personnes plus jeunes que lui et, quand il ramenait à la maison certains de ses collègues, tous âgés d'une vingtaine d'années, Paris se faisait l'effet d'un dinosaure.

Leur pomme de discorde touchait incontestablement la question du mariage. Si Jean-Pierre évoquait souvent cette éventualité, Paris l'évitait soigneusement. Parfois, elle s'autorisait à y penser, se demandant si elle pouvait envisager un avenir à long terme auprès de Jean-Pierre. Et dans ces cas-là, leur différence d'âge pesait lourdement dans la balance. Les gens qu'il fréquentait, son attitude puérile, ses opinions politiques beaucoup plus libérales que les siennes, tout cela ne lui convenait pas réellement, elle ne devait pas se voiler la face. Il méprisait les classes aisées, vilipendait tout ce qui touchait de près ou de loin à la bourgeoisie, fustigeait les traditions et les contraintes sociales. Avec ses positions avant-gardistes, presque marginales, il rejetait les discriminations et l'élitisme, et prônait l'augmentation des impôts pour le bien du peuple. Les soirées qu'elle organisait avec Bix déclenchaient sa fureur... Comment pouvait-elle supporter de côtoyer des gens aussi vaniteux ? Il avait en partie raison... mais en partie seulement. Car les gens qu'elle rencontrait dans son travail étaient restés, dans l'ensemble, d'une simplicité admirable.

Elle savait que sa conception de la vie et de la société en général provenait de ses origines françaises. Mais c'était surtout sa jeunesse qui alimentait en lui le souffle de la révolte. La seule tradition à laquelle il restait attaché se trouvait être le mariage, probablement parce qu'elle convenait à sa nature romantique. Il croyait aux engagements durables, contrairement à Chandler Freeman qui fuyait toute forme de contrainte conjugale.

Jean-Pierre se montrait même pressant à ce sujet. « Penses-tu que tu voudras m'épouser un jour ? » lui demandait-il de plus en plus souvent. Si elle ne se décidait pas, il finirait par rentrer en France, il le lui avait dit clairement un jour qu'elle éludait la question. Paris y songeait de temps à autre, sans conviction. Elle savait qu'au fil du temps, leur différence d'âge et leurs philosophies divergentes auraient raison de leur amour.

Meg aborda le sujet avant de quitter Squaw Valley. Ils avaient passé l'après-midi sur les pistes ; Meg avait finalement accepté de suivre Jean-Pierre et son frère sur des pentes plus tortueuses, tandis que Richard et Paris skiaient tranquillement ensemble. Le soir venu, la mère et la fille se retrouvèrent en tête à tête un court moment.

— As-tu l'intention de l'épouser, maman ? demanda Meg sans chercher à dissimuler son inquiétude.

— Non. Pourquoi ?

— Je me posais la question, c'est tout. Nous avons pris le télésiège ensemble tout à l'heure et il m'a confié qu'il espérait que tu finirais par accepter sa proposition ; comme ça, on partirait tous en voyage pour fêter l'heureux événement, l'été prochain. Je ne savais pas si c'était son idée ou la tienne.

Paris poussa un soupir mi-peiné, mi-agacé.

— C'est la sienne, bien sûr.

Tôt ou tard, malgré les sentiments qu'elle éprouvait pour lui, elle serait obligée de lui dire la vérité. Non, elle ne l'épouserait pas... Il était trop jeune, trop immature. Et si sa fraîcheur galvanisait leur liaison, elle ternirait au contraire une union à long terme. Le temps se chargerait de l'assagir, de le responsabiliser... à moins que son naturel ne reprenne le dessus, malgré les expériences qu'il connaîtrait forcément.

— Il est génial, maman, je l'aime beaucoup, tu sais, reprit Meg avec franchise. Mais parfois, il me rappelle Wim. Foufous, insouciants, impulsifs, ils croquent la vie à pleines dents mais sont incapables de songer à l'avenir ; ils préfèrent vivre l'instant présent. Mais tu n'es pas comme ça, maman. Toi, tu t'intéresses aux gens, tu essaies de connaître leur personnalité, leurs aspirations, tu aimes anticiper leurs réactions. A certains égards, il me fait penser à un gamin.

Paris hocha la tête, touchée par la sincérité et la sollicitude de sa fille.

— Merci, murmura-t-elle simplement.

Les impressions de Meg reflétaient tant les siennes ! Jean-Pierre était un garçon attentionné, fascinant, généreux, tendre et aimant... mais tellement irresponsable, par moments !

En outre, il aimerait sans doute avoir des enfants avec la femme qu'il épouserait ; des enfants qu'il verrait grandir, contrairement à celui qu'il connaissait à peine. Et cela, Paris ne pourrait pas le lui donner, sauf s'ils se décidaient tout de suite, peut-être... et encore, rien n'était sûr dans ce domaine.

Pour toutes ces raisons, elle ne pouvait l'épouser, même si elle l'aimait passionnément et si l'idée de le perdre lui déchirait le cœur. Dans quatre mois, son visa atteindrait sa date d'expiration. Cette échéance les obligerait à prendre une décision radicale – une décision qu'ils s'efforçaient de repousser dans un coin de leur tête, pour l'instant.

— Ne t'inquiète pas, Meg, tout ira bien, reprit-elle d'un ton qu'elle voulut rassurant.

— Tout ce que je veux, c'est que tu sois heureuse, maman. Tu le mérites bien, après tout ce que papa t'a fait subir, ajouta-t-elle d'un ton qui trahissait son ressentiment. Si tu sens que ton bonheur est auprès de lui, épouse-le, nous respecterons ta décision. Jean-Pierre a gagné notre sympathie, tu le sais bien. Mais personnellement, je ne crois pas que ce soit l'homme qu'il te faut, à long terme.

Paris avait besoin d'un homme qui sache prendre soin d'elle, Meg en était convaincue. Dans sa relation avec Jean-Pierre, c'était elle qui gérait et assurait le quotidien, même si cela ne semblait pas la déranger outre mesure. Pour le moment, en tout cas.

— Je ne le crois pas non plus, admit tristement Paris. Hélas…

Elle aurait tant aimé y croire, pourtant ! L'idée de se retrouver seule de nouveau l'emplissait d'effroi. Jean-Pierre était si gentil avec elle… Aucun homme, pas même Peter, ne s'était montré aussi doux. Mais cela ne suffisait pas, malheureusement, pour construire quelque chose de durable. Même l'amour ne suffisait pas toujours… La vie était parfois cruelle, Paris le savait bien.

En se blottissant cette nuit-là dans les bras de Jean-Pierre, elle fut brusquement submergée par une vague de tristesse infinie. La simple idée de le perdre lui parut intolérable. Mon Dieu, où allaient-ils ainsi ?

Avant de regagner San Francisco dans le monospace que Paris avait loué pour l'occasion, Jean-Pierre entama une dernière bataille de boules de neige avec Wim. Meg avait raison, ces deux-là s'entendaient comme larrons en foire, parce que c'étaient encore des gamins, sans cesse en train de se chamailler, de plaisanter, de rire et de jouer. Malgré les protestations de Paris, ils ne savaient jamais s'arrêter, et leurs batailles de boules de neige dégénéraient toujours en roulades et glissades, d'où ils ressortaient trempés de la tête aux pieds. Et elle retrouvait leurs vêtements éparpillés aux quatre coins de leurs chambres d'hôtel...

De temps en temps, Richard et Paris échangeaient un clin d'œil indulgent lorsqu'ils se livraient à une autre farce, tels deux moniteurs d'une colonie de vacances.

Malgré tout, ses sentiments pour Jean-Pierre étaient sincères et profonds ; elle n'avait aucune envie de renoncer au bonheur qu'elle goûtait auprès de lui. Ils vécurent une aventure magique et merveilleuse jusqu'au printemps. Le 6 janvier, ils fêtèrent ensemble l'Epiphanie. En rentrant du travail, Jean-Pierre acheta une galette qu'ils dégustèrent avec appétit et quand Paris trouva la fève, il applaudit avec vigueur, décrétant qu'elle lui porterait bonheur pendant toute l'année.

Ils visitèrent Carmel et Santa Barbara, firent une randonnée dans le Yosemite Park et rendirent visite à Meg et Richard à Los Angeles. Le jour de la Saint-Valentin, Meg appela sa mère, surexcitée. Richard l'avait demandée en mariage la veille ; ils se marieraient au mois de septembre. Elle avait hâte de lui montrer la somptueuse bague qu'il lui avait offerte. Paris esquissa un sourire. Richard l'avait appelée la veille pour lui demander la main de sa fille… et elle s'était empressée de bénir leur union, enchantée.

A son grand désarroi, Jean-Pierre lui offrit aussi une bague et, s'il ne formula pas clairement sa demande, ses intentions étaient identiques à celles de Richard. C'était un petit anneau d'or surmonté d'un cœur en diamant qu'il glissa à son annulaire gauche, nu depuis trop longtemps. Son alliance lui manquait encore, elle avait tant aimé sa symbolique, mais il eût été malhonnête de continuer à la porter maintenant que Peter était marié à une autre. La bague de Jean-Pierre lui réchauffa le cœur, en même temps que la question si souvent évoquée resurgissait avec davantage de force : pouvait-elle envisager de passer le restant de ses jours auprès de lui ? Il y avait des destins bien plus tragiques, au fond…

Une semaine après les fiançailles de Meg, alors qu'ils étaient en train de discuter de son mariage, Paris demanda son avis à Bix.

— Ecoute ton cœur, lui conseilla sagement ce dernier. Que veux-tu, tout au fond de toi ?

— Je ne sais pas. J'ai besoin de sécurité, je crois.

Ce furent les premiers mots qui lui vinrent à l'esprit. Après sa rupture avec Peter, ils revêtaient une résonance particulière pour elle. Mais ils savaient l'un comme l'autre que rien n'était sûr dans la vie ; on prenait toujours des risques quand on s'engageait avec quelqu'un, et, aux yeux de Paris, cette prise de risque était énorme avec Jean-Pierre. En dehors du fait qu'il soit jeune – il venait de fêter ses trente-trois ans et elle en aurait quarante-huit dans trois mois –, leurs styles de vie, leurs aspirations et leurs philosophies les opposaient profondément. Bien sûr, elle aimait sa douceur, et les sentiments qu'ils éprouvaient l'un pour l'autre étaient réels et sincères, mais elle craignait qu'il ne s'agisse que d'un feu de paille. La trahison de Peter avait ébranlé sa confiance d'une manière irrémédiable.

— Est-ce que tu l'aimes ? demanda Bix.

Paris répondit sans hésiter :

— Oui. Mais je ne sais pas si je l'aime suffisamment...

— Suffisamment pour quoi ?

— Pour vieillir à ses côtés, pour surmonter toutes les épreuves et les déceptions qui surviendront inévitablement.

La vie était ainsi faite... L'amour ne réglait pas tous les problèmes, il fallait parfois faire preuve de courage, de sagesse et de volonté pour faire face aux coups durs. Peter n'en avait pas été capable. Et Jean-Pierre, tiendrait-il le coup face à l'adversité ? Nul ne le savait, hélas.

Au mois de mars, il la demanda en mariage. Son visa arrivait bientôt à son terme, il avait besoin de connaître les intentions de Paris. Mise au pied du mur, elle demanda un délai de réflexion, au grand dam du jeune homme.

Pour lui, les choses étaient claires : soit elle acceptait de l'épouser, il pourrait ainsi rester aux Etats-Unis et continuer à y travailler ; soit elle le suivait en France, où il reprendrait sa vie parisienne. Elle devrait alors abandonner tout ce qu'elle avait trouvé ici, à San Francisco : son travail, ses amis, sa nouvelle vie. D'un autre côté, Jean-Pierre semblait tout à fait disposé à vivre aux Etats-Unis, à condition qu'elle prenne une décision les concernant. La réalité reprenait ses droits, il fallait avancer.

Paris trouvait malhonnête de le retenir ici ; photographe de talent, il aurait dû travailler pour des magazines dignes de sa réputation. Mais Jean-Pierre balaya cet argument d'un revers de la main. S'il restait aux Etats-Unis, il prospecterait d'autres clients à Los Angeles. Il l'aimait et il voulait l'épouser, c'était pourtant simple…

Paris l'aimait aussi, mais le spectre de l'âge planait sur eux en permanence. Il se montrait parfois tellement puéril qu'elle se faisait l'impression d'être sa mère et ce sentiment l'horripilait. A quel point l'aimait-elle ? Pouvait-on quantifier l'amour ? Par respect pour lui, elle n'avait pas le droit de l'entraîner dans ses doutes et ses incertitudes.

Son temps de réflexion dura trois longues semaines. Au début du mois d'avril, ils allèrent se promener le long de la Marina et débouchèrent sur la pelouse du musée des Beaux-Arts. Là, ils s'assirent dans l'herbe et contemplèrent un moment les canards. Elle se sentait si bien en sa compagnie… Forçant son courage, elle ouvrit la bouche pour prononcer la réponse qu'il attendait depuis plusieurs semaines. Elle la dit dans un murmure, et chaque mot fut comme un coup de poignard en plein cœur.

— Jean-Pierre, je ne peux pas accepter ta proposition. Je t'aime, mais je ne peux pas t'épouser. L'avenir est trop incertain… Tu mérites beaucoup plus que ce que je suis capable de te donner… des enfants, par exemple.

— Viendras-tu habiter avec moi en France, même si nous ne sommes pas mariés ? demanda-t-il d'une voix étranglée.

Son cœur saignait, tandis qu'il la fixait avec une intensité désespérée. Paris savait exactement ce qu'il ressentait ; c'était terrible de faire souffrir la personne qu'on aimait ! Malgré tout, c'était mieux ainsi, pour tous les deux. Mieux valait une peine de cœur immédiate qu'un désastre doublement douloureux, quelques années plus tard. Elle secoua la tête, incapable d'articuler le moindre mot, et il s'en alla.

Ils ne parlèrent presque pas, ce soir-là. Jean-Pierre dormit sur le canapé du salon. Il ne monta pas la voir, ne la toucha pas, ne chercha pas à la faire changer d'avis. Le lendemain matin, ses valises étaient bouclées. Paris n'alla pas travailler. Au moment de se dire adieu, ils éclatèrent en sanglots.

— Je t'aime, je t'aimerai toujours. Si tu veux venir, je serai là pour toi. Si tu veux que je revienne, je reviendrai.

Que demander de plus ? L'espace d'un instant, Paris crut devenir folle. Avait-elle le droit de renoncer au bonheur ? Mais elle se ressaisit rapidement. C'était la meilleure solution, pour Jean-Pierre et pour elle, elle en avait l'intime conviction.

— *Je t'aime,* articula-t-il en français.

— *Moi aussi...*

Après son départ, elle pleura longtemps. Une violente douleur lui vrillait le cœur, mais elle la supporta courageusement. Elle avait pris la bonne décision. Elle l'aimait trop pour tout gâcher sur un coup de tête. Elle l'aimait assez pour lui rendre sa liberté ; c'était le plus beau cadeau qu'elle puisse lui faire, il s'en rendrait compte, tôt ou tard.

Elle prit une semaine de congé et, lorsqu'elle retourna au bureau, elle n'était plus que l'ombre d'elle-même. Mais elle était déjà passée par là. Elle n'eut même pas besoin d'appeler Anne Smythe pour quêter un peu de réconfort. Non, elle serra les dents et surmonta tant bien que mal cette nouvelle épreuve.

Lorsque survint la date anniversaire du départ de Peter – deux ans s'étaient écoulés... déjà –, elle ne put que se morfondre sur cette double perte. En deux ans, la vie lui avait donné deux leçons, aussi douloureuses l'une que l'autre.

Jamais elle ne pourrait aimer de nouveau. Jamais. En la quittant, Peter avait volé un grand morceau de son cœur. Et quand Jean-Pierre était parti, le reste s'en était allé avec lui.

27

Le bébé de Peter et Rachel vint au monde le 7 mai, le lendemain de l'anniversaire de Wim. Trois jours après celui de Paris. Encore sous le choc de sa rupture avec Jean-Pierre, elle ne réagit pas à la nouvelle. Ou très peu. Elle ne put s'empêcher de songer à la naissance de ses propres enfants, à une époque où Peter et elle connaissaient un bonheur sans nuages, où la vie s'offrait à eux, souriante, pleine de promesses. Autour d'elle à présent, tout n'était que grisaille, tristesse et morosité.

Impuissants face à son chagrin, ses enfants s'inquiétaient pour elle. Elle ne leur avait pas soufflé un mot de sa rupture et n'avait pas prononcé le nom de Jean-Pierre depuis son départ. Meg en parla longuement avec Richard, avant de se décider à appeler Bix.

— Comment la trouves-tu, dis-moi la vérité… Au téléphone, elle a une toute petite voix mais elle m'assure que tout va bien. Je sais qu'elle me cache la vérité, sans doute pour ne pas m'inquiéter, conclut Meg d'un ton angoissé.

— Tu as raison, elle ne va pas bien du tout, avoua Bix. Elle traverse une mauvaise passe, mais elle s'en sortira, je lui fais confiance. Ça fait beaucoup de choses, tu sais : ton père, la naissance du bébé, Jean-Pierre. Tous ces coups durs la font horriblement souffrir.

— Que puis-je faire pour la soulager, à ton avis ?

— Rien. Il n'y a que le temps qui puisse panser ce genre de plaies. La connaissant, elle s'en remettra. Elle l'a déjà prouvé par le passé, non ?

Mais cette fois, Paris eut plus de mal à sortir du gouffre dans lequel elle avait sombré. Chaque jour qui passait la tirait vers le haut, mais elle ne pouvait compter que sur elle-même pour reprendre goût à la vie. Le mariage de Meg et Richard, prévu à l'automne, l'obligeait à tenir le coup. Ce serait une réception grandiose pour trois cents invités, qu'ils étaient chargés d'organiser, Bix et elle. Vouant à sa mère une confiance aveugle, Meg l'avait autorisée à prendre toutes les décisions qu'elle jugerait nécessaires.

Un soir de juin, deux mois après le départ de Jean-Pierre, Paris sentit ses bonnes résolutions l'abandonner. Elle avait passé la soirée à fixer le téléphone d'un regard vide, tiraillée par des sentiments mitigés. En allant se coucher, elle se fit une promesse : si elle avait encore envie de l'appeler le lendemain matin, elle décrocherait son téléphone et ferait ce qu'il lui demanderait. L'agonie avait assez duré, elle était seule depuis trop longtemps et Jean-Pierre lui manquait cruellement. Il était 8 heures du matin à San Francisco, 17 heures à Paris, quand elle composa son numéro. Les battements de son cœur s'accélérèrent, tandis que les sonneries se succédaient. Trouverait-elle une place sur le vol de la soirée ? S'il voulait toujours d'elle, elle partirait. Sans hésiter. Elle finirait bien par s'habituer à leur différence d'âge.

Une voix de femme lui répondit enfin. Une voix très jeune. En français, Paris demanda à parler à Jean-Pierre. Son interlocutrice lui répondit qu'il était sorti.

— Savez-vous à quelle heure il sera là ?

— Bientôt, répondit la jeune femme. Il est allé chercher ma petite fille à l'école. J'ai une mauvaise grippe.

— Vous vivez avec lui ? demanda Paris, maudissant sa propre curiosité.

— Oui, avec ma fille. Qui êtes-vous ?

— Une amie de San Francisco, répondit Paris d'un ton évasif.

Les questions se bousculaient sur ses lèvres, aussi indiscrètes que douloureuses. Aimait-elle Jean-Pierre ? Et lui, est-ce qu'il l'aimait ? Au prix d'un effort, elle les ravala. Il n'avait pas perdu de temps, s'ils vivaient déjà ensemble. Mais elle l'avait profondément blessé… sans doute était-ce là sa manière de panser ses plaies. Il ne lui devait plus rien, à présent.

— Nous nous marions au mois de décembre, expliqua la jeune femme.

Une vague de désespoir la terrassa.

— Oh...

Dire qu'elle aurait pu prononcer ces mots à sa place ! Mais non... non, c'était absurde. Elle avait pris la bonne décision, en écoutant son intuition. Tout comme, à l'époque, Peter avait fait ce qui lui semblait juste. Même si d'autres souffraient à cause de leurs choix, c'était ça, l'amour à tout prix.

— Félicitations, articula-t-elle d'une voix blanche.

— Voulez-vous me laisser votre nom et votre numéro ? proposa gentiment la jeune femme.

Paris secoua la tête, la gorge nouée.

— N-non, je rappellerai. Ne lui dites pas que j'ai appelé. J'aimerais lui faire une surprise. Merci, conclut-elle avant de raccrocher.

Elle resta immobile pendant plus d'une heure, les yeux rivés sur l'appareil. Comme Peter, il était sorti de sa vie, pour toujours. Il vivait avec une autre maintenant. Déjà... Etait-il amoureux d'elle ou l'avait-il choisie par dépit ? Quoi qu'il en soit, c'était sa vie, son choix. Ensemble, ils avaient vécu un intermède magique, une espèce de rêve éveillé qu'un temps elle avait confondu avec la réalité.

Avec des gestes d'automate, elle s'habilla et partit travailler. En l'apercevant, Bix secoua la tête d'un air désolé. Il ne lui proposerait certainement pas un rendez-vous galant pour lui changer les idées, elle n'était pas en état de sortir avec qui que ce soit ; il lui faudrait sans doute plusieurs semaines pour remonter la pente. En effet, deux mois s'écoulèrent avant qu'elle retrouve figure humaine ; le mariage de Meg était prévu le mois suivant et elle n'avait toujours pas eu envie d'aller s'acheter une robe pour ce grand événement. Celle de Meg, en revanche, sommeillait dans l'armoire du rez-de-chaussée depuis déjà deux mois. Bix avait dessiné le modèle et le résultat était éblouissant. Toute en dentelle blanche, la robe se terminait par une longue traîne vaporeuse.

Le mois d'août touchait à sa fin, quand le rire de Paris résonna dans le bureau, cristallin. Elle riait à une plaisanterie que quelqu'un venait de faire. Comme frappé par la foudre, Bix fit volte-face, incrédule. C'était bien le rire de Paris… Pour la première fois depuis quatre mois, il retrouvait la femme qu'il avait connue. Et cette métamorphose avait eu lieu du jour au lendemain, d'un coup de baguette magique.

Un immense soulagement se peignit sur son visage. Comme tous ses proches, il s'était fait un sang d'encre pour elle.

— C'est bien toi, rassure-moi… ?

— Peut-être… je ne suis pas sûre.

— Je t'en prie, Paris, promets-moi de ne plus jamais t'éloigner. Tu me manques trop quand tu t'en vas.

— Je n'ai aucune intention de recommencer, crois-moi. Je ne peux plus me le permettre. C'est fini, tout ça, je suis définitivement guérie des hommes.

— Ah bon ? Tu t'attaques aux femmes, alors ?

— Non !

Elle rit de nouveau et c'était un son exquis. Depuis quatre mois, elle n'avait fait que travailler, rien d'autre. Elle n'était pas sortie, n'avait vu personne et s'était contentée de téléphoner de temps en temps à ses enfants pour prendre de leurs nouvelles. Wim était en Espagne, dans le cadre d'un échange universitaire, et Meg, coincée à Los Angeles, voyait le grand jour approcher avec un mélange d'excitation et d'angoisse.

— Je ne « m'attaque » à personne, figure-toi. J'ai juste l'intention de m'occuper de moi.

— Excellente idée, commenta Bix, rayonnant.

— Il me faut une robe pour le mariage, reprit-elle, en proie à une panique soudaine.

Après quatre mois de léthargie, elle avait brusquement l'impression de renaître à la vie. Elle n'avait parlé à personne du coup de téléphone qu'elle avait passé à Jean-Pierre au mois de juin, et son silence avait encore aggravé sa dépression. Mais c'était du passé. Une nouvelle page était tournée.

D'un air de conspirateur, Bix alla ouvrir la porte de son armoire personnelle. Dans le plus grand secret, il avait commandé une robe sur mesure pour Paris. Si elle lui plaisait, il serait ravi de la lui offrir. Dans le cas contraire, il trouverait forcément une acheteuse. C'était une belle robe en dentelle beige, assortie à une longue cape en taffetas de soie rose pâle. Les tons se mariaient à ravir avec son teint et ses cheveux couleur de miel.

— J'espère qu'elle t'ira. Tu as perdu beaucoup de poids, ces derniers temps.

Paris esquissa un pâle sourire. Elle avait déjà connu ça et, malgré le chagrin et le désespoir, elle avait fini par voir le bout du tunnel. Mais cette fois, c'était terminé. Elle retiendrait la leçon, ça oui !

— Je l'essaierai à la maison. Tu es un ange tombé du ciel, Bix.

Ils passèrent l'après-midi à régler les derniers détails. Tout était en ordre, comme d'habitude. Bix avait abattu un travail de titan, compte tenu du fait qu'elle n'avait pas été au meilleur de sa forme, depuis le départ de Jean-Pierre.

En rentrant chez elle dans la soirée, elle essaya la robe et avança vers le miroir. Un sourire joua timidement sur ses lèvres quand elle aperçut son reflet. Le choix de Bix était parfait. La robe épousait divinement sa silhouette gracile et s'harmoniserait avec les tenues en soie beige des sept demoiselles d'honneur. Meg avait rêvé de ce mariage… Bientôt, son rêve deviendrait réalité.

Il n'y avait qu'une seule ombre au tableau pour Paris : Peter et Rachel seraient là, naturellement. Avec leur bébé et les deux garçons de Rachel. Ils formeraient une charmante petite famille, alors que de son côté, elle serait seule. Malgré tout, elle acceptait sa situation ; ce n'était pas nouveau, pour elle. Et puis cette fois, les choses s'étaient passées différemment. C'était elle qui avait choisi de rompre avec Jean-Pierre. Et après de longues périodes de méditation, au cours de ces quatre derniers mois, elle savait qu'elle serait plus heureuse seule. Il fut un temps où elle n'aurait jamais imaginé arriver à ce genre de conclusion. Mais le destin en avait décidé ainsi. Oui, elle pouvait très bien vivre heureuse, sans homme à ses côtés. C'était une certitude forte, intangible. Depuis deux mois, un autre projet germait lentement en elle.

Désormais, elle savait exactement ce qu'elle voulait. Comment réagiraient ses enfants, quand elle leur annoncerait son idée ? Elle l'ignorait mais, au fond, cela lui importait peu. Après une enquête discrètement menée, elle avait obtenu deux noms. Elle appellerait ces personnes après le mariage et continuerait ses démarches à partir de leurs indications.

C'était la seule chose qui lui tenait à cœur, à présent. Elle excellait dans ce domaine et ne risquait pas de se brûler les ailes. Ç'avait été un cheminement à la fois lent et déterminé.

Paris ne voulait plus d'homme dans sa vie. Elle voulait un bébé.

28

Le mariage de Meg combla toutes ses attentes. A la fois élégant, discret et raffiné, il suscita l'admiration et le ravissement des convives. Ce fut une journée inoubliable. Meg avait souhaité que la réception se tînt dans un cadre verdoyant ; pour répondre à sa demande, Bix et Paris avaient choisi le Burlingame Club. Tous deux s'accordèrent à dire que c'était là le plus charmant de tous les mariages qu'ils avaient organisés.

Paris avait plusieurs fois parlé à Peter pour régler les derniers détails de la réception. Durant leurs brèves conversations, il avait surtout été question de coûts et de budget, puisqu'ils avaient décidé de partager les frais équitablement. Chacune de leurs discussions, si concise fût-elle, l'avait profondément perturbée. Le souffle court, elle raccrochait et s'efforçait de reprendre ses activités, comme s'il ne s'était rien passé. Comment réagirait-elle quand elle se trouverait face à lui, en chair et en os ? Cela faisait deux ans qu'ils ne s'étaient pas vus. Comme si cela ne suffisait pas, elle devrait aussi affronter Rachel, ses deux garçons et le bébé. Son estomac chavirait à chaque fois qu'elle s'efforçait d'imaginer la scène.

Le jour du mariage, elle fut tellement occupée qu'elle n'eut guère le temps d'y songer et, quand elle aperçut enfin Peter, il se tenait dans une chapelle de l'église et attendait sa fille. Comme on lui avait interdit de voir la future mariée avant la cérémonie, Richard patientait dans une autre chapelle en compagnie de son témoin. Meg tenait à respecter toutes les traditions liées au mariage. Elle ressemblait à une princesse de conte de fées dans la robe que Bix avait dessinée pour elle. Un voile de tulle l'enveloppait gracieusement, laissant apparaître le diadème en perles minuscules qui retenait sa chevelure. Une traîne interminable flottait derrière elle. Paris avait si souvent rêvé de ce jour-là pour sa fille ! En cette belle journée, elle s'unissait à un homme qu'elle aimait et qui l'aimait en retour. Leur différence d'âge ne posait pas de problème. Meg avait trouvé l'homme de sa vie, c'était évident.

La jeune femme se trouvait encore au pied des marches, secouée d'un fou rire nerveux tandis que ses demoiselles d'honneur arrangeaient le voile sur son visage. Elle tenait dans ses mains un énorme bouquet de muguet et de minuscules orchidées blanches. Le muguet venait de France, spécialement commandé par Bix.

En entrant dans la chapelle pour régler quelques détails de dernière minute, Paris découvrit Peter.

Leurs regards s'unirent. Comment ne pas songer à leur propre mariage, vingt-six ans plus tôt ? Jamais elle n'aurait imaginé qu'ils seraient eux-mêmes divorcés, quand leurs enfants se marieraient.

— Bonjour, Peter, dit-elle d'un ton neutre.

Peter parut troublé par son apparition. Grâce à Bix, elle était presque aussi resplendissante que Meg. La cape en taffetas rose pâle tournoyait gracieusement autour de sa silhouette svelte, moulée dans la longue robe de dentelle beige. En proie à une vive émotion, Peter s'approcha lentement d'elle.

— Bonjour, Paris. Tu es superbe, murmura-t-il simplement.

L'espace d'un instant, tout s'effaça autour d'eux. Comme Paris, il se remémora leur propre mariage et les années de bonheur qui avaient suivi, avant la dérive. Il était heureux avec Rachel et l'arrivée du bébé l'avait comblé de joie, mais il se sentit soudain propulsé dans le passé, presque malgré lui. Il la serra dans ses bras, tandis qu'une vague d'émotion les submergeait.

— Tu es très beau, toi aussi, déclara Paris, le cœur battant. Attends de voir Meg…

Mais, en cet instant précis, c'était Paris qui emplissait son cœur et son esprit, Paris et toutes les belles années qu'ils avaient vécues ensemble. Il n'était pas préparé à ce flot d'émotions et de regrets mêlés. Incapable d'articuler le moindre mot, il plongea son regard dans celui de son ex-épouse et comprit qu'elle lui avait pardonné. Lui, en revanche, s'en voulait encore de lui avoir fait tant de mal. Le sentiment de culpabilité s'était atténué avec la distance, mais il revint en force tandis qu'il la contemplait en silence. Elle était tellement digne et élégante, à la fois fragile et fière. Son cœur vibrait pour elle, mais les mots continuaient à lui échapper. Il espérait sincèrement que la vie serait douce avec elle, qu'elle lui apporterait bientôt de belles choses – ce qui, au dire de ses enfants, n'était pas encore arrivé.

— Ils seront prêts dans une minute, annonça-t-elle avant de quitter la pièce.

Wim la conduisit à sa place, au premier rang. Du coin de l'œil, elle aperçut Rachel assise juste derrière elle avec ses deux fils. Au prix d'un effort, elle parvint à rester impassible, bien qu'elle eût préféré qu'on lui attribuât une autre place. Wim s'installa à côté d'elle et, l'instant d'après, les premières mesures de la marche nuptiale résonnèrent dans l'église. Au bout de la nef, le cortège des demoiselles d'honneur avança à pas lents.

Puis Meg fit son apparition au bras de son père. Paris retint son souffle, tandis que des murmures parcouraient l'assistance. Sa fille était éblouissante dans sa robe de mariée. Son beau visage reflétait un mélange d'innocence, d'espoir et de confiance qui lui fit chavirer le cœur. C'était un mariage de rêve.

Quelques instants plus tard, quand elle leva les yeux sur Richard, un sourire radieux éclaira son visage. Une larme glissa sur la joue de Paris. Peter croisa son regard en descendant l'allée centrale ;

son expression exprimait une telle tendresse qu'elle eut soudain envie de tendre la main vers lui. Hélas, c'était impossible. Il se glissa sans bruit derrière elle et rejoignit sa jeune épouse. Au prix d'un effort surhumain, Paris ravala les sanglots qui lui serraient la gorge. C'était un mariage de rêve, mais la réalité n'avait pas complètement disparu.

Wim glissa un coup d'œil furtif dans sa direction. Le matin même, Meg lui avait demandé de se montrer particulièrement gentil avec leur mère, car la cérémonie serait sans doute éprouvante pour elle. Lorsqu'ils se rassirent, il lui tapota tendrement la main et Paris réussit à sourire à travers ses larmes. N'avait-elle pas beaucoup de chance d'avoir des enfants aussi affectueux et aimants ?

Quand la cérémonie fut terminée, Paris et Peter allèrent se poster aux portes de l'église avec la jeune mariée, son époux et leurs témoins, pour recevoir les félicitations des invités. Pendant une fraction de seconde, Paris eut l'impression d'être mariée de nouveau, mais lorsqu'elle leva les yeux sur la foule, son regard rencontra celui de Rachel et le charme se rompit. Contre toute attente, une expression légèrement désolée voilait le visage de la jeune femme ; il n'y avait aucune lueur de triomphe dans ses yeux. Elles se saluèrent d'un signe de tête discret. Paris aurait aimé lui dire qu'elle ne lui en voulait pas. Peter avait choisi, elle n'y était pour rien, au fond. En lui arrachant son mari du jour au lendemain, la vie lui avait infligé une leçon d'une terrible cruauté et pourtant, elle savait que derrière la souffrance se dissimulait un cadeau précieux. Un cadeau qui, lorsqu'elle le découvrirait, la délivrerait de toutes ses angoisses. Pour le moment, elle le cherchait encore et chaque jour lui apportait de la force et du courage. Rachel faisait partie de ce voyage initiatique, au même titre que Peter, Bix et Jean-Pierre. Un jour viendrait où elle comprendrait enfin la clé du mystère.

Tout à coup, cette femme pour qui Peter l'avait quittée devint un simple détail dans son histoire personnelle. Paris se prit à l'envier davantage pour le bébé qu'elle avait mis au monde ; au même instant, quelqu'un lui tendit la fillette, et Paris, fascinée, la regarda serrer tendrement le bébé dans ses bras. Une vive émotion la submergea. C'était une adorable poupée de quatre mois, et c'était exactement ce qu'elle désirait. Si aucun homme ne pouvait lui donner de l'amour, un troisième enfant réussirait sans doute à la combler. Elle n'en avait pas encore soufflé mot à ses enfants, mais elle le ferait le moment venu. Bientôt, espérait-elle. Elle se détourna pour saluer les invités, et son regard se posa sur Meg et Richard, rayonnants de bonheur. Son gendre l'enlaça affectueusement, avant de la remercier pour son soutien et tout ce qu'elle avait fait pour eux. La gratitude qui perçait dans sa voix lui réchauffa le cœur.

— Je serai toujours là pour vous, Paris, murmura-t-il en la serrant dans ses bras.

Ils étaient amis désormais, et Paris savait qu'il veillerait sur sa fille avec une attention particulière. Meg serait une épouse parfaite et une mère aimante et dévouée. C'était merveilleux de pouvoir partager leur bonheur. Elle leur souhaita de couler des jours paisibles et heureux ensemble, et pria en son for intérieur pour que la vie se montre douce avec eux.

Les convives gagnèrent le club un moment plus tard. Pendant que l'entourage proche posait de bonne grâce devant l'objectif du photographe, les autres invités bavardaient joyeusement, un verre à la main. Se glissant habilement dans la foule, Bix salua les convives, échangea quelques mots de-ci de-là, présenta certains petits groupes à d'autres. Son regard acéré balayait l'assemblée, à l'affût du moindre bémol.

Le plan de table avait été minutieusement établi. Paris avait elle-même vérifié les cartons qui indiquaient leur place à chacun des trois cents invités. Deux hôtesses distribuaient à ces derniers des plans, afin qu'ils trouvent aisément leur table. Paris et Peter n'occupaient pas la même table. Bix, Steven et quelques amis entouraient la mère de la mariée. Mais il avait fallu combler plusieurs trous car, bien qu'elle habitât San Francisco depuis presque deux ans, son cercle d'amis était encore restreint. Son travail l'accaparait tellement qu'elle n'avait pas le temps d'entretenir des amitiés durables. Aussi avaient-ils placé à sa table l'associé de Richard et les parents du témoin de Meg, qu'elle avait connus à Greenwich. C'était une tablée chaleureuse et sympathique.

Nathalie et Virginia avaient fait le déplacement, mais Paris avait à peine eu le temps de les voir.

Elles repartaient dès le lendemain, aussi n'aurait-elle pas l'occasion de parler avec ses amies. Meg avait tenu à les placer à une table qui regroupait les amis de Peter.

Quand les convives passèrent à table, Paris était hors d'haleine. Elle avait salué les trois cents invités et venait à peine de régler une petite dispute qui avait éclaté entre un serveur et un photographe. Elle respira un grand coup, avant de se présenter à l'associé de Richard.

— Je crains de ne pas être une voisine de table très attentive, s'excusa-t-elle comme il l'aidait à ôter sa cape. Vous a-t-on présenté aux autres convives ? ajouta-t-elle en lui adressant un sourire chaleureux.

Il ressemblait beaucoup à Richard, en un peu plus âgé. Il était aussi plus grand et plus brun que son gendre. Il y avait malgré tout un air de famille et, quand elle le lui fit remarquer, il partit d'un rire amusé. Il s'appelait Andrew Warren ; Meg lui avait vaguement dit qu'il était divorcé, qu'il avait deux filles et qu'il était avocat spécialisé dans les droits artistiques, comme Richard. A la différence de ce dernier, qui représentait les acteurs et les réalisateurs, Andrew s'occupait uniquement des écrivains. C'était beaucoup moins glamour, expliqua-t-il d'un ton léger, mais aussi beaucoup moins stressant.

— Je représente les scénaristes et les écrivains dont les œuvres sont portées à l'écran. La plupart d'entre eux sont des êtres solitaires, je ne les vois presque jamais, je me contente de balader partout

448

des tonnes de manuscrits et je lis leurs textes, évidemment. En fait, ils demandent rarement à me rencontrer. C'est un boulot plutôt tranquille, expliqua-t-il avec humour. Je ne suis pas obligé de me montrer sur les plateaux de tournage, je n'ai pas à essuyer les caprices de petites starlettes hystériques et je ne suis pas non plus tenu d'assister aux avant-premières, contrairement à ce pauvre Richard, conclut-il avec un sourire espiègle. Pour tout vous avouer, je suis un écrivain frustré ; ça fait des années que je travaille sur mon propre bouquin.

Paris appréciait sa compagnie ; il était intéressant, drôle et enjoué. Comme elle l'avait annoncé, elle fut malheureusement une piètre voisine de table. Obligée de se lever toutes les cinq minutes, elle interrompit plusieurs fois la conversation qu'il tentait d'entretenir tant bien que mal. Et quand elle s'excusa pour la dixième fois, elle se pencha discrètement vers Bix pour lui demander de la remplacer auprès d'Andrew. Bix et Steven déclarèrent par la suite qu'ils avaient passé un excellent moment avec lui.

Meg ouvrit le bal dans les bras de son époux, puis elle dansa avec son père. Ce dernier invita ensuite Rachel, tandis que Wim faisait danser Paris, et Richard sa propre mère. La piste ne tarda pas à se remplir, et Paris regagna enfin sa table, épuisée. Elle n'avait pas eu un instant de répit de toute la journée.

— Vous n'avez rien mangé, fit remarquer Andrew d'un ton gentiment réprobateur.

449

Ils eurent enfin l'occasion de discuter calmement. Ses filles avaient toutes les deux une trentaine d'années ; l'une vivait à Londres, tandis que l'autre s'était installée à Paris. Mais aucune d'elles n'avait encore d'enfant. Son ex-femme s'était remariée et vivait à New York. Tout à coup, Paris se souvint de ce que lui avait dit Meg au sujet d'Andrew. Issue d'une prestigieuse famille de la côte Est, son ex-femme s'était remariée avec le gouverneur de New York. Il avait côtoyé des personnages influents et évolué dans des cercles puissants pendant son mariage, mais semblait désormais mener une vie paisible. Plus par réflexe que par réel intérêt, Paris lui demanda de quand datait son divorce. Dix ans, répondit-il dans un sourire. Il parlait avec bienveillance de son ex-épouse, sans exprimer de regret ou d'amertume.

— Oui, c'est ça, dix ans déjà. Nos filles étaient à l'université quand nous avons décidé qu'il serait plus sage de nous séparer. Avec le temps, nous avions emprunté des chemins différents. J'ai dû venir m'installer ici pour des raisons professionnelles et, comme elle détestait la Californie, elle est restée à New York. Elle était très engagée dans la politique et méprisait totalement l'industrie du cinéma, la jugeant trop superficielle, ce en quoi elle n'a pas complètement tort. Mais j'aime mon métier et je ne pouvais laisser passer la proposition qu'on me faisait ici. Pour être franc, l'arène politique de la côte Est ne m'a jamais captivé. Dès le départ, nous étions très différents et nos aspirations ont continué à diverger au fil des années. Et puis ces allers-retours incessants nous ont obligés à regarder la vérité en face... et voilà, c'est comme ça. Nous sommes restés bons amis, je m'entends très bien avec son nouveau mari. C'était vraiment l'homme qu'il lui fallait. Elle et moi, on a vécu ce genre d'histoire d'amour perdue d'avance qu'on s'efforce de maintenir en vie, coûte que coûte, jusqu'à ce que le fil se rompe, expliqua-t-il sans se départir de son sourire. L'essentiel, c'est que nous soyons heureux maintenant. Nous continuons à nous voir de temps en temps ; quand les filles étaient plus jeunes, nous nous arrangions pour passer nos vacances tous les quatre. Au début, le gouverneur nous prenait pour des originaux, mais il a vite adopté notre façon de voir les choses. On est même partis chasser tous les deux en Ecosse, l'an dernier... Ah, les familles modernes... Ce n'est plus ce que c'était ! conclut-il en riant.

Lorsqu'il l'invita à danser, elle accepta par politesse, malgré sa fatigue.

— Finalement, vous entretenez des rapports très civilisés, votre ex-femme et vous, fit-elle observer tandis qu'ils tournoyaient lentement sur la piste de danse. Personnellement, ce serait au-dessus de mes forces.

A part le salut discret qu'elles avaient échangé à la sortie de l'église, Rachel et elle ne s'étaient pas adressé la parole de toute la journée. Aucune d'elles ne le souhaitait ; pour Paris, la cicatrice était encore trop fraîche. Peut-être même ne se refermerait-elle jamais. La relation qu'Andrew

Warren entretenait avec son ex-femme la laissait perplexe.

— Ça arrive rarement, j'en suis conscient. Je ne connais pas les circonstances de votre divorce, mais les choses sont en principe plus faciles quand la décision de rompre est prise d'un commun accord. Ce fut notre cas. En fait, notre divorce fut comme une libération pour chacun de nous.

Il marqua une pause, tandis qu'un sourire désabusé jouait sur ses lèvres.

— Je me demande encore comment deux êtres aussi différents que nous ont bien pu vouloir se marier un jour ! Elle aime la politique et les mondanités ; je les déteste. Elle est issue d'une famille immensément riche alors que mon père, propriétaire d'une petite épicerie, a travaillé dur pour créer sa chaîne de magasins qu'il a revendue à bon prix au moment de la retraite. Contrairement à mon ex-épouse, je n'ai pas grandi dans le luxe et l'opulence.

Les choses avaient évolué depuis : selon Meg, Andrew jouissait d'une solide réputation dans le milieu juridique et d'une situation financière aussi confortable que celle de Richard.

— Elle adore les chevaux, ils me terrorisent. Je voulais une ribambelle d'enfants, pas elle. Et la liste n'est pas exhaustive. Pour être franc, je crois qu'elle s'ennuyait à mourir avec moi.

Il ponctua ses paroles d'un rire amusé. Cette constatation ne semblait nullement le perturber.

— Maintenant, au moins, on peut être amis.

Paris hocha lentement la tête, impressionnée. Peter et elle ne deviendraient jamais amis, elle en avait la certitude. Ils n'étaient plus que deux étrangers unis par des souvenirs communs, certains d'entre eux très douloureux.

— Vous n'avez jamais songé à vous remarier ? demanda-t-elle lorsqu'ils regagnèrent leur table.

Andrew était un personnage étonnant. Elle s'attendait plus ou moins à ce qu'il lui serve la réponse classique : il n'avait pas encore rencontré la femme idéale, mais, là encore, il trouva le moyen de la surprendre.

— Plusieurs fois, si, mais en réalité je n'ai pas besoin de me marier. J'ai rencontré des femmes merveilleuses, plusieurs d'entre elles auraient été des épouses remarquables, mais je ne suis pas sûr de faire un bon mari. Je suis quelqu'un de plutôt tranquille. Je passe mes journées à lire des manuscrits. Au dire d'Elizabeth, mon ex-épouse, vivre avec moi était à peu près aussi excitant que regarder la pluie tomber. J'ai donc décidé de ne plus infliger ça à personne.

Comme tous les divorcés, il craignait en réalité de commettre une nouvelle erreur. Paris hocha la tête en souriant. Andrew lui plaisait beaucoup, mais pas au sens sentimental du terme. Elle serait heureuse de le compter parmi ses amis et savait d'ores et déjà que leurs chemins se croiseraient à nouveau, compte tenu de la complicité qu'il partageait avec Richard.

— A mon âge, je n'éprouve plus le besoin de me marier, poursuivit-il d'un ton léger. Je suis heureux pour Meg et Richard, évidemment. Il a dix ans de moins que moi, ça compte beaucoup, je crois. A cinquante-huit ans, je ne me sentirais pas la force de sortir avec une femme plus jeune, sans compter que je me ferais l'effet d'un vieil obsédé ! Pour Richard, c'est différent. Il est plus jeune que moi, il a envie de refaire sa vie, de fonder une famille avec Meg. Moi, je savoure mon petit confort ; j'aime voir mes enfants et mes amis quand j'en ai envie. Je n'éprouve pas le besoin de repartir de zéro, en fait. Ma vie me plaît comme elle est, conclut-il en souriant.

Il la questionna ensuite sur son travail, et Bix se mêla à leur conversation, pimentant les explications de Paris d'anecdotes cocasses sur certains de leurs clients.

— Vous devez bien vous amuser, tous les deux, fit observer Andrew.

Au même instant, Richard vint inviter Paris à danser. Andrew et Bix continuèrent à discuter, pendant qu'elle se dirigeait vers la piste de danse au bras de son gendre.

— Andrew est mon meilleur ami, vous savez, déclara Richard après l'avoir de nouveau remerciée pour le mariage. C'est quelqu'un de bien. Ça fait longtemps que je voulais vous présenter, tous les deux, mais Meg pensait qu'il ne vous plairait pas ; il est d'un naturel plutôt réservé, vous comprenez. Il n'en demeure pas moins mon meilleur ami, répéta-t-il. Son ex-femme est bien partie pour devenir la prochaine First Lady du pays, ajouta-t-il en souriant.

— C'est ce que Meg m'a dit. J'ai passé un agréable moment en sa compagnie. J'espère simplement que Bix ne lui racontera pas d'horreurs à mon sujet, pendant que nous dansons !

Elle ponctua ses paroles d'un petit rire ; au fond, elle s'en moquait. Elle ne cherchait pas à impressionner Andrew ; bien qu'il fût attirant, en toute objectivité, il n'y avait pas de rapport de séduction entre eux et elle l'appréciait aussi pour ça. Elle se sentait parfaitement détendue en sa compagnie, un peu comme s'ils se connaissaient depuis des années.

Quand Richard la raccompagna à sa table, Andrew était parti discuter avec un autre groupe de convives. Comme Bix ne tarissait pas d'éloges à son sujet, elle le rabroua gentiment. Elle n'avait pas besoin d'un homme dans sa vie ; elle se sentait bien comme ça.

Bix prit un air contrarié. Depuis le départ de Jean-Pierre, Paris avait érigé autour d'elle des murailles infranchissables.

— Ne me dis pas que c'est un autre Malcolm Ford ! Si tu n'éprouves aucune attirance pour Andrew, c'est que tu dois être complètement insensible aux hommes séduisants, intelligents et courtois, je ne vois que ça ! Malcolm Ford est le prototype de l'homme bien sous tous rapports et si tu avais eu la présence d'esprit de le rappeler au lieu de courir après ce jeune Parisien, tu serais mariée à l'heure qu'il est, Paris, déclara-t-il d'un ton sévère.

Un sourire fendit le visage de Paris.

— Mais je n'ai aucune envie de me marier, Bix.

— Désolé d'interrompre votre conversation, s'excusa Andrew en regagnant sa place.

Bix leva les yeux au ciel.

— Cette femme est impossible !

— Pas du tout. Je dis simplement que je n'ai aucune envie de me remarier. Point à la ligne.

— Quel dommage ! intervint Andrew. Je comprends votre position, naturellement, mais tout de même, c'est beau quand toutes les pièces du puzzle s'emboîtent parfaitement les unes aux autres... non ? Regardez Meg et Richard...

Un sourire aux lèvres, ils contemplèrent le couple tendrement enlacé qui ondulait sur la piste de danse.

— Elle est beaucoup plus jeune que moi ! lança Paris en riant. Comme vous le faisiez remarquer tout à l'heure, tout cela demande beaucoup d'énergie, et je crains de ne plus en avoir assez.

— C'est aussi mon problème, admit Andrew avec un sourire complice.

Bix émit un grognement désapprobateur.

— Vous n'avez qu'à prendre des vitamines, bon sang ! Si tout le monde partageait tes vues sur le mariage, Paris, on aurait déjà déposé le bilan !

Sa remarque provoqua l'hilarité générale.

— Le mariage, c'est pour les jeunes, insista Paris.

— Pour tous ceux qui sont restés jeunes dans l'âme, corrigea Bix.

— Le mariage, ce n'est pas pour les poules mouillées, intervint Andrew, déclenchant de nouveaux éclats de rire.

— Bien dit, renchérit Steven.

Un moment plus tard, ils quittèrent leur table pour se mêler aux autres petits groupes, pendant que les plus jeunes continuaient à danser. Il était 3 heures du matin quand Paris et Bix s'éclipsèrent. Peter et Rachel étaient partis quelques heures plus tôt ; le bébé avait faim et les garçons étaient épuisés. Bien qu'il eût aimé rester encore un peu, Peter partit avec son épouse. Il aurait voulu parler avec Paris, ne fût-ce que pour la remercier, mais il ne trouva jamais l'occasion de l'aborder. Paris, elle, le vit partir avec soulagement. L'eau avait coulé sous les ponts depuis le divorce ; ils n'avaient plus grand-chose à se dire, tous les deux. Les cicatrices finiraient par s'estomper au fil du temps et, déjà, elle avait retrouvé une espèce d'équilibre.

Avant de lancer son bouquet de mariée, Meg avait insisté pour que sa mère se joigne au groupe de célibataires réunies sur la piste de danse. Comme pour toutes les mariées dont il s'occupait, Bix lui avait confectionné un bouquet plus petit, spécialement destiné à être lancé dans la foule. Ainsi, les jeunes femmes pouvaient garder en souvenir leur vrai bouquet. Devant l'insistance butée de sa fille, Paris avait rejoint d'un pas traînant le groupe de jeunes célibataires, excitées comme des puces à l'idée d'attraper un rayon d'espoir grâce à cette vieille tradition. Paris n'en voulait pas, de ce rayon d'espoir. A contrecœur, elle avait levé les mains et détourné les yeux lorsque Meg avait jeté son bouquet dans la foule. Ce dernier l'avait percutée en pleine poitrine, à la manière d'un ballon de football. Sa fille avait visé avec une précision ahurissante... Sur le point de le laisser tomber pour le céder à une autre, Paris l'attrapa, submergée par une force irrésistible mêlée d'un soupçon de superstition. Elle se tint au milieu de la foule déchaînée, l'air surpris, le bouquet plaqué contre sa poitrine, tandis que sa fille la couvait d'un regard affectueux.

Paris tenait encore le bouquet à la main quand elle quitta la salle au côté de Bix. Ils étaient heureux, tous les deux. La fête avait été sublime.

— Que comptes-tu faire de ça ? demanda Bix en indiquant le bouquet d'un signe de tête.

Paris haussa les épaules en souriant.

— Le jeter au feu, je pense.

— Tu es désespérante. A propos, j'espère sincèrement que tu reverras Andrew. Il m'a dit qu'il s'occupait de deux écrivains installés à San Francisco et qu'il venait les voir assez souvent. Tu devrais l'inviter, un de ces jours.

— Je n'ai pas le temps... trop de travail, tu comprends.

Bix poussa un soupir agacé.

— Si tu n'y mets pas un peu de bonne volonté, je serai bientôt obligé de demander son carnet d'adresses à Sydney, fit-il d'un ton menaçant. Tu ne peux pas continuer à jouer la veuve éplorée jusqu'à la fin de tes jours.

Six mois s'étaient écoulés depuis le départ de Jean-Pierre et chaque jour qui passait la confortait dans sa détermination à rester seule. Ce que Bix trouvait profondément irritant.

— Je suis heureuse comme ça, affirma-t-elle avec raideur.

— C'est bien ce qui me chagrine, figure-toi. Tu ne souffres pas de la solitude ?

— De temps en temps. Mais j'apprends à vivre avec, sans sombrer dans la déprime.

Elle marqua une pause avant de reprendre d'une voix empreinte de nostalgie.

— J'aimerais beaucoup être mariée. Jamais je n'avais imaginé me retrouver seule au bout de vingt-quatre ans de mariage. Hélas, la vie en a décidé ainsi et je n'ai pas envie de retenter l'aventure. Peut-être ai-je peur d'un nouvel échec... Je ne survivrais pas deux fois à une telle épreuve, Bix, l'enjeu est bien trop important. Et puis à mon âge, les chances de décrocher le gros lot sont ridiculement minces. Je ferais mieux de m'acheter un billet de loto, crois-moi !

Bix ne répondit pas tout de suite. Steven était allé récupérer la voiture et ils l'attendirent en silence.

— Peut-être es-tu mûre pour un autre rendez-vous arrangé, déclara-t-il finalement, songeur.

— Non ! Bien que cela puisse être drôle, surtout si tu demandes à Sydney, ajouta-t-elle en se remémorant son déjeuner avec l'affreux sculpteur de Santa Fe.

— Vraiment, Paris, tu ne peux pas te résigner ainsi, insista-t-il. Tu es une femme séduisante et intelligente. Ne gâche pas ta vie, je t'en prie.

— Tu sais, la théorie de « l'aiguille dans la botte de foin » me plaît bien mais, plus tu vieillis, plus les bottes de foin s'épaississent et plus les aiguilles rapetissent, répliqua-t-elle, mi-figue mi-raisin. Pour couronner le tout, ma vue n'est plus aussi bonne qu'avant... Non, il vaut mieux que je renonce.

— C'est toujours dans ces moments-là que l'aiguille pointe sa tête et qu'elle te pique le pied, commenta Bix d'un ton docte qui lui arracha un rire.

Steven arriva enfin et ils montèrent dans la voiture. En rentrant chez elle, Paris mit le bouquet dans un joli vase. Le geste de sa fille l'avait beaucoup touchée. C'était une attention délicate... et inoffensive, du moins l'espérait-elle. De toute façon, elle ne l'avait pas réellement attrapé. Il l'avait heurtée de plein fouet, manquant la renverser !

Alors ça ne comptait pas. Et puis, c'était un joli bouquet.

29

Le lundi, Paris emporta au bureau les deux cartes de visite qu'elle avait retenues et attendit sa
pause en milieu de matinée pour décrocher le téléphone.

Le premier contact la rappela vingt minutes
plus tard ; c'était une secrétaire qui l'avertit que
son patron serait absent jusqu'à la mi-octobre. Le
second, une femme, l'appela à l'heure du déjeuner, alors qu'elle était en train de manger une
pomme et un yaourt à son bureau. Elle s'appelait
Alice Harper ; sa voix était jeune et teintée
d'enthousiasme. Paris lui exposa les raisons de
son appel et elles convinrent d'un rendez-vous le
vendredi matin. Paris raccrocha, gagnée par une
bouffée d'excitation.

Le bureau d'Alice Harper était situé dans un
quartier résidentiel paisible, à l'ouest de Pacific
Heights. Elle avait aménagé son local professionnel dans une aile de sa maison. Une secrétaire et
un jeune avocat travaillaient avec elle. A la

grande surprise de Paris, Alice Harper, avocate spécialisée dans les affaires d'adoption, était une femme d'une soixantaine d'années, à l'allure maternelle. Elle la fit entrer dans son bureau et, quelques instants plus tard, la secrétaire apporta à Paris la tasse de thé qu'elle avait demandée.

— Commençons par le commencement, déclara Alice d'un ton bienveillant.

Un casque de boucles courtes auréolait son visage tanné et avenant, dépourvu de tout maquillage, qu'éclairait un regard vif et acéré. Elle recevait presque tous les jours des gens, mères biologiques et parents adoptifs, dont elle analysait rapidement la personnalité, afin de cerner leurs motivations profondes. Parmi ceux qui venaient lui demander de l'aide, il lui fallait opérer une sélection rigoureuse, trouver ceux qui se leurraient en croyant désirer un enfant, ceux qui en voulaient un pour de mauvaises raisons – par exemple, les couples déjà parents qui pensaient pouvoir sauver leur mariage en adoptant un enfant, ou ceux qui s'ennuyaient et désiraient juste ajouter un peu de piment à leur quotidien... Elle écoutait avec autant d'attention et de perspicacité les mères biologiques, afin d'éviter tout drame à la naissance du bébé – qu'elles refusent par exemple d'abandonner leur enfant aux parents adoptifs bercés de douces illusions. Décrochant son téléphone pour ne pas être dérangée, elle dévisagea Paris de son regard perçant.

— Pourquoi voulez-vous adopter un bébé ?

— Pour de nombreuses raisons, répondit Paris avec circonspection, s'efforçant de choisir les mots justes. Je crois sincèrement que c'est ce que je fais de mieux dans la vie, élever des enfants. Je suis très fière des deux miens, je les aime de tout mon cœur. En plus, ils sont formidables, bien que je n'y sois pas pour grand-chose ; c'est leur personnalité, après tout. Mais j'ai partagé chaque instant de leur vie avec intensité et leur départ m'a profondément bouleversée. Ils me manquent terriblement, conclut-elle à mi-voix.

— Etes-vous mariée ?

— Non. Je l'ai été, pendant vingt-quatre ans, et je suis divorcée depuis deux ans et demi. C'est mon mari qui est parti.

Elle se tut un instant avant d'ajouter avec franchise :

— Pour une autre femme. Aujourd'hui, ils sont mariés et ils viennent d'avoir un bébé.

— La naissance de ce bébé a-t-elle influencé votre propre décision ?

— Peut-être. J'ai du mal à cerner le facteur déclenchant. Une chose est sûre, toutefois : je veux un enfant du plus profond de mon être. Je n'ai aucune intention de me remarier et je ne veux pas non plus rester seule jusqu'à la fin de mes jours. En décidant d'adopter un enfant, je repartirai pour dix-huit ou vingt ans de petits plats mijotés, de football ou de danse classique, de devoirs et d'anniversaires. C'est une vision un peu dépouillée de l'éducation, je sais, mais j'ai pris un plaisir immense à élever mes enfants et je suis très nostalgique de cette époque.

Alice continuait à l'observer avec attention.

— Comment pouvez-vous être sûre que vous ne vous remarierez pas ? demanda-t-elle en esquissant un sourire.

— Mes chances de trouver l'homme idéal sont minces et, pour être franche, je m'en moque complètement.

Ce n'était pas totalement vrai, mais elle avait fini par accepter sa solitude, et c'était là l'essentiel.

L'avocate haussa les sourcils, intriguée. Malgré l'allure saine et le regard intelligent de Paris, elle voulait s'assurer qu'elle n'avait pas affaire à une personne déséquilibrée ou en pleine dépression nerveuse.

— Pourquoi dites-vous que vos chances sont minces ? Vous êtes une femme séduisante ; vous ne devez pas avoir de mal à retenir l'attention des hommes.

Paris ne put s'empêcher de sourire.

— Ça demande bien trop d'efforts.

— Un bébé aussi, non ? fit Alice.

Cette fois, Paris laissa échapper un rire amusé.

— Peut-être, mais je n'aurai jamais de rendez-vous arrangé avec un bébé. Il ne me mentira pas, ne me trahira pas, n'oubliera pas de me rappeler… Il n'aura pas une peur bleue de s'engager, n'aura pas de comportement sexuel décalé ni d'opinions dérangeantes, il ne sera pas insolent, en tout cas pas avant l'âge de treize ans, je n'aurai pas à jouer au tennis, au golf, à partir au ski ou à prendre des cours de cuisine pour le rencontrer, je n'aurai pas à subir d'interrogatoire en bonne et due forme pour le séduire et, en plus, il ne risque pas de se soûler lors de notre premier rendez-vous. Je préfère mille fois changer des couches et servir de chauffeur pendant les vingt ans à venir plutôt que d'accepter un autre rendez-vous galant... En fait, j'aimerais mieux qu'on m'enferme en prison ou qu'on m'arrache les ongles des doigts de pied !

Alice éclata de rire.

— Vous avez peut-être raison. J'avais oublié à quoi ça ressemblait, ces histoires de rendez-vous arrangés, mais vous venez de me rafraîchir la mémoire. Pour ma part, cela fait seize ans que je suis remariée et, si cela peut vous rassurer, j'avais à peu près votre âge quand j'ai rencontré mon deuxième mari. Nous avons fait connaissance aux urgences de l'hôpital ; je m'étais cassé le bras en tombant d'une échelle et lui souffrait d'une fracture au gros orteil. Nous ne nous sommes pas quittés depuis. Mais cette ronde des rendez-vous me répugnait autant que vous. A propos, puis-je vous demander votre âge ?

— Quarante-huit ans. J'en aurai quarante-neuf en mai prochain. Cela pose-t-il un problème ? Suis-je trop âgée ?

— Non, pas du tout, répondit l'avocate. En fait, tout dépend des souhaits émis par la mère biologique. En l'occurrence, vous êtes seule et un peu plus âgée que la plupart des parents adoptifs. Si la mère biologique tient à ce que son enfant soit adopté par un couple, alors ça ne fonctionnera pas. D'un autre côté, vous avez d'autres atouts à mettre en avant ; apparemment, vous avez été une bonne mère, vous avez de l'expérience, une maison, du savoir-faire, un travail, vous êtes responsable. Certaines mères se moquent de savoir s'il y aura un père ou non pour élever leur enfant et la plupart n'attacheront pas d'importance à votre âge. Lorsque nous avancerons dans le processus, vous vous rendrez vite compte qu'elles posent très peu de questions, beaucoup moins en tout cas que ce que nous ferions à leur place. Quand une mère biologique vous bombarde de questions, c'est qu'il y a anguille sous roche. Cela peut refléter un manque de confiance ; elle ira s'imaginer qu'elle fera une meilleure mère que vous et là, rien ne va plus. Quand j'aurai terminé mon enquête sur vous, Paris, et que je commencerai à vous présenter les mères qui souhaitent faire adopter leur enfant, vous verrez que tout est une question de feeling. Je suis désolée de vous dire ça, mais ce genre d'entretien ressemble beaucoup aux rendez-vous arrangés que vous détestez tant !

Paris esquissa un sourire narquois.

— Au moins, le jeu en vaut la chandelle. Les rendez-vous galants, eux, ne vous apportent que déceptions et peines de cœur.

— A vous entendre, vous n'avez tiré que des mauvais numéros... Mais c'est notre lot à toutes, n'est-ce pas ? C'est quand on déniche enfin la perle rare qu'on se dit que, finalement, ça valait tout de même la peine. Exactement comme l'adoption, conclut-elle dans un sourire.

Elle entreprit alors d'expliquer à Paris le processus dans sa globalité. Plusieurs options s'offraient à elle : elle pouvait choisir d'adopter un enfant à l'étranger ou sur le territoire américain, souhaiterait peut-être un enfant en difficulté... Paris repoussa aussitôt cette éventualité ; seule, elle ne se sentait pas la force de relever un tel défi. Alice approuva d'un signe de tête. Elle préférait également adopter un enfant né aux Etats-Unis. L'adoption à l'étranger lui semblait compliquée et éprouvante. Elle se voyait mal passer deux mois dans une chambre d'hôtel à Pékin ou Moscou, à attendre le bon vouloir d'administrations pas toujours coopératives. Non, elle tenait à mener une vie normale en attendant que tout se mette en place. Alice comprit sa position. Elle allait ordonner une enquête sociale approfondie, réalisée par une agence d'adoption privée, puisque tel était le choix de Paris. Cette dernière devrait remplir des tonnes de formulaires, signer des documents, présenter son casier judiciaire ainsi que de solides références, donner ses empreintes digitales et subir des examens médicaux.

— En avez-vous parlé à vos enfants ? s'enquit Alice.

— Pas encore, non. Mon fils est à l'université et ma fille vient de se marier ; je n'ai pas eu le temps d'aborder le sujet avec eux, mais je sais déjà qu'ils n'y verront aucun inconvénient. Ils ne vivent plus avec moi, après tout...

— A votre place, je me méfierais tout de même. Il arrive souvent que de grands enfants s'opposent à la volonté d'adopter de leurs parents. La rivalité fraternelle peut se manifester à tout âge, vous savez.

Paris avait du mal à le croire, mais Alice avait manifestement plus d'expérience qu'elle en la matière. Rien qu'en l'écoutant lui décrire les différentes étapes d'une adoption, elle se sentit gagnée par une impatience dévorante.

Alice lui expliqua ensuite qu'ils procédaient à une étude tout aussi minutieuse des dossiers des futures mères. Ils examinaient leur contexte social et familial, et s'assuraient que le père avait réellement renoncé à sa paternité, afin d'éviter tout incident ultérieur. Il fallait aussi soumettre la mère à des examens de santé, vérifier qu'elle n'était ni alcoolique ni toxicomane et surtout – surtout – avoir la certitude qu'elle abandonnerait bel et bien le bébé à sa naissance.

Au terme de ses explications, Alice se leva.

— Je vais vous remettre un premier dossier que vous commencerez à compléter. Je vous rappellerai la semaine prochaine. J'aimerais rédiger au plus vite le rapport vous concernant, car il arrive parfois que tout se précipite. Nous recevons de temps en temps un appel d'une jeune mère ou d'un hôpital, juste après une naissance, et dans ce cas, il faut agir sur-le-champ.

Paris écarquilla les yeux de surprise.

— C'est vrai, ça va aussi vite que ça, parfois ?

— Parfois, oui. Mais ça peut aussi prendre beaucoup plus longtemps. Dans l'absolu, il faut compter un an pour concrétiser une demande. Six mois, si la chance nous sourit. Mais je ne crois pas trop m'avancer en vous disant que vous changerez les couches de votre enfant avant un an.

Un sourire flotta sur les lèvres de Paris. C'étaient des paroles encourageantes. Cette femme lui inspirait beaucoup de confiance et de sympathie. C'était sa gynécologue qui lui avait donné son nom et ses coordonnées – une gynécologue recommandée par Sydney... bien plus efficace en matière de médecins que de princes charmants !

Paris laissa à Alice son numéro de téléphone au bureau, son numéro personnel et son numéro de portable. Puis elle partit travailler, le cœur en fête. Un seul nuage assombrissait légèrement son horizon... Et si Alice avait raison... ? Si Meg et Wim acceptaient mal sa décision ? Meg et Richard passaient leur lune de miel en Europe ; elle devrait attendre leur retour, prévu dans trois semaines, pour leur en parler.

Au bureau, Paris trouva un message d'Andrew Warren. Reconnaissant l'écriture de Bix, elle se dirigea vers son bureau, le papier à la main.

— Que voulait-il ? demanda-t-elle avec un manque d'entrain manifeste.

— Il désirait savoir si tu accepterais de lui donner un rein, répondit Bix, pince-sans-rire. Je t'en prie, Paris, ne prends pas cet air soupçonneux ! Il vient voir un de ses clients la semaine prochaine et, à mon avis, il voulait t'inviter à déjeuner.

— Je n'ai pas envie de déjeuner avec lui, décréta Paris en jetant le papier dans la corbeille.

— Arrête tes bêtises, tu veux ? C'est vraiment quelqu'un de bien, tu ne peux pas dire le contraire.

Bix avait discuté avec lui au téléphone. Avant de raccrocher, il lui avait même proposé de passer voir leurs bureaux. Si Paris ne voulait pas aller déjeuner avec lui, il prendrait volontiers sa place !

— Qu'as-tu à perdre, bon sang ?

— Mon équilibre et ma dignité. Il se trouve que j'y suis très attachée.

— Au fait, où étais-tu passée, ce matin ?

Ce n'était pas dans ses habitudes de disparaître sans lui dire où elle allait. En arrivant au bureau, il avait juste trouvé un message sur le répondeur qui l'avertissait qu'elle serait en retard.

— J'étais chez le dentiste… un petit détartrage, répondit-elle en souriant de toutes ses dents.

Quelque chose dans ses yeux lui souffla qu'elle ne lui disait pas toute la vérité.

— Tu dois avoir plus de dents que moi ; ça a duré drôlement longtemps !

— J'ai dû attendre un moment, c'est vrai, répliqua-t-elle avant de regagner son bureau.

Elle n'avait pas envie d'appeler Andrew Warren. C'était un homme bien, Bix avait raison, mais elle ne voyait pas l'utilité de le contacter. A quoi bon ? Elle pourrait toujours le voir quand elle rendrait visite à Meg et Richard à Los Angeles. Elle n'avait pas besoin d'une amitié masculine ; Bix était là.

Comme convenu, Alice Harper l'appela la semaine suivante. Paris lui avait retourné la quasi-totalité des formulaires dûment remplis. Il lui restait encore à fournir ses empreintes digitales et à demander un extrait de son casier judiciaire.

— Je vous ai trouvé une mère, Paris, déclara Alice d'emblée.

Paris retint son souffle. Son cœur s'emballa, tandis qu'un sentiment d'allégresse la submergeait. C'était beaucoup mieux qu'un rendez-vous galant ! Un bébé rien que pour elle, pour toujours… Elle eut presque l'impression de découvrir qu'elle était enceinte, comme à l'aube de son mariage… les meilleures années de sa vie. Oui, c'était raviver cette belle époque, sans Peter, évidemment. Mais on ne pouvait pas toujours tout avoir.

— Parlez-moi d'elle, dit-elle en fermant soigneusement la porte de son bureau.

Bix leva les yeux de son bureau, intrigué. Paris lui cachait quelque chose, c'était évident. Elle ne fermait jamais sa porte. Il espérait seulement qu'elle n'était pas en train de chercher du travail ailleurs.

— C'est une jeune fille de dix-neuf ans, étudiante à l'université de Bay Area, issue d'une famille bourgeoise de Mill Valley. Elle est en bonne santé, énergique et sportive, ce qui explique sans doute pourquoi elle n'a découvert que tardivement sa grossesse, il y a deux mois.

— Elle est enceinte de combien de mois ?

— Sept. Le terme est fixé au 1er décembre. Elle ne prend pas de drogue et n'a pas bu une seule goutte d'alcool depuis qu'elle a découvert son état. Il lui arrivait de boire un peu de vin ou un verre de bière à l'occasion, avant, mais elle est en pleine forme ; elle fait partie de l'équipe de tennis de l'université. D'après les photos, c'est une ravissante jeune fille, une belle blonde aux yeux bleus, qui vous ressemble un peu. Je dois la rencontrer demain. Quant au père, il a vingt-deux ans ; fraîchement diplômé de Stanford, il travaille à New York. C'était un étudiant brillant, un vrai cerveau. Ils se sont fréquentés pendant deux ans, avant de rompre il y a six mois. Ils ne veulent ni se marier, ni garder le bébé. Leurs parents non plus, d'ailleurs. La famille du garçon jouit d'une réputation bien établie en ville. Si j'ai bien compris, ils préféreraient étouffer l'affaire. Et vous pourriez être la solution à leurs problèmes.

— Quelle impression ai-je fait à la jeune mère ? voulut savoir Paris. Le fait que je sois seule et plus âgée que la moyenne ne l'a pas trop dérangée ?

— Rien n'est encore acquis, Paris, éluda Alice. Elle doit également rencontrer deux autres couples, avant de prendre sa décision. J'aimerais boucler votre dossier le plus vite possible. Avez-vous parlé à vos enfants ?

— Ma fille rentre de sa lune de miel dans deux semaines.

— Ça ira. Attendons un peu de voir quelle tournure prennent les choses.

Le samedi après-midi, alors que Paris lisait tranquillement devant un feu dans la cheminée, la sonnerie du téléphone retentit. Pour une raison obscure, elle pensait à Jean-Pierre. Est-ce qu'il allait bien ? Etait-il heureux ?

472

A l'autre bout du fil, la voix d'Alice résonna.

— La jeune mère désire vous rencontrer. Elle verra également les deux autres couples. Etes-vous libre demain ?

— Oui, répondit Paris sans hésiter.

Wim venait dîner avec elle le soir, mais elle n'avait pas d'autres projets pour la journée. Elle menait une vie tranquille depuis quelque temps.

Alice lui donna le nom d'un restaurant du centre-ville, où elles pourraient discuter aussi long-temps qu'elles le souhaiteraient. La jeune fille viendrait seule. Elles se fixèrent rendez-vous à 14 heures. Paris arriva pile à l'heure et la future mère pénétra dans le restaurant quelques instants plus tard. C'était une grande fille, svelte et spor-tive ; seul son ventre arrondi trahissait son état. Et sa ressemblance avec Paris était saisissante.

On les conduisit à une table située dans un coin tranquille. Comme un silence gêné menaçait de s'abattre sur elles, Paris prit la parole. Comment se sentait-elle ? Un sourire joua timidement sur les lèvres de la jeune fille.

— Je me sens ridicule. J'aurais dû m'en aper-cevoir avant. Mes cycles ont toujours été très irré-guliers, je n'ai pas fait attention.

Ses parents étaient très contrariés, surtout son père, qui tenait à sa fille unique comme à la pru-nelle de ses yeux. Paris brûlait d'envie de lui demander si elle était sûre de sa décision, mais Alice l'avait mise en garde contre ce genre de question. Spontanément, la jeune fille affirma qu'elle ne voulait pas du bébé. Elle parla ensuite de son ex-petit ami. Leur rupture avait été difficile et ils n'avaient aucune envie de se revoir pour le moment.

— Et si vous décidiez de vous remettre ensemble un jour ? demanda Paris d'un ton posé. Peut-être aimeriez-vous récupérer le bébé ?

D'un point de vue juridique, ils n'auraient aucun droit de réclamer l'enfant une fois les papiers signés, mais Paris s'inquiétait malgré tout. Et s'ils décidaient de la harceler ? S'ils traînaient l'affaire devant les tribunaux ? C'était un terrain totalement inconnu pour elle.

— Non. Je ne veux pas de ce bébé. Je dois partir étudier en Europe l'an prochain, je tiens absolument à finir mon cursus universitaire. Le père n'en veut pas non plus ; il doit entrer à la faculté de droit. Nous ne pouvons pas nous occuper d'un bébé, et mes parents ne veulent pas en entendre parler non plus.

A dix-neuf ans, elle s'estimait trop immature pour élever un enfant. Elle était à peine sortie de l'enfance. Elle avait le même âge que Wim, et Paris imaginait mal son fils avec un bébé. Elles discutèrent deux heures durant. Avant de prendre congé, Jennifer déclara que Paris lui plaisait beaucoup.

Cette dernière rentra chez elle et prépara à dîner pour Wim. Ils passèrent une soirée calme et détendue. Au prix d'un effort, Paris parvint à taire le secret qui la tenaillait. Par loyauté envers ses deux enfants, elle désirait leur annoncer la nouvelle en même temps.

Alice l'appela le lendemain. Elle avait fait une excellente impression à Jennifer ; jusque-là, les choses étaient bien engagées. Paris raccrocha et sortit de son bureau, radieuse. Bix leva sur elle un regard sombre.

— Que se passe-t-il ? demanda-t-elle en lui adressant un sourire rayonnant.

— C'est à toi de me le dire, rétorqua-t-il avant de l'entraîner dans son bureau. Bon sang, Paris, vas-tu te décider à me dire ce qui se passe ?

Paris songea aussitôt au travail et l'inquiétude se lut sur son visage. Quelle bêtise avait-elle commise pour déclencher la fureur de Bix ?

— A quel sujet ?

— De deux choses l'une : soit tu es amoureuse, soit tu cherches un autre job. Et devant ton dégoût pour les affaires de cœur, j'en déduis qu'il s'agit plutôt de la deuxième éventualité. Tu fermes la porte de ton bureau, tu prends des airs de conspiratrice…

— Oh, Bix, je suis désolée, s'excusa Paris avec douceur. Ce n'est pas du tout ce que tu crois. Il faudra que tu me mettes à la porte, le jour où tu voudras te débarrasser de moi ! Non, je n'ai aucune envie de te quitter.

— Alors de quoi s'agit-il ? insista Bix en passant une main lasse dans ses cheveux.

Paris esquissa un sourire… un parfait sourire de conspiratrice.

— Je suis en train de vivre quelque chose de merveilleux… C'est mon avis, en tout cas, expliqua-t-elle avec une pointe de fierté dans la voix. Je vais adopter un bébé, Bix.

Il la regarda un long moment d'un air ébahi, avant de secouer lentement la tête.

— Oh, mon Dieu… Dites-moi que je rêve.

— Pas du tout, c'est la vérité, Bix. J'ai rencontré la mère biologique, hier. En fait, j'ai entrepris les premières démarches il y a deux semaines, mais j'y pense depuis plusieurs mois. J'attendais juste que le mariage de Meg soit passé.

Bix tombait des nues. La porte close, les mystérieux sourires, tout s'expliquait à présent.

— Quand as-tu décidé ça, au juste ?

— Il y a environ six mois. Après le départ de Jean-Pierre. Je n'ai pas envie de souffrir à cause d'un homme et je n'ai pas non plus envie de rester seule. C'est une décision mûrement réfléchie, Bix, ne t'inquiète pas.

— Je reste perplexe. Tes enfants sont au courant ?

— Pas encore. J'attends le retour de Meg pour leur annoncer la nouvelle.

— Quand ce bébé doit-il naître, si ça marche comme tu veux ?

— Le 1er décembre.

— Oh, non, Paris ! Juste avant Noël ! Quand comptais-tu m'annoncer l'heureuse nouvelle ?

— Dès que j'aurais reçu la réponse définitive. J'espère de tout mon cœur que ça va marcher. La jeune mère est adorable et très intelligente. Physiquement, elle nous ressemble beaucoup, à Meg et à moi. Mais si jamais mon vœu se réalise, je ne te laisserai pas tomber pour Noël. Je prendrai sans doute un mois de congé maternité, peut-être un peu moins, mais j'attendrai le mois de janvier, quand l'excitation des fêtes sera retombée. On s'arrangera, ne t'en fais pas.

Bix la considéra d'un air interdit. Elle semblait tellement calme, tellement sûre d'elle ! Comme si, à ses yeux, tout coulait de source.

— Paris, es-tu vraiment sûre de ce que tu es en train de faire ? C'est de la folie !

— Pas du tout. En fait, c'est la première chose sensée que j'entreprends depuis deux ans et demi, à l'exception de ma collaboration avec toi. Je saurai assumer les deux, Bix, je t'assure. Ce ne fut pas le cas avec Meg et Wim, mais des millions de femmes élèvent des enfants en travaillant. J'y arriverai, j'en suis certaine.

Elle marqua une pause, gratifiant Bix d'un sourire étincelant.

— Alors… Vas-tu te décider à me féliciter ?

Bix secoua la tête.

— Non, je vais plutôt te chercher un bon mari. Je crois qu'il est grand temps pour moi d'appeler Sydney. Si j'avais pu deviner que ta rupture avec Jean-Pierre te conduirait jusque-là, je t'aurais obligée à l'épouser ou je l'aurais étranglé dès le départ. C'est un mari qu'il te faut, Paris, pas un bébé.

Il avait en partie raison, naturellement. L'idéal aurait été d'avoir les deux, mais c'était ainsi.

— Un bébé me suffira amplement, Bix. Je n'ai pas besoin d'un mari. J'en ai déjà eu un, j'ai vécu des années merveilleuses auprès de lui et maintenant, c'est fini.

— Je n'arrive pas à croire que tu aies décidé de tirer un trait sur ta vie sentimentale... C'est complètement dingue ! maugréa Bix, contrarié.

— Si je dois rencontrer quelqu'un, ça se fera naturellement... Peut-être le jour où je tomberai d'une échelle et que je me casserai le bras, lança-t-elle, sibylline.

Bix arqua un sourcil perplexe.

— Je ne vois pas le rapport avec un bras cassé... ?

— C'est ainsi que mon avocate a rencontré son mari. Elle s'était cassé le bras en tombant d'une échelle, lui s'était cassé l'orteil... Ils ont fait connaissance aux urgences.

— Charmant, murmura Bix sans pour autant se dérider.

Devant sa mine renfrognée, Paris contourna le bureau pour le serrer dans ses bras. Tout irait bien, qu'il se rassure. Lorsqu'elle quitta la pièce quelques minutes plus tard, Bix sortit de son tiroir une plaquette de tranquillisants. Sur le point de prendre un comprimé, il secoua la tête en marmonnant quelques paroles inintelligibles, puis remit le médicament à sa place.

La bonne nouvelle, c'était que Paris n'avait pas l'intention de le quitter. Mais n'était-ce pas pire encore, cette lubie d'adoption ?

30

Une autre semaine s'écoula avant qu'Alice ne se manifeste. Cette fois, hélas, les nouvelles n'étaient pas réjouissantes. Jennifer avait choisi de confier son enfant à l'un des deux couples. En plus de sa déception, Paris eut l'horrible impression d'être rejetée, une fois de plus.

— Ça arrive souvent, vous savez, fit observer Alice d'une voix douce. Ce n'est pas grave, ce n'est que le début. D'ailleurs, j'ai une autre proposition à vous faire. Je sais que vous souhaiteriez plutôt un nouveau-né mais j'aimerais tout de même vous en parler, sait-on jamais. Depuis deux ans, une fillette de quatre ans attend d'être adoptée dans un orphelinat russe. Sa mère est alcoolique, on ne connaît pas son père. La petite est en bonne santé. Elle faisait partie d'une fratrie de trois mais le couple qui a adopté les deux autres n'a pas voulu prendre la fillette. Une famille américaine originaire de Phœnix projetait de l'adopter mais ils se sont désistés hier. Le père vient d'apprendre qu'il souffre d'une tumeur au cerveau ; ils préfèrent renoncer à l'adoption pour le moment. Cette petite fille attend donc un nouveau foyer. Je vais vous envoyer sa photo par Internet. Elle est très mignonne, vous verrez. Mais je sais que ce n'est pas exactement ce que vous souhaitiez.

Paris hésita. Et si c'était le destin qui avait choisi de lui envoyer cette enfant ?

— Puis-je y réfléchir ?

— Je vous envoie la photo, fit Alice d'un ton bienveillant.

Quand elle la reçut, Paris contempla longuement l'adorable minois qui emplissait l'écran de son ordinateur. Bix fit irruption dans son bureau.

— Qui est-ce ? demanda-t-il en se penchant sur son épaule.

— Une fillette de quatre ans qui attend d'être adoptée dans un orphelinat russe. La future mère que j'ai rencontrée l'autre jour n'a pas retenu ma candidature.

— Doux Jésus, murmura Bix en se détournant de l'écran. Dites-moi que je rêve ! Paris, je suis prêt à t'épouser si tu me promets de renoncer à ces idioties !

Paris posa sur lui un regard empreint de gravité et de détermination.

— Ce ne sont pas des idioties, Bix. Et je te répète que je n'ai aucune envie de me marier. Bon, d'accord, je ferais peut-être une exception pour toi. Mais qu'allons-nous faire de Steven ? Tu crois qu'on devrait l'adopter ?

Bix la fixa d'un air abasourdi.

— Vite, mon Valium…

— Tu veux que j'appelle un médecin ?

Bix laissa échapper un rire désabusé.

— Tu rigoles ? Mon bureau déborde de boîtes de calmants ! Tu en veux un ?

— Non, merci, je me sens tout à fait bien.

Deux heures plus tard, elle appelait Alice pour lui faire part de sa décision. Elle préférait s'en tenir à sa décision initiale d'adopter un nouveau-né.

— C'est bien ce que je pensais et je respecte votre choix. Au fait, j'ai une autre piste pour vous. Je vous appellerai dans quelques jours, quand j'en saurai davantage.

Le week-end suivant, Meg et Richard rentrèrent de leur voyage de noces. Paris les invita à passer, mais ils ne purent se libérer avant le début du mois de novembre. Entre-temps, Bix et Paris travaillèrent d'arrache-pied pour les soirées d'Halloween.

Ils décidèrent de fêter Thanksgiving avec un peu d'avance, puisque les jeunes mariés et Wim avaient prévu de le passer avec Peter, cette année-là. Peu de temps après leur arrivée, Richard parla de son ami Andrew. Ce dernier lui avait confié qu'il avait appelé Paris.

— Je sais, je suis désolée, fit celle-ci avec une moue contrite. Je ne l'ai pas rappelé, c'est très impoli de ma part.

— Il a peur de vous avoir offensée. Vous savez, c'est quelqu'un de vraiment formidable, ajouta-t-il.

— S'il rappelle, je lui parlerai avec plaisir. Promis.

— Je lui transmettrai le message.

Ils passèrent à table. Paris avait préparé le repas traditionnel de Thanksgiving. Elle attendit un moment avant de leur annoncer sa décision d'adopter un bébé. Un mélange de stupeur et d'incrédulité se peignit sur le visage de ses enfants.

— Pardon ?

Meg posa sur elle un regard interloqué. C'était la première fois que sa mère prenait une décision qui lui paraissait complètement insensée.

— Maman, c'est ridicule, enfin ! Tu as passé l'âge d'avoir un bébé !

— C'est possible, concéda Paris, bien que je n'en sois pas encore tout à fait sûre. Quoi qu'il en soit, je parle d'adoption et je ne crois pas être trop vieille pour m'occuper d'un enfant. Après tout, des femmes plus âgées que moi ont recours à la fécondation *in vitro*.

— Peut-être, mais ces femmes-là sont mariées ! protesta Meg d'une voix suraiguë.

Elle se tourna vers Richard pour quêter son soutien. Jusqu'à présent, il n'avait soufflé mot. Quant à Wim, il observait sa mère d'un air hébété. Décidément, sa famille avait basculé dans la folie ! Ses parents qui divorçaient, son père qui épousait une femme presque deux fois plus jeune que lui et qui lui faisait un bébé et maintenant, sa mère qui voulait adopter un enfant ! Jusqu'où iraient-ils ?

— Il n'y a rien d'extraordinaire à ce que des hommes et des femmes seuls aient envie d'adopter des enfants, déclara posément Paris. En fait, ça arrive même assez souvent.

— Je me moque bien de ce que font les autres ! gémit Meg. Ton idée me semble complètement farfelue. Pourquoi as-tu envie d'adopter un enfant, à la fin ?

— Parce que je me sens seule.

Devant les mines stupéfaites de ses enfants, elle poursuivit :

— Vous êtes grands, tous les deux, vous menez votre vie comme bon vous semble. Moi, il ne me reste que mon travail. Jusque-là, j'ai vécu par et pour vous, mais cette époque est terminée. Alors j'ai décidé de donner un nouveau sens à ma vie. Je veux un bébé que je pourrai aimer et cajoler, un enfant qui me tiendra compagnie jusqu'à ce qu'il prenne son envol à son tour. Ça ne remet pas en cause tout l'amour que je vous porte, il ne s'agit pas de ça du tout. J'en ai assez d'être seule, voilà.

Un silence assourdissant s'abattit sur la pièce. Elle croisa le regard de Richard, empli de compassion. C'était comme s'ils étaient les deux seuls adultes autour de la table. Captant le message, il glissa un bras sur les épaules de Meg et prit enfin la parole.

— Ta mère a tout à fait le droit de prendre ce genre de décision, si elle croit que son bonheur est là. Tu sais, c'est difficile de se retrouver seul tout à coup. En même temps, ce serait un merveilleux cadeau à faire à un bébé.

— Pourquoi ne cherches-tu pas à te remarier, tout simplement ? demanda Meg d'une petite voix plaintive.

— Parce que ce n'est pas si simple, justement. Et je n'ai aucune envie de rester plantée là, à attendre l'arrivée du messie qui saura me rendre heureuse. Je trouve ça pathétique. Ma vie repose entre mes mains, c'est à moi d'agir dans le bon sens, conclut-elle avec fermeté.

Richard hocha lentement la tête, plein d'admiration.

— Que se passera-t-il si j'ai un bébé, moi aussi ? Tu ne t'en occuperas même pas, puisque tu auras le tien !

Paris esquissa un sourire indulgent. A certains égards, Meg était encore un bébé. Et Wim aussi. Ainsi, Alice avait vu juste : ce n'était pas aussi facile qu'elle l'avait imaginé.

— Bien sûr que si, je m'occuperai de ton bébé, chérie. Et je continuerai à vous aimer et à prendre soin de vous deux, et de tous les enfants que vous aurez. Mais comprends-moi, Meg, il faut absolument que je trouve une raison de vivre, et seul un bébé saura me rendre heureuse.

— Pour moi, c'est complètement idiot, intervint Wim. Un bébé, ça n'apporte que des problèmes, ajouta-t-il en songeant à la demi-sœur que Rachel et son père lui avaient donnée.

Elle passait son temps à brailler et, dès qu'il essayait de jouer avec elle, elle vomissait tout son biberon, au grand dam de sa mère, folle d'inquiétude. Franchement, il ne comprenait pas comment un bébé pourrait faire le bonheur de sa mère.

— Attendons de voir ce qui se passe, déclara Paris. Je vous tiendrai au courant de mes recherches. Je suis passée à côté d'une opportunité il y a quelque temps, et j'ai refusé une autre proposition. Je ne pense pas en recevoir d'autres tout de suite, conclut-elle d'un ton qu'elle voulait rassurant.

— Combien de temps cela peut-il prendre ? demanda Meg, paniquée.

— Un an, en général.

La jeune femme hocha lentement la tête. Si seulement sa mère pouvait changer d'avis d'ici là…

Avant de prendre congé en fin d'après-midi, Richard trouva un moment pour discuter avec Paris en tête à tête.

— Ne vous inquiétez pas pour Meg, Paris, elle s'habituera à l'idée. Wim aussi. C'est votre vie, après tout, c'est à vous de voir ce qui vous rendra heureuse. Je vous admire beaucoup, vous savez. Il faut du courage pour se lancer dans une telle aventure à nos âges.

Il n'avait qu'un an de plus que Paris et, de ce fait, comprenait mieux les choix et les aspirations de cette dernière. Paris lui adressa un sourire reconnaissant.

— Ne parlez pas trop vite… et si Meg tombait enceinte ?

Elle savait qu'ils avaient l'intention de fonder une famille bientôt.

— Ce n'est pas pareil, observa Richard. Il faut beaucoup de courage et de volonté pour adopter un enfant. Toutes ces démarches ne vous angoissent pas trop ?

Elle secoua la tête, touchée par sa sollicitude. Richard était bien plus que son gendre, c'était un véritable ami.

— Ça ne m'angoisse pas du tout.

Meg, Richard et Wim partirent ensemble, le dimanche soir. La journée avait été riche en émotions, mais Paris savait que la tension retomberait bientôt. Richard aiderait Meg à accepter sa décision ; il lui avait même promis d'en discuter avec Wim à tête reposée, d'ici quelques jours. Quelle serait la réaction de Peter, quand il apprendrait la nouvelle ? Elle ne comptait pas sur lui pour apaiser l'angoisse de leurs enfants. Il avait sa propre vie désormais, avec ses soucis et ses moments de doute. Meg et Wim n'avaient pas encore complètement accepté l'arrivée du bébé, en partie à cause de Rachel qu'ils n'arrivaient pas à apprécier pour ce qu'elle était réellement. A leurs yeux, elle n'était encore que l'intruse qui avait brisé le mariage de leurs parents.

Au volant de sa voiture, Richard songea tout à coup à Andrew. Il fallait absolument qu'il rappelle Paris, elle avait promis de ne pas le rejeter, cette fois. Ils se ressemblaient beaucoup, tous les deux, même s'ils l'ignoraient encore.

Paris aussi eut une pensée pour Andrew. Par respect pour Richard, elle accepterait de lui parler. Que risquait-elle, au fond ? Dans le meilleur des cas, ils deviendraient amis, et Bix avait raison : c'était bon de se savoir entouré d'amis, dans la vie...

31

Andrew Warren appela Paris la semaine suivante. Il était venu à San Francisco pour travailler avec un de ses clients, qui n'arrivait pas à récrire certains passages de son scénario. Paris aurait-elle le temps de déjeuner avec lui, un jour de la semaine ? Se remémorant sa promesse à Richard, elle accepta et ils se donnèrent rendez-vous le lendemain. A l'approche de Noël, les demandes affluaient au bureau et elle faillit annuler son rendez-vous à la dernière minute, pour recevoir un nouveau client. Bix dut menacer de la mettre à la porte *manu militari,* pour qu'elle s'éclipse. Il appréciait beaucoup Andrew Warren et il espérait sincèrement que Paris lui laisserait au moins une chance de devenir son ami.

Ils se retrouvèrent dans un petit restaurant sans prétention de Sacramento. Avec une grimace contrite, Paris lui avoua que son temps était compté. A son grand soulagement, Andrew ne se vexa pas.

— Si vous saviez comme je suis heureux de pouvoir m'échapper de chez mon client ! expliqua-t-il d'un ton amusé. Ça fait plus d'un mois que le pauvre diable sèche devant sa page blanche, et il refuse de sortir de son antre tant qu'il n'aura rien écrit. J'ai parfois l'impression d'être un infirmier psychiatrique. Si ça continue, je vais être obligé de récrire moi-même le scénario ! conclut-il avant de terminer son café.

— Vous en seriez capable ? demanda Paris, impressionnée.

— Si cela pouvait lui donner un coup de fouet, oui, je le ferais. J'ai même envisagé de le menacer avec une seringue hypodermique pour le secouer un peu, vous imaginez...

— Excellente idée ! approuva Paris en riant.

Andrew la questionna ensuite sur son travail et elle lui parla volontiers des réceptions de Noël qu'ils allaient organiser. Andrew secoua la tête d'un air captivé.

— Je ne sais pas comment vous faites. Chaque fois que j'invite des amis à dîner, nous en sommes réduits à commander des plats chinois que nous mangeons directement dans les boîtes en carton !

— Appelez Bixby Mason, plaisanta Paris. Nous nous occuperons de tout à votre place.

— Avec brio, qui plus est. Le mariage de Meg portait l'empreinte de votre talent... Vous formez une belle équipe, Bix et vous, conclut-il avec un sourire appréciateur.

— On s'y efforce, en tout cas, fit Paris modestement.

Ils se séparèrent un moment plus tard pour retourner au travail, chacun de leur côté. Paris avait apprécié cet intermède. Andrew ressemblait beaucoup à Richard, ce qui expliquait sans doute pourquoi ils étaient amis et associés. Simples, modestes, brillants et cultivés, ils excellaient dans leur activité professionnelle, sans jamais se mettre en avant. Décidément, Paris n'aurait pu rêver de meilleur mari pour sa fille… ou de meilleur ami pour elle, qui sait ?

Elle venait à peine de s'installer à son bureau quand la secrétaire lui passa un appel d'Alice Harper.

— J'ai une piste intéressante pour vous, annonça celle-ci.

Paris se redressa, sur le qui-vive. L'enquête sociale venait de se terminer, elle était prête à accueillir un bébé chez elle.

— Je viens de trouver une mère biologique que j'aimerais vous présenter. Elle est un peu plus âgée que les autres. Elle a vingt-neuf ans, elle est mariée et mère de quatre enfants. Elle vit à East Bay ; son mari est technicien de laboratoire. Ils ne roulent pas sur l'or et il semblerait que le mari ait une liaison avec la voisine. Il vient de la quitter. Quoi qu'il en soit, elle ne voulait pas de ce bébé. D'après ce que j'ai compris, il l'a violée à plusieurs reprises depuis qu'elle lui a annoncé son intention de divorcer, il y a un an de cela. Il n'a pas accepté qu'elle prenne l'initiative… Elle n'est ni droguée ni alcoolique ; très croyante, elle tient à ce que son bébé grandisse dans un contexte agréable, ce qu'elle serait incapable de lui assurer si elle décidait de le garder. Elle arrive à peine à joindre les deux bouts avec ses quatre enfants. Elle a même décidé de laisser sa fille de trois ans à sa sœur, pour essayer de repartir de zéro sur la côte Est, auprès de sa mère, avec ses trois garçons âgés de onze, neuf et sept ans.

Paris sentit son cœur se serrer. Quelle tragédie, toutes ces vies éclatées, ces souffrances morales ! Ce devait être terrible, pour une mère, de devoir confier son enfant à quelqu'un, fût-ce temporairement, et d'en abandonner un autre...

— Que se passera-t-il si sa situation s'arrange ? Pensez-vous qu'elle pourrait réclamer son bébé ?

— Non, pas après cette histoire de viol. Elle a entamé une procédure de divorce, hier. Tout ce qu'elle souhaite désormais, c'est placer son bébé et tourner la page en s'exilant à l'autre bout du pays. Ce n'est pas moi qui lui jetterai la pierre, commenta Alice, qui comptait à son actif trente années de drames et d'histoires tourmentées. Ce que j'apprécie chez elle, c'est sa lucidité et sa maturité. Sa décision est mûrement réfléchie, elle ne reviendra pas dessus. Elle sait ce que c'est que d'élever un enfant et elle sait aussi qu'elle ne pourra pas assumer celui-là. Vous seriez une vraie bénédiction pour elle.

— Quand doit-elle accoucher ? s'enquit Paris en griffonnant quelques notes sur un morceau de papier.

— C'est là le hic. Dans deux semaines. C'est une fille, au fait. Elle a passé une échographie le mois dernier et le bébé est en pleine santé.

Au cours d'un de leurs entretiens, Paris avait confié qu'elle préférerait adopter une fille, craignant qu'un petit garçon ne souffre davantage de l'absence d'un modèle paternel. Cela dit, elle n'aurait pas rejeté d'emblée tous les garçons.

— Deux semaines ? répéta Paris, frappée de stupeur. C'est Thanksgiving la semaine prochaine.

— Je sais. Le terme est fixé au 5 décembre. Désirez-vous la rencontrer ?

— Je... oui... oui, bien sûr.

Sans qu'elle puisse s'expliquer pourquoi, Paris avait un bon pressentiment, cette fois-ci. Une demi-heure plus tard, Alice la rappelait. Paris et la mère biologique avaient rendez-vous le lendemain soir, à 19 heures, dans une cafétéria de San Leandro. Un vent d'impatience souffla sur Paris. C'était le rendez-vous le plus excitant qu'elle ait eu depuis des mois. Voire des années !

Le lendemain soir, Bix la regarda partir, l'air découragé.

— On croirait presque que tu pars rejoindre le nouvel homme de ta vie... Hélas, connaissant ta position actuelle sur la gent masculine, je crains fort que ce ne soit pas le cas.

— C'est bien plus excitant que ça, crois-moi ! répliqua Paris. J'ai rendez-vous à San Leandro avec une femme enceinte, qui souhaite faire adopter son bébé.

— San Leandro... C'est le dernier endroit à la mode, c'est ça ? plaisanta Bix en la regardant s'éloigner.

La circulation était dense ; il lui fallut une heure et demie pour arriver à San Leandro. La mère biologique, une grande blonde aux traits tirés, poussa la porte de la cafétéria, quelques minutes après elle. La conversation s'engagea facilement entre les deux femmes. Amy s'avéra douce et intelligente. Elle avait interrompu ses études à la naissance de son premier enfant, mais projetait de reprendre des cours pour devenir infirmière. En attendant, elle accepterait n'importe quel travail pour assurer le quotidien de ses enfants. Elle avait déjà prévu de prendre l'avion pour New York, tout de suite après la naissance du bébé, impatiente de quitter cette région qui ne lui avait rien apporté de bon. Comme l'avait expliqué Alice, dans un premier temps elle confierait sa cadette à sa sœur ; cette dernière lui ramènerait la fillette dès qu'elle aurait trouvé un emploi stable. L'arrivée d'un cinquième enfant n'aurait fait qu'aggraver une situation déjà difficile. Au chômage depuis peu, son mari ne lui versait aucune pension, préférant dépenser le peu d'argent qu'il touchait pour sa maîtresse. Son histoire bouleversa Paris. Elle avait presque envie de l'emmener loin d'ici avec ses enfants. Mais c'était impossible. Elles étaient là pour parler de ce bébé, qui verrait le jour deux semaines plus tard.

Après l'avoir écoutée, Paris se mit à parler d'elle ; elle évoqua ses enfants, sa maison, son travail, les événements qui avaient récemment bouleversé sa vie. Bizarrement, la jeune mère ne posa aucune question. Tout ce qui l'intéressait, c'était de savoir que Paris désirait réellement adopter son bébé. Elle donnait l'impression de quêter son approbation, comme si elle seule pouvait la sortir de l'impasse. Que la mère adoptive soit célibataire, qu'elle approche la cinquantaine, tout cela lui importait peu. L'essentiel, c'était la confiance qu'elle avait éprouvée pour Paris, dès les premières minutes de leur conversation.

Le courant passait bien entre les deux femmes. Au milieu du repas auquel elles avaient à peine touché, Paris prit les mains d'Amy et les serra fort dans les siennes. En proie à une vive émotion, les deux femmes se contemplèrent longuement, les joues baignées de larmes. Sans mot dire, elles surent que les dés étaient jetés. Amy accoucherait bientôt ; elle remettrait son bébé entre les mains de Paris. L'avocate se chargerait du reste.

— Merci, articula Amy en s'accrochant à Paris.

Elles bavardèrent jusqu'à 21 heures, organisant la venue du bébé, échangeant des photos. Amy avoua à Paris qu'elle serait heureuse de recevoir quelques photos de l'enfant, une fois par an. Mais elle ne voulait pas la revoir. Son mari et elle renonçaient entièrement à leurs droits. Il faudrait alors compter quatre mois pour que Paris devienne sa mère d'un point de vue légal. Amy lui assura à plusieurs reprises qu'ils n'avaient aucunement l'intention de faire marche arrière. Leur décision était irrévocable. En fait, elle craignait davantage que Paris ne se désiste, mais cette dernière la rassura sur ce point. Elle aussi avait pris sa décision et elle ne reviendrait pas dessus. Il ne lui restait plus qu'à attendre… et annoncer la nouvelle à ses enfants.

En rentrant chez elle ce soir-là, Paris goûta aux mêmes émotions qu'elle avait ressenties le jour où le médecin lui avait annoncé qu'elle était enceinte de Meg. Il y avait toujours cette petite angoisse insidieuse, cette peur que quelque chose ne tourne pas rond, mais elle était masquée par un sentiment d'allégresse indicible. Elle avait poussé la porte de la maison, en criant d'une voix triomphante : « Je suis enceinte ! » ; ce soir-là, elle retrouva la même jubilation. Elle avait laissé à Amy tous ses numéros de téléphone, la priant de l'appeler dès qu'elle entrerait à l'hôpital pour accoucher.

Alice Harper l'appela le lendemain matin, alors qu'elle s'apprêtait à partir travailler. Paris retint son souffle. Et si Amy avait changé d'avis ? Peut-être s'était-elle réconciliée avec son mari, en rentrant chez elle, la veille…

— Elle veut vous confier son enfant, déclara l'avocate. Et vous, quelles sont vos impressions ?

— Je la trouve… admirable, avoua Paris, la gorge serrée.

Elles avaient les mêmes yeux bleus, les mêmes mains fines et diaphanes, elles s'en étaient fait la remarque la veille, en riant. Comme deux sœurs qui auraient été séparées et que le destin réunissait juste un bref instant. Paris n'avait que deux semaines devant elle pour préparer l'arrivée du bébé. Elle ferait une liste de tout ce dont Amy aurait besoin. L'accouchement était pris en charge par son assurance médicale. Il lui faudrait faire garder ses autres enfants pendant son séjour à l'hôpital. Paris avait déjà proposé de régler son billet d'avion et ceux de ses trois garçons. C'était la moindre des choses, à ses yeux.

— J'enverrai le chèque ce matin, expliqua-t-elle à Alice.

— Ne vous inquiétez pas, elle ne va pas disparaître dans la nature. Elle compte sur vous, vous savez, fit l'avocate avec bienveillance.

— Moi aussi, murmura Paris d'une voix enrouée par l'émotion.

Avant de partir au bureau, elle appela Meg et Wim pour leur annoncer la nouvelle.

— Fais comme bon te semble, commença Wim d'un ton monocorde, avant d'ajouter avec plus d'entrain : Si ça peut te rendre heureuse, maman, je n'y vois pas d'inconvénient.

Une larme roula sur la joue de Paris. Son approbation était le plus beau cadeau qu'il puisse lui faire.

— Tu es sûr, mon chéri ?

— Mais oui, maman – cette fois, un sourire égayait le timbre de sa voix. Je continue de penser que c'est de la folie, mais si tu y tiens vraiment, on sera avec toi.

Submergée par un mélange de soulagement et de gratitude, Paris donna libre cours à ses larmes.

— Je t'aime, mon grand, murmura-t-elle.

— Moi aussi.

Sa conversation avec Meg fut moins pénible qu'elle ne l'avait craint. La jeune femme avait longuement discuté avec son mari et elle comprenait à présent la décision de sa mère. Une seule chose l'inquiétait, cependant : quel homme accepterait de sortir avec une femme contrainte, à son âge, d'élever un enfant ? Mais ses craintes s'étaient apaisées quand Richard lui avait fait remarquer qu'il avait le même âge que sa mère et qu'il désirait lui faire un enfant.

— C'est vraiment merveilleux, maman, conclut la jeune femme avec sincérité.

— N'est-ce pas, chérie ?

Après avoir raccroché, elle fila au bureau, le cœur en fête.

— Je vais avoir un bébé ! s'écria-t-elle en poussant la porte.

Bix n'était pas seul ; la comptable se trouvait avec lui. Deux regards stupéfaits se posèrent sur elle.

— Félicitations ! fit la comptable.

— Quand ? articula Bix au même instant.

Ils avaient accepté vingt-deux réceptions pour la période de Noël.

Un sourire rayonnant éclaira le visage de Paris.

— Dans deux semaines. Mais ne t'inquiète pas, s'empressa-t-elle d'ajouter comme Bix semblait sur le point de s'évanouir, je ne prendrai pas de congé avant le mois de janvier. J'emmènerai le bébé au bureau… Je trouverai une baby-sitter… Je m'arrangerai, ne t'en fais pas. Je suis sûre que tu feras un excellent baby-sitter, ajouta-t-elle d'un ton espiègle.

Bix émit un grognement réprobateur.

— Est-ce que je dois organiser un petit repas avant l'accouchement, pour fêter ça ?

— Non, on attendra que Noël soit passé, mais merci quand même… C'est gentil d'y avoir pensé.

Bix était en train de fouiller frénétiquement dans le tiroir de son bureau.

— Qu'est-ce que tu cherches ?

— Mon Valium… Je crois que je vais devoir forcer la dose. Quelle est la date du terme, ou je ne sais pas trop quoi… ?

— C'est bien ainsi que ça s'appelle, fit Paris en souriant d'un air amusé. Le 5 décembre.

— Oh, mon Dieu, ça tombe pile pour le mariage des Addison !

— J'y serai, Bix, avec le bébé si je ne trouve pas d'autre solution.

Elle se mettrait, dès aujourd'hui, à la recherche d'une baby-sitter. Elle avait déjà pris contact avec un pédiatre et projetait d'engager une nurse à domicile, pour passer le cap difficile des fêtes de fin d'année. Elle s'occuperait davantage du bébé au mois de janvier. Il ne lui restait plus qu'à trouver un prénom, mais pour le moment c'était le cadet de ses soucis. Elle gagna son bureau, bloc-notes et stylo à la main, Bix sur les talons.

— Es-tu vraiment sûre de ce que tu fais, Paris ? Un bébé, c'est pour la vie, décréta-t-il d'un ton presque menaçant.

Paris se retourna.

— Oui, je sais, dit-elle en l'enveloppant d'un regard intense. C'est bien la seule chose qui le soit.

32

Andrew Warren rappela Paris le lundi, juste avant Thanksgiving. Il devait venir à San Francisco le week-end suivant, toujours pour le même client qui continuait à sécher devant sa page blanche. Aurait-elle un moment pour dîner avec lui ? Ses enfants se rendant chez Peter à New York, Paris avait prévu de passer Thanksgiving chez Bix et Steven. Elle profiterait du week-end pour acheter les affaires de puériculture et les vêtements de bébé. A part ça, elle était libre.

— Ce serait avec plaisir, Andrew. Voulez-vous venir dîner à la maison, vendredi soir ?

Elle préparerait un bon repas ; ce serait peut-être plus simple pour lui, qui dépendait du bon vouloir de l'écrivain en panne d'inspiration. L'échéance approchait à grands pas et le studio commençait à brandir de méchantes menaces procédurières, aussi Andrew tenait-il à rester dans les parages pour encourager son client.

— Ça vous arrive souvent, ou bien est-ce un cas exceptionnel ? demanda Paris une fois qu'Andrew eut accepté son invitation.

— C'est un cas rarissime, mais c'est un type bien et je le sens réellement au bout du rouleau. J'espère que ma présence l'aidera à sortir de l'ornière. De toute façon, je n'avais rien prévu de spécial pour le week-end de Thanksgiving.

Il passait la fête avec des amis ; ses deux filles vivaient en Europe et il n'avait pas le temps, cette année, de se libérer pour leur rendre visite.

— Je suis invitée chez Bix et Steven, dit-elle quand il la questionna sur ses projets. Je passe toujours de bons moments avec eux.

Contre toute attente, la fête fut nettement moins gaie qu'elle ne l'avait imaginé. La dinde qu'avait préparée Steven était exquise et Bix avait dressé une table somptueuse. Mais elle était la seule invitée, et Steven semblait souffrir d'une mauvaise grippe. Il toucha à peine à son assiette et partit se coucher tout de suite après le repas. Bix et Paris entreprirent de débarrasser la table. Il était en train de charger le lave-vaisselle quand Paris remarqua les larmes qui baignaient son visage.

— Bix ! Qu'y a-t-il ? s'écria-t-elle en le prenant aussitôt dans ses bras.

Il manqua s'effondrer contre elle. Avant même qu'il ouvre la bouche, elle sut. C'était Steven. En sommeil depuis des années, le sida s'était réveillé.

— Mon Dieu, non... Ce n'est pas possible... murmura-t-elle d'une voix étranglée.

500

— Paris, je ne supporterai pas qu'il lui arrive quelque chose. Je ne pourrai pas vivre sans lui, articula Bix entre deux sanglots.

— Non, non, ne dis pas ça, il va s'en sortir, dit-elle en s'efforçant de maîtriser le tremblement de sa voix.

Mais la vie se montrait parfois bien cruelle, ils le savaient pertinemment l'un comme l'autre.

— Vous allez vous battre, Bix, et toi... tu vas tout faire pour l'aider à vaincre la maladie.

Bix hocha lentement la tête.

— Il a entamé un traitement lourd la semaine dernière et tous ces médicaments le fatiguent énormément. Ça ira mieux dans quelque temps, quand son organisme se sera habitué à ces nouvelles substances mais, pour le moment, il est malade comme un chien.

— Tu ne peux pas le convaincre de prendre quelques semaines de congé ?

Steven continuait à travailler. Il avait été de garde toute la matinée.

— J'en doute, fit Bix en séchant ses larmes.

Il continua à charger le lave-vaisselle.

— Je m'occuperai de toutes les soirées à ta place, proposa Paris. Je ferai tout ce dont tu as besoin.

— Comment comptes-tu te débrouiller ? demanda Bix, l'air profondément découragé.

— J'ai trouvé une adorable baby-sitter, hier.

Cela lui faisait encore tout drôle de parler baby-sitter, couches et laits maternisés. Son impatience grandissait de jour en jour. Dès le lendemain, elle irait acheter tout ce dont elle avait besoin pour le bébé. Amy était censée accoucher huit jours plus tard, au centre médical Alta Bates de Berkeley. Le moment venu, Paris n'aurait qu'à traverser le pont pour la rejoindre. Avec un peu de chance, elle arriverait à temps pour assister à l'accouchement. C'était Amy qui lui avait demandé d'être là. Si le bébé était en bonne santé, Paris pourrait l'emmener huit heures après sa naissance. Elle n'avait toujours pas songé au prénom qu'elle allait lui donner.

Avant de prendre congé de Bix, elle alla voir Steven, mais il dormait encore. En l'observant plus attentivement, elle vit qu'il avait perdu du poids ; ses traits s'étaient creusés dans son visage blême. Avec un peu de chance, il pourrait encore vivre plusieurs années. Mais combattre la maladie et supporter les traitements serait une terrible épreuve pour leur couple.

Ce soir-là, couchée dans son lit, elle pria pour qu'il se rétablisse et vive encore longtemps auprès de Bix. Elle savait à quel point ces deux-là s'aimaient ; leur histoire était belle et unique. Malheureusement, la vie réservait à chacun son lot de surprises, bonnes ou mauvaises. Elle l'avait appris à ses dépens, deux ans et demi plus tôt.

Sombrant finalement dans un profond sommeil, elle rêva du bébé ; mais c'était elle qui accouchait, et Amy, postée auprès d'elle, lui tenait la main. Dès que le bébé fit son apparition, quelqu'un s'en empara et l'emporta. Paris se mit à hurler, au bord de l'hystérie. Elle se réveilla en sursaut, en proie à un profond malaise. N'était-ce pas ce qu'elle s'apprêtait à faire à Amy, lui prendre son bébé et l'emporter ? Une vague de compassion gonfla son cœur. La vie n'épargnait décidément personne ; Bix, Steven, Amy… Et au milieu de ce déluge fleurissaient l'innocence, l'amour et l'espoir. Oui, au milieu de cette tempête, le bébé incarnait toutes les belles choses de la vie, tout le bonheur qui accompagnait une naissance. Dans la tristesse infinie, brillait toujours un imperceptible rayon de lumière. Et l'espoir, qui poussait à avancer, vaille que vaille.

Comme prévu, le lendemain, Paris alla faire les magasins. Elle se rendit d'abord dans une ravissante boutique, où elle acheta un berceau, une table à langer et de jolis meubles parsemés de nœuds et de papillons roses. Elle choisit aussi quelques petites robes, des bonnets, des pulls, des chaussons et une parure en layette digne d'une princesse. Puis elle parcourut trois autres magasins pour acheter tout le matériel de puériculture. Au volant de sa voiture chargée à bloc, elle rentra chez elle à temps pour tout monter à l'étage, dans la chambre d'amis qu'elle aménagerait pendant le week-end. Les premiers temps, le bébé dormirait à côté d'elle, dans l'adorable berceau qu'elle venait d'acheter.

A 17 heures, elle se lança dans les préparatifs du dîner. Andrew Warren devait arriver à 18 heures, voire un peu plus tard si son scénariste avait enfin le déclic. Elle enfourna le rôti et les pommes de terre et prépara une belle salade. Il y avait du crabe en entrée. Elle mit au frais une bouteille de vin blanc.

Andrew arriva à 18 heures pile ; il semblait heureux de la voir. Paris était restée en jean et pull à col roulé bleu pâle, mocassins en daim aux pieds. La tenue d'Andrew était tout aussi décontractée : il portait un jean délavé, un sweat-shirt gris chiné et un blouson en cuir.

— Alors, comment va votre client ? demanda-t-elle d'un ton espiègle.

Il leva les yeux au ciel en riant.

— Que Dieu me préserve des écrivains en panne d'inspiration ! Quand je l'ai quitté, il était au téléphone avec son psy. Il s'est retrouvé à l'hôpital hier soir, victime d'une crise d'angoisse. Je suis à deux doigts de l'étrangler !

Il faisait pourtant preuve d'une grande patience avec l'écrivain, l'épaulant du mieux qu'il pouvait. Il travaillait sur le scénario d'une grosse production, avec deux grandes stars à l'affiche, représentées toutes deux par Richard, le mari de Meg. C'était une affaire de famille, en quelque sorte.

Ils prirent l'apéritif au salon. Paris avait mis un peu de musique en fond sonore.

— Qu'avez-vous fait aujourd'hui ? demanda Andrew en balayant la pièce d'un regard appréciateur.

— J'ai dévalisé les magasins, répondit-elle simplement, sans préciser la nature de ses achats.

Mis à part Bix et ses enfants, elle n'avait encore confié à personne son projet d'adoption, préférant éviter les commentaires de personnes qu'elle connaissait à peine. Bien qu'elle appréciât beaucoup la compagnie d'Andrew, elle savait peu de chose sur lui. Meg et lui semblaient bons amis et les compliments qu'il fit sur sa fille la touchèrent sincèrement.

De l'avis d'Andrew, Richard et Meg formaient un couple extraordinaire et Paris ne put qu'approuver.

Ils passèrent à table vers 19 h 30. Le crabe était un des mets préférés d'Andrew, avoua-t-il en dégustant chaque bouchée avec un plaisir évident. Et il se régala avec le rôti.

— Je manque de pratique depuis quelque temps, s'excusa Paris. Soit je travaille, soit je suis trop fatiguée pour faire la cuisine, quand je rentre chez moi le soir.

— Vous abattez un travail colossal, Bix et vous, fit observer Andrew.

— C'est vrai, mais on adore ça. Comme chaque année, le mois de décembre risque d'être mouvementé... A partir de lundi, nous allons travailler tous les soirs de la semaine en plus des week-ends.

Et son emploi du temps serait encore plus chaotique après la naissance du bébé... Pourvu qu'elle n'arrive pas trop tôt... Bix lui avait déjà accordé un mois de repos en janvier. Malgré tout, Paris n'avait qu'à se remémorer l'accouchement de Jane pour savoir que les bébés n'en faisaient qu'à leur tête, se moquant bien des contraintes de ceux qui attendaient leur naissance !

— Songez-vous à prendre des vacances, un de ces jours ? demanda Andrew.

Paris réprima un sourire.

— Oui, après les fêtes de fin d'année. Je vais m'octroyer un mois de repos, ce qui me semble une éternité.

— J'adorerais prendre une année sabbatique, louer un appartement à Londres ou à Paris, et visiter l'Europe au gré de mes envies, confia Andrew. Je ferais peut-être une halte en Toscane ou en Provence, dans de grandes villas lumineuses. Ce serait le paradis ! A chaque fois que j'aborde le sujet avec Richard, il m'accuse de le pousser tout droit à la crise de nerfs. Il s'arrache suffisamment les cheveux avec ses acteurs… Il ne manquerait plus que je lui confie mes écrivains, et la coupe serait pleine !

Jouissant d'une excellente renommée, leur cabinet d'avocats drainait une foule de célébrités aussi talentueuses que capricieuses. Cela faisait partie intégrante de leur travail, tout comme les hôtesses angoissées, les jeunes mariées, leurs mères et les traiteurs hystériques faisaient partie du travail de Paris et Bix. Pourtant, aucun d'eux n'aurait accepté de changer de métier.

Ils parlèrent ensuite de leurs enfants et, inévitablement, de leurs mariages. Paris appréciait le ton bienveillant avec lequel Andrew s'exprimait, quand il évoquait son ex-épouse. Pour sa part, elle savait que Peter resterait à jamais dans un coin de son cœur, mais elle avait accepté la situation et ne lui souhaitait que du bonheur dans sa nouvelle vie. Presque malgré elle, elle aussi avait tourné la page.

Elle venait de lui servir la tasse de café qu'il avait acceptée avec plaisir, certain de passer une nuit blanche en compagnie de son écrivain dépressif, lorsque le téléphone de Paris sonna. Il était dans la cuisine où la table était dressée, et elle n'eut qu'un geste à faire pour l'attraper, s'attendant à tomber sur Meg. Mais elle entendit une voix féminine qu'elle ne reconnut pas instantanément. Il lui fallut deux secondes pour l'identifier : c'était Amy.

— Que se passe-t-il ? Quelque chose ne va pas ? demanda Paris, gagnée par l'inquiétude.

— Je suis à l'hôpital, répondit Amy d'une petite voix gênée.

— Déjà ? Que s'est-il passé ?

— J'ai fait un tas de choses avec mes garçons en prévision de notre départ, et ma sœur est venue prendre ma fille aujourd'hui, pour l'emmener chez elle, dans l'Oregon.

Paris hocha la tête. Cette séparation avait dû être douloureuse, même si elle n'était que temporaire. Inconsciemment, Amy s'était peut-être sentie prête à accoucher, à présent que tout était en ordre pour ses autres enfants.

— Que vous a dit votre gynécologue ?

— Le travail a commencé. Je suis dilatée de quatre centimètres et les contractions reviennent à peu près tous les quarts d'heure. Vous avez encore un peu de temps devant vous, je crois.

— Oh là là… Où êtes-vous ? Quel numéro de chambre ?

Paris attrapa un bout de papier et un stylo, et nota les indications que lui fournit Amy, terrassée par une nouvelle contraction. Paris raccrocha, sous le choc. La naissance était imminente. Dans quelques heures, elle serait mère pour la troisième fois. En pleine confusion, elle croisa le regard d'Andrew Warren qui l'observait d'un air inquiet.

— Je vais avoir un bébé ! s'écria-t-elle à brûle-pourpoint, comme s'il était au courant de l'histoire.

— *Maintenant ?* demanda-t-il, les yeux écarquillés de stupeur.

— Oui… Non… Je veux dire, le travail a déjà commencé…

Les mots se bousculaient sur ses lèvres, elle était incapable de s'expliquer de façon cohérente. Une perplexité grandissante se lisait sur le visage d'Andrew.

— Qui était-ce ?

— La mère biologique, Amy.

Au prix d'un effort, elle parvint à se ressaisir. Elle brûlait d'envie de partir pour l'hôpital, mais elle devait d'abord tenter de lui expliquer calmement de quoi il retournait.

— Je vais adopter un bébé, reprit-elle en souriant.

Andrew la contempla sans mot dire, sous le charme. Elle était ravissante… mais ce n'était ni l'endroit ni le moment de la complimenter.

— C'est vrai ? Quel projet stupéfiant, observat-il en s'adossant à sa chaise, un sourire aux lèvres. C'est une bonne chose pour vous.

— Merci. Le bébé est en avance d'une semaine. C'est une fille. Dieu merci, j'ai fait toutes mes courses aujourd'hui ! Je dois vraiment filer à l'hôpital, ajouta-t-elle d'une voix tremblante.

Andrew l'observait encore, attendri. Elle ressemblait à une petite fille qui découvre ses cadeaux au pied du sapin, le jour de Noël.

— Où est-elle ?

— A l'hôpital d'Alta Bates, à Berkeley, répondit Paris en s'emparant de son sac à main.

Elle y enfouit le papier où elle venait d'inscrire les indications que lui avait données Amy.

— Vous allez prendre votre voiture ?

— Bien sûr.

— Pas question, objecta Andrew. Je vais vous emmener, Paris. Nous allons prendre votre voiture, je rentrerai en taxi. Vous n'êtes pas en état de conduire. En plus, vous êtes sur le point d'avoir un bébé ; ce ne serait vraiment pas raisonnable de prendre le volant, conclut-il d'un ton espiègle.

Paris rencontra son regard, touchée par sa sollicitude.

— Cela ne vous dérange pas, vous êtes sûr ?

— Certain. Je préfère mille fois vous aider à accoucher qu'aider mon client à pondre son scénario ; c'est beaucoup plus drôle, croyez-moi.

L'euphorie de Paris était contagieuse. Ils quittèrent la maison quelques minutes plus tard et discutèrent avec animation du cheminement qui l'avait poussée à vouloir adopter un enfant.

— Votre opinion sur le jeu des rencontres me semble drôlement radicale, vous ne trouvez pas ? fit-il lorsqu'elle lui eut expliqué ses déboires.

— Croyez-moi, Andrew, si vous aviez dû endurer le genre de rendez-vous que mes bons amis m'ont arrangés par pure compassion, vous en seriez arrivé à la même conclusion.

Elle lui raconta alors l'épisode cocasse du sculpteur de Santa Fe et Andrew riait de bon cœur lorsqu'ils traversèrent le pont de la baie.

— Je dois avouer que j'évite, moi aussi, les opérations de séduction organisée. Ça fait longtemps que je ne me suis pas prêté à ce jeu-là, en tout cas. C'est tellement absurde et superficiel, cet échange d'informations, du genre : « Qu'aimez-vous, que détestez-vous, quels pays avez-vous visités, que faites-vous à vos heures perdues, etc, etc. » Tout ça pour découvrir que votre conquête est en réalité une dominatrice névrosée qui engraisse son boa d'appartement avec de gros rats blancs… Au fond, vous avez peut-être raison. Oui… peut-être devrais-je adopter un bébé, moi aussi, conclut-il dans un sourire malicieux.

— Vous pourrez toujours venir voir le mien, fit Paris avec une pointe de fierté dans la voix.

Andrew lui jeta un coup d'œil attendri.

— Pourrai-je passer la voir quand vous serez rentrées de l'hôpital toutes les deux ? Cela me ferait vraiment plaisir. Et puis, je fais un peu partie du comité d'accueil officiel, à présent.

— Absolument, approuva Paris alors qu'ils arrivaient à Berkeley.

Quelques minutes plus tard, il s'arrêta devant l'hôpital et lui proposa d'aller garer la voiture.

— Bonne chance, Paris.

Paris avait installé la nacelle du bébé sur la banquette arrière. Juste avant qu'elle parte, Andrew lui tendit une carte de visite.

— N'hésitez pas à m'appeler sur mon portable si vous préférez que je vienne vous chercher.

Touchée, Paris se pencha pour l'embrasser sur la joue.

— Merci infiniment, Andrew. Vous avez été formidable. Vous êtes la première personne à qui j'ai confié la nouvelle. Merci de ne pas m'avoir traitée de folle.

Andrew esquissa un sourire.

— Vous êtes folle... merveilleusement folle. C'est de la folie purement positive, Paris. Si seulement nous étions plus nombreux à vouloir vivre une aventure aussi belle... J'espère que vous serez heureuses, le bébé et vous.

— Je me sens tellement triste pour la vraie maman, murmura Paris.

Andrew hocha la tête. Ça devait être terrible, d'abandonner un bébé ! Cette simple pensée lui semblait intolérable, lui qui portait un amour démesuré à ses filles.

— Moi aussi, dit-il simplement. J'espère que tout se passera bien.

Paris sortit de la voiture et il se pencha vers elle.

— Appelez-moi quand le bébé sera né. J'ai hâte d'avoir de vos nouvelles... et je brûle de savoir à qui elle ressemblera !

— A moi, bien sûr ! s'écria Paris d'un ton enjoué.

Elle agita la main, avant de se hâter vers les portes de l'hôpital. Un sourire aux lèvres, Andrew se dirigea vers le parking. Richard avait raison : sa belle-mère était une femme merveilleuse...

33

A l'accueil, la secrétaire indiqua l'étage de la maternité à Paris. Elle prit l'ascenseur et n'eut aucun mal à trouver la chambre d'Amy. Le travail était déjà bien entamé, les contractions se rapprochaient. C'était son cinquième enfant, et les quatre accouchements précédents s'étaient tous déroulés rapidement. Les douleurs étaient plus intenses que pour les autres, peut-être parce que l'issue était différente.

— Comment ça va ? demanda Paris en s'approchant du lit.

— Bien, articula Amy avant d'émettre un gémissement de douleur, secouée par une nouvelle contraction.

Paris examina l'écran de contrôle ; le rythme cardiaque du bébé était parfaitement régulier. Un ruban de papier se déroulait, donnant le graphique des contractions et de leur intensité. De plus en plus fréquents, les pics étaient impressionnants.

— Oh là là… elles sont énormes, murmura Paris lorsque la sage-femme lui eut expliqué comment déchiffrer les courbes.

Elle avait déjà enfilé une tenue stérile, afin de pouvoir suivre Amy en salle d'accouchement, le moment venu. Elle lui prit la main et la serra doucement dans la sienne. Amy était arrivée seule à l'hôpital, en taxi. Son mari était chez la voisine et elle avait déposé ses trois garçons chez une amie. C'était une bien triste manière de donner la vie. Mais Paris était là, à présent. Elle avait pensé à emporter les documents concernant l'adoption et Alice Harper avait informé l'administration hospitalière de la procédure à suivre. Tout était en ordre. Il ne manquait plus que le bébé.

Les choses évoluaient rapidement. Une heure après l'arrivée de Paris, Amy était dilatée de dix centimètres. Tout allait bien, au dire du personnel médical, mais la pauvre Amy souffrait le martyre, traversée par des contractions de plus en plus violentes. Elle avait refusé la péridurale, arguant qu'une naissance naturelle était préférable pour l'enfant. Paris ne chercha pas à protester, alors qu'elle-même avait accepté la péridurale. Amy désirait manifestement faire cet ultime présent à son bébé.

Quand la gynécologue vint l'examiner, Amy hurla de douleur et quelques minutes plus tard, on la descendit en salle d'accouchement où elle put enfin commencer à pousser. Serrant ses mains dans les siennes, Paris l'aida à contrôler sa respiration. Une infirmière lui suggéra de se placer derrière elle et de l'aider à se redresser pour faciliter l'expulsion. Amy criait, pleurait, geignait, pendant que Paris continuait à l'encourager par des paroles apaisantes, masquant tant bien que mal sa propre angoisse. Au bout de ce qui leur parut à tous une éternité, Amy poussa une plainte déchirante. Sans se démonter, la gynécologue annonça que le bébé arrivait… enfin…

— Allez, Amy, ça y est… Voilà, comme ça… Poussez encore un peu…

Tout le monde y allait de son petit conseil, pendant que la pauvre pleurait à chaudes larmes. Paris ne se souvenait pas d'avoir connu des accouchements aussi éprouvants. Mais on oubliait vite les moments de souffrance, dans ces cas-là. Quelques minutes plus tard, la tête du bébé apparut et Amy continua à pousser tant bien que mal, et puis enfin, dans trois hurlements épouvantables, le nourrisson sortit tout entier. Amy sanglotait dans les bras de Paris lorsque les cris du bébé retentirent dans la pièce. Paris posa les yeux sur elle et fondit en larmes. La gynécologue coupa le cordon ombilical et tendit l'enfant à Paris, qui se pencha vers Amy pour la lui faire admirer.

— Regardez comme elle est belle, murmura-t-elle. Vous avez fait du bon travail, Amy…

La jeune femme ferma les yeux et l'infirmière lui administra un calmant, qui la plongea dans un demi-sommeil. C'était un beau bébé de quatre kilos deux, en pleine santé. Il était 4 heures du matin quand elles quittèrent la salle d'accouchement pour regagner la chambre d'Amy, située à l'autre bout de la nursery. Le personnel savait qu'il s'agissait d'une adoption et des mesures pleines de délicatesse avaient été prises afin de ménager la sensibilité d'Amy.

Pendant que la puéricultrice s'occupait du bébé et lui faisait passer une première série de tests, Paris resta au chevet d'Amy, qui s'était endormie sous l'effet du calmant. Elle sommeillait encore quand on apporta le bébé. Coiffée d'un petit bonnet de coton blanc, enroulée dans une couverture rose, elle avait les yeux grands ouverts. Sans un mot, la puéricultrice la tendit à sa nouvelle mère. Paris la tint contre sa poitrine, émerveillée.

— Bonjour, petite poupée...

Elle avait des joues roses et rebondies, de grands yeux sombres, dont on ne devinait pas encore la couleur, et une petite mèche de duvet doré sur le sommet de la tête. Paris la berça doucement et elle finit par s'endormir, en confiance dans les bras de sa mère.

— Comment allez-vous l'appeler ? murmura la puéricultrice.

— Hope, répondit Paris en reportant son attention sur le bébé qui dormait paisiblement dans ses bras.

Le mot était sorti tout seul de sa bouche. Hope... Espoir... un prénom qui lui allait à ravir.

— C'est très joli, fit la puéricultrice en souriant.

Paris se perdit dans la contemplation de ce nouveau-né dont elle avait désormais l'entière responsabilité. Une pensée la traversa soudain. Si Peter ne l'avait pas quittée, jamais elle n'aurait vécu ces instants magiques. Ainsi, elle l'avait trouvé... enfin...

le cadeau. La bénédiction qu'elle cherchait désespérément depuis deux ans et demi, empêtrée dans sa souffrance. Elle avait toujours senti son existence, mais elle avait été incapable de la trouver pendant tout ce temps de peine et de désillusions. Ainsi, c'était ça, la mystérieuse alchimie du bonheur dissimulé dans les drames et les tragédies de la vie. C'était ça, le don du ciel. L'espoir qu'elle avait cherché si longtemps. Il était là, niché au creux de ses bras, sous la forme de ce doux bébé endormi.

Plusieurs heures s'écoulèrent ainsi, avant qu'Amy et Hope se réveillent, presque en même temps. La puéricultrice donna à Paris un petit biberon de glucose pour nourrir le bébé, tandis qu'une infirmière faisait une piqûre à Amy pour stopper la lactation. Elles restèrent ensemble toute la matinée, bavardant tranquillement. Le pédiatre vint examiner Hope ; tout allait bien, elle pourrait quitter l'hôpital dès 18 heures, si Paris le souhaitait.

Un moment plus tard, Paris confia Hope aux puéricultrices, pour annoncer l'heureuse nouvelle à Alice Harper. L'avocate partagea son bonheur et confirma ce qu'on lui avait dit à l'hôpital. Elle pourrait rentrer chez elle en fin d'après-midi, avec son bébé.

— Et Amy ? demanda Paris, le cœur serré.

— Ne vous inquiétez pas pour elle, Paris, le personnel hospitalier prendra soin d'elle. Sa décision est prise, ne lui rendez pas les choses plus difficiles.

Alors tout devint clair dans l'esprit de Paris. Elles avaient chacune leur rôle, chacune leur chemin à suivre. Bizarrement, un sentiment de mélancolie s'abattit sur elle. Elle décida d'appeler Bix qui, d'un ton bourru, se réjouit pour elle. Puis, surmontant sa gêne, elle composa le numéro de portable d'Andrew Warren. Elle lui raconta tout, l'accouchement difficile, l'arrivée du bébé, son poids et sa taille, son adorable minois. Sans même s'en rendre compte, elle pleurait au téléphone.

— J'adore son prénom, murmura-t-il d'une voix douce.

— C'est joli, n'est-ce pas ? Et puis, ça lui va tellement bien.

C'était tout ce que symbolisait la fillette aux yeux de sa mère : l'espoir d'un avenir heureux. La page était définitivement tournée sur son passé douloureux. Elle avait reçu son cadeau.

— J'ai laissé vos clés de voiture à l'accueil, reprit Andrew. Quand pourrez-vous quitter l'hôpital ?

— A 6 heures, ce soir.

— Voulez-vous que je vienne vous chercher ?

— Ça ne vous dérangerait pas ?

Paris n'avait pas dormi et la fatigue commençait à se faire sentir. Bix ne lui avait pas proposé de venir la chercher, mais elle s'y attendait. Il détestait les hôpitaux, n'appréciait guère les bébés et devait surtout s'occuper de Steven. Elle aurait pu se débrouiller seule, mais la proposition d'Andrew la toucha profondément.

— Ce serait un honneur, au contraire, répondit-il d'un ton solennel qui lui arracha un sourire. J'arriverai à 17 h 30, pour le cas où on vous autoriserait à partir plus tôt.

— Merci.

La soirée de la veille avait consolidé leur amitié et Andrew vivrait bientôt un autre moment privilégié avec Paris et sa fille. Il la félicita de nouveau, avant de raccrocher. Paris appela ensuite Meg et Wim. Tous deux parurent surpris de l'arrivée anticipée du bébé. Elle bavarda avec ses enfants, riant et plaisantant, et les embrassa tendrement au téléphone. Quand elle alla récupérer Hope à la nursery, un moment plus tard, elle découvrit avec stupeur qu'on l'avait apportée à Amy. Cette dernière s'était réveillée et avait demandé à la voir. Une vague d'inquiétude submergea Paris. Et si elle changeait d'avis maintenant ? D'un point de vue légal, Amy était encore la mère du bébé.

Lorsqu'elle pénétra dans la chambre, le cœur battant, Amy serrait le bébé dans ses bras ; les yeux baissés sur le petit visage, elle murmurait d'une voix douce, l'air concentré, comme si elle lui disait quelque chose d'important. Et c'était bien le cas : Amy faisait ses adieux à son bébé.

Elle leva les yeux en entendant Paris approcher, et lui tendit la fillette sans hésiter.

— Je surveillais votre bébé, murmura-t-elle doucement, rétablissant d'une seule phrase la réalité de leur situation.

Les yeux embués de larmes, Paris prit Hope dans ses bras. Un moment plus tard, une assistante sociale fit son apparition. Elle avait des papiers à faire signer à Amy.

Paris dormit une bonne partie de l'après-midi, comme le bébé. A 17 heures, on vint lui annoncer qu'elle pouvait rentrer chez elle avec Hope. Paris se rendit à la nursery, pour lui mettre les petits vêtements qu'elle avait préparés : une brassière, un pyjama et un bonnet. Puis elle l'enroula dans une couverture et regagna la chambre d'Amy pour lui dire au revoir. La jeune femme était étonnamment calme.

— Voulez-vous la prendre dans vos bras ? proposa Paris, la gorge serrée.

Amy secoua la tête. Un voile de tristesse assombrissait son visage, mais elle resta imperturbable. Elle contempla longuement le bébé, puis leva les yeux sur Paris.

— Merci, murmura-t-elle simplement.

— Merci à vous, Amy... Que Dieu vous bénisse... Prenez bien soin de vous.

Elle avait promis de lui communiquer sa nouvelle adresse, afin que Paris puisse lui envoyer des photos dans un an. L'idée qu'elle s'apprêtait à quitter l'hôpital avec le bébé de cette jeune femme l'emplissait de sentiments mitigés. Mais c'était son bébé, à présent. Oui... aussi incroyable que cela puisse paraître, c'était le sien !

— Je vous aime, souffla Paris en effleurant sa main d'une légère caresse.

Amy se contenta de hocher la tête. Lorsque la porte se referma lentement derrière elles, Paris l'entendit murmurer : « Adieu. »

Le visage baigné de larmes, elle descendit au rez-de-chaussée en compagnie d'une infirmière. Elle se faisait l'impression d'une kidnappeuse d'enfant, serrant ce petit paquet contre sa poitrine. Mais tout le monde la félicitait en souriant d'un air bienveillant, et Andrew l'attendait dans le hall.

— Faites-moi voir la petite merveille, murmura-t-il lorsqu'elle le rejoignit.

Ses yeux rencontrèrent ceux de Hope, vifs et écarquillés.

— N'est-elle pas adorable ? fit Paris d'un ton attendri.

Il acquiesça d'un signe de tête. Il avait garé la voiture devant les portes de l'hôpital et aida Paris à attacher le bébé dans la nacelle. Andrew eut soudain l'impression d'être frappé par la foudre : ainsi, le miracle avait opéré sur lui aussi… Ils étaient arrivés ici dix-huit heures plus tôt, un homme et une femme qui se connaissaient à peine, et vivaient à présent une aventure extraordinaire. Ils étaient amis désormais, et il y avait en plus ce petit être humain qui s'éveillait à la vie, confortablement installé derrière eux.

Comme ils franchissaient le pont quelques minutes plus tard, Paris posa sur lui un regard émerveillé.

— C'est incroyable, n'est-ce pas ?

Il hocha la tête, incapable d'articuler le moindre mot. Comment lui faire comprendre à quel point ce moment comptait aussi pour lui ? Pendant le trajet, Paris ne cessa de se retourner pour contempler Hope, submergée par un mélange d'amour, de gratitude et d'incrédulité.

Quelle chance inouïe pour elle ! Hope incarnait ce cadeau qu'elle avait attendu depuis si longtemps, sans jamais douter de son existence.

34

Paris aurait aimé veiller toute la nuit pour garder Hope dans ses bras, mais elle finit par la poser dans son berceau, vaincue par la fatigue. Elle sombra dans un sommeil agité, se réveillant régulièrement avec l'impression d'avoir rêvé tout cela. Un coup d'œil au berceau et elle se rendormait, apaisée.

Andrew était parti à 11 heures du soir, après l'avoir aidée à installer les affaires du bébé. Il avait même préparé le petit lit, pendant qu'elle berçait Hope.

— Vous êtes très doué, fit-elle observer d'un ton taquin.

— J'ai beaucoup d'expérience... et j'ai toujours aimé ça.

Il prenait un plaisir manifeste à l'aider dans son installation. Avant de prendre congé, il promit de passer la voir le lendemain, avant de repartir pour Los Angeles. Son client avait enfin terminé la réécriture du scénario.

Le dimanche matin, Bix et Steven vinrent lui rendre visite. Armé d'un appareil photo, Bix mitrailla la petite Hope et sa maman qu'il trouva rayonnante, pendant que Steven s'extasiait devant la délicatesse des traits du bébé. Paris l'avait vêtue d'une ravissante petite robe rose, avant de l'envelopper d'un plaid assorti.

Fidèle à sa promesse, Andrew passa la voir dans l'après-midi.

— J'ai eu beaucoup de chance de pouvoir vivre un week-end aussi merveilleux, déclara-t-il, visiblement ému.

— Merci de nous avoir servi de chauffeur, fit Paris en souriant. Et de vous être joint à nous pour cette belle aventure.

— Je me fais un peu l'impression d'une cigogne.

Ils rirent de bon cœur. Andrew ne s'attarda pas. Après avoir embrassé Hope sur le front, il prit congé de Paris, en promettant de l'appeler bientôt. Cette fois, elle se réjouit à l'idée d'avoir de ses nouvelles. Du jour au lendemain, il était devenu son ami. Sans ambiguïté ni arrière-pensée, c'était ce qu'elle appréciait par-dessus tout.

Le lendemain matin, elle reçut un énorme bouquet accompagné d'une petite carte qui disait : « Bienvenue à Hope ! Avec toute mon affection, Andrew. » Quant à Bixby, il lui adressa l'un de ses fameux nounours piqueté de roses. Il lui avait accordé deux jours de congé, mais comptait sur elle le mercredi. La nurse avait été avertie et se tenait prête à prendre son poste.

Lorsqu'elle partit au bureau le mercredi matin, Paris s'était déjà adaptée à son nouveau rythme de vie. Elle connaissait les horaires du bébé, les dosages des biberons et la position dans laquelle elle dormait le mieux. La chambre d'amis avait été réaménagée en chambre d'enfant mais, pour le moment, mademoiselle Hope dormait dans son berceau, près de sa mère. Tout allait pour le mieux dans leur petit monde. A toutes les soirées qu'ils organisèrent cette semaine-là – et elles furent nombreuses –, Bix s'amusa à claironner à l'attention de leurs clients :

— Paris a eu un bébé, vendredi… C'est incroyable, vous ne trouvez pas ?

Immanquablement, des regards empreints de stupeur et d'incrédulité se posaient sur elle, alors elle expliquait sa belle aventure. Le vendredi matin, son bureau croulait littéralement sous un monceau de cadeaux. Tout le monde désirait souhaiter la bienvenue à Hope.

Elle travailla sans relâche jusqu'au dimanche. Andrew l'appela dans la matinée. Lui aussi avait eu une semaine chargée.

— J'avais prévu d'appeler hier, mais je n'ai pas eu une seconde à moi, expliqua-t-il d'un ton enjoué. J'ai encore eu un pépin avec un de mes auteurs, qui n'a rien trouvé de mieux que de quitter un plateau de tournage en envoyant tout le monde au diable. Il m'a fallu un certain temps pour arrondir les angles.

Ils discutèrent un moment. Andrew projetait de venir à San Francisco la semaine suivante ; il la tiendrait au courant.

Meg l'appela aussi ce jour-là pour prendre des nouvelles du bébé. Ils passeraient Noël tous ensemble chez Paris ; ce serait l'occasion pour eux de faire connaissance avec la petite dernière. Leurs réticences semblaient s'être volatilisées pour céder la place à une joie sincère. Paris ne se faisait pas de souci : dès qu'ils poseraient les yeux sur Hope, ils tomberaient sous le charme. Qui aurait pu résister ?

Le mois de décembre fut épuisant. Entre le travail et son bébé, elle eut l'impression de courir un vrai marathon. Malgré la présence de la nurse, elle tint à se lever la nuit pour donner le biberon à sa fille. Quand Noël arriva, elle était au bord de l'épuisement.

Andrew passa à San Francisco, deux jours avant le réveillon. Lorsqu'il arriva, Paris dormait à moitié sur le canapé avec Hope dans les bras.

— Vous avez l'air éreintée, dit-il en lui tendant un paquet enrubanné.

Paris l'ouvrit et poussa un petit cri de joie. C'était une adorable tenue accompagnée d'une couverture et d'une poupée assorties.

— Vous nous gâtez trop, Andrew. Oui, je suis éreintée.

Elle avait hâte d'être au 1er janvier, pour pouvoir enfin se reposer un peu. Jane avait accepté de la remplacer pendant son absence. Elle attendait son deuxième enfant, au grand dam de Bix qui se plaignait d'être envahi par les bébés. Le pauvre se rongeait les sangs pour Steven ; son état ne s'était guère amélioré depuis Thanksgiving.

Il ne se passa pas un jour sans que Paris soit tentée d'appeler Amy pour prendre de ses nouvelles, mais Alice le lui déconseilla. Par respect, Paris devait la laisser tranquille et c'est ce qu'elle fit, offrant à Hope tout son amour. Tout était en ordre du point de vue juridique. Amy avait signé les papiers, sans un murmure de protestation.

Andrew lui annonça qu'il partait fêter Noël à Londres, en compagnie de ses deux filles. Ils iraient ensuite faire du ski à Gstaad. Puis il rentrerait à Los Angeles, tout de suite après le nouvel an.

— J'aimerais venir vous voir à mon retour. Hope fera sans doute le double de sa taille...

Quelque chose dans sa voix la prit au dépourvu.

— Cela me fera très plaisir de vous voir, Andrew, murmura-t-elle d'un ton circonspect.

Comme s'il lisait dans ses pensées, Andrew s'empressa de clarifier les choses.

— Je connais vos réticences pour tout ce qui ressemble de près ou de loin à un rendez-vous galant et ce n'est certainement pas moi qui vous jetterai la pierre. Mais si je vous promets de bien me conduire et de ne pas vous montrer les photos de mes sculptures phalliques, si je n'arrive pas à moitié éméché et que je ne commande pas de haricots... accepterez-vous que je vous emmène dîner au restaurant... en tête à tête... ?

Paris ne put s'empêcher de rire.

— Suis-je donc si impossible que ça ?

— Je dirais plutôt… prudente, à juste titre sans doute. Les épreuves que vous avez traversées vous ont appris à vous tenir sur vos gardes, c'est normal. Je ne vous reproche pas votre méfiance, Paris, et si jamais je commettais un impair, j'aimerais que vous me le disiez en toute franchise.

— Quoi, par exemple ? Gâter ma fille, m'envoyer des fleurs, m'apporter votre soutien quand j'ai eu besoin de vous ? Tous ces impairs m'ont profondément offensée, vous savez, répliqua-t-elle d'un ton mutin.

Ils échangèrent un sourire, puis Paris reprit à mi-voix :

— Je ne voudrais surtout pas abîmer notre amitié ; vous comptez beaucoup pour moi, Andrew. Je ne voudrais pas tout gâcher en faisant quelque chose qui n'aura plus d'importance pour nous deux mois plus tard.

Au fond d'eux, pourtant, tous deux espéraient voir leur relation évoluer, sans oser se l'avouer. Pressé par le temps, Andrew plongea son regard dans celui de Paris.

— Alors, nous avons un vrai rendez-vous à mon retour ? Je veux dire, officiellement ?

Elle le gratifia d'un sourire.

— Officiellement, oui.

Une joie profonde s'inscrivit sur le visage d'Andrew.

— Je vous appellerai quand je serai en Europe, promit-il.

Il déposa un baiser léger sur sa joue et tourna les talons.

— Prenez bien soin de Hope ! s'écria-t-il en dévalant les marches du perron.

Elle lui adressa un petit signe de la main lorsque le taxi s'éloigna, en proie à une étrange confusion. Qu'avait-elle fait ? Allait-elle regretter d'avoir accepté sa proposition ? Huit mois s'étaient écoulés depuis sa dernière aventure sentimentale, elle avait eu le temps de mettre de l'ordre dans ses idées. Et puis, Andrew Warren ne ressemblait à aucun des hommes qu'elle avait connus depuis Peter. C'était un homme qu'elle aimait en tant qu'ami, mais qui lui inspirait en même temps un profond respect. Les autres avaient été tantôt drôles, tantôt divertissants, sexy ou touchants, mais aucun n'avait réussi à lui inspirer un tel respect.

Il l'appela de l'aéroport, puis de Los Angeles et enfin de Londres, le lendemain. Meg, Richard et Wim venaient de la rejoindre pour Noël.

Meg prit Hope dans ses bras, les yeux brillants d'émotion. Quant à Wim, il observait la scène d'un air amusé, pendant que Paris multipliait les conseils et les mises en garde et que Richard prenait des photos. De l'avis de tous, Hope était le plus beau bébé qu'ils avaient jamais vu. Paris n'en avait jamais douté. Elle avait presque un mois et esquissait des semblants de sourires quand on s'adressait à elle d'une voix douce.

Après l'avoir couchée délicatement dans son berceau, Meg se tourna vers sa mère. Un sourire épanoui éclairait son visage.

— Ça fera un très bon entraînement pour moi, dit-elle en jetant un coup d'œil furtif en direction de Richard.

— Comment ça ? releva Paris, perplexe.

— J'attends un bébé, maman, déclara Meg.

Les larmes aux yeux, Paris se jeta dans les bras de sa fille.

— C'est formidable ! Félicitations à tous les deux ! Quand doit-il naître ?

— Le terme est fixé au 4 juillet.

— Quel patriotisme ! s'exclama Paris en riant.

Puis elle embrassa son gendre et le félicita de nouveau, folle de joie. Wim s'affala dans le canapé avec un petit gémissement. Sa sœur avait repris Hope dans ses bras.

— C'est contagieux ou quoi ? lança-t-il à la cantonade. Tout le monde fait des bébés, en ce moment.

— J'espère pour toi que cela ne t'arrivera pas, plaisanta Paris, déclenchant un éclat de rire général.

Plus tard dans la soirée, lorsque Paris entra dans le salon après le dîner, elle découvrit Wim, assis sur le canapé, tenant Hope dans ses bras. Allongée contre son épaule, Meg dormait profondément. Tous ses enfants étaient réunis… Quel tableau émouvant ! C'était un Noël de rêve. Grâce à Hope, grâce à tous les siens.

35

Paris se félicita d'avoir pris un mois de congé en janvier. Elle put profiter pleinement de son bébé, lut beaucoup, partit en promenade avec la poussette, rendit visite à Bix et à quelques amis. Elle savoura chaque instant de cette période oisive et en même temps eut hâte de retourner travailler. Mais pas tout de suite.

Andrew prit deux semaines de congé, qu'il décida de passer à San Francisco. Ils allèrent se promener dans la Napa Valley, déjeunèrent à Sonoma et firent une grande balade à Crissy Field avec Hope. Paris avait presque l'impression de vivre en couple. Andrew l'invita à dîner plusieurs fois dans des restaurants raffinés. « Nos rendez-vous officiels », ainsi appelait-il avec humour leurs tête-à-tête romantiques.

— Dans ce cas, comment appelles-tu le reste du temps que nous passons ensemble ? demanda Paris d'un ton moqueur.

Leur relation était un subtil mélange d'amitié et d'amour, qui les satisfaisait tous les deux.

— Le reste du temps, nous sommes de simples amis, expliqua-t-il très sérieusement. La romance n'opère que lorsque je t'invite au restaurant. Ça te va comme ça ?

— C'est parfait. Exactement ce qu'il me fallait.

Mais il lui manqua terriblement quand il retourna à Los Angeles. Elle s'entendait parfaitement bien avec lui, et le trouvait formidable avec Hope. Quand il venait la voir pour le week-end, il logeait dans le petit appartement du rez-de-chaussée qu'il partagea une fois avec Wim.

Paris et Andrew n'avaient pas encore fait l'amour ; elle ne se sentait pas prête, malgré la grande complicité qui les unissait.

La passion les surprit le jour de la Saint-Valentin. Paris était rentrée tard du bureau et il était plus de 22 heures quand Andrew l'entraîna dans un charmant petit restaurant. Ils rentrèrent à minuit, après une délicieuse soirée. Andrew lui offrit un magnifique bracelet en diamant, et Paris lui remit son cadeau, une montre originale ornée d'un bracelet en crocodile rouge qu'il s'empressa de mettre à son poignet. Assis sur le canapé, ils parlèrent pendant des heures et se retrouvèrent finalement dans la chambre à coucher, sans trop savoir comment ils y étaient arrivés. Tout ce qu'elle avait redouté et évité jusque-là devint alors la chose la plus naturelle du monde. Ils firent l'amour comme s'ils se connaissaient depuis toujours ; à aucun instant Paris n'éprouva le besoin de lui demander s'il s'agissait d'une relation « exclusive », leurs ébats ne furent pas non plus acrobatiques ; ils se donnèrent l'un à l'autre avec la plus grande spontanéité et leur plaisir n'en fut que décuplé. Ils venaient à peine de s'endormir, tendrement enlacés, lorsque Hope les réveilla. Paris se leva pour préparer son biberon et Andrew le lui donna. Puis ils se rendormirent et Hope resta dans leur lit, couchée entre eux. En se réveillant le lendemain, Paris savoura la sensation d'avoir enfin retrouvé le bonheur. Après trois années de peine et de solitude, elle avait enfin trouvé l'homme qu'elle avait cessé d'attendre, craignant qu'il n'existe que dans ses rêves. Elle l'avait finalement dénichée, la fameuse aiguille perdue dans la botte de foin ! De son côté, Andrew éprouvait le même sentiment de plénitude. Jamais il ne s'était senti aussi heureux.

Ils passèrent un printemps doré, alternant les week-ends à Los Angeles et à San Francisco. Dès qu'Andrew pouvait s'échapper, il emportait une pile de scénarios et venait rejoindre Paris et Hope. Meg et Wim s'étaient pris d'affection pour lui et, quand les filles d'Andrew leur rendirent visite au mois de juin, elles sympathisèrent aussitôt avec Paris. Les pièces du puzzle s'emboîtaient à la perfection. Plus étrange encore, Paris avait l'impression que son mariage avec Peter n'avait jamais existé, tant elle se sentait bien aux côtés d'Andrew.

Elle prit deux semaines de vacances pour préparer la naissance du bébé de Meg. Bix lui avait assuré qu'il pourrait se débrouiller seul. Au grand soulagement de tous, Steven allait beaucoup mieux depuis quelque temps.

Paris et Hope séjournaient chez Andrew lorsque Meg ressentit les premières contractions, à la date prévue. Andrew garda Hope, pendant que Paris se rendait à l'hôpital avec Meg et Richard. Le travail fut long et difficile, mais Meg fit preuve d'un courage admirable, soutenue par son mari, débordant de tendresse. Paris leur tint compagnie jusqu'à ce qu'on la transporte en salle d'accouchement. Elle n'avait pas eu l'intention d'assister à la naissance mais, au dernier moment, Meg la pria de rester et Richard opina du chef. Debout dans un coin de la pièce, Paris vécut l'arrivée de son premier petit-fils et des larmes de joie jaillirent de ses yeux lorsqu'elle les vit tous les trois réunis. C'était un magnifique bébé bien costaud qu'ils prénommèrent Brandon. Brandon Bolen. Paris le prit dans ses bras, une fois que ses parents l'eurent tenu à tour de rôle. Meg leva les yeux sur sa mère. Un sourire las flottait sur ses lèvres.

— Je t'aime, maman... Merci d'être toujours là pour nous.

C'était le plus beau cadeau que Paris ait jamais reçu. Elle fondit de nouveau en larmes, en racontant la scène à Andrew un peu plus tard. Ils étaient au lit, tendrement blottis l'un contre l'autre. Un soupir s'échappa de ses lèvres. C'était miraculeux, la joie que pouvait apporter la naissance d'un enfant ! A quarante-neuf ans, elle aimait tous ses bébés, les petits et les grands, avec la même force que vingt-cinq ans plus tôt.

— Tu sais, je pensais à une chose, commença-t-elle en étouffant un bâillement. Ce serait peut-être une bonne idée de donner un frère ou une sœur à Hope… Je devrais peut-être songer à adopter un autre enfant…

Un long silence accueillit ses paroles. Au bout d'un moment, Andrew la regarda en souriant.

— Elle ne sera pas complètement seule, tu sais ; elle pourra jouer avec son neveu, ils n'ont que sept mois d'écart, après tout.

Paris hocha la tête.

— C'est vrai, murmura-t-elle d'un ton peu convaincu.

Malgré tout, ce n'était pas la même chose que de grandir avec un frère ou une sœur sous le même toit…

— On devrait peut-être essayer d'en avoir un à nous, reprit-elle d'une toute petite voix.

Andrew y avait déjà pensé, mais il voulait d'abord vivre d'autres aventures avec elle, et Paris semblait aller dans le même sens que lui. Lorsqu'ils se sentiraient prêts tous les deux, ils pourraient toujours en parler autour d'eux. La médecine avait fait d'immenses progrès dans ce domaine et, avec de la patience, de la détermination et le soutien de leurs amis scientifiques, tout restait possible. Mais l'heure n'avait pas encore sonné.

— J'ai une autre idée, Paris. Que dirais-tu si nous nous mariions et que nous allions passer un an en Europe ?

L'idée le titillait depuis longtemps et se lancer dans l'aventure avec Paris le comblerait de joie.

— Et laisser Bix en plan ? fit Paris, d'un ton offusqué.

Andrew ne put s'empêcher de sourire.

— Oui, pour un an seulement. On pourra toujours retourner travailler, quand on reviendra. A moins qu'on l'emmène avec nous sur le Vieux Continent, ajouta-t-il d'un ton espiègle.

— Il serait partant.

Tout à coup, elle se redressa et chercha son regard.

— Ai-je bien entendu ? M'as-tu vraiment demandée en mariage ?

— Tu m'as parfaitement entendu, oui, répondit-il calmement. Qu'en dis-tu ?

Pour toute réponse, elle prit ses lèvres dans un baiser fougueux.

— Serait-ce un « oui » ?

Elle hocha la tête.

— Pourrais-tu me le confirmer à haute voix, afin d'éviter tout malentendu ?

Un sourire rayonnant éclaira le visage de Paris.

— Oui. Oui, j'accepte de t'épouser. Cela signifie-t-il que notre relation sera exclusive ?

Au cours des sept mois passés, elle lui avait raconté toutes ses mésaventures et n'avait plus de secret pour lui.

— Oui, je crois qu'on peut dire ça. Alors, que penses-tu de mon idée ? L'Europe pendant un an ?

Elle acquiesça avec enthousiasme. Elle pourrait toujours former quelqu'un qui la remplacerait auprès de Bix pendant son absence, en supposant qu'ils reviennent ensuite s'installer à San Francisco, ce qui n'était pas sûr non plus. Qui sait s'ils ne resteraient pas en Europe, s'ils s'y plaisaient ? A cinquante-neuf ans, Andrew songeait de plus en plus à prendre une retraite anticipée pour pouvoir découvrir le monde, et l'idée plaisait beaucoup à Paris, d'autant que Hope avait encore quelques années devant elle avant de songer à prendre le chemin de l'école.

— Devons-nous annoncer la nouvelle aux enfants ? demanda Paris, radieuse.

— Je crois bien. Pourquoi garder le secret ?

Il l'enlaça en riant et l'attira contre lui.

— Je t'aime, Paris... Tu ne sauras jamais à quel point je t'aime...

Il parlait sincèrement. Jamais encore il n'avait éprouvé de sentiments aussi intenses pour une femme. Leur relation avait évolué lentement, à leur rythme, et c'était encore plus délicieux ainsi. Ils parlèrent de leur mariage ; d'un commun accord, ils optèrent pour une cérémonie intime, avec leurs enfants et quelques amis. Bien sûr, elle demanderait à Bix d'organiser la réception. Ils partiraient ensuite en Europe et loueraient un appartement à Paris ou à Londres... une maison de campagne, peut-être... et un yacht sur lequel ils pourraient naviguer pendant l'été. L'avenir paraissait idyllique, même s'ils décidaient finalement de ne pas quitter la Californie. Au fond, Paris ne désirait qu'une seule chose : couler des jours heureux auprès d'Andrew, l'homme qu'elle aimait.

Ils annoncèrent la nouvelle à Richard et à Meg le lendemain, puis Paris appela Wim sur son portable ; il était à New York, chez Peter et Rachel. Quand elle fit part de ses projets à Bix, ce dernier se réjouit de son bonheur.

— Je t'avais bien dit que tu finirais par trouver l'aiguille dans la botte de foin, non ? Tu vois, tous ces rendez-vous arrangés auront malgré tout porté leurs fruits... non ?

Paris pouffa.

— Non. Je n'ai pas rencontré Andrew dans ce genre de circonstances. Je l'ai rencontré au mariage de ma fille, au cas où tu l'aurais oublié.

— D'accord, d'accord... Quoi qu'il en soit, dis-toi bien que tous tes rendez-vous ratés t'auront apporté une expérience irremplaçable.

— Ah oui ? Puis-je savoir pourquoi ?

— Grâce à eux, tu es capable de charmer les clients les plus acariâtres et tu seras parfaitement rodée pour prendre les rênes de notre affaire, à ton retour d'Europe.

Paris tomba des nues.

— Parce que tu comptes céder ta place ?

— Pas tout de suite, rassure-toi. Après ton année sabbatique, sans aucun doute. Steven et moi avons très envie de voyager un peu. On fermera peut-être pour un an... Enfin, on aura le temps d'en reparler. Une chose est sûre, en tout cas, conclut-il avec un sourire dans la voix, le meilleur reste encore à venir.

— Oui, tu as raison, approuva-t-elle dans un murmure, en proie à une vive émotion.

Après avoir raccroché, elle rapporta à Andrew les dernières paroles de Bix.

— Il a tout à fait raison, mon cœur.

Le mariage aurait lieu au mois d'août et ils quitteraient le pays en septembre. Ils regagnèrent San Francisco la semaine suivante et commencèrent à organiser leur grand voyage. Andrew avait déjà sélectionné trois appartements à Paris et une maison à Londres. Un élan irrésistible les portait.

En rentrant chez elle, Paris découvrit un paquet cadeau orné d'un brin de muguet. A l'intérieur se trouvait un magnifique coffret en argent patiné. Le couvercle portait une inscription gravée en lettres tarabiscotées. Paris souleva le coffret pour la déchiffrer.

— Alors, que lis-tu ? demanda Andrew en admirant la délicatesse de l'objet – Bix avait un goût exquis.

— Attends un peu…

Elle fronça les sourcils, puis lança à Andrew un sourire heureux.

— « Le meilleur reste encore à venir »…

— Absolument, dit-il avant de clore ses lèvres d'un baiser.

Le passé avait apporté son lot d'épreuves et de joies, pour donner naissance à l'instant présent, dans toute sa splendeur. Quant à l'avenir, personne ne pouvait le prédire… mais Paris était bien disposée à croire que lemeilleur restait encore à venir.

Sous le soleil exactement

(Pocket n° 12556)

Trois couples ont prévu de louer une luxueuse villa à Saint-Tropez. Leur projet aurait été idyllique sans le décès brutal de la femme de Robert. Chacun console le veuf et l'encourage à venir, malgré tout, sur la Riviera. Robert viendra bien, certes, mais accompagné d'une superbe créature dont le sourire fait fondre les maris de Diana et Pascale... Comment le désir distribuera-t-il les cartes ?

Il y a toujours un Pocket à découvrir

La vie continue

(Pocket n° 12479)

La vie de Faith Madison est devenue bien vide, depuis que ses deux filles ont quitté la maison. Son mari Alex est un homme d'affaires complètement absorbé par son travail, qui ne lui donne plus d'affection ; un grand fossé, peu à peu, s'est creusé entre eux. C'est pourquoi Faith envisage, à quarante-sept ans, de reprendre les études, même si Alex s'y oppose fermement. Lorsqu'elle revoit par hasard Brad Patterson, son ami d'enfance, Faith trouve force et énergie pour croire en elle et en ses rêves...

Il y a toujours un Pocket à découvrir

composé par Nord Compo
à Villeneuve-d'Ascq

Impression réalisée sur Presse Offset par

BRODARD & TAUPIN

GROUPE CPI

31721 – La Flèche (Sarthe), le 29-09-2005
Dépôt légal : octobre 2005

POCKET – 12, avenue d'Italie - 75627 Paris cedex 13
Tél. : 01.44.16.05.00

Imprimé en France